Für Dina

1

»Begleitest du mich morgen früh in den Hyde Park? Seyton hat mich gefordert.« Idris Hathaway, Marquess Auden, streckte die langen Beine zum Feuer und hob sein Glas Brandy an die Nase, um daran zu schnuppern.

Sein Gegenüber, der sich ebenso in einen tiefen Ledersessel lümmelte, hob träge sein Glas in die Luft und betrachtete die goldenen Reflexe darin. »Seyton? Welcher?« Seine Sprache war verwaschen und sein Blick nicht völlig stet. Edward Wymond war betrunken.

»Der jüngere.« Idris leerte sein Glas mit einem Zug und stellte es auf die Armlehne. Er faltete die Hände vor dem Bauch und gähnte herzhaft. Die tanzenden Flammen malten ein Spiel von rötlichem Licht und Schatten auf seine scharfgeschnittenen Züge und spiegelten sich schimmernd in seinen hellen Augen.

»Dummer Hund. Warum?« Ned Wymond leckte sich über die Lippen und schloss die Augen. »Hyde Park. Ihr seid verrückt. Ihr friert euch eure edlen Teile ab, ehe der erste Schuss gefallen ist.«

»Nicht meine Idee.« Idris drehte gedankenverloren das leere Glas. »Ich habe mit seiner Schwester getanzt.«

Wymond stieß ein hustendes Lachen aus. »Deshalb fordert er dich? Du hättest ihn zum Teufel schicken sollen, Auden. Wirklich, du übertreibst.«

»Er hat mich geohrfeigt und gefordert. Coram publico.« Lord Auden reckte gähnend die breiten Schultern. »Was sollte ich tun? Kneifen?«

»Hätte deinem Ruf auch nicht mehr Schaden zugefügt. Jetzt musst du ihn töten, alter Junge. Er wird kaum bereit sein, in die Luft zu schießen, um der Ehre genüge zu tun.«

Sein Freund zuckte mit den Schultern. »Mir soll es recht sein. Er geht mir schon seit Monaten auf die Nerven.«

Sie schwiegen und starrten ins Feuer. Nach einer Weile erhob sich Idris, zog seine Weste zurecht und murmelte: »Ich lege mich noch ein paar Stunden aufs Ohr. Soll ich dich abholen?«

»Ich finde euch schon. Raventhorne ist dein anderer Sekundant, vermute ich?« Wymond gähnte und verschmolz noch mehr mit seinem Sessel. »Wir sehen uns bei Tagesanbruch.«

Die Nacht war sternenklar und frisch. Idris stand eine Weile vor dem Haus und atmete die kalte, ein wenig feuchte Luft. Es roch nach Schnee. In Nächten wie dieser konnte man vergessen, dass diese Stadt eine Million menschliche Einwohner hatte und an heißen Sommertagen buchstäblich zum Himmel stank …

Er hatte seinen Kutscher nach Hause geschickt, nachdem dieser sie vor Wymonds Haustür abgesetzt hatte. Die Gesellschaft in Sir Rycrofts Haus, die sie am späten Abend besucht hatten, war eines dieser langweiligen gesellschaftlichen Ereignisse gewesen, bei denen Idris pausenlos vor heiratswütigen Müttern mit ihren kichernden Töchtern flüchten musste. Er hatte zwei Pflichttänze mit der Gastgeberin und ihrer unscheinbaren Protégée absolviert und sich den Rest des Abends im Spielzimmer verbarrikadiert, während Ned Wymond in seiner allseits beachteten Glanzrolle als Spieler, Sybarit und haltloser Säufer brillierte. Das hatte Idris wie so oft die nötige Deckung verschafft, wofür er seinem Freund überaus dankbar war. Wymond hatte eine robuste Natur, er würde in ein paar Stunden ausgeruht und halbwegs nüchtern im Hyde Park erscheinen und diesem lächerlichen, überflüssigen Duell mit sarkastischen Kommentaren die nötige Würze verleihen.

Idris musste sich zugeben, dass er zornig war. Er wirbelte aufgebracht seinen Gehstock durch die Luft und machte sich auf den Weg nach Hause. Es gehörte zu seinen Angewohnheiten, nach einer durchzechten Nacht noch ein paar Schritte zu laufen, um den Geruch nach Tabak, Parfüm und Alkohol loszuwerden, seinen Kopf auszulüften und seinen Bewegungsdrang zu stillen. Vor ein paar Jahren hätte er sich noch müde getanzt, aber das war mittlerweile keine Option mehr, die ihm zur Verfügung stand. Nicht, wenn sämtliche Mütter von unverheirateten Töchtern des *ton* hinter ihm her waren, um den begehrten Junggesellen zur Strecke zu bringen. Es war interessant, dass in diesem Zusammenhang sein Ruf keinerlei Rolle zu spielen schien. Wenn es darum ging, den zukünftigen Duke of Grenville zum Schwiegersohn zu bekommen, war jede noch so besorgte Mutter bereit, über seine offensichtlichen und laut beklagten Mängel hinwegzusehen.

Er schritt energisch aus und versuchte, seine Wut zu ergründen. Der Abend war langweilig, aber insgesamt erfreulich ereignislos verlaufen. Darin lag seine Missstimmung also nicht begründet. War es der Gedanke an das morgige Duell, das ihn so aufbrachte?

Idris blieb brütend stehen. Natürlich, was sonst? Das wievielte Duell in diesem Winter war es? Das dritte? Zweimal hatte er schon im Morgengrauen in Hemdsärmeln auf einer gottverlassenen Wiese gestanden, sich in sein warmes Bett zurückgewünscht und darauf gewartet, dass die Sekundanten seinem jeweiligen Gegner das lästige Unternehmen ausredeten. Und es war gerade mal Ende Januar …

Er setzte seinen Weg fort, immer noch erbittert mit seinem Schicksal hadernd. Es war ja nicht so, als hätte er eine Verfehlung begangen. Er hatte mit der jungen Lady Daphne getanzt wie all die anderen vor ihm, und dabei nicht viel mehr als harmlose Konversation betrieben. Lady Daphne war ein goldblondes, ein wenig fades Geschöpf mit hellbraunen Kuhaugen und er hatte keinen Gedanken daran verschwendet, dass sie die Schwester der unerträglichen Seyton-Brüder war. Nicht, bis Horace Seyton auf ihn zugestürmt war, Idris bezichtigt hatte, sich seiner holden, unschuldigen Schwester unzüchtig genähert oder sie zumindest lüstern angeglotzt zu haben, und ihn geohrfeigt und gefordert hatte. Vor Publikum. Was Idris der Möglichkeit beraubte, dem Kerl einfach nur die Nase blutig zu schlagen und seiner Wege zu gehen.

So hatte er sich gezwungen gesehen, dem Idioten seinen Sekundanten zu schicken und sich auf den nächsten ungemütlichen, kalten Morgen vorzubereiten, der wie die Morgen davor immerhin die unerfreuliche, wenn auch unwahrscheinliche Möglichkeit in sich barg, dass er den Mittag des betreffenden Tages schmerzgebeutelt oder gar nicht mehr erleben würde.

Idris fluchte unterdrückt und ging mit gesenktem Kopf weiter. Das trübe Licht der letzten Straßenlaterne blieb weit hinter ihm zurück, er tauchte in eine Welt beinahe vollkommener Finsternis. Menschliche Augen wären hier so gut wie blind gewesen, und ein langsam reagierender Mensch hätte nichts gegen das Messer ausrichten können, das schimmernd aus dieser Dunkelheit hervorzuckte und seine Seite aufschlitzte.

Idris war nur teilweise ein Mensch und besaß die Katzenaugen und schnellen Reflexe seines geschmähten Volkes. Er warf sich zur Seite und zog die verborgene Messerklinge aus seinem Gehstock.

Der Angreifer war groß und erstaunlich wendig und behende für einen Menschen. Sein erster Angriff endete nur deshalb nicht tödlich, weil Idris schneller als erwartet reagiert hatte. Doch der vermummte Meuchler war ein Profi, der sich unverzüglich auf die veränderte Lage einzustellen wusste. Er tänzelte beiseite, um Idris' ungezielt geführten Angriff ins Leere laufen zu lassen, griff nach dessen Handgelenk und brachte ihn aus dem Gleichgewicht. Idris' Stockdegen fiel ihm aus der Hand und wurde beiseitegetreten. Während Idris darum kämpfte, nicht zu Boden zu stürzen, stach der Mörder erneut auf ihn ein.

Das Messer schnitt durch Stoff und Fleisch und versenkte sich mit einem scharfen Brennen tief in Idris' Schulter. Wäre er nicht im Vornüberfallen noch zur Seite ausgewichen, hätte die

Klinge sicherlich seine Kehle aufgeschlitzt. Das Messer blieb stecken und wurde dem Angreifer aus der Hand gerissen, als Idris zu Boden fiel und reglos liegenblieb. Er stöhnte und schloss die Augen.

Der Meuchelmörder kniete nach einem kurzen, abwartenden Moment neben Idris nieder und tastete nach dem Puls an seinem Hals, während er gleichzeitig das Messer aus der Schulter zog. Idris griff zu und riss den Mann zu sich herunter. Er packte dessen Kehle und drückte erbarmungslos zu.

Der Mann wehrte sich wie eine in die Enge getriebene Katze, und Idris war benommen und von der Verletzung geschwächt. Die beiden rangen stumm miteinander um den Besitz des Messers. Das Blut rann heiß an Idris' Arm hinunter und er konnte ihn kaum noch heben. Mit einer gewaltigen Kraftanstrengung warf er den anderen Mann auf den Rücken, und drückte ihm mit einem Knie die Luft ab, während er mit seiner unverletzten Hand um die Waffe kämpfte. »Wer schickt dich«, keuchte er und presste sein Knie gegen den Adamsapfel des Mannes. Dessen bärtiges Gesicht lief dunkel an und seine Augen quollen aus den Höhlen. »Wechselbalg«, krächzte er, dann presste er die Lippen zusammen und schwieg eisern.

»Rede, wenn du nicht sterben willst – wer hat dich geschickt?« Idris gelang es, den Messergriff aus den erschlaffenden Fingern des Mannes zu winden. Es entglitt seiner vom Blut glitschigen Hand und klirrte aufs Pflaster. Idris verstärkte den Druck auf die Kehle des Mannes. »Wer?«

Der Angreifer gab ein Röcheln von sich, seine Arme zuckten und seine Beine traten zappelnd aus. Idris verringerte hastig den Druck auf seine Kehle, aber es war zu spät. Nach einem letzten Aufbäumen verröchelte das Leben des Mannes unter seinem Knie.

Idris rollte sich von der Leiche herunter und lag eine Weile neben ihm auf dem Pflaster, das Gesicht dem Himmel zugewandt. Er musste aufstehen, seinen Stockdegen und den heruntergefallenen Biberhut aufsammeln, die Taschen des Toten nach einem Hinweis durchsuchen. Er musste, denn wenn man ihn hier fand, neben einer Leiche liegend, würde das Fragen aufwerfen, die zu beantworten er nicht gewillt war. Niemand würde den Sohn und Erben eines Herzogs zur Rechenschaft ziehen, weil er einen Strauchdieb getötet hatte, aber die Aufmerksamkeit, die ein solcher Vorfall auf ihn lenkte, wäre mehr als ungünstig.

Er wälzte sich ächzend herum und kam auf die Knie. Brennender Schmerz fuhr durch seine verletzte Schulter, sein Ärmel war schwer und nass von Blut. Ihm wurde schwindelig. Mit schwindender Kraft begann er die Taschen des Toten zu durchsuchen. Der Mann erwies sich auch hier als professioneller Attentäter, denn er führte nichts Persönliches bei sich, keine Papiere, keinerlei Schmuck, nichts außer unauffälliger Kleidung und dem Messer, das ein paar Schritte neben ihm auf dem Pflaster lag.

Idris tastete mit einem gemurmelten Fluch nach dem Griff des Stockdegens, schob die Klinge zurück in ihre Scheide und stemmte sich dann mithilfe des Stockes in den Stand, wobei er noch seinen Biberhut aufklaubte. Er warf dem Toten einen letzten Blick zu, um sich dessen Züge einzuprägen. Der leere Blick der hellen Augen spiegelte den matten Schimmer der Sterne und verlieh dem leblosen Gesicht einen Anschein von Lebendigkeit. »Fahr zur Hölle«, flüsterte Idris, setzte den Hut auf und wandte sich um.

Es stand außer Frage, dass er nach Hause ging. Sein Kammerdiener war ein fähiger Bursche, aber er war kein Feldscher und er neigte zu altjüngferlicher Betulichkeit und Aufregung, was seinen Herrn betrag. Idris brauchte jemanden, der seine Wunde versorgte, und zwar schnell, umsichtig und ohne Aufsehen.

Mit einem Zähnefletschen, das eher einer Grimasse als einem Lächeln glich, machte er kehrt und ging den Weg zurück, den er gekommen war.

Tristan Fox, der Viscount Raventhorne, trocknete seine Hände und beugte sich über die Lederrolle mit seinen Instrumenten, die auf den Tisch lag. »Ich sollte dich wirklich besser zu einem Arzt bringen.«

»Das haben wir doch zur Genüge diskutiert.« Idris lehnte schwer in dem geschnitzten Stuhl mit seinen breiten Armlehnen.

Raventhorne hatte ihn schon aus den Kleidern geschält und seine Wunde gesäubert, was nur unter Qualen abgelaufen war. Idris hatte eingewilligt, zwei große Gläser Brandy zu leeren, die einen betäubenden Nebel über alles legten.

»Du musst stillhalten«, sagte Raventhorne resigniert und griff nach einer gebogenen Nadel und Zwirn. »Ich werde mich bemühen, eine halbwegs hübsche Naht zu fabrizieren, aber ich war nie sonderlich gut in Handarbeiten.«

»Wie auch?«, murmelte Idris und schloss die Augen. »Oder lernt man so was auf dem Jesuitenkolleg?«

Raventhorne lachte leise und stach die Nadel durch die Haut.

Idris zwang seine Gedanken von der Pein in seiner Schulter auf praktische Dinge. »Galt der Anschlag mir persönlich oder steckt mehr dahinter?«, dachte er laut nach. »Der Mordbube war kein gewöhnlicher Räuber. Er hat kein Wort gesagt.« Er sog zischend die Luft durch die Zähne und ächzte leise.

»Kein Wort über seinen Auftraggeber«, fuhr Idris nach einigen Atemzügen fort. »Hölle, Raven, wenn ich es nicht besser wüsste, würde ich denken, *du* willst mich töten!«

»Trink noch etwas«, sagte sein Freund mitleidlos und nähte weiter.

»Er hat ›Wechselbalg‹ zu mir gesagt. Das spricht für ein persönliches … verflucht!«

»Ich kann dir einen Lederriemen zwischen die Zähne klemmen, wenn dir das hilft«, schlug Raventhorne vor.

»Du klingst hämisch«, klagte Idris. »Raven, ich bin enttäuscht.« Er streckte den unverletzten Arm und nahm das volle Glas vom Tisch. Seine Zähne klapperten gegen den Rand.

Ein beinahe mitleidig zu nennender Blick traf ihn. Raventhornes rotblondes Haar leuchtete im Schein der Lampe wie eine Gloriole. Mit einer weniger kühnen Nase und ohne seine Sommersprossen hätte er ausgesehen wie einer der Engel, die der Modemaler Johnson mit solchem Erfolg an die Salons der Damenwelt verkaufte. Die dunkle Augenklappe über dem linken Auge hatte auch wenig Engelhaftes, ebenso. Und natürlich war da der Blick seines unverhüllten Auges, wasserblau, nüchtern, taxierend, kühl. Ganz und gar nicht sanftmütig oder entrückt. Nein, das Bild eines Engels besetzte in ihrem Quartett unangefochten der goldgelockte, sanftäugige Lucien Cavanaugh mit seinem strahlenden Lächeln … »Au, verflucht seist du, kannst du nicht ein bisschen zartfühlender … zur Hölle mit dir!«

»Geh mir nicht auf die Nerven, Auden! Ich tue hier nur, was du von mir verlangt hast.« Der rothaarige Viscount ließ sich nicht beirren. Seine langen, geschickten Finger führten das Werk zu Ende, während Idris ihn wortreich zum Teufel wünschte.

»So«, sagte Raventhorne aufatmend und wischte seine blutigen Finger an einem rotgefleckten Handtuch ab. »Ich verbinde dir die Schulter und bringe dich zu Bett. Was machen wir mit dem Trottel Seyton und seinem Duell? Ich könnte ihn benachrichtigen, dass ein Unfall …«

»Nein.« Idris richtete sich auf und verzog das Gesicht. »Ich werde hingehen.«

Ein Anflug von Verblüffung zog über Raventhornes Züge. »Du kannst den Arm nicht benutzen«, gab er zu bedenken.

»Ich schieße mit links immer noch besser als jeder einzelne der Seyton-Brüder mit rechts«, fauchte Idris. »Und ich gedenke nicht, mich des Kneifens bezichtigen zu lassen. Denk doch nach, Raventhorne. Wenn der Überfall auf mich publik wird …«

»Schon verstanden«, unterbrach ihn sein Freund. Er zog die glatte Stirn in Falten, dass seine Sommersprossen zu tanzen begannen. »Dennoch …«

»Nein.« Idris schloss ermattet die Augen. »Ich brauche nur zwei Stunden Schlaf, dann bin ich wie neu. Sei so gut, schicke einen Diener zu mir nach Hause, ich benötige frische Kleider und meine Duellpistolen.« Ein schwaches Grinsen glitt über seine Züge. »Und bring mir die Karaffe mit Brandy, alter Knabe. Ich gedenke, schwankend zum Duell anzutreten.«

Wider Erwarten war es ihm gelungen, für kurze Zeit die Augen zu schließen und in einen unruhigen, wiewohl erfrischenden Schlummer zu fallen. Als er von Hantierungen im Zimmer erwachte, war es noch finster draußen und ein unerfreulich kalter Luftstrom zog durch den Fensterspalt.

Raventhornes stummer Diener, der damit beschäftigt gewesen war, das Feuer im Kamin erneut zu entfachen, stellte nun ein Tablett mit kaltem Braten und Brot neben Idris auf den Tisch und zog sich mit einem Neigen seines Kopfes zurück.

Wenig später öffnete sich erneut die Tür und der Viscount trat ein. »Hast du ein wenig geruht?«, fragte er und ging zum Kamin, um sich über dem Feuer die Hände zu wärmen. Er sah übernächtigt aus, mit dunklen Schatten unter den Augen und zerzaustem Haar. Raventhorne hatte seine Augenklappe auf die Stirn geschoben, ein Zeichen des Vertrauens, das Idris wider Willen rührte.

Idris streckte die schmerzenden Knochen und ächzte leise, als die frische Naht protestierte. »Danke«, murmelte er und nahm den Krug mit warmem Bier entgegen, den sein Freund ihm reichte. Er nahm einen großen Schluck und schob ein Stück Braten hinterher. »Du nicht, wie du aussiehst.«

»Ich habe einen Bow Street Runner aus dem Bett gejagt und auf die Spur des Meuchlers gesetzt«, erwiderte der Viscount matt und ließ sich in seinen Sessel fallen. Er streckte die langen Beine aus und drückte das Kinn in den strengen Knoten seines Halstuchs.

»Hältst du das für klug?« Idris wärmte seine Hände an dem Becher. »Man wird sich fragen, wer ihn getötet hat und warum.«

»Ich habe behauptet, ich wäre es gewesen.« Raventhorne lächelte schmallippig und das Glitzern in seinem hellen Auge verbat sich jeden Kommentar. »Du weißt, dass Barlow mir blind vertraut.« Er stieß ein kurzes, trockenes Lachen aus, das jeden Funke Humor entbehrte.

Idris verzog das Gesicht. »Alberne Wortspiele vor Sonnenaufgang«, knurrte er. »Du weckst in mir das Verlangen, dir eine Kugel in den Kopf zu jagen statt meines Duellgegners.«

Raventhorne grinste und faltete die Hände vor dem Bauch. »Dann schlage ich vor, du machst dich fertig, Auden. Die Kutsche wartet auf uns.«

Der Atem stand als weiße Wolke vor Idris' Mund, als er aus dem Haus trat. Er fröstelte und knöpfte die Redingote zu, bevor er seine Handschuhe überstreifte. Die Wunde schmerzte und er fühlte sich matt und abgeschlagen. Mit einem Nicken nahm der dem stummen Diener seines Freundes die Flasche ab, die dieser ihm reichte, und stieg in die Kutsche mit dem Wappen des Viscounts Raventhorne. Der Kutscher ließ seine Peitsche schnalzen und das Gespann Braune zog an.

Raventhorne saß vornübergebeugt ihm gegenüber, die Ellbogen auf die Knie gestützt. Seine Hessenstiefel waren makellos poliert, seine Pantalons saßen so eng, dass sich jeder Muskel darin abzeichnete, und der Garrick, den er trug, war von bestechender Eleganz, ebenso wie sein perfekt gebundenes Halstuch. Idris musterte ihn mit leisem Missfallen. »Was ist los mir dir, Raventhorne?«, fragte er und zog den Korken aus der Flasche. »Bist du unter die Stutzer gegangen, alter Haudegen?«

Raventhorne zog eine Braue empor und würdigte ihn keiner Antwort. Er lehnte sich zurück, verschränkte die Arme und musterte Idris scharf. »Was hast du vor?«, fragte er mit einem Zucken seines Kinns in Richtung Brandy. »Willst du dort zu allem Überfluss angesäuselt erscheinen? Du bist verwundet ...«

Idris grinste und nahm einen kräftigen Schluck aus der Flasche, ehe er sie seinem Freund reichte. »Los, spül dir den Mund damit aus«, sagte er. »Und dann gib sie mir wieder.«

Raventhorne folgte kopfschüttelnd dem Befehl. Idris legte den Daumen auf den Flaschenhals und begann damit, das Getränk sorgfältig über seine Kleidung zu verteilen. »Wilby bringt mich um«, sagte er. »Ich werde ihm vorschlagen, die Kleider zu verbrennen.«

Fox saß da, das Kinn in die Hand gestützt, und beobachtete das Schauspiel mit amüsiertem Unglauben. »Was willst du damit erreichen?«

Idris betrachtete den Rest in der Flasche und setzte sie dann erneut an die Lippen, um sie zu leeren. Er warf sie auf den Boden und strich sich mit beiden Händen durchs Haar, bis es ungebärdig vom Kopf abstand, dann lockerte er seine Krawatte und ruckte an seinem Mantel, bis er schief von seinen Schultern hing.

Der Viscount schüttelte den Kopf. »Du siehst aus, als hättest du nicht nur eine Nacht durchgezecht«, sagte er amüsiert und öffnete ein Stück das Fenster. »Und du stinkst. Hättest du nicht warten können, bis wir angekommen sind, Mann? Ich werde allein vom Geruch besoffen.«

Idris überkreuzte die Knöchel und wischte über seinen Biberhut, der einige Tropfen abbekommen hatte. »Wilby tötet mich«, wiederholte er düster.

»Die mörderischen Gelüste deines Kammerdieners dürften in der nächsten halben Stunde dein kleinstes Problem darstellen.« Raventhorne blickte hinaus. »Wir sind da.«

Die Kutsche hielt am Rande einer der abgelegenen Wiesen des Hyde Parks. Bäume umstanden das Areal und verhinderten, dass vom Weg aus jemand sehen konnte, was auf der Wiese vor sich ging. Raureif hing an den kahlen Ästen und eine dünne Schneeschicht bedeckte das winterlich vergilbte Gras. Ein Stück entfernt standen zwei weitere Kutschen, ein Phaeton und ein gesatteltes Pferd, das unruhig mit den Hufen scharrte.

»Wymond ist auch schon da«, sagte Raventhorne ruhig. »Kennst du den Unparteiischen?«

Idris beugte sich vor und musterte den soignierten älteren Herrn, der mit Seyton, seinem Duellgegner, sprach. »Nein«, sagte er. »Aber den Arzt, er war schon bei meinem letzten Duell vor Ort.« Er setzte seinen Hut schief auf klopfte gegen das Dach.

Der Kutscher sprang vom Bock und öffnete den Schlag. Der Viscount stieg aus und reichte Idris die Hand, um ihm aus der Kutsche zu helfen. Idris stolperte und stürzte ihm entgegen, rief laut und fröhlich: »Hoppala«, und knickte in die Knie, als er endlich den Boden erreicht hatte. »Danke schön, alter Junge«, lallte er und ließ sich von Raventhorne aufhelfen. »Was is' los, haben wir Sturm? Ordentlicher Seegang heute, was?«

Ihr Auftritt erregte die gewünschte Aufmerksamkeit. Die Sekundanten seines Kontrahenten, der Arzt und der Unparteiische starrten sie an, als wäre ein Elefant auf einer Teeparty des Prince of Wales erschienen. Nur Ned Wymond legte eine Hand vor den Mund, als würde er gähnen. Idris sah seine amüsiert funkelnden Augen und grinste ihn breit und betrunken an. »Wymond, alter Knabe«, rief er laut. »Auch so früh auf den Beinen?« Er lachte albern und stützte sich schwer auf Raventhorne.

»Mein Gott, Auden«, sagte Seyton laut und angewidert. »Sie sind voll wie ein irischer Pfaffe. Ist Ihnen denn nichts heilig?«

Idris zerrte die Handschuhe von den Fingern, verlor einen davon und trat darauf, als er sich schwankend bemühte, ihn vom Boden aufzuklauben. »Mist«, sagte er und blieb vornübergebeugt stehen. »Ich glaube, ich muss kotzen.«

Seyton und seine Sekundanten sprangen hastig rückwärts. Der Unparteiische sah Fox und Wymond an. »Meine Herren, wollen Sie im Namen Seiner Lordschaft von dem Duell Abstand nehmen? Eine Entschuldigung …«

»Nichts da, das könnte euch so passen«, lallte Idris und richtete sich auf. Er wedelte fahrig in Raventhornes Richtung. »Meine Pistolen, Raventhorne.«

Raventhorne trat mit unbewegter Miene vor und öffnete den Kasten mit den Duellpistolen. Der Unparteiische prüfte sie mit missbilligender Miene und nickte dann. »Die Regeln sind Ihnen bekannt«, sagte er. »Sie schießen auf eine Entfernung von fünfzehn Schritt, jeder von Ihnen hat einen Schuss. Ich wünsche Ihnen Glück.«

»Brauch ich nicht«, nuschelte Idris und fummelte an den Knöpfen seines Mantels herum. »Zieht mir das Ding aus. Ich kann mit diesem Kragen nichts sehen.«

»Sieht doch ohnehin alles doppelt«, murmelte einer der gegnerischen Sekundanten und erntete ein Auflachen. Der Arzt saß auf den ausgeklappten Stufen der Seytonschen Kutsche und betrachtete gleichmütig das Geschehen. Mit ein wenig Glück auf beiden Seiten würde er nicht tätig werden müssen.

Fox nestelte die Knöpfe der Redingote auf und sagte leise: »Schieß diesmal lieber nicht in die Luft, mein Lieber. Triff ihn meinetwegen in die Schulter, das wird er überleben. Er ist fest entschlossen, dich abzuknallen und man sagt, er sei ein hervorragender Schütze.«

»Pah«, machte Idris und kniff die Augen zusammen. »Bestenfalls mageres Mittelmaß. Mach dir keine Sorgen, ich bin nicht so leicht umzubringen.«

»Dein Wort in Gottes Ohr«, sagte Raventhorne resigniert.

Die Duellanten nahmen Aufstellung. Idris hielt seine Pistole ungeschickt in der linken Hand und kniff ein Auge zu, als würde er zielen, während er schwankte wie ein Rohr im Wind. Er hörte das zynische Lachen seines Kontrahenten und die lauten Anweisungen des Unparteiischen, der um Aufstellung bat.

Idris konzentrierte sich. Seine linke Hand war deutlich schwächer als die rechte, er musste also eher darauf achten, nicht selbst getroffen zu werden, als darauf zu hoffen, zu treffen.

»Kann der Kerl nicht ruhig stehen?«, hörte er Seyton murren, während sie Rücken an Rücken standen. »Es ist ja geradezu ein Gnadenakt, das besoffene Schwein zu erlegen.«

Idris gab sich unbeeindruckt und machte die fünfzehn Schritte mit der stocksteifen Haltung eines Betrunkenen, der sich konzentriert, geradeaus zu marschieren.

Dann drehte er sich um, richtete seine Pistole auf seinen Gegner und ließ die Mündung Achten und Kurven in die Luft zeichnen.

Seyton stand mit verkniffener Miene da und zielte auf Idris' Kopf. Ganz offensichtlich würde er sich nicht mit einem harmlosen Blutopfer zufrieden geben. Er wollte seinen Kontrahenten tot sehen.

Der Unparteiische zählte und Idris sandte ein lautes Rülpsen in die eisige Luft des Wintermorgens. Er behielt Seyton scharf im Auge. Der Zeigefinger krümmte sich … und Idris schoss.

Beide Pistolen knallten beinahe gleichzeitig. Die Kugel aus Seytons Pistole zischte um Haaresbreite an Idris' Ohr vorbei – er hatte richtig vorhergesehen, wohin Seyton zielen würde und hatte sein ständiges betrunkenes Schwanken in eine winzige ausweichende Bewegung umgewandelt, die der Unparteiische nicht würde bemängeln können. Seine eigene Kugel schlug einen Fuß links von Seyton in den schlanken Stamm einer Buche ein.

»Upsi«, sagte Idris langgedehnt und ließ sich nach vorne fallen, als wäre er getroffen.

Raventhorne stürzte zu ihm und milderte seinen Sturz. »Vorsicht, alter Junge«, murmelte er. »Die Naht hält solche Spielchen vielleicht nicht aus.«

Idris lächelte breit und träge zu ihm auf. »Deine Nähte halten länger als das Fleisch um sie herum«, gab er zurück. »Da kommt der unselige Seyton. Ich hätte ihn vielleicht doch erschießen sollen.«

Der Arzt war als erster bei ihm. Er stellte seine Tasche neben Idris in den Schnee und legte seine Hand auf dessen Schulter. »Wo sind Sie getroffen, Mylord?«

»Gar nicht«, lallte Idris. »Ich habe bloß keine Lust mehr, weiter herumzustehen.«

Raventhorne drehte sich so, dass er Idris gegen Seyton abschirmte, und gab Wymond ein Zeichen, dessen Sekundanten abzulenken. »Schauen Sie sich bitte seine Schulter an«, sagte er leise zu dem Arzt. »Ich habe sie notdürftig geflickt, aber …«

Der Arzt nickte und knöpfte Idris' Weste auf. Raventhorne stand auf und blockierte Seytons Sicht. »Ich denke, der Ehre ist nun Genüge getan«, sagte er schroff. Er blickte den Unparteiischen an. »Mr Hemsworth?«

Der Unparteiische zuckte die Achseln und schlug den Kragen seines Mantels hoch. »Ich sehe keinen Grund, länger hier in der Kälte zu verweilen«, sagte er. »Die Angelegenheit ist erledigt. Meine Herren.« Er lüpfte seinen Hut und ging zu seiner Kutsche.

Seyton starrte mit Genugtuung in den schmutzbraunen Augen auf Idris, an dessen Schulter sich der Arzt zu schaffen machte. »Tot wäre er mir zwar lieber«, sagte er, »aber immerhin habe ich nun den unbesiegbaren Marquess Auden zu Boden gestreckt. Das wird im *ton* für allerlei Gesprächsstoff sorgen.« Er sah den Viscount eisig an. »Raventhorne.«

»Seyton«, erwiderte dieser mit einem milden Lächeln. »Scheren Sie sich zum Teufel.«

Es war dem anderen anzusehen, dass er über eine neuerliche Forderung nachdachte, aber als sich nun auch Ned Wymond zu Raventhorne gesellte und Seyton abschätzig anblickte, gab dieser nur ein Schnauben von sich und machte auf dem Absatz kehrt. »Fahren wir in meinen Club«, rief er seinen Sekundanten zu. »Ich kann ein Frühstück brauchen.«

Raventhorne und Wymond sahen zu, wie die Kutschen davonrollten. Wymond stieß eine riesige Atemwolke aus und begann zu lachen. »Wie besoffen ist er wirklich?«

Raventhorne zog seine Schnupftabakdose aus der Tasche und bot sie Wymond an. »Sagen wir es so: Es riecht schlimmer als es ist.« Er nahm elegant eine Prise, schneuzte sich und schlenderte zum Arzt hinüber, der Idris gerade wieder in seinen Ärmel half. »Wie sieht es aus, Doktor?«

»Was?«, rief Wymond und drängte sich zwischen sie. »Er ist getroffen worden? Wie kann das sein?«

Idris, der blass und müde aussah, nachdem er alle Schauspielerei hatte fahren lassen, und unter dessen Augen dunkle Ringe lagen, lachte hustend und quälte sich in seinen Mantel, wobei er den Ärmel der verletzten Seite leer baumeln ließ. »Danke, mir geht es großartig«, sagte er. »Ein kräftiges Frühstück, ein warmes Bett und drei Tage Ruhe und ich bin wieder wie neu.«

2

Miss Portia Redgrave beugte sich zu ihrer besten Freundin, Miss Ariana Seabright, und flüsterte hinter vorgehaltenem Fächer: »Sie werden das ›liederliche Quartett‹ genannt. Ich habe gehört, wie Lady Dalrymple das zu Lady Bolton sagte.«

Ariana riss die dunkelblauen Augen weit auf, legte eine Hand vor dem Mund und rief: »Oh, Portia! Wie *grauenhaft*!«, denn Miss Ariana Seabright kultivierte eine Neigung zu überschwänglicher Gedankenlosigkeit.

Portia ignorierte den Ausruf ihrer Freundin. Ihr Blick aus schokoladenbraunen Augen hing fasziniert an dem großen, breitschultrigen Mann in dunkelgrün schillerndem Taft mit den blendend weißen Strümpfen und dem zu einer schneeigen Kaskade gebundenen Halstuch. »Er sieht verrucht aus«, wisperte sie. »Schau nur, sein Haar, es glänzt wie Rabenfedern. Und die vornehm helle Haut. Und diese Augen!« Sie seufzte hingerissen.

»Portia!«, zischelte ihre Freundin und kniff sie in den Arm. »Starr ihn nicht so an, das ist ungehörig!« Sie konnte selbst kaum den Blick von dem Bewussten wenden. »Er ist sehr groß«, flüsterte sie. »Und er sieht kräftig aus, nicht so schwindsüchtig und bleich wie dieser Oliver Brownsmith, der uns ständig hinterherläuft.«

»Dir, Ariana. Dir.« Portia folgte dem Mann mit ihren Blicken. »Lord Auden soll volltrunken bei einem Duell angeschossen worden sein, vor ein paar Tagen. Er hatte eine junge Lady entehrt, erzählte Lady Bolton.«

»Oh, wie verworfen.« Arianas Wangen glühten. »Er sieht *hinreißend* aus!« Sie zog die Brauen zusammen. »Aber wo verstecken sich die anderen Herren des verruchten Quartetts?« Sie sah sich mit funkelnden Augen um, und nun war es Portia, die sie mahnend in die Seite knuffte.

Wieder versanken beide in anbetende Betrachtung. Lord Auden stand mit einer älteren Dame und ihrer Begleiterin in der Nähe einer dekorativen Topfpalme und ließ eine nicht unbeträchtliche Portion Charme spielen. Portia seufzte. »Diese Augen«, sagte sie. »Grün wie Smaragde. Meine Katze Tinker hatte solche Augen.«

Ariana neigte sich zu ihrem Ohr und wisperte: »Angeblich verdankt er sein Aussehen der Tatsache, dass er ein Changeling ist.« Sie sah Portia bedeutungsvoll an.

Ihre Freundin lachte und gab ihr einen Klaps mit dem Fächer. Sie zupfte ihre zarte Stola zurecht und glättete eine Falte in ihrem buttergelben Seidenrock. »Du redest ein Zeug«, rügte sie lächelnd. »Ein Wechselbalg! Er ist der zukünftige Duke of Grenville!«

»Das ist ja das Tragische!« Ariana verdrehte die Augen, die sich wie auf Bestellung mit Tränen füllten. »Stell dir doch nur einmal vor, Portia! Der alte Duke of Grenville, der seinen ältesten Sohn und Erben an die verfluchten Sid… an das Schöne Volk verliert und darüber so krank vor Leid wird, dass er seinen Stammsitz nicht mehr verlässt. Und Lord Auden selbst, der weiß, dass der wahre Lord Auden im Elfenreich in Gefangenschaft schmachtet, und er selbst ist nur ein hohler Abklatsch, ein Wechselbalg, dessen Eltern zum Schönen Volk gehören. Einsam und verlassen, gestrandet in der Welt der Menschen! Das muss doch unendlich traurig und schrecklich für ihn sein!«

»Den Eindruck macht er mir allerdings nicht«, erwiderte Portia trocken. Der so von Herzen bemitleidete Lord Auden lachte gerade herzhaft über etwas, das die ältere Dame zu ihm sagte, und trank dabei von seinem Portwein. »Ariana, du musst nicht alles glauben, worüber in Tante Netties Nähkränzchen geklatscht wird. Wenn Lord Auden ein Changeling wäre, dann hätte Corin mir doch sicher davon erzählt.«

»Corin?« Ariana lachte auf. »Er würde eher sterben, als seiner Angebeteten solch degoutante Details über seine Familie zu verraten.«

Dem wusste Portia nichts entgegenzusetzen. Ihre Miene verdüsterte sich. »Ich werde nicht länger warten, dass etwas passiert«, sagte sie sehr energisch, leerte ihr Glas Champagner und erhob sich.

»Portia, was hast du *vor*?«, rief Ariana und sprang auf. Sie presste beide Hände vor den Mund und sah der zierlichen Gestalt ihrer Freundin nach, die sich den Weg durch die Gäste bahnte.

Idris hatte sich von Lady Leatham verabschiedet und genoss nun einen Moment relativer Ruhe, soweit das in einem überfüllten Ballsaal überhaupt möglich war. Er sah sich betont träge um und vermied dabei jeden Augenkontakt, der als Aufforderung verstanden werden könnte, sich ihm zu nähern. Er fragte sich, warum er heute ausgerechnet diese Einladung angenommen hatte, statt jetzt bequem zu Hause vor dem Kamin zu sitzen, eine Flasche Portwein zu leeren und ein Buch zu lesen.

Eine Hand fiel auf seine gesunde Schulter und eine wohlbekannte Stimme sagte: »Auden, alter Mistkäfer. Traust du dich wieder in die Gesellschaft? Nett von dir, hier vorbeizuschauen, dann kann ich dich gleich anpumpen.«

»Wymond, sei nicht lästig«, erwiderte Idris sanft und pflückte die klammernde Hand von seinem Arm. »Du verlierst also gerade wieder, habe ich recht?«

»Wann hättest du je unrecht, Edelster aller Edlen?« Edward Wymond grinste und verschränkte die Arme vor der Brust. »Komm schon, alter Junge, du bist mir was schuldig.« Seine Blicke sprangen wie Eichhörnchen durch den Saal. »Hast du gesehen? Bellinghan steht dort mit dem jüngeren der Ayres-Brüder. Was die beiden wohl wieder aushecken?«

Idris zuckte scheinbar gleichgültig die Achseln und zog eine fein ziselierte Schnupftabakdose aus seiner Tasche. Er bot Wymond davon an, und während die beiden die Köpfe zusammensteckten, fragte er leise: »Hast du Raventhorne und Cavanaugh irgendwo gesehen? Sie wollten kommen, sagte Raven.«

Wymond zog sein Schnupftuch und putzte sich geziert und umständlich die Nase. »Bislang noch nicht«, murmelte er. »Raventhorne kommt aber mit Sicherheit, er wollte sich hier mit Saint-Hilaire treffen. Aber hör mal, wer ist bloß dieses süße Ding, das dich so anhimmelt? Sie steuert geradenwegs auf uns zu.«

Idris wandte sich um und blickte erstaunt in die großen, schokoladenbraunen Augen einer jungen Dame in einem buttergelben Kleid, die vor ihm in einen tiefen Knicks sank, so dass er einen guten Ausblick in ihr hübsches Dekolletée und auf einen üppigen Schopf kastanienbrauner Locken hatte.

»Ich bitte um Verzeihung?«, sagte er fragend und reichte ihr die Hand, um ihr aufzuhelfen.

»Eure Lordschaft«, sagte das Mädchen mit atemloser Stimme. Rote Flecken zierten ihre zarten Wangenknochen. »Ich weiß, dass es sich eigentlich nicht gehört, aber ich dachte, da wir doch beinahe …«

»Portia Redgrave«, schrillte eine Frauenstimme durch den Saal. »Wie kannst du nur …«

Eine atemlose ältere Frau tauchte an ihrer Seite auf und griff nach dem Ellbogen des Mädchens, um sie mit sich zu ziehen. Allerdings weigerte sich Portia Redgrave, auch nur einen Schritt zu weichen. Sie zog eine aufsässige Schnute und erklärte: »Tante Nettie, dieser Herr ist Lord Auden. Ich dachte, ich könnte …«

»Ich weiß, wer dieser Herr ist«, schnappte die ältere Dame und zerrte stärker. »Verzeihen Sie meinem Schützling, Mylord. Sie ist zum ersten Mal in Gesellschaft und hat wohl ihre Manieren vergessen. Wir entfernen uns jetzt unverzüglich, Miss Redgrave!«

»Tante Nettie!« Portia stemmte die Fersen in den Boden wie ein bockendes Pony. »Er ist Corins Bruder!«

Idris konnte erkennen, dass die ältere Dame an sich halten musste, um nicht Portias Ohr zwischen Daumen und Zeigefinger zu klemmen und sie wie ein unartiges Kind abzuführen. Es gelang ihr, das Mädchen von Idris abzudrängen, während sie gedämpft und scharf mit ihr schalt. Portia gab die Gegenwehr auf, als sie bemerkte, dass sie Aufsehen zu erregen begannen. Sie warf Idris noch einen herzzerreißend flehenden Blick zu, dann folgte sie mit hoch erhobenem Haupt ihrer Anstandsdame.

Ned Wymont pfiff leise durch die Zähne. »Was war das denn für ein Auftritt?«, fragte er. »Ist das eins deiner Opfer, Auden? Ich dachte immer, du hast sie gerne etwas erfahrener.«

Idris verengte die Augen zu eisigen Schlitzen. »Spar dir deine Witze, Wymond«, fauchte er. »Sie hat gesagt, ich sei Corins Bruder. Was meinte sie damit?«

Wymond griff ein Glas Champagner von einem vorbeigetragenen Tablett und trank es leer. »Nun«, murmelte er desinteressiert, »vermutlich meinte sie damit, dass du einen Bruder namens Corin hast. Was, soweit ich mich entsinne, den Tatsachen entspricht.«

Idris lächelte noch nicht einmal über diesen schwachen Scherz. Er warf suchende Blicke durch den Saal. Dann sagte er knapp: »Ich treffe dich am Spieltisch« und ließ Wymond stehen, der ihm verdutzt hinterhersah.

Portia ließ ergeben die Strafpredigt über sich ergehen, nachdem sie noch einmal versucht hatte, ihrer Tante zu erklären, dass sie mitnichten gegen die Etikette verstoßen habe, jedenfalls nicht … und weiter war sie nicht gekommen.

»Lord Auden ist keine Gesellschaft für ein junges Mädchen, das auf seinen Ruf zu achten hat«, erklärte die Tante ihr und

Ariana, die tapfer an ihrer Seite ausharrte. »Er mag ein Marquess sein und der Erbe eines Herzogs, aber er ist auch ein Mann von überaus schlechtem Ruf, ein berüchtigter Lebemann, von dem eine junge Dame sich tunlichst entfernt zu halten hat.«

»Tante Nettie«, wagte Portia noch einmal einzuwenden, »ich werde mich in Zukunft doch schwerlich von ihm fernhalten können, sobald …«

»Papperlapapp«, fuhr Tante Nettie ihr über den Mund. »Du wirst dich entweder in Begleitung einer Anstandsdame oder deines Verlobten und späteren Ehemanns mit ihm treffen, wenn überhaupt. Er hat sich, soweit ich informiert bin, schon seit Jahren nicht mehr bei seiner Familie blicken lassen.« Sie schniefte und ruckte mit dem Kopf, was ihr in ihrer schwarzen Witwentracht das Aussehen eines missmutigen Huhns verlieh. »Wie auch immer«, schloss sie, »wir werden das nicht weiter diskutieren. Es wäre nicht im Sinne deiner Eltern, wenn du dich … oh!« Ihr kieksender Ausruf veranlasste Portia, sich umzusehen. Sie riss die Augen auf und Ariana stieß ein schrilles Kichern aus.

Ihre Gastgeberin, die Herzogin von Stanhope, segelte zielstrebig auf sie zu, und in ihrem Kielwasser folgte der düstere Marquess Auden.

Tante Nettie sank in eine Art Hofknicks, Ariana tat ihr graziös nach, aber Portia stand wie erstarrt und blinzelte nur, als die Herzogin vor ihr anhielt. »Liebes Kind«, sagte sie mit vornehmem Näseln, »ich habe es vollkommen versäumt, Sie mit Ihrem zukünftigen Schwager, dem Marquess Auden, bekannt zu machen. Idris, Lieber, darf ich dir die Verlobte deines Bruders, Miss Portia Redgrave, vorstellen? Dies sind ihre Begleiterinnen …«, ihr Blick ging nach innen, als suchte sie auf einer in ihrem Gedächtnis verzeichneten Gästeliste den richtigen Eintrag, »Mrs Dormer und Miss Seabright.«

»Ich bin überaus erfreut«, sagte der Marquess und beugte sich über Portias Hand. »Idris Hathaway, zu Ihren Diensten, Miss Redgrave.«

»Mylord«, wisperte sie, für einen Augenblick mit Sprachlosigkeit geschlagen.

Er lächelte, was seinem kantigen Gesicht erstaunlich viel Charme verlieh. Portia ertappte sich dabei, dass sie seine Lippen anstarrte, und senkte hastig den Blick.

Lord Auden verschwendete eine großzügige Portion seiner Ausstrahlung an Tante Nettie, was einen Hauch Farbe auf die faltigen Wangen zauberte. »Mrs Dormer, Miss Seabright, ich entführe Ihnen Miss Redgrave für einen Tanz. Sie erlauben?« Er bot ihr galant seinen Arm und wartete, bis sie ihre zitternde Hand in seiner Ellenbeuge platziert hatte.

Portia holte tief Luft und lächelte, als sie nebeneinander zur Tanzfläche schritten. »Das war sehr raffiniert von Ihnen, Mylord.«

»Nicht wahr?« In seinen Augenwinkeln bildeten sich kleine Fältchen, obwohl seine Miene unbewegt blieb. »Ich kann nur hoffen, dass Sie auch mit mir tanzen wollen, Miss Redgrave.«

»Gerne«, sagte sie, und ein unvermuteter Anfall von Befangenheit ließ sie die Augen niederschlagen. Stumm tanzten sie die ersten Takte zwischen den anderen Paaren, und Portia bemerkte bei aller Aufregung, dass sie neugierige Blicke trafen und ein leises Tuscheln ihren Weg über die Tanzfläche begleitete. »Mylord«, sagte sie beherzt und wagte es, ihm ins Gesicht zu schauen, »mir tun die Füße weh und ich glaube, ich brauche ein wenig frische Luft.«

Sein verhangener Blick wich nicht von ihrem Gesicht. Sie ertrug die eingehende Musterung schweigend, ihre Lippen begannen zu beben, was sie mit einem unwilligen Zusammenpressen unterband.

Lord Auden senkte die Lider, nur das grünliche Glitzern, das durch die schmalen Schlitze zu erkennen war, ließ seine amüsierte Verwunderung erkennen. »Sind Sie sicher, dass Sie sich mit mir auf die Terrasse wagen möchten?«, fragte er leise. »Ihre Tante hatte genügend Zeit, Sie vor mir und meiner rufschädigenden Gegenwart zu warnen.«

Portia hob das Kinn. »Meine Tante fürchtet allerorten rufschädigende Einflüsse«, sagte sie. »Ich habe keinerlei Bedenken, in Begleitung meines zukünftigen Schwagers ein wenig Luft zu schnappen.«

»Sie sind eine mutige junge Dame«, sagte er und reichte ihr wiederum seinen Arm. »Mutig oder tollkühn.« Ein Schatten flog über sein Gesicht. »Sie sind sich hoffentlich bewusst, dass mein Bruder Ihnen diese Eskapade verübeln könnte?«

»Corin?« Portia lachte unbehaglich. »Aber nein, niemals! Er liebt mich, wissen Sie? Und er liebt Sie als seinen Bruder. Er würde es uns niemals vorwerfen, dass wir uns gut verstehen.« Zumindest hoffte sie das.

Sein Arm spannte sich unter ihrer Hand an, aber sein Gesicht blieb unbewegt. »Ich wünsche und hoffe, dass Sie sich nicht täuschen«, sagte er.

Die frische, kalte Luft auf der Terrasse ließ Portia in ihrem dünnen Seidenkleid frösteln. Sie bedeckte die Gänsehaut auf ihren Schultern mit den Handschuhen und hauchte eine Atemwolke in den nächtlichen Himmel. Die Sterne glitzerten wie Diamantenstaub und die dünne Schneeschicht, die auf allem lag, ließ den Garten in der Dunkelheit schimmern wie ein zartes Gemälde.

»Es ist zu kalt hier«, sagte der Marquess energisch und sah sich um. »Kommen Sie, Miss Redgrave. Ich gehe doch recht in der Annahme, dass Sie nur einen Ort gesucht haben, an dem wir unbeobachtet miteinander reden können?« Ohne ihre Antwort abzuwarten, griff er nach ihrem Ellbogen und dirigierte sie über die Terrasse an der Hausfront entlang. Sie ließen den hellerleuchteten Ballsaal hinter sich und gelangten zu einer Reihe von Fenstern und einer Tür, die zurück ins Haus führte. Lord Auden öffnete sie mit großer Selbstverständlichkeit und schob Portia hindurch.

Sie fand sich in einem anmutig eingerichteten Salon wieder, in dessen Kamin noch einige niedergebrannte Scheite glühten, die ein wenig Wärme abgaben. Auden schob ohne großes Federlesens einen Lehnsessel ans Feuer, verfrachtete Portia hinein und nahm dann noch eine Tagesdecke von der Récamiere, in die er sie einwickelte, als wäre sie ein Kind. Portia überlegte, ob sie gegen diese Behandlung protestieren sollte, aber dann ergab sie sich seiner unpassenden Fürsorge und kuschelte sich behaglich in die leichte Wolle.

»So«, sagte er und zog einen Sessel für sich an den Kamin. Er beugte sich vor und stocherte in der Glut, um die Flammen erneut zu entfachen. »Hier werden wir hoffentlich nicht gestört, das ist der Morgensalon der Herzogin.«

Portia hob die Brauen. »Mit der Sie auf so vertrautem Fuß stehen, dass Sie hier einfach eindringen dürfen?« Es klang ein wenig pikiert.

Er hob ebenfalls eine Braue, was seinem Gesicht einen arroganten Ausdruck verlieh. »Honor ist meine Cousine, Miss Redgrave. Wir sind miteinander aufgewachsen.«

»Oh«, murmelte Portia und blickte auf ihre Hände nieder.

Er streckte die langen Beine mit überkreuzten Knöcheln zum Feuer und senkte das Kinn auf die Brust. Immer noch war sie sich seines bohrenden Blickes bewusst. Portia atmete tief ein und wieder aus. Ihren stolzen Worten zum Trotz war sie sich durchaus dessen bewusst, dass sie sich momentan in einer überaus kompromittierenden Lage befand, in der sie ungern ertappt werden würde. Gar so sicher war sie sich der gelassenen Reaktion ihres Verlobten nicht, wie sie vorhin seinem Bruder gegenüber vorgegeben hatte. Sie war sich Corins überhaupt in keiner Weise mehr sicher, manchmal glaubte sie, einen Fremden vor sich zu haben, wenn sie zusammen waren.

»Miss Redgrave?«, riss Audens dunkle Stimme sie aus ihren ängstlichen Überlegungen. »Worüber wollten Sie denn nun so dringend mit mir sprechen?« Er spielte mit einer silbernen Münze, die er von Fingerknöchel zu Fingerknöchel tanzen ließ. Seine Hände wirkten plump und nicht sehr geschickt, aber dieses Fingerspiel beherrschte er auf geradezu hypnotisch wirkende Weise. Portia riss ihren Blick davon los und sah ihm ins Gesicht.

»Mylord«, sagte sie beherzt, »ich muss gestehen, dass ich den Eindruck gewonnen habe, mein Verlobter und Sie hätten sich entzweit. Ich würde mir wünschen, dass Sie sich vor unserer Hochzeit versöhnen.«

»Oh«, murmelte Auden und eine Braue ging in die Höhe. »Wie sonderbar und überaus ungewöhnlich.« Die Münze verschwand und er legte die Hände zu einem Spitzdach vor den Lippen zusammen. Seine Augen blieben starr auf Portia gerichtet. »Lassen Sie hören.«

Portia klammerte die Hände in den Saum der Decke. »Corin und ich sind seit fast zwei Jahren verlobt, nachdem er mir ein Jahr lang den Hof gemacht hat. In all der Zeit waren Sie nicht ein einziges Mal auf Grenbury Hall zu Besuch.« Sie wurde sich bewusst, dass ihre Stimme anklagend klang, und bemühte sich um einen versöhnlichen Tonfall. »Ihr Vater spricht sehr selten von Ihnen, aber ich bin mir überaus sicher, dass er sich nach Ihnen sehnt. Und Corin erwähnt gelegentlich zwar Ihren Namen, aber immer mit Bitterkeit.« Sie blickte in die versteinerte Miene Lord Audens und biss sich auf die Wange. »Was geht mich das an, denken Sie jetzt sicher.« Mit kämpferisch gerecktem Kinn setzte sie hinzu: »Aber ich stamme aus einer Familie, in der Familienbande heilig gehalten werden. Was auch immer geschieht, nichts tritt zwischen einen Redgrave und den anderen! Und wenn wir uns streiten, dann trachten wir auch unverzüglich nach Versöhnung. So gehört es sich in einer Familie, Mylord!«

Lord Audens Kiefer mahlten. Er stieß einen gemurmelten Fluch aus und wich ihrem Blick nicht aus, sondern fixierte sie geradezu grimmig. Dann begann er zu ihrer Erleichterung und Überraschung zu lachen. Wenn die Strenge aus seiner Miene wich, wirkte er viel jünger, stellte Portia fest. Sie lächelte und schälte sich aus der wärmenden Umhüllung, denn vor dem Feuer war es mollig warm. »Mylord«, begann sie, aber Lord Auden unterbrach sie gleich.

»Nennen Sie mich Auden«, sagte er und starrte dabei mit zusammengezogenen Brauen ins Feuer. »Ich denke, wir sind in naher Zukunft miteinander verschwägert, also dürfte das in Ordnung sein.«

»Gerne«, sagte Portia und berührte ihre erhitzten Wangen. »Ich heiße Portia, aber das wissen Sie ja schon.«

Er lächelte und seine Stirn glättete sich. »Nun, Miss Portia, dann erzählen Sie mir von Corin. Warum ist er nicht an Ihrer Seite?«

Der Schmerz flammte auf, ohne dass Portia sich dagegen gewappnet hatte. Sie presste eine Hand auf ihre Brust und wandte den Blick zum Feuer, um sich zu fassen. Sie spürte mehr, als sie es sah, dass er sich mit besorgter Miene vorbeugte. Dann legte er behutsam seine Hand auf ihren Arm. »Was bedrückt Sie so sehr?«

Sie holte tief und zitternd Luft. »Corin«, sagte sie kaum hörbar. »Er hat sich verändert.« Sie zupfte an ihrem Handschuh, sah Lord Auden nicht an. »Seit einigen Monaten meidet er mich und seinen Vater. Er schützt vor, dass er zu beschäftigt sei.« Sie lachte bitter. »Beschäftigt! Womit denn? Seit er vom Kontinent zurückgekehrt ist, hat er doch nichts mehr zu tun. Er sitzt herum und grübelt. Oder er schließt sich ganze Tage in der Bibliothek ein oder reitet aus und bleibt über Nacht fort, ohne ein Wort darüber zu verlieren, wo er war und was er dort getrieben hat.« Sie schnüffelte und suchte in ihrem Retikül nach einem Tüchlein. »Ich dachte, er wäre meiner überdrüssig geworden, schon vor unserer Hochzeit. Dann dachte ich, er würde sich noch einmal die Hörner abstoßen wollen, bevor er … bevor wir …« Ihre Stimme brach und sie verbarg ihr Gesicht in den Händen. »Verzeihen Sie mir«, sagte sie erstickt. »Ich wollte unsere Bekanntschaft nicht gleich mit einer Szene beginnen lassen.«

Seine Hand berührte sacht ihre Schulter. »Es ist gut, dass Sie zu mir gekommen sind«, sagte Lord Auden, und seine Stimme klang rau. »Ich habe mich zu lange von Corin ferngehalten, das sehe ich jetzt. Er war auf dem Kontinent, sagten Sie?«

Sie hob den Kopf und trocknete ihre Augen. »Er hatte sich ein Offizierspatent gekauft«, sagte sie. »Sein Vater war damit nicht einverstanden, er wollte, dass Corin zu Hause blieb und sich um alles kümmerte. Aber Corin ist ein Dickkopf. Er war sein nutzloses Leben leid, sagte er. Er ist nicht der Erbe …« Sie unterbrach sich und senkte die Lider. »Aber ich mische mich in Dinge, die mich nichts angehen, Eure Lordschaft.«

»Auden«, korrigierte er sie sanft. »Und es geht Sie sehr wohl etwas an, Portia.« Er lehnte sich zurück und starrte grüblerisch ins Feuer. »Hat Corin von seiner Zeit auf dem Kontinent erzählt?«, fragte er. »Wo hat sein Regiment gekämpft?«

»Auf der Halbinsel«, sagte Portia seufzend. »Er redet nicht gerne darüber.«

Auden nickte verständnisvoll. »Und seit er zurück ist, geht er Ihnen aus dem Weg?«

So schroff formuliert tat es noch mehr weh. Portia presste die Lippen zusammen. Sie pflegte nicht weinend in der Ecke zu sitzen, sondern nahm ihr Schicksal lieber selbst in die Hand. Aber Corin und sein verschattetes Gemüt, die kalte Fremdheit, mit der er sie manchmal ansah, wenn er sich unbeobachtet glaubte, das zerrte an ihren Nerven. Sie musste wissen, woran sie war – selbst wenn das bedeuten mochte, dass ihre Verlobung gelöst werden würde. Besser ein Ende mit Schrecken …

Sie raffte sich auf und zwang sich zu einem Lächeln. »Danke, dass ich mich bei Ihnen ausweinen durfte, Auden. Es wäre sehr freundlich von Ihnen, wenn Sie Corin einmal aufsuchen und mit ihm reden würden. Vielleicht vertraut er sich Ihnen ja an.« Ihr Lächeln verblasste. »Vorausgesetzt, Sie beide stehen immer noch auf vertrautem Fuß. Und das ist nicht der Fall, oder?«

Lord Auden wandte den Blick ab und ließ wieder die Münze über seine Fingerknöchel tanzen. »Das ist eine Frage, die ich nur sehr schwer beantworten kann«, sagte er nach einer Weile. »Wir haben uns nicht zerstritten, falls Sie das fürchten. Ich bin nur … ich habe mich entschieden, meiner Familie nicht über Gebühr zur Last zu fallen.«

Das klang so absurd, dass Portia ihn mit offenem Mund anstarrte. Ein Glucksen entfuhr ihren Lippen und sie schüttelte ungläubig den Kopf. »Zur Last fallen?«, wiederholte sie.

Seine grünen Augen verdüsterten sich zu einem Ton, der dem seiner grünschwarzen Kleidung glich. »Ja«, erwiderte er abweisend. »Ich gehe davon aus, dass ich meinen Bruder am Grosvenor Square finden kann?«

Portia nickte beklommen. »Corin möchte, dass wir künftig die Saison wieder in der Hauptstadt verbringen.«

»Ein guter Vorsatz, wenn er seine junge Frau glücklich machen will.« Sein Lächeln erreichte die Augen nicht. Er erhob sich und ragte wie ein Fels vor ihr auf. »Wir sollten in den Saal zurückkehren«, sagte er. »Sonst ist das Gerede unausweichlich.«

Portia nahm seine Hand und folgte ihm durch die Tür in einen angenehm erleuchteten, mit Teppichen ausgelegten Gang. Auden hielt ihre Hand weiter umschlossen, und sie genoss die Wärme, die von seinen kräftigen, beinahe bäurisch wirkenden Fingern ausstrahlte.

»Stimmt es?«, fragte sie spontan und wünschte sich im gleichen Moment, die Worte wieder zurücknehmen zu können.

Er warf ihr einen Seitenblick zu, in dem sich Vorsicht und Erheiterung mischten. »Stimmt was?«

Sie schüttelte den Kopf, ärgerlich über sich selbst. Er sah nicht aus wie einer vom Schönen Volk. Nicht, dass sie jemals einen Elf mit eigenen Augen gesehen hätte, aber sie kannte die Erzählungen. Lord Auden war nicht ätherisch schön und sein Körperbau viel zu stabil. »Das war dumm«, sagte sie hastig. »Vergessen Sie meine Frage bitte.«

Er lachte grimmig und blieb stehen, zwang sie damit, ebenfalls inne zu halten. Er drehte sie zur Wand und schirmte sie mit seinem breiten Kreuz zum Gang hin ab. »Was stimmt?«, fragte er mit seidenweicher Stimme und seine Augen schimmerten in einem unirdischen Feuer.

Portias Kehle wurde trocken. Vielleicht war der Gedanke doch nicht gar so absurd …

Der große, muskulöse Körper strahlte eine Wärme ab, gegen die ein Kaminfeuer beinahe kühl erschien. Portia spürte, wie ihre Wangen zu glühen begannen. Sie sah die schimmernden Reflexe auf seinem schwarzen Haar, das er unmodisch lang trug, und den leichten Bartschatten auf seinen Wangen. Elfen hatten doch keinen Bartwuchs, oder? »Changeling«, krächzte sie. »Man erzählt sich …«

Die Lippen wichen von seinen Zähnen, und für einen kurzen Moment befürchtete Portia, dass sie ihre Freundin falsch verstanden oder diese sich geirrt haben könnte. Hatte sie »Changeling« gesagt oder »Untoter«?

Lord Auden lächelte sie breit und strahlend an. »Das haben Sie aber vornehm ausgedrückt«, sagte er mit unverkennbarem Spott in der Stimme, die so samtig war wie das Pelzfutter ihrer Pelisse. »Normalerweise schimpft man mich Wechselbalg.«

»Stimmt es?« Sie hob das Kinn, um seinem Blick zu begegnen und bemerkte den Schatten, der über sein Gesicht glitt. »Ihr Bruder hat so etwas mir gegenüber nie bemerkt«, fügte sie hinzu. »Und auch ihr Vater spricht von Ihnen zwar selten, aber ich bemerkte jedesmal seine große Zuneigung zu Ihnen. Das wäre doch kaum möglich, wenn Sie ein … nun ja. Wenn sein wahrer Sohn beim Schönen Volk leben müsste.«

Ein kaum wahrnehmbares Zucken ging über sein Gesicht. »Nun, dann erübrigt sich doch meine Antwort«, sagte er.

»Tut sie das?« Portia sah ihn fragend an. Er hätte doch einfach lachen und eine zynische Bemerkung über den Klatsch und Tratsch des *ton* machen können und alles wäre erledigt gewesen. Aber ganz offensichtlich war wohl ein Gran Wahrheit an dem absurden Gerücht.

Er senkte den Kopf, bis seine Stirn beinahe ihren Kopf berührte. Er war so groß! Portia war daran gewöhnt, aufblicken zu müssen, wenn sie Corin ins Gesicht sah, aber Corin war schmaler und schlanker gebaut als sein Bruder, er hatte helleres Haar und blaue Augen und war bestimmt eine Handbreit kleiner als Lord Auden. Sie spürte seinen Atem an ihrer Stirn.

»Portia«, sagte er sehr leise, »ich möchte dieses Thema nicht vertiefen. Sie gehören so gut wie zur Familie, und deshalb bin ich Ihnen Aufrichtigkeit schuldig. Aber dies ist nicht der rechte Ort und auch nicht der Zeitpunkt, um schmerzliche Angelegenheiten zu diskutieren. Verschieben wir es auf später.«

Sie betrachtete ihn eingehend, beinahe so prüfend, wie er sie vorhin gemustert hatte. Dann nickte sie. »Es ist jetzt auch nicht wichtig«, sagte sie. »Corin …«

»Ich kümmere mich um ihn.« Er wich zurück und sah zur Tür des Saals. »Gehen Sie alleine hinein«, sagte er. »Wenn jemand fragt, haben Sie sich kurz im Ruheraum hingelegt. Das ist nicht unüblich.« Ein winziges Lächeln zuckte um seine Lippen. »Es war mir ein Vergnügen, Portia Redgrave.« Er nickte und ließ sie stehen.

Portia sah seiner breitschultrigen Gestalt nach, wie sie den Gang hinunterschritt, an einer Tür am Ende stehenblieb, sich einen Augenblick zu sammeln schien und dann in den Raum dahinter trat. Als er die Tür öffnete, konnte sie Männerstimmen, gedämpftes Lachen und das Klingeln von Glas hören. Dort also trafen sich die Herren, die müde vom Tanz ein wenig Zerstreuung unter sich suchten, wahrscheinlich bei Brandy und Kartenspiel. Portia zog die Brauen zusammen. Es wäre ihr sogar lieber gewesen, Corin dort zu wissen statt an ihrer Seite. Lieber als gar keine Ahnung zu haben, wo in dieser großen Stadt er jetzt sein mochte.

Sie straffte ihre Schultern, hob das Kinn, setzte ein Lächeln auf und kehrte in den Ballsaal zurück.

3

Der Viscount Raventhorne und Lord Edward Wymond saßen am Spieltisch. Raventhorne wie gewöhnlich mit einer blasierten, leicht angewiderten Miene, in der sommersprossigen Hand ein Glas Port, und Wymond mit verschwommenem Blick und einer Konzentration, der Idris entnehmen konnte, dass sein Freund zum einen angetrunken und zum anderen damit beschäftigt war, die anderen Spieler um den Inhalt ihrer Börsen zu erleichtern.

Idris blieb an einem Tisch am Fenster stehen und sah sich um. Die Herren, die sich hier aufhielten, waren weniger am Tanz interessiert und mehr daran, in angenehmer Gesellschaft einen Stumpen zu rauchen, ein oder zwei Gläser Brandy, Port oder Claret zu trinken und in angemessener Weise dem Kartenspiel zu frönen. Ned Wymond pflegte bei solchen Veranstaltungen die Geschicklichkeit seiner Finger zu trainieren, und Idris hatte sich angewöhnt, ihn rechtzeitig vom Kartentisch zu entfernen, ehe einem seiner Mitspieler auffiel, dass Wymond ein begabter, aber mit steigendem Alkoholpegel auch gelegentlich ungeschickter Falschspieler war. Und dieser Zeitpunkt schien gerade gefährlich schnell näherzukommen.

Idris wechselte einen Blick mit Raventhorne, der träge sein Glas abstellte, sich zu Wymond beugte und ihm etwas ins Ohr flüsterte. Wymond verzog die Lippen, aber er nickte und legte sein Blatt ab. »Ich entschuldige mich, meine Herren«, sagte er und hielt sich an der Tischkante fest. Das Schwanken war nur teilweise gespielt. Idris runzelte die Stirn.

Wymond stakte durch das Raucherzimmer und ließ sich neben Idris in einem ledernen Sessel fallen, streckte die Beine aus und gähnte. In nüchternem Zustand legte er äußersten Wert auf seine Erscheinung, er war aus ihrem Quartett der einzige echte Dandy, ein eifriger Jünger Brummels. Aber jetzt blickten die sorgfältig gebundenen Fältelungen seiner Krawatte schief aus dem Ausschnitt seiner cremefarben und blau gestreiften Weste und das vormals kunstvoll zerzaust in die Stirn gezupfte Haar sah einfach nur noch zerrauft aus und hing ihm in die trübe blickenden Augen.

»Wymond«, murmelte Idris und beugte sich zu ihm, »ich hatte dich gebeten, heute Abend nüchtern zu bleiben, weil wir noch etwas zu besprechen hatten.«

»Nun ja«, antwortete Wymond gedehnt, »ich würde nicht behaupten, betrunken zu sein.«

»Du würdest aber lügen, wenn du dich als stocknüchtern bezeichnetest«, sagte Raventhorne, der von der anderen Seite an Wymonds Sessel herantrat. Er lehnte sich lässig gegen das Rückenpolster und nippte an seinem Glas, während er unter gesenkten Lidern den Raum im Blick behielt.

Wymond grinste und faltete die Hände vor dem Bauch. »Also erzähl schon: Wer war die hübsche Maid, Auden, und was wollte sie von dir?« Sein Grinsen bekam etwas mehr als Zweideutiges.

Idris ignorierte ihn und wandte sich an Raventhorne. »Wollte Cave ebenfalls zu uns stoßen?«

Der Viscount Raventhorne schüttelte den Kopf und strich behutsam mit der Zeigefingerkuppe am Rand seines Glases entlang. Ein singender Ton erklang. »Du kennst ihn doch. Außerdem ist er beschäftigt.«

»Die Depesche?«

Raventhorne nickte knapp. »Der Code ist verzwickt, Sidmouth drängelt wegen der Entschlüsselung und du kennst Cavanaugh, wenn er sich in etwas verbeißt. Und dann der Rahmen unseres Treffens …« Er verzog süffisant die Lippen.

»All diese hirnlosen Wichtigtuer«, äffte Wymond ihren Freund nach. »Ich habe wirklich Besseres zu tun …« Er kicherte und trank sein Glas leer.

Idris lächelte wider Willen über die gelungene Parodie. »Gut«, sagte er dann, wieder ernst werdend. »Wir müssen dann ohnehin erst auf das Ergebnis seiner Arbeit warten. Treffen wir uns morgen Abend bei ihm. Raventhorne, hast du etwas über den Vorfall neulich herausfinden können?« Er verzog unwillkürlich das Gesicht, denn die Stichwunde schmerzte noch immer.

Raventhorne beugte sich vor und stützte seine Hände auf die Armlehnen von Wymonds Sessel. »Sir John hat seine Leute ausschwärmen lassen«, sagte er in gedämpftem Ton. »Der Tote war niemandem näher bekannt, aber sie konnten immerhin die Wege seiner letzten Tage rekonstruieren. Er war mit Sicherheit ein gedungener Attentäter, die Spur zu seinem Auftraggeber verlief sich irgendwo in Wapping.«

Idris fluchte leise. »Sein Auftraggeber hat ihn dort aufgestöbert und gedungen«, sagte er grimmig. »Ich verwette mein bestes Paar Stiefel, dass er aus unseren Kreisen stammt. Jemand aus Wapping hätte mich eigenhändig zu erledigen versucht oder mir mit seinen Kumpanen irgendwo aufgelauert.«

»Anzunehmen.« Scheinbar ungerührt nahm Raventhorne eine Prise, aber der schnelle Blick, mit dem er Idris musterte, verriet seine Besorgnis um den Freund. »Ein paar der besten Bow Street Runner durchkämmen jetzt die Docks. Vielleicht finden sie noch einen Hinweis, der uns weiterbringt.«

Idris war davon nicht überzeugt. Er zog eine Lorgnette aus der Westentasche und musterte Wymonds leicht derangierte Erscheinung. »Ich schlage vor, du verabschiedest dich jetzt, Wymond«, sagte er schroff. »Wir brauchen dich morgen mit klarem Verstand. Sei also dieses eine Mal bitte nüchtern, wenn ich dich abhole.« Er richtete sich auf und legte Raventhorne eine Hand auf die Schulter. »Raventhorne, ich muss noch etwas mit dir besprechen, aber nicht hier.« Sein Blick flog zu zwei Herren, die ihn mit deutlichem Missfallen beobachteten. »Ich verabschiede mich noch von unserer Gastgeberin. Treffen wir uns nachher im Club?«

»Ich bin noch verabredet«, erwiderte der Viscount. »Aber wir könnten morgen zusammen das Frühstück einnehmen.«

Idris nickte knapp und klopfte Wymond fest auf die Schulter. »Auf, alter Knabe. Ab nach Hause mit dir.«

Wymond protestierte halbherzig, aber dann zuckte er die Achseln und stemmte sich aus dem Sessel. »Hier ist ohnehin nichts los«, murmelte er. »Ich werde noch auf ein Spiel ins Devil's Hole gehen.«

»Wymond«, sagte Idris scharf, aber seine Warnung prallte an Wymonds breitem, etwas trunkenen Grinsen ab.

»Geht schon in Ordnung«, sagte er und schwankte zur Tür. »Draußen an der frischen Luft bin ich gleich wieder klar, ihr werdet sehen.«

»Lass ihn«, sagte Raventhorne leise und hielt Idris zurück. »Er ist weniger angesäuselt, als es den Anschein hat. Morgen wird er einen klaren Kopf haben.«

Idris knurrte nur. Raventhorne irrte sich. Die Zeiten, da Wymond nur vorgegeben hatte, ein Trinker zu sein, waren schon lange vorüber.

Auf dem Weg hinaus wurde er von einem Zuruf aufgehalten: »Idris, mein Junge! Wir haben uns ja ewig nicht mehr gesehen!«

Idris fuhr herum, von einem angenehmen Schock durchzuckt. »Onkel Rowland«, er ergriff die Hände des älteren Mannes, um sie herzlich zu drücken. »Wie schön, dich zu treffen! Wie geht es Tante Elizabeth?«

»Gut, sehr gut«, sagte der Bruder seines Vaters und sah sich suchend um. »Sie ist hier, und Oliver auch. Ich habe sie gerade doch noch gesehen, wie er mit Lady Desmond sprach …«

Idris seufzte unhörbar und betrachtete seinen Onkel mit Zuneigung. Rowland war ein Jahr jünger als Idris' Vater. Im Gegensatz zum Duke of Grenville war er beinahe kahl und neigte seit seinen mittleren Jahren zur Korpulenz, was seine Frau von Zeit zu Zeit dazu verleitete, ihn am heimischen Tisch ›auf

Wasser und Brot‹ zu setzen, wie er es nannte. Er pflegte dem zu entgehen, indem er in seinen Club flüchtete und sich dort ein opulentes Mahl auftischen ließ.

»Lass nur, Onkel Rowland«, sagte Idris und berührte den Älteren am Arm. »Ich war schon dabei, mich zu verabschieden. Grüß die beiden von mir, hörst du?«

Sein Onkel wandte sich zu ihm um und musterte ihn eindringlich. »Du hast dich sehr lange nicht mehr blicken lassen«, sagte er. »Dein Vater macht sich Sorgen um dich, weißt du das?«

Idris wahrte eine gleichmütige Miene. »Das braucht er nicht«, sagte er. »Mir geht es gut.«

»Besuche ihn doch wenigstens einmal wieder.« Die dicken Finger krallten sich in seinen Ärmel und hielten ihn fest. »Ihr habt euch doch nicht wirklich überworfen, Idris. Er sagte zumindest, ihr hättet euch nur gestritten. Das lässt sich doch sicherlich beilegen.«

Idris gab es auf, seinem Onkel und dessen Vorhaltungen entfliehen zu wollen. Er bemerkte, dass ihnen Blicke zugeworfen wurden. Neugierige, teilweise hämische Blicke. Idris räusperte sich unbehaglich und murmelte: »Wollen wir uns nicht lieber zurückziehen, Onkel Rowland? Es muss doch nicht alle Welt mithören.«

Sie suchten sich einen Platz in einem der Salons und saßen eine Weile schweigend gegenüber in zwei bequemen Sesseln. Rowland blickte zum Fenster und rollte gedankenverloren den Stumpen zwischen den Fingern, den er sich angezündet hatte. »Worüber habt ihr euch gestritten?«, fragte er nach einer Weile.

Idris schreckte aus seinen Gedanken auf. »Über nichts Bestimmtes«, sagte er vage. »Du weißt schon. Immer das gleiche Thema.« Er dehnte unbehaglich die Schultern.

Sein Onkel beugte sich vor und legte die Hand auf Idris' Knie. »Versöhne dich mit ihm«, sagte er eindringlich. »Du weißt, dass Harmon dir nichts von dem vorwirft, was dich so bedrückt.

Du fühlst dich nach all den Jahren immer noch schuldig am Tod deines Bruders, aber du warst doch selbst noch ein kleines Kind, als das Schöne Volk dich brachte!«

Idris musste an sich halten, um seinen Onkel nicht zu korrigieren. Idwal war keineswegs tot, aber andererseits – für seine Familie kam es wohl auf das Gleiche hinaus. »Es ist sehr freundlich von dir, das zu sagen«, erwiderte er. »Allerdings sieht der Duke dies wohl anders. Weder er noch meine Mutter haben es mir je laut zum Vorwurf gemacht, aber ich habe es in ihren Mienen lesen können, wenn sie mich ansahen. Jeden Tag.« Er schüttelte den Kopf. »Ich weiß, dass ich eine Missgeburt bin, Onkel Rowland, aber es ist sehr freundlich von dir, es mich nicht spüren zu lassen.«

Sein Onkel blickte peinlich berührt auf seine Zigarre nieder und Idris wechselte das Thema. Sie tauschten noch einige freundliche Belanglosigkeiten aus, dann verabschiedete Idris sich und brach auf, um die Gastgeberin zu suchen.

Er fand die Herzogin in der Halle, wo sie mit verlorenem Gesichtsausdruck zwischen dem privaten Teil des Hauses und dem Ballsaal stand und über etwas nachzudenken schien. Als er ihren Namen rief, blickte sie auf und begann zu lächeln. »Idris, mein Lieber!«

»Ich möchte mich verabschieden, Honor«, sagte er und ergriff ihre Hand, um sie zu küssen. »Danke für die Einladung. Und danke, dass du mich mit Corins Verlobter bekannt gemacht hast.« Er sah sich kurz um, dann fragte er leise: »Hast du meinen Bruder in letzter Zeit gesehen?«

Über das freundliche Gesicht der Herzogin zog ein bekümmerter Schatten. Sie neigte den Kopf und sagte: »Er macht sich rar, seit er vom Kontinent zurückgekehrt ist. Wir sind alle ein wenig besorgt um ihn. Die Hochzeit sollte im Frühjahr stattfinden, aber er hat den Duke darum gebeten, sie noch bis zum

Sommer zu verschieben, weil er noch wichtige Dinge zu erledigen habe. Das arme Mädchen weiß es noch nicht, er hat es ihr bisher nicht gesagt.« Sie sah Idris groß und ernst an. »Du kennst Corin besser als wir alle, Idris. Was, in Gottes Namen, könnte deinen Bruder dazu bringen, seine eigene Hochzeit zu verschieben?«

Idris nahm ihre Hand und drückte sie fest. »Honor«, sagte er traurig, »ich bin Corin seit Jahren nicht mehr nah. Du weißt, warum.«

Sie schüttelte zornig den Kopf, aber ihre Finger erwiderten den Druck seiner Hand. »Idris, Lieber, wir sind zusammen aufgewachsen«, sagte sie eindringlich. »Wir haben dem alten Phelps Frösche ins Bett gelegt und sind auf die große Eiche geklettert, wir haben gemeinsam reiten gelernt und lesen und wir haben alles miteinander geteilt. Glaubst du wirklich, dass das Unglück, das unsere Familie betroffen hat, irgendetwas daran ändert, dass ich dich liebe wie einen Bruder?«

Er wandte den Kopf ab, um die Tränen in seinen Augen zu verbergen. »Der Duke leidet seit Jahren stumm darunter«, sagte er rau. »Die Duchess hat bis zu ihrem Tod nicht über all das sprechen können. Honor, du kannst nicht so tun, als wäre nichts. Ich bin, was ich bin und trage das Unglück meiner Familie in meinem Herzen und auf dem, was mein Gewissen und meine Seele wäre, wenn ich eine hätte.« Er atmete schluchzend ein. »Ich besitze so etwas nicht«, fuhr er gefasster fort. »Und ich beneide dich und Corin darum, jeden Tag, mit jedem Atemzug. Aber dass ich keine Seele habe, heißt nicht, dass ich nicht zutiefst traurig bin, mir meiner Schuld bewusst …«

»Schuld!«, fuhr die Herzogin auf. »Du plapperst das nach, was dir die Pfaffen als Kind eingeflüstert haben. Dich trifft an all dem keine Schuld, nicht ein Fitzelchen.« Ihre blassblauen Augen schimmerten hell vor Zorn.

»Ich bin ich«, sagte er ernst und ruhig. »Dadurch bin ich die Ursache für allen Schmerz, unter dem meine Familie seit

Jahrzehnten leidet. Und das ist der Grund, warum ich mich von allen fernhalte.«

»Womit du deine Pflicht verletzt«, gab Honor scharf zurück. »Du bist der zukünftige Träger des Titels. Du müsstest zu Hause sein und dich um dein Erbe kümmern und nicht hier in der Hauptstadt ein Lotterleben führen, über das sich alle Welt das Maul zerreißt. Wenn das deine Methode ist, dich für das zu strafen, was du für deinen Makel hältst, dann kann ich dir nur sagen: Du strafst vor allem diejenigen, die dich lieben und die du im Stich lässt.«

Idris konnte ihrem zornigen, mitfühlenden Blick nicht länger begegnen. Er wandte den Kopf ab und biss die Zähne zusammen. »Wie auch immer«, sagte er schroff. »Ich werde Corin morgen besuchen. Das Mädchen macht sich Sorgen.«

Honors Blick wurde weich. »Sie ist entzückend, nicht wahr?«

Er weigerte sich, darauf zu antworten, nickte nur knapp. »Ich verabschiede mich«, sagte er. »Den meisten deiner Gäste dürfte das eine Erleichterung sein.«

»Alberner Kerl«, erwiderte sie zärtlich und gab ihm einen Klaps mit ihrem Fächer. »Gib deiner Cousine einen Kuss, mein großer Bursche.« Sie erhob sich graziös auf ihre Zehenspitzen und Idris beugte sich herab, um sie rechts und links auf die Wange zu küssen. Er bemerkte, dass dieses Intermezzo von zwei Pärchen mit Interesse und Getuschel hinter vorgehaltener Hand beobachtet wurde, und wusste, dass die Herzogin diese selbst für ihre Verhältnisse auffallend herzliche Verabschiedung eigens für die Zuschauer inszeniert hatte.

Nebel wallte dicht wie Schneetreiben und hüllte die Welt in einen trüben Schleier. Selbst die Geräusche erschienen gedämpft und weit entfernt, das Rollen von Rädern, Hufschlag, die Rufe der Straßenhändler, die Schritte der Passanten.

Idris hatte sich entschieden, zu Fuß zu gehen. Sein Bewegungsdrang hatte ihn schon als Kind und Jüngling dazu getrieben, von seinen Büchern aufzuspringen und lange Fußmärsche durch die Wiesen und Wälder auf seines Vaters Ländereien zu unternehmen. In der Stadt gestaltete sich das weniger angenehm und erfrischend, aber immerhin sorgte die Bewegung in der Regel für einen guten Schlaf. Das redete Idris sich wenigstens ein.

Er war unruhig und fühlte sich kribbelig und rastlos. An Schlaf war nicht zu denken, aber er hatte auch keine Lust, in seinen Club zu gehen oder in eine der Spielhöllen, die Wymond so begeistert frequentierte. Einen Moment lang erwog er den Besuch eines Theaters, aber auch das war nichts, wonach ihm so recht der Sinn stand. Er hatte das Bedürfnis nach Gesellschaft. Nach weiblicher Gesellschaft, um genau zu sein.

Ohne seinen Füßen den ausdrücklichen Befehl gegeben zu haben, lenkten sie ihre Schritte Richtung Regent's Park. Olympia Guimont war genau das Heilmittel, das er jetzt brauchte, und vom Grosvenor Square zum Nottingham Place brauchte er keine halbe Stunde.

Das georgianische Backsteinhaus, in dem Idris seine Mätresse untergebracht hatte, kostete eine Stange Geld. Marylebone war zwar nicht Mayfair, aber auch nicht gerade eine billige Wohngegend. Olympia war insgesamt eine anspruchsvolle Geliebte, aber sie war ihren Preis in jeder Hinsicht wert.

Idris begann sich auf einen entspannten Abend in angenehmer Gesellschaft und die darauf folgende Nacht zu freuen. Olympia gelang es beinahe immer, seine düsteren Anwandlungen zu vertreiben. Und davon hatte er am heutigen Abend deutlich mehr als ihm gut tat.

Es war kurz vor Mitternacht, als er sein Ziel erreicht hatte und der Butler ihm öffnete. Natürlich hatte er einen Schlüssel, aber er zog es vor, seine Mätresse nicht zu überrumpeln. Sie waren für den heutigen Abend nicht verabredet gewesen und er stand nur hier, weil seine Pläne sich geändert hatten. Möglicherweise hatte sich Olympia schon zurückgezogen und er wollte ihr die Gelegenheit geben, sich für seinen Besuch zurechtzumachen.

Er nahm im Salon Platz und ließ sich eine Karaffe Port servieren, von der er trank, während er in die Glut des Kaminfeuers starrte. Der Abend hatte ihn mehr aufgewühlt als ihm lieb war. Er war zu Honors Ball gegangen, weil er sich immer freute, sie zu sehen, auch wenn sie bei solchen Gelegenheiten selten mehr als ein paar Worte wechseln konnten. Außerdem war eine so gut besuchte Veranstaltung immer ein Ort, um gesehen zu werden. Er hatte es sich zur Angewohnheit gemacht, dem *ton* seine Verachtung mit gleicher Münze heimzuzahlen. Sie blickten auf ihn herab? Gut, das konnte er leicht erwidern. Er war der Marquess of Auden, der zukünftige Duke of Grenville, und damit musste die feine Gesellschaft leben – er selbst musste es ja auch.

Er trank und brütete. Das war es natürlich nicht gewesen, was ihn so sehr aus der Fassung gebracht hatte, dass er um Mitternacht noch unangemeldet Trost bei seiner Mätresse suchen musste.

Das blasse, süße Gesicht der Verlobten seines Bruders ging ihm nicht aus dem Sinn. Sie war so hinreißend, so unschuldig, beinahe naiv aufgetreten, aber gleichzeitig war sie ihm so furchtlos gefolgt, so voller Vertrauen, dass er ihr nichts Böses tun, sie nicht kompromittieren, nicht auslachen, nicht gelangweilt wegschicken würde – und all das wäre im Bereich des Möglichen gewesen. Er war kein geduldiger Mensch, ganz sicher war er weder freundlich noch allzu höflich, sein Ruf war katastrophal, sein Benehmen ungebührlich, er war alles andere als eine Zierde der Peerage, und, was am schwersten wog: Er war genau genommen noch nicht einmal ein Mensch.

Er streckte die Beine lang aus und schenkte sich nach. Olympia ließ sich Zeit. Nun ja, wahrscheinlich machte sie sich besonders hübsch für ihn. Er lächelte schwach. Was für eine Zeitverschwendung – er gedachte nicht, sie länger als nötig in ihren Kleidern zu belassen.

Die Tür öffnete sich und Olympia trat ein. Zu seiner Überraschung trug sie ein duftiges Déshabillé, ein locker fallendes türkischrotes Kleid aus Musselin und Chiffon, die Haare hatte sie locker zurückgebunden, so dass es in weichen, schweren Wellen aus schimmerndem Gold auf ihre Schultern und über den Rücken fiel. Sie lächelte ihn unter lockend gesenkten Lidern her an und reichte ihm die Hand zum Kuss.

Idris hatte sich erhoben, als Olympia hereinkam. Er berührte ihre Hand mit den Lippen und bemerkte das leichte Beben ihrer Finger. »Ich habe dich gestört?«, fragte er und nahm wieder Platz. »Es entspricht nicht unserer Abmachung, dass ich unangemeldet hereinplatze, aber wenn du ein wenig Zeit für mich erübrigen könntest …«

Sie lächelte unentwegt und ließ sich von ihm ein Glas Madeira reichen, bevor sie sich neben ihn setzte und eine Hand wie zufällig auf seinen Schenkel legte. »Das ist eine nette Überraschung, Chérie«, sagte sie, und wie immer ließ ihr französischer Akzent sein Blut in Wallung geraten.

Idris lehnte sich ein wenig zurück, um sie ansehen zu können. Olympia war Sängerin und Schauspielerin, er hatte sie zum ersten Mal auf der Bühne des Adelphi gesehen und war nach der Vorstellung wie ein verliebter Jüngling in ihre Garderobe gestolpert. Dort hatte er sich inmitten eines wahren Pulks von Verehrern wiedergefunden und auf dem Absatz kehrt gemacht.

Und die nächsten Tage und Wochen war er beinahe jeden Abend ins Theater gegangen und es war ihm gelungen, die gefeierte Schönheit für sich zu gewinnen. Natürlich gab er sich keinen Illusionen hin: Es war weder seinem guten Aussehen noch seinem charmanten Wesen zu verdanken, dass Olympia ihn erhört hatte. Aber sie war praktisch veranlagt und nicht so dumm, einen Marquess mit gut gefülltem Portefeuille zu lange zappeln zu lassen. Sie hatte den Fisch an Land geholt, und der Fisch war ihr mit großer Begeisterung ins Netz gegangen.

Und jetzt roch der Fisch etwas, das ihm nicht gefiel. Er griff nach ihrem zarten Handgelenk, schnupperte daran und platzierte kleine, heiße Küsse auf seine Innenseite. Olympia schnurrte wie eine Katze, rekelte sich und schmiegte sich an seine Schulter. »Küss mich, mon Marquis«, gurrte sie und wandte ihm ihr Gesicht zu.

Idris grub seine Finger in die seidenweiche Fülle ihrer Locken, zog sie an sich und bedeckte ihren Mund mit seinen Lippen. Ihr Kuss war so leidenschaftlich wie immer, aber dennoch …

»Gehen wir hinauf«, sagte Idris und ließ sie los, um sich zu erheben.

Olympia rekelte sich auf dem breiten Divan. Ihr Haar fiel in leuchtender Flut über die Seidenkissen, die in dunklen Farben glühten. »Ah, ich finde es aber sehr bequem«, gurrte sie. »Komm, chérie, nimm mich 'ier .« Sie streckte die Arme nach ihm aus und die weiten Ärmel ihres Gewandes fielen zurück und entblößten glattes, weißes Fleisch, so verlockend wie ein schattiger Garten in der Sonnenglut des Mittags.

Idris ließ sich langsam wieder auf der Kante des Divans nieder. Er liebkoste ihre bloße Schulter und flocht seine Finger in ihr Haar, wand einen dicken Strang davon um seine Hand und zog sacht daran. »Wer ist es?«, fragte er weich, aber der Stahl blitzte unter dem Samt hervor.

Olympia senkte die Wimpern. »Ich weiß nicht, was du meinst.« Ihre Lippen formten einen verführerischen Schmollmund.

Idris wand eine weitere Schlinge ihres Haars um seine Hand. Der Zug musste mittlerweile unangenehm für sie sein, aber sie verzog keine Miene.

»Wer liegt dort oben in deinem Bett?« Idris verstärkte den Zug, und nun entfuhr ihr ein leiser Schmerzenslaut.

»Lass mich los, du grober Engländer«, fuhr sie ihn an und umklammerte sein Handgelenk. »Du tust mir weh.«

Er ließ nicht los, sondern sah sie nur weiter an. »Wer?«

»Ah, salaud!«, rief sie und versuchte, ihn zu beißen. »Laisse-moi, rosbif! Espèce d'imbécile, lass mich los!«

Die Überraschung darüber, dass seine Geliebte ihn mit unflätigen Ausdrücken belegte, ließ Idris laut auflachen. Er ließ Olympia los und packte gleich darauf ihre Handgelenke, als sie mit ausgefahrenen Krallen auf ihn losging, offensichtlich gewillt, ihm die Augen auszukratzen. Er rang sie ohne große Schwierigkeiten nieder und kniete dann schwer atmend über der sich windenden, kreischenden und spuckenden Furie. »Ruhig«, sagte er und lachte, als sie ihr Knie aufwärts riss. »He, ganz ruhig, wildes Fohlen.« Er fixierte ihre Beine mit seinem Schenkel und blies die Haarsträhne fort, die ihm kitzelnd über die Augen fiel. »Meine Liebe«, sagte er im Plauderton, als säßen sie bei einer Tasse Tee beisammen, »sollte nicht ich es sein, der die Szene macht? Brüllend, mit Schaum vor dem Mund und tobend vor Eifersucht?«

Olympia starrte ihn an, am ganzen Leib bebend vor Zorn und rechtschaffener Empörung. Sie bot ihm eine Meisterleistung der Schauspielkunst, der er beinahe Applaus gezollt hätte, wenn er gewagt hätte, sie loszulassen. Aber dazu waren ihm seine Augen zu teuer.

»Also, Liebste?« Er machte es sich über ihr so bequem wie es ging, immer darauf bedacht, seine edlen Teile vor ihr zu schützen. »Wer ist der Glückliche, der Ihr Bett teilt, wenn ich nicht darin liege? Ein Bett, wie ich bemerken möchte, das ich bezahlt habe, ebenso wie dieses Haus, die Bediensteten, Ihre Garderobe, Ihren Schmuck, Ihre Kutsche und Ihre großzügige Apanage …«

Olympia kreischte laut vor Empörung und bäumte sich unter ihm auf.

Die Tür des Salons sprang auf und knallte gegen die Wand. Ein halbbekleideter junger Mann baute sich vor Idris auf, drohte ihm mit dem Schürhaken und forderte mit zornbebender Stimme: »Geben Sie Mademoiselle unverzüglich frei, sonst rufe ich um Hilfe!«

Idris sank zurück und begann schallend zu lachen.

Olympia stieß einen spitzen Laut der Empörung aus und raffte den Ausschnitt ihres Kleides zusammen. Der junge Mann, der nur in Kniehosen und einem nachlässig geknöpften Hemd vor ihm stand, immer noch mit erhobenem Schürhaken, blinzelte unsicher mit den Augen. »Nehmen Sie Ihre Hände von der Dame«, wiederholte er schon deutlich kleinlauter. Ihm schien etwas zu schwanen.

Olympia versuchte, von Idris wegzukrabbeln, und er packte ihr Handgelenk und hielt sie fest, ohne den zornigen Jüngling aus den Augen zu lassen. »Oder was?«, fragte er amüsiert. »Oder Sie erschlagen mich in meinem eigenen Haus mit meinem eigenen Schürhaken, Sir?«

Der junge Mann erbleichte und lief dann feuerrot an. Er ließ den Schürhaken fallen und hob in einer beinahe flehenden Geste die Hände. »S-sir«, stammelte er, »ich bitte um Verzeihung, ich wusste n-nicht, ich hatte ja keine Ahnung …«

»Sie wussten nicht«, sagte Idris müde. »Ich glaube Ihnen, dass Sie keine Ahnung haben, junger Fant. Und es heißt ›Mylord‹, wenn ich bitten darf.« Er verfestigte den Griff um Olympias Handgelenk, obwohl sie wortlos protestierte und wahrscheinlich morgen die Abdrücke seiner Finger auf ihrer weißen Haut zu sehen sein würden. Er wusste, wenn er sie losließ, würde sie ihm etwas über den Kopf ziehen – womöglich besagten Schürhaken oder eine der teuren Sèvres-Vasen – und darauf verspürte er wenig Lust.

»Eure Lordschaft!« Der Junge wurde nun wirklich leichenblass, und Idris begann ein wenig Mitleid mit ihm zu verspüren. Olympia hatte ihm sicherlich nicht verraten, dass sie die Mätresse eines Marquess' war und er sie in dessen Bett vögelte.

Der junge Mann wich zurück und fuhr sich nervös mit der Hand durch die dunkelblonden Locken. »Ich bitte um Vergebung«, sagte er erneut. »Wenn Sie erlauben, Mylord, werde ich mich jetzt entfernen.«

»Tun Sie das«, murmelte Idris, mit einem Mal müde und angewidert. Er wartete, bis Olympias Liebhaber durch die Tür entwichen war, und sah dann seine Mätresse an. Sie hatte ihre Gegenwehr aufgegeben und kauerte am anderen Ende des Divans, rieb ihr malträtiertes Handgelenk und kaute mit niedergeschlagenen Lidern auf ihrer vollen Unterlippe herum. Idris wusste, dass sie sich den passenden Auftritt für die nächsten Minuten zurechtlegte.

Und wirklich, als er das dachte, begannen große, dekorative Tränen über Olympias Wangen zu kullern. Sie schniefte damenhaft und betupfte ihre Wimpern mit einem Tüchlein, das sie irgendwoher gezaubert hatte. »Chérie«, schluchzte sie, »ich kann es dir erklären …«

Idris stand wortlos auf und ging zum Spiegel, um sein durch die Rangelei derangiertes Äußeres wieder in Form zu bringen. Er ordnete die Falten seiner Krawatte, zog die Weste zurecht und schloss den Knopf, der sich geöffnet hatte, dann glättete er seine Manschetten und nahm den Rock auf, den er achtlos über einen Stuhl geworfen hatte.

Olympia hörte verblüfft auf zu weinen und starrte ihn an. »Was tust du?«, fragte sie schrill.

Er wandte den Kopf und warf ihr einen beherrschten Blick zu. »Ich gehe nach Hause«, sagte er. »Der Abend hat nicht ganz den Verlauf genommen, den ich mir gewünscht hatte. Ich werde eine Flasche Portwein leeren und zu Bett gehen. Allein.«

»Aber …«, sagte sie und richtete sich auf. »Chérie, du kannst mich doch jetzt nicht einfach so stehen lassen!«

Er schlüpfte in seinen Rock und strich ihn glatt. »Dir wird schon etwas zur Zerstreuung einfallen«, erwiderte er schroff und wandte sich zur Tür.

»Und was wird nun mit mir?«, rief sie ihm kläglich hinterher. »Wirst du mich vor die Tür setzen?«

Er drehte sich noch einmal um und musterte sie. Olympia kniete auf dem Divan, knetete ihr Taschentuch und sah ihn flehend an. Dieses Mal waren die Tränen echt.

Er sah sie nachdenklich an. »Wir sehen uns morgen, zur üblichen Stunde«, sagte er dann und schloss die Tür hinter sich.

In der Halle wartete ein sichtlich nervöser Butler auf ihn, um ihm Hut, Mantel und Stock zu reichen. »Mylord«, murmelte der Mann und wich seinem Blick aus.

»Jenkins«, sagte Idris kühl und gab seinem Hut einen kleinen Stoß, damit er korrekt saß, »Sie wissen, wer Ihren Lohn zahlt?«

Der Butler stand steif da und presste die Lippen aufeinander. »Jawohl, Eure Lordschaft.«

»Ich wünsche, dass Sie mir über Miss Guimonts Besucher Bericht erstatten. Über ihre männlichen Besucher vor allen Dingen. Haben wir uns verstanden?«

»Sehr wohl, Mylord.« Dem Butler standen feine Schweißperlen auf der Stirn.

Idris richtete seinen kältesten Blick auf ihn, und der Butler erschauerte. »Gibt es unter diesem Aspekt betrachtet irgendetwas, das Sie mir berichten möchten?«

»Mylord«, der ältere Mann hob entschieden das Kinn, aber seine Hängebacken zitterten sacht. »Mr Withersfield ist der einzige … hm … Besucher, den die gnädige Frau zu empfangen pflegt.«

Idris nickte und entließ den Butler aus seiner Aufmerksamkeit. »Schließen Sie gut ab«, sagte er im Hinausgehen. »Man weiß nie, welches Gesindel sich so herumtreibt.«

4

Der Nebel war mittlerweile so dicht geworden, dass Idris vor der Tür stehenblieb und einen Moment lang schwankte, ob er wieder zurück ins Haus gehen, sich mit Olympia versöhnen und zu ihr ins warme, einladende Bett kriechen sollte.

In das Bett, das noch nach diesem – wie hieß er noch? – Withersfield roch.

Idris schlug den Kragen seiner Redingote hoch, packte seinen Stock fester und machte sich auf den Rückweg nach Hause. Eine strammer Fußmarsch würde sein Blut abkühlen und seine lodernde Wut zu einem glimmenden Häufchen Asche ersterben lassen. Es hatte ihn die äußerste Beherrschung gekostet, Olympia nicht an den Haaren durchs Zimmer zu zerren, diesem Bürschchen Withersfield nicht die Zähne einzuschlagen, den Butler nicht mit einem Fußtritt die Treppe hinunter zu befördern.

Er knurrte unterdrückt und ließ sich in die treibenden Nebelschwaden fallen wie in ein abkühlendes Bad.

Das Gehen beruhigte wie immer sein Gemüt. Er ertappte sich dabei, dass er die Lippen spitzte, um leise vor sich hin zu pfeifen. Den Weg nach Hause fand er im Schlaf, ob der Nebel mittlerweile seine Sicht bis auf einen oder zwei Schritte rundum verengte, störte ihn nicht sonderlich. Im Gegenteil. Sollte ein Straßenräuber es wagen, ihn als vermeintlich leichte Beute anzufallen, käme so ein Strolch ihm gerade recht gelegen, um sein Mütchen an ihm zu kühlen.

Die Welt verengte sich auf ein diffuses, stummes Schauspiel aus Dunkelheit, Nebel und fernen, gedämpften Geräuschen. Er ging wie durch einen Traum und seine Gedanken wanderten an obskure Orte.

Deshalb bemerkte er nicht sogleich, dass das geschäftige London der Menschen nach und nach zu einem Schatten wurde, verblasste und verschwand, während die kraftvolle und düstere Anderwelt sich um ihn entfaltete.

Erst, als ein weißer Schatten an ihm vorbeisauste, ihm im Laufen einen schrägen Blick aus gelben Augen zuwarf und weiterrannte, um lautlos wie ein Nebelstreif zwischen den hoch aufragenden Bäumen zu verschwinden, erkannte Idris, dass seine Füße federndes Moos betraten und stachlige Zweige danach trachteten, ihm den Hut vom Kopf zu schlagen.

Er blieb stehen und beruhigte sein erregt trommelndes Herz. Es war ihm schon lange nicht mehr vergönnt gewesen, diesen Ort zu betreten, und er hatte ihn so schmerzlich vermisst wie die Stimme eines geliebten Menschen. Er schloss die Augen und trank die süße, klare Luft tief in sich hinein.

Auch hier war Winter, aber er fror nicht. Sein Brustkorb weitete sich und er begann zu lächeln. Dies war seine Heimat, nicht die enge, schmutzige Stadt, in der er zu leben gezwungen war.

Wieder trabte in gestrecktem Lauf ein Wolf auf ihn zu, die Rute wie eine Fahne hinter sich im Wind. Er hechelte und große Schaumflocken flogen von seinen Lefzen. Idris sah, dass das weiße Fell des Wolfes blutbefleckt war. Der Blick seiner goldenen Augen war trüb und seine schweißnassen Flanken pumpten heftig.

Idris hörte Hufschlag, Gelächter, Stimmen und das Geläut einer Hundemeute. Die Jäger waren nah und das Ende des Wolfes nicht minder.

Hastig riss Idris seinen Mantel von den Schultern und schleuderte ihn über den Wolf. »Halt dich still«, sagte er leise.

Der Geruch der Menschenwelt hing an dem Stoff, Rauch vom Kaminfeuer, Brandyaromen, das schwere Parfum, das Olympia benutzte. Kein Sidhe, kein Pferd der Sidhe, kein Hund der Sidhe war in der Lage, durch den Gestank der Menschen hindurch etwas anderes wahrzunehmen. Idris presste die Lippen zusammen. Wie sehr hatte er in den ersten Jahren seines Daseins in der Menschenwelt unter dem Geruch der »Stinker« gelitten, bis seine empfindliche Nase sich daran gewöhnt hatte.

Die ersten Hunde der Meute erreichten ihn und ihr läutendes Gebell wurde zu einem verwirrten Winseln und Jaulen, als sie die Spur des Wolfes unter den Ausdünstungen der Menschenwelt verloren.

Dann nahten die ersten Reiter. Sie preschten heran und hätten Idris niedergeritten, der nicht vom Weg wich, wäre da nicht die Hundemeute in heilloser Unordnung gewesen, die ringsumher schnüffelte, winselte, bellte.

Die Reiter zügelten ihre Tiere, und auch die Pferde scheuten und schnaubten, einige wieherten schrill und begannen zu steigen.

»Stinker«, rief einer der Reiter zornentbrannt. Er richtete sich im Sattel auf und legte die Armbrust auf Idris an.

»Ho, Sir Finbar«, sagte Idris laut und hob die Hand. »Hitzig wie immer. Besänftigt Eure Rage, ich bitte Euch.« Er machte einen Schritt auf die Jagdgesellschaft zu, der nicht nur Männer angehörten, und fixierte weiterhin den Mann mit der Armbrust. Dessen dunkles Haar glänzte wie Rabengefieder und seine blassgrünen Katzenaugen schimmerten in einem kalten Licht.

Der Jäger senkte mit einem widerwilligen Laut die Waffe und stützte sich auf den Sattelknauf. »*Sir* Idris«, sagte er mit unüberhörbarem Abscheu in der Stimme. »Ich hätte nicht gedacht, Eure widerwärtige Gestalt noch einmal in diesen Wäldern zu erblicken. Ihr besudelt den Boden, auf dem Ihr steht, mit Eurem Menschengestank.« Er spuckte aus und blickte an Idris vorbei. »Ihr habt unsere Jagd verdorben«, sagte er. »Nun hebt Euch fort. Ihr habt hier nichts verloren.«

Idris hörte das Tuscheln und ließ seinen Blick über die Jagdgesellschaft schweifen. Sie alle waren in grüne und braune Gewänder gekleidet, ihre Pferde waren wunderschöne, zierliche Tiere in allen Farben mit prachtvollem Zaumzeug und geflochtenen Mähnen. Die Reiter glichen sich bei allen Unterschieden in Haut- und Haarfarben in einem Detail: sie alle hatten Katzenaugen in den unterschiedlichsten Grün- und Grautönen, die schillernd das schwache Licht zurückwarfen, das die dünne Schneeschicht unter den Bäumen reflektierte.

Zwei der Damen sahen ihn unter gesenkten Lidern her an, sie lächelten. Anscheinend war er nicht bei allen Sidhe so schlecht gelitten wie bei Sir Finbar, einem der engsten Freunde seines Bruders Idwal.

Idris richtete sich auf, erwiderte das Lächeln der Damen und hob die Stimme. »Ihr wisst, dass ich nicht ohne die Erlaubnis Eures Königs hierher gelangt sein kann, Sir Finbar. Beschimpft nicht mich, sondern beugt Euch der Weisheit Lord Eógans.«

Der Sidhe fauchte zur Antwort, und spitze weiße Zähne blitzten auf. Idris stand ungerührt da, die Hände in die Seiten gestemmt, und wartete. Er musterte die Sidhe. Idwal war nicht unter ihnen, wahrscheinlich ritt er an der Seite der Königin, wie so oft.

Bewegung kam in die Gruppe, ein lauter Pfiff sammelte die Hunde, die Pferde wichen beiseite, um drei Reiter durchzulassen. Idris senkte den Blick und zog seinen Hut in einer tiefen Verbeugung.

»Auf die Knie, Stinker«, hörte er einen der Sidhe zischen, aber er ignorierte den hämischen Befehl und blieb mit gesenktem Haupt stehen.

»Sir Idris«, sprach ihn eine Stimme an, so dunkel wie die Nacht und klangvoll wie das Läuten einer großen Glocke. »Wir sind erstaunt und erfreut, Euch hier begrüßen zu können. Erhebt Euch.«

Idris richtete sich auf und erwiderte den Blick der strahlend grünen Augen. Lord Eógan saß auf einem Schimmel von mächtiger Statur, zwei Handbreit höher als alle anderen Pferde, doch unter seinem Reiter wirkte er zierlich und klein. Der König der Sidhe war ein Riese von Gestalt, mit Beinen wie Baumstämme und Armen, die mühelos einen erwachsenen Mann durch die Luft schleudern konnten. Seine breiten Schultern sprengten fast das dunkelrote Leder seines Jagdrocks, seine Fäuste, die locker die Zügel hielten, konnten Wasser aus Felsbrocken pressen. Doch das Eindrucksvollste an seiner Gestalt war sein kantiges, ebenholzschwarzes Gesicht, eingerahmt von einem dichten Schopf weißer Haare, aus dem ein Paar smaragdgrüne Augen auf Idris blickten.

»Mylord«, sagte Idris und behielt den Hut in seiner Hand, denn niemand bedeckte sein Haupt in Gegenwart des Königs. »Ich bin so überrascht wie Ihr, mich vor Euch zu finden, aber meine Freude, Euer Antlitz zu erblicken, strahlt heller als der Mond.«

»Nachtigallenzüngiger Schwätzer«, murmelte einer der Sidhe.

Ein winziges Lächeln flog über das Gesicht des Königs. Sein Blick glitt über den Mantel, der im Schatten des Wegrandes lag, und das Lächeln wurde etwas breiter. Lord Eógan richtete sich auf und sah seine Sidhe an. »Setzt die Jagd fort«, befahl er. »Ich folge Euch.« Mit diesen Worten warf er die Zügel über den Hals seines Schimmels und sprang aus dem Sattel.

Die Jagdgesellschaft setzte sich in Bewegung, das Klirren der Zaumzeuge, das atemlose Gebelfer der Meute und die Stimmen und Hufgeräusche verklangen zwischen den Bäumen des Waldes.

»Nun sind wir unter uns«, sagte Lord Eógan und zog die schweren Stulpenhandschuhe von den Händen, die bei aller Kraft erstaunlich anmutig und schlank erschienen. Er streckte die Hand aus und Idris ergriff sie, um sie zu küssen.

»Mein lieber Sir«, sagte der König leutselig, aber mit einem Hauch von echter Wärme, »erzählt mir, wie es Euch in der schmutzigen Welt der Menschen erging, seit wir uns das letzte Mal gesehen haben. Seid Ihr glücklich?«

»So glücklich, wie man in der Gesellschaft der Menschen sein kann, Mylord«, erwiderte Idris. Er blickte in das Gesicht des Königs, dessen Ausdruck keinen Aufschluss über Lord Eógans Gedanken zuließ. »Ich bin Euer treuer Untertan«, setzte Idris mutig fort. »Bitte, erlaubt mir, an Euren Hof …«

»Nein«, unterbrach Lord Eógan ihn augenblicklich. Seine Stimme ließ keinen Widerspruch zu. »Nein, Sir Idris. Ihr seid von mir an den Ort gesandt worden, an dem Ihr mir von Nutzen seid. Es ist beschlossen und besiegelt. Ich wünsche keine weiteren Diskussionen darüber, habt Ihr mich vernommen?«

»Ich höre Eure Worte«, erwiderte Idris tonlos. »So gewährt mir zumindest die Bitte, Mylady und meinen Bruder sehen zu dürfen.«

»Idris«, sagte der König mit erstaunlich sanfter Stimme, »du forderst den Schmerz heraus. Warum willst dich dem aussetzen? Geh, wandele im Licht der Sonne und freu dich an dem, was du besitzt. Du bist ein Mensch unter Menschen. Dein Bruder …«

Idris hob den Blick, Schmerz verschleierte ihm die Sicht. Ermutigt durch die vertrauliche Anrede, die der König ihm gewährt hatte, sagte er: »Idwal sollte dort sein, nicht ich, Mylord. Er müsste mich hassen für das, was ich ihm genommen habe. Und doch beneide ich ihn von Herzen für das, was er besitzt und ich jeden Tag, jede Sekunde meines Lebens ersehne.«

Der König schüttelte leicht den Kopf. »Es ist gut so, wie es ist«, sagte er. »Du stehst an dem Platz, an dem du nützlich bist, genau wie Sir Idwal. Ich brauche ihn an meiner Seite und dich als meinen Arm, mein Schild und mein Schwert dort draußen bei den Menschen. Das weißt du, Idris, und doch meinst du, dies bei jedem unserer seltenen Treffen erneut in Frage stellen zu müssen. Schicke dich darein, mein Sohn. Ich kann dir keinen anderen Bescheid geben.«

Idris senkte den Kopf. Er hatte keine andere Antwort erwartet, aber dennoch schmerzte die erneute Abfuhr nicht weniger als alle vorhergegangenen. Er holte tief Luft und nickte. »Ich danke Euch für Eure Geduld«, sagte er.

Die Hand, die sich schwer auf seine Schulter legte, war kühl wie Wasser und fest wie Stein. »Und ich danke Euch für Eure Treue«, sagte Lord Eógan. Er ließ Idris los und griff nach dem Sattelknauf. »Ich werde Lady Maeve um eine Audienz für Euch bitten«, sagte er und schwang sich in den Sattel. »Wahrscheinlich war ohnehin sie es, die Euch hergeholt hat, aber Ihr kennt die Königin. Sie wird es einfach vergessen haben, dass sie Euch gerufen hat.« Er zwinkerte und ließ sein Pferd antraben. »Und nun bringt Euren Schützling in Sicherheit«, rief er über die Schulter, bevor er um die Biegung des Weges verschwand.

Idris stand eine Weile gedankenverloren da und drehte seinen Biberhut in den Händen. Dann setzte er ihn mit einem Seufzer auf und näherte sich seinem Mantel, unter dem leise atmend der große Wolf lag.

Idris kniete neben dem verletzten Tier nieder und hob den Mantel vorsichtig auf. Gelbe Augen, glasig vor Schmerz, starrten ihn an.

Idris legte seine Hand auf die bebende Flanke des Wolfs. Das blutverklebte Fell war steif und borstig, aber die Wunde, die Idris fand, schien weniger tief, als es zuerst den Anschein gehabt hatte. Der Wolf ließ die Untersuchung geduldig über sich ergehen, aber sein Blick war misstrauisch, und sein halb geöffnetes Maul ließ ein beeindruckendes Gebiss sehen.

Idris tastete den sehnigen Körper ab und brummte nach einer Weile zufrieden. »Das heilt alles wieder«, sagte er zu dem Wolf. »Du brauchst jetzt Ruhe, etwas zu essen und Wärme. Du solltest von hier verschwinden, ehe sie dich wieder aufstöbern. Das ist kein guter Ort für deinesgleichen.« Er ließ sich auf die Fersen sinken und musterte den Wolf. »Auf Kundschaft erwischt, hm?«

Eine lange, rote Zunge erschien zwischen den gebleckten Zähnen, der Wolf grinste ihn an. Idris grinste zurück. »Ich weiß, wie sich das anfühlt, Kollege. Also, sieh zu, dass du Land gewinnst. Ich halte dir den Rücken frei.« Er stand auf und schlüpfte in seinen blut- und schmutzverkrusteten Mantel. »Wilby bringt mich um«, murmelte er. »Oder, noch schlimmer, er kündigt.«

Der Wolf kam taumelnd auf die Beine, schüttelte sich kurz und heftig und warf Idris einen Blick zu, in dem sich ein Konglomerat widerstreitender Gefühle mischte.

Idris hob die Brauen. »Ich kann nichts dafür, wie ich rieche«, sagte er. »Lebe zu lange unter Menschen.« Er deutete auf den Wald. »Hau schon ab. Dein Rudelmitglied wartet dort drüben auf dich.« Der erste Wolf war schon vor einiger Zeit zurückgekehrt und starrte sie durch das dürre Gezweig eines Fliederbuschs an. Idris nickte ihm zu.

Der verwundete Wolf warf sich herum und brach ins Unterholz. Das Geräusch brechender und knackender Zweige verstummte nach einer Weile, dann war es totenstill.

Idris drehte sich zweimal im Kreis, zuckte mit den Schultern und schloss ergeben die Augen. Er machte einen, dann zwei unsichere Schritte, dann tastete er sich weiter voran und wartete darauf, dass etwas sich veränderte.

Nach einem knappen Dutzend vorsichtiger Schritte änderte sich zuerst der Klang, mit dem seine Absätze auf den Boden trafen. Feuchte, ein wenig schmierige Luft drang in seine Nase und seine Lungen, Kälte biss in seine Wangen. In der Ferne erklang der Ruf eines Straßenhändlers und rollende Karrenräder polterten über Pflaster. Es roch nach Unrat und Brackwasser.

London. Zu Hause.

Idris öffnete die Augen und hielt an sich, um nicht vor Ekel auszuspucken. Es stank. Alles stank, das Pflaster, die Häuser, die Luft, die Menschen. Ganz offensichtlich war er bei den Docks herausgekommen, und er hatte bestimmt zwei oder drei Stunden verloren, denn der Betrieb rundum deutete auf die frühen Morgenstunden hin. Die Zeit in der Anderwelt gehorchte eigenen Gesetzen, mal verlief sie langsamer als in der Menschenwelt, dann wieder ging sie sehr viel schneller vorbei. Dieser Umstand war bei der Rückkehr immer für eine Überraschung gut.

Er schlug den Kragen hoch, stemmte die Hände in die Manteltaschen und marschierte los. Vielleicht fand er auf dem Weg eine Mietdroschke. Die Lust auf einen langen Fußmarsch war ihm gründlich vergangen.

Der Kutscher setzte ihn vor Viscount Raventhornes Haus in Mayfair ab. Idris klopfte den Butler heraus, der ihm mit hastig übergeworfenem Rock über dem Nachthemd und griesgrämiger Miene öffnete. Er führte Idris in den Salon und verschwand, und kurze Zeit später kam ein verschlafen dreinblickender Bursche herein, der das Feuer im Kamin entfachte. Idris ließ sich in den bequemen Sessel fallen, streckte die Beine aus, seufzte tief und schlief ein.

Das Klappern von Porzellan drang in seinen Schlaf, noch bevor der Duft frisch gebrühten Kaffees in seine Nase stieg und ihn endgültig weckte. Er schlug die Augen auf, gähnte herzhaft und rappelte sich aus seiner zusammengesunkenen Haltung auf.

»Guten Morgen«, grüßte Raventhorne und legte die Zeitung auf den gedeckten Tisch. »Das ist sehr originell von dir, zu einem Frühstück schon um vier Uhr morgens zu erscheinen. Henderson war nicht amüsiert.«

»Dein Butler ist ohnehin nicht leicht zu amüsieren«, gab Idris knurrig zurück und streckte sich, dass seine Knochen knackten. »Ich darf mich frisch machen, Raven?«

»Du darfst nicht nur, du solltest unbedingt.« Der Viscount musterte die Erscheinung seines Gastes mit unverkennbarer Missbilligung und rümpfte die Nase. »Was hast du getrieben, Mann? Zu Hause warst du jedenfalls nicht. Hast du unter einer Brücke genächtigt?«

»Ich habe gar nicht genächtigt«, gab Idris zurück und ging zur Tür.

Eine Viertelstunde später erschien er immer noch müde, aber besser gelaunt, am Frühstückstisch und nahm Platz. Statt des mürrischen Butlers servierte Raventhornes stummer Kammerdiener ihr Frühstück, was Idris der Notwendigkeit enthob, sich bei Henderson am Ende noch entschuldigen zu müssen. Er ließ sich Räucherhering, gebackenes Ei und frischen Toast schmecken, trank eine halbe Kanne Kaffee und fühlte sich wieder halbwegs lebendig.

Der Viscount hatte ihn in Ruhe gelassen, bis Idris seine Tasse von sich schob und einen tiefen Seufzer ausstieß. Er faltete seine Zeitung zusammen, legte sie neben den Teller und stützte die Ellbogen auf den Tisch. Mit vor den Lippen gefalteten Händen sah er Idris prüfend an. »Willst du erzählen, was du erlebt hast, seit wir uns gestern Abend getrennt haben?«

»Nein«, sagte Idris und milderte seine schroffe Antwort mit einem schnellen Lächeln. »Sei mir nicht böse, alter Junge.«

Raventhorne nickte nur und zog einige Papiere hervor, die er Idris wortlos reichte.

Idris überflog die Schreiben und runzelte die Stirn. »Woher hast du sie?«, fragte er, ohne aufzublicken und las die Papiere noch einmal gründlicher durch. »Von Saint-Hilaire?«

Raventhorn nickte und griff nach der silbernen Kanne, um ihr die letzten Tropfen Kaffee zu entlocken. »Er hat Kopf und Kragen riskiert, um diese Aufzeichnungen außer Landes zu schmuggeln. Die verfluchten Blutsauger waren ihm auf den

Fersen, seit er die Pariser Stadtgrenze überschritten hat.« Er trank und verzog das Gesicht. »Sie haben seine Familie getötet, musst du wissen. Er hasst die Bonapartisten mehr als wir.«

»Armes Schwein«, sagte Idris ohne großes Mitgefühl. Er faltete die Schreiben zusammen und reichte sie seinem Freund. »Hat Sidmouth sie schon gesehen?«

Der Viscount schüttelte den Kopf. »Cavanaugh sollte vorher noch einen Blick darauf werfen. Wenn Sidmouth die Papiere erst einmal hat, sehen wir sie nicht wieder.«

Idris senkte das Kinn auf seine zerdrückte Krawatte und dachte nach. »Du glaubst, dies hängt mit unserem Unternehmen zusammen? Ich sehe da keine Verbindung.«

»Du nicht und ich nicht«, erwiderte Raventhorne. »Aber du weißt, dass Cavanaugh einen ganz besonderen Riecher für Zusammenhänge hat. Es wäre unverzeihlich, wenn ich ihm diese Informationen nicht zukommen ließe.«

Idris nickte. »Wir sehen uns heute Abend bei Wymond«, sagte er. »Sieh zu, dass Cave seine Einsiedlerklause verlässt. Ich muss hören, was er sagt.«

Er schob seinen Stuhl zurück. »Kann ich deinen Phaeton ausleihen? Ich lasse ihn dir von einem Diener zurückbringen.«

»Jederzeit«, sagte Raventhorne mit einer matten Handbewegung. Er schob den Zeigefinger unter den Rand seiner Augenklappe und rieb sich das Auge. »Ehe du gehst, noch eins: Sir John sagte mir, dass ein berüchtigter Attentäter wieder in der Stadt ist. Sagt dir der Name ›Hawk‹ etwas?«

Idris verharrte an der Tür. Er dachte nach, schüttelte den Kopf. »Nein, nicht, dass ich wüsste.«

»Er hat vor zwei, drei Jahren die Gegend unsicher gemacht. Ich bin ihm in Wien begegnet, wir haben kurz die Klingen gekreuzt.« Raventhorne sah ihn an, er wirkte beunruhigt. »Ein professioneller Mörder, wegen diverser unschöner Vorfälle gesucht. Er war zur Unkenntlichkeit vermummt, und niemand kennt sein Aussehen oder seinen Namen, nur den Spitznamen, den er der Visitenkarte verdankt, das er an seinen Opfern zurücklässt. Die Zeichnung eines Falkenkopfes.«

Idris nahm das zur Kenntnis. »Und?«, fragte er. »Inwiefern muss uns dieser Mann bekümmern?«

Raventhorne sah ihn weiter bohrend an. »Barlow glaubt, dass er hinter dir her sein könnte«, sagte er dann sanft. »Du bist immerhin einer Menge Leute ein ordentlicher Dorn im Auge, Auden.«

5

»Du warst *allein* mit ihm?« Ariana Seabright riss die Augen so weit auf, dass Portia ein wenig spitz bemerkte, Ariana solle besser aufpassen, damit sie ihr nicht aus dem Kopf kullerten.

Ariana, die gute Seele, lachte über diese Bissigkeit und ließ sich ansonsten nicht ablenken. »*Ganz* allein? Mit dem berüchtigten Lord Auden? O mein Gott, du bist so *mutig*!« Sie fächelte sich Luft zu und hob ihre Tasse mit heißer Schokolade an die Lippen.

Portia musste wider Willen lachen. »Ariana, sei nicht so exaltiert«, sagte sie. »Ich war nur kurz mit ihm allein, und er hat keinerlei Anstalten gemacht, sich mir auf unschickliche Weise zu nähern. Ganz und gar nicht. Ich halte ihn durch und durch für einen Ehrenmann.«

Ariana trank und schüttelte dabei den Kopf wie eine weise alte Frau, was sie beileibe nicht war. Ihre blonden Locken, die mit einem blauen Seidenband zu einer hübschen, griechischen Frisur hochgebunden waren, schimmerten im blassen Sonnenlicht, das durch das Fenster des Wintergartens fiel, wie gesponnenes Gold. »Portia«, sagte sie, um einen vernünftigen Ton bemüht, »bedenke seinen Ruf! Weißt du, was ich mir gestern alles über ihn und seine ruchlosen Freunde habe anhören müssen, während du mit ihm allein warst?« Ihre Augen funkelten.

»Ich nehme an, das hat eine wahre Qual für dich bedeutet«, erwiderte Portia. Sie zügelte ihre Neugier und griff nach der silbernen Kanne, um sich und ihrer Freundin nachzuschenken.

»Oh, du ahnst es nicht!« Ariana beugte sich vor und sah Portia eindringlich an. »Ist dir der große Rothaarige mit der Augenklappe aufgefallen? Eine so romantische Erscheinung, so wunderbar gekleidet, so elegant und so ungemein distinguiert.«

Sie fächelte sich erneut Luft zu, obwohl es, wie Portia fand, im Wintergarten trotz des Kaminfeuers eher kühl war.

»Da war so jemand, ja«. Sie legte den Finger an die Lippen. »Er sah recht einnehmend aus, trotz seines verunstalteten Gesichtes.«

»Verunstaltet, sagst du?« Ariana verdrehte die Augen und legte in einer theatralischen Geste die Hand an die Stirn. »O du Schaf, du Lämmchen! Eine so düstere, hinreißend dramatische Gestalt wie er … Er ist der Viscount Raventhorne, musst du wissen. Man sagt, er sei von einem Priesterseminar relegiert worden ob seines zügellosen Lebenswandels, und sei danach zur Armee gegangen. Er hat auf der Halbinsel gekämpft, wie dein Verlobter.« Sie beugte sich wieder vor und flüsterte: »Er ist ein Spion gewesen!«

Portia runzelte die Stirn. »Er ist ein Viscount und sollte Priester werden?«

»Sein älterer Bruder sollte den Titel erben, aber wurde bei einem Duell getötet.« Ariana seufzte und ihre Augen wurden feucht. »Wie tragisch das alles ist!«

Portia sah keinerlei Veranlassung, über den Tod eines wildfremden Menschen Tränen zu vergießen. »Das ist doch alles andere als skandalös«, sagte sie nüchtern.

»Nun, man munkelt, dass er dem weiblichen Geschlecht vollkommen abhold sei.« Ariana hob bedeutungsvoll die Brauen.

»Wie?«, fragte Portia ein wenig dümmlich zurück. »Was meinst du damit?« und dann, als sie begriff: »Oh! OH!«

»Das stimmt aber nicht«, setzte Ariana hinzu, zufrieden über den Effekt, den sie bei ihrer Freundin erzielt hatte. »Meine Zofe sagt, sie wisse mit Bestimmtheit, dass er regelmäßig in Covent Garden gesehen werde.«

»Da, wo die … nun ja, die käuflichen Mädchen …« Portia weigerte sich, rot zu werden. »Ariana, wenn meine Tante hört, worüber wir hier reden, wird sie uns ordentlich ausschelten!«

»Nun, sie hört es aber nicht, oder?« Ariana lehnte sich zurück, ihre Wangen glühten und ihre Augen blitzten vor Vergnügen. »Diesen Viscount würde ich schon zu gerne einmal kennenlernen.«

»Deine Eltern träfe der Schlag.«

»Wer weiß?« Ariana nippte an ihrer Schokolade und betupfte ihre Lippen mit den Fingerspitzen. »Und dann ist da noch dieser Edward Wymond, jüngerer Sohn eines Marquess, ein Spieler und Frauenheld, der wohl mehr trinkt, als ihm guttut.« Sie zuckte die Achseln. »Ich fand, er sah verlebt aus, obwohl er doch kaum älter ist als mein Bruder John.«

»Das ist so ein Mittelgroßer mit braunen Haaren, oder?« Portia versuchte sich zu erinnern.

»Ja, er fällt gegen die beiden anderen ganz schön ab, obwohl er sich zu kleiden versteht«, sagte Ariana uninteressiert. Sie stellte ihre Tasse mit einem Klirren ab. »Aber den vierten im Bunde, über den haben sie sich gestern beinahe am meisten das Maul zerrissen.«

»War er auch auf dem Ball?« Portia begann das Thema zu langweilen. »Ariana, jetzt lass uns doch über etwas anderes plaudern. Sag, hast du Matthew Easton in der letzten Zeit getroffen?«

»Matthew?« Ariana gähnte geziert. »Oh, er ist so langweilig. Ein Landei, Portia, ganz furchtbar.« Sie ignorierte dabei völlig, dass Matthew und sie gemeinsam nahezu Tür an Tür großgeworden waren. Matthew hatte sehr deutlich zu erkennen gegeben, dass er sich als Arianas Zukünftigen betrachtete, und Portia wusste, dass die jeweiligen Eltern dem wohlwollend gegenüberstanden. Aber anscheinend hatten sie die Rechnung ohne Miss Seabright gemacht, die ihr Augenmerk auf weniger ländlich-naive Herren der Schöpfung zu richten schien.

»Der Earl of Cavanaugh«, sagte Ariana. Portia sah sie fragend an, offenbar hatte sie einen Teil der Unterhaltung über ihre Gedanken verpasst.

»Der Earl of Cavanaugh«, wiederholte Ariana ungeduldig. »Eine der besten Familien des Landes. Reich wie Krösus, sein Vater hatte jederzeit das Ohr des Königs.«

»Was hat er damit gemacht?« Portias Gedanken trieben schon wieder davon. Corin war auch heute nicht beim Frühstück anwesend gewesen, und soweit sie verstanden hatte, hatte er sich für diesen Abend entschuldigt. Wieder einmal. Sie hatten gemeinsam eine Abendgesellschaft bei den Wilmingtons besuchen wollen, die immerhin zu den ältesten Freunden der Familie zählten, aber Corin interessierte das nicht. Genausowenig interessierte ihn, wie sehr Portia darunter litt, dass er ihre Gesellschaft mied. Er war höflich, glatt und vollkommen abweisend. Sie schniefte und suchte nach einem Taschentuch.

»Hast du dich erkältet?«, fragte Ariana. »Nein, wirklich, Portia, ich finde es unleidlich, dass du mir keinerlei Aufmerksamkeit schenkst.«

»Es tut mir leid«, murmelte Portia und riss sich zusammen. »Was wolltest du mir von irgendeinem Ohr erzählen?«

»Oh, Portia!« Ariana trommelte mit den Fingern und sah sie missmutig an. »Nun, dann bestimme du ein Thema, wenn ich dich dermaßen langweile.«

Ein Mädchen trat ein und wartete, bis Portia sich ihr zuwandte. »Die gnädige Frau bittet um Ihre Anwesenheit im Salon, gnädiges Fräulein«, sagte das Mädchen und knickste.

Portia wechselte einen fragenden Blick mit Ariana, dann seufzte sie ergeben und sagte: »Ich komme sofort, Bertha.«

»Bestimmt liest sie dir jetzt die Leviten«, flüsterte Ariana. »Sie hat herausgefunden, dass du mit dem schändlichen Lord Auden allein warst. Jetzt bist du kompromittiert, Portia, du Arme!« Ihr glühendes Gesicht zeigte nichts als pure Freude über all die aufregenden Ereignisse. Portia lachte auf und zeigte ihr die Spitze ihrer Zunge. »Trink die Schokolade ohne mich aus«, sagte sie und stand auf. »Ich erzähle dir gleich brühwarm, was Tante Nettie von mir wollte.«

Ihre Tante saß mit starrer Miene da und betrieb Konversation mit einem dunkelhaarigen Mann, der mit dem Rücken zur Tür saß. Als sie Portia sah, glitt eine Regung von Unbehagen über ihre rundlichen Züge. Sie nickte ihrer Nichte zu und sagte betont: »Lord Auden gibt uns die Ehre, Liebes.«

Portia ließ sich ihr Erschrecken nicht anmerken, sie knickste anmutig und ließ zu, dass Seine Lordschaft ihre Hand einen Moment lang festhielt, während seine beunruhigend grünen Augen sie fixierten. »Ich hoffe, es geht Ihnen gut, Miss Redgrave«, sagte er förmlich.

»Danke, Mylord, ganz ausgezeichnet«, erwiderte sie nicht minder steif und setzte sich neben ihre Tante auf das Sofa.

Lord Auden nahm ebenfalls wieder Platz. Er war genauso makellos elegant gekleidet wie am Vorabend, seine Stiefel waren auf Hochglanz poliert, seine Pantalons saßen wie angegossen und Frack und Weste waren von exquisitem Schnitt und Material. Das dunkle Grün des Fracks unterstrich den Glanz seiner Augen und die helle, bestickte Weste kontrastierte auf das Angenehmste mit seinem dunklen Haar. Er war ein sehr attraktiver Mann, auch bei Tageslicht, und er sah seinem Bruder Corin erstaunlich ähnlich.

Eine Weile plauderten sie zwanglos, während Portia immer nervöser wurde. Warum war er hier? Würde er sie in die unangenehme Lage bringen, ihrer Tante erklären zu müssen, warum sie auf dem Ball mit ihm allein gewesen war?

Lord Auden räusperte sich und stellte mit leisem Klingen seine Tasse ab. »Mrs Dormer«, sagte er, »ich bin Ihnen sehr verbunden, dass Sie sich so aufopfernd um die Verlobte meines Bruders kümmern. Vor allem, da Corin, wie mir zu Ohren gekommen ist«, hier flog ein Blick zu Portia, die hastig die Augen senkte, »Miss Redgrave in der letzten Zeit ein wenig vernachlässigt.«

»Oh, Mylord, es ist wirklich unverzeihlich«, stürzte Tante Nettie sich in eine ausufernde Tirade, die in der Klage gipfelte, Lord

Corin verderbe seiner Zukünftigen die wunderschöne Zeit in London, denn selbst vor der Saison gab es doch eine erkleckliche Anzahl von Gesellschaften und Bällen, an denen Miss Redgrave nun nicht in dem Maße teilnehmen konnte, wie sie es hätte tun können, wenn ihr Verlobter an ihrer Seite gewesen wäre.

Lord Auden äußerte sein Mitgefühl und sein Bedauern darüber, dass sie, Mrs Dormer, auf diese Art gezwungen sei, als Anstandsdame zu fungieren, was doch sicherlich recht anstrengend sei.

Tante Nettie schmolz unter so viel hochadliger Anteilnahme förmlich dahin. Portia verbarg ein Lächeln hinter ihrer Hand und sah, dass Seine Lordschaft ihr zuzwinkerte.

»Ich werde mit meinem Bruder sprechen«, versprach er. »Ich lese ihm die Leviten. Es geht nicht an, dass eine so schöne junge Frau ihre Zeit in London nicht nach Herzenslust genießen kann.«

Sein Blick ließ Portia erschauern. Was war es nur an ihm, das sie so aus der Fassung brachte? Sie fühlte sich nicht von ihm angezogen, darüber war sie sich sicher. Ihr Herz gehörte Corin, nur Corin.

»Das wäre sehr freundlich von Ihnen, Eure Lordschaft«, sagte Tante Nettie mit hörbarer Erleichterung. »Wir machen uns alle Sorgen …« Sie verschluckte den Rest ihres Satzes und lächelte Idris und Portia nervös an.

»Sehr gut«, sagte er und erhob sich. »Gehe ich recht in der Annahme, dass mein Bruder sich derzeit in seinen Räumlichkeiten aufhält?«

»Das denke ich, das denke ich«, erwiderte Tante Nettie und erhob sich mit flatternden Händen. »Er hat vor einer halben Stunde nach seinem Frühstück geklingelt und der Kammerdiener hat soeben heißes Wasser nach oben gebracht.«

»Dann passt eine Standpauke zwischen Frühstück und Rasur doch perfekt ins Programm«, sagte Idris ironisch. »Bemühen Sie sich nicht, Mrs Dormer. Ich kenne mich hier aus.«

»Ja, natürlich, natürlich«, murmelte Tante Nettie und sank zurück auf das Sofa. »Sie haben ja selbst lange hier gewohnt.«

Portia merkte auf. Sie hatte nie darüber nachgedacht, aber dies hier war das Stadthaus der Familie Hathaway. Natürlich hatte Idris hier gelebt, wie auch Corin und die Eltern der beiden, als die Duchess noch lebte und der Duke noch während der Saison in London wohnte. Warum war es nicht auch Lord Audens Domizil? Sie sah Idris fragend an, aber er lächelte ihr nur geistesabwesend zu und ging hinaus.

Corin bewohnte seine alten Gemächer im zweiten Stock. Idris fragte sich, während er vor der Tür zum Ankleidezimmer seines Bruders stand, warum dieser nie in die darunterliegende Zimmerflucht eingezogen war. Er hatte Corin deutlich zu verstehen gegeben, dass er das Stadthaus der Familie in Zukunft nur noch als Besucher zu betreten gedachte.

Nicht nur das Stadthaus, ging der trübe Gedanke durch seinen Kopf. Auch das Anwesen der Familie in Kent, Grenville Manor, hatte er seit dem Tod seiner Mutter nicht mehr für länger als eine kurze Visite betreten und er gedachte auch nicht, dies in absehbarer Zukunft zu ändern. Die Auseinandersetzung mit Corin und das stille Leiden seines Vaters waren die Gründe, die er sich selbst dafür nannte.

Einen Moment lang dachte er darüber nach, kehrt zu machen und die Treppe hinunter und aus dem Haus zu flüchten, aber er ermannte sich, klopfte an und öffnete die Tür, ohne auf eine Aufforderung zu warten.

Sein Bruder stand an der Kommode, hielt eine Tasse in der einen und einen Brief in der anderen Hand, den er las, während er trank. Corin war in Hemdsärmeln, aber bereits rasiert, wie der feuchte Streifen Haut an seiner Wange bewies. Das Licht, das durch die Vorhänge filterte, zauberte einen weichen Schimmer aus Gold auf sein dunkelbraunes Haar. Idris wurde die Brust eng.

Corin hob ärgerlich den Kopf, als er Idris' Schritte hörte, und sagte: »Ich habe doch darum gebeten, in Ruhe …«, dann erstarben seine Worte und über sein ebenmäßiges Gesicht senkte sich ein düsterer Schatten, der das Licht aus seinen graugrünen Augen löschte und Finsternis zurückließ. »Du«, sagte er tonlos.

Idris neigte leicht den Kopf und sagte: »Corin. Wir haben uns lange nicht gesehen.«

Sein Bruder stellte die Tasse sorgfältig kontrolliert ab, aber ein paar Tropfen schwappten heraus und das Porzellan klirrte auf der Untertasse. Corin zwang sichtlich seinen Zorn hinunter, als er sich erneut zu Idris umwandte. Er verschränkte die Arme vor der Brust und fragte mit schmalen Lippen: »Nun? Was willst du?«

Idris sah sich seelenruhig um, zog dann einen Stuhl aus der Ecke und ließ sich gemächlich darauf nieder. Er verschränkte ebenfalls die Arme, streckte die Beine aus und musterte seinen Bruder, dessen Gesicht vor Zorn dunkel wurde.

»Ein brüderlicher Besuch, wie in alten Zeiten«, sagte Idris samtweich. »Ist das so ungewöhnlich?«

Corins Mund glich einer festen, weißen Linie und seine Miene war so kalt wie der Winterhimmel. »Was willst du?«, wiederholte er.

Idris nickte langsam. Sein Blick glitt an der Gestalt seines Bruders hinab. Corin war schmaler als früher, er wirkte durchtrainiert und sehnig. Da war nichts mehr von der Tapsigkeit eines jungen Welpen, die er als Kind gehabt hatte, und nichts mehr von dem eher pummeligen Jüngling, der mit anbetender Liebe an seinem älteren Bruder gehangen hatte. Dieser Corin, der jetzt vor ihm stand, war Idris so fremd wie ein x-beliebiger Passant, der auf der Straße seinen Weg kreuzte.

Sein Blick blieb auf einer Silberkette hängen, die an Corins Hals glänzte. Eine Art Medaillon schien daran zu hängen, aber als Idris es näher betrachten wollte, fuhr Corins Hand nach zu seinem Kragen und schloss die Knöpfe seines Hemdes.

»Deine Verlobte«, sagte Idris abrupt. »Was stimmt zwischen euch nicht?«

Corins Verblüffung war beinahe komisch. Sein Gesicht verlor alle Härte, er starrte Idris groß an und schüttelte den Kopf. »Was …«, stammelte er, »was geht dich Portia an?«

»Ich bin das zukünftige Oberhaupt dieses Hauses«, erwiderte Idris hart. »Mir ist zu Ohren gekommen, dass du die anberaumte Hochzeit verschieben willst. Warum?«

»Das geht dich nichts an.« Corin wandte den Blick ab und griff nach seiner Weste.

»Das sehe ich anders.« Idris erhob die Stimme nicht, aber in ihr klirrte ein stählerner Kern. »Betrügst du sie?«

Corin fuhr herum und fauchte: »Nein, um Himmels Willen! Ich verehre Portia!«

Idris musterte ihn stumm und eindringlich, und was er in seines Bruders Miene las, besänftigte seine Befürchtungen. Er nickte und entspannte die steifen Schultern. »Das ist schon mal gut«, sagte er in versöhnlichem Ton. »Aber nun verrate mir bitte, warum du sie so brüskierst? Du schneidest sie ja geradezu. Das Mädchen ist vollkommen verunsichert und sehr unglücklich.«

Corins Blick umwölkte sich. »Du hast mir ihr über mich geredet? Wann und wo? Ich wusste gar nicht, dass ihr euch vorgestellt worden seid.«

Idris zog ein Taschentuch heraus und putzte sich die Nase. Er war so müde, als wäre er die ganze Nacht gerannt, was ja in gewisser Weise sogar stimmte. »Ich habe mir die Freiheit genommen, mich selbst vorzustellen«, sagte er schroff. »Du hast es ja nicht getan.«

Corin baute sich vor ihm auf und hob drohend die Hand. »Lass meine Braut in Ruhe«, sagte er sehr leise. »Ich will nicht, dass du dich ihr näherst. Ich will nicht, dass du sie ansprichst oder auch nur einen Blick auf sie wirfst. Ich dulde nicht, dass du sie mit deiner ekelhaften Aufmerksamkeit beschmutzt.«

Idris wich unwillkürlich zurück. Diesen offenen Hass hatte er nicht erwartet, und er traf ihn tief. »Corin«, sagte er und streckte unwillkürlich die Hand nach dem Jüngeren aus, um ihn an der Schulter zu berühren. »Corin, was habe ich dir getan?«

Sein Bruder wich so hastig vor der Berührung zurück, dass er gegen die Kommode stieß. »Fass mich nicht an«, sagte er mit vor Abscheu bebender Stimme und presste die Hand gegen seine Brust, als wollte er dort nach etwas greifen. Idris blieb wie erstarrt stehen, die ausgestreckte Hand in der Luft.

»Du fragst mich, was du mir getan hast?«, fuhr Corin gepresst fort. »Du bist schuld am Tod unserer Mutter und an der Schwermut unseres Vaters. Du bist eine Missgeburt, die sich in unsere Familie geschlichen hat und uns von innen zerfrisst wie ein Geschwür. Sag es mir, Idris: Wenn deine seelenlose Hülle vernichtet wird, kehrt der echte Idris dann zu uns zurück?«

Idris schloss schmerzlich die Augen. »Idwal«, sagte er rau. »Er heißt Idwal, Corin.«

Der hastige Atem seines Bruders schien den Raum zu füllen. »Besuchst du ihn in seinem Exil?«, fragte er, und ein heiseres Schluchzen brach seine Stimme. »Weidest du dich an seiner Gefangenschaft? Wie sieht er aus, sag es mir, Elfenbrut. Gleicht er unserer Mutter?«

Idris tastete nach dem Stuhl, sank darauf nieder und vergrub das Gesicht in den Händen. »Er sieht aus wie ich«, sagte er nach einer Weile, die er brauchte, um sich zu fassen. »Corin, warum tust du uns das an? Wessen beschuldigst du mich hier? Achtest du meine Gefühle so gering?«

»Wessen ich dich beschuldige?« Corins Schrei hing einen Moment lang beinahe greifbar in der Luft. »Und deine Gefühle? Was meinst du denn, wie es in mir aussieht, seit ich endlich begriffen habe, was für ein Geschöpf da all die Jahre an meiner

Seite war und sich für meinen Bruder ausgegeben hat? Meine Mutter starb mit dem Namen ihres Sohnes auf den Lippen. Sie wollte ihn noch einmal sehen, du Ungeheuer. Du hast ihn uns genommen und dich an seine Stelle gesetzt. Was erwartest du von mir? Brüderliche Liebe?« Er lachte bitter. »Du willst den Titel und du wirst ihn bekommen, wenn der Duke sein Leben aushaucht. Er ist nur noch ein Schatten seiner selbst, und auch das ist allein deine Schuld, Wechselbalg.«

Idris schlug die Augen auf und begegnete dem anklagenden Blick seines Bruders. »Warum jetzt?«, fragte er ruhig. »All die Jahre war es dir gleichgültig. Ich war dein Bruder, nein, ich BIN es. Was hat sich geändert, dass du mich auf einmal so hasst?«

Corin fiel in einen Sessel und biss heftig auf seinen Daumenknöchel. »Ich bin erwacht«, sagte er. »Jahrelang habe ich im Nebel gelebt und dich als etwas gesehen, was du nicht bist. Und nun ist mein Kopf frei und klar und ich frage mich, wie sehr mein Bruder dort leidet, allein unter all diesen Seelenlosen. Wenn ich Gewissheit hätte, dass dein Tod ihn befreit, glaube mir, Wechselbalg: Ich hätte dich längst getötet.«

Idris stützte die Stirn in die Hand. »Er kehrt nicht zurück«, sagte er leise und grimmig. »Du kannst mich töten, Corin, aber das wird dir deinen Bruder nicht zurückbringen.« Er lachte rau. »Du würdest ihn nicht kennen und Idwal kennt dich nicht. Du bist ihm gleichgültig, unser Vater ist ihm fremd und er hat Freunde, an deren Seite er reitet. Corin, du verstehst einige Dinge nicht.«

»Geschwätz, das dein wertloses Leben retten soll«, sagte Corin verächtlich. »Geh, Seelenloser, geh mir aus den Augen, ehe ich mich vergesse.«

Roter Zorn wallte vor Idris' Augen. Er sprang auf und packte seinen Bruder an der Kehle. »Du bedrohst mich?«, flüsterte er. »Du wagst es, mich zu bedrohen? Willst du, dass ich mich vergesse, dass ich vergesse, wer du bist, und die Hand gegen dich erhebe?« Er schüttelte den Jüngeren wie eine Ratte. »Ich könnte dir mit einem Griff das Genick brechen«, presste er heraus, mühsam seinen Jähzorn bezwingend. Er stieß Corin von sich, dass dieser zu Boden taumelte.

Abgewandt und schwer atmend richtete er seine Jacke, dann hob er den Kopf und sah Corin kalt an. »Du wirst dich fügen«, sagte er. »Ich dulde nicht, dass du mit den Gefühlen deiner Verlobten spielst. Du wirst dich erklären, du wirst dich bei ihr entschuldigen und du wirst dafür sorgen, dass sie auf den Gesellschaften, zu denen ihr eingeladen seid, nicht alleine gehen muss. Hast du verstanden?«

Corin rappelte sich auf und rieb sich den Hals. Sein hasserfüllter Blick spießte Idris förmlich auf. »Ich habe verstanden«, spie er aus. »Und ich werde mit Freuden alles tun, was du verlangst, wenn du mir damit nur vom Leib bleibst.« Er wandte sich brüsk um und verließ das Zimmer.

Idris blieb aufgewühlt und erschüttert zurück. Er rieb sich die Hand, die unangenehm prickelte. Was auch immer Corin da unter seinem Hemd verbarg, es schien Kräfte zu besitzen, die sich bei der Berührung bemerkbar gemacht hatten.

»Gut so«, murmelte er und wandte sich zur Tür. »Ich hätte ihn am Ende sonst noch erwürgt.« Ein wenig beschämt darüber, dass seine eiserne Selbstbeherrschung in diesem Fall so schnell zerbröckelt war, kehrte er ins Erdgeschoss zurück, ließ sich von dem Butler Hut und Mantel geben und verließ das Haus, ohne sich von dessen Bewohnerinnen zu verabschieden. Was Portia betraf, hatte er seine Aufgabe erfüllt, alles weitere lag nicht mehr in seiner Hand.

6

»Das Ungeziefer vermehrt sich.« Raventhorne wanderte ruhelos durch das große Arbeitszimmer des fünften Earls of Cavanaugh, und schlug gelegentlich mit der Rolle, zu der er ein mehrseitiges Schreiben gedreht hatte, gegen sein Bein. Das Klatschen klang laut durch den dämmrigen Raum. »Der Meuchelmörder allein hätte gereicht, aber nein, jetzt haben wir auch noch einen unbekannten Venator am Hals!«

Ned Wymond, erstaunlich nüchtern für seine Verhältnisse, faltete die Hände über dem Bauch. »Woher kommt er?«, fragte er. »Wir sollten doch eigentlich jedes Exemplar von diesem Geschmeiß kennen, das sich hier in England aufhält.«

Raventhorne schnaubte und blieb stehen. Sein Auge blitzte aufgebracht. »Die hiesigen Dämonenjäger stehen natürlich unter ständiger Beobachtung«, sagte er, und der Grimm ließ sonst so gleichmäßige Stimme rau erscheinen. »Aber mein Gewährsmann sprach davon, dass in Rom vor wenigen Monaten ein gutes Dutzend neuer Venatores geweiht worden ist. Und mindestens einer von ihnen ist Engländer.«

»Verfluchtes Pack«, murmelte Wymond und schielte nach der Brandykaraffe. »Was wissen wir über ihn?«

»Nichts bisher.« Wieder klatschte die Papierrolle gegen Raventhornes Bein, er nahm seine Wanderung wieder auf. Idris beobachtete seinen aufgebrachten Freund nicht ohne Sorge. Natürlich waren sie alle mehr oder weniger davon betroffen, wenn ein frisch geweihter Venator jagdlüstern und blutdurstig in die Stadt kam. Es würde das fragile Gleichgewicht, das im letzten Jahr unter Mühen errichtet worden war, empfindlich stören, wenn einer dieser Exorzisten anfing, in London sein Unwesen zu treiben. Und natürlich würde es London sein – welcher junge, eifrige

Venator war schon bereit, sich dem Treiben der Seelenlosen in, beispielsweise, Yorkshire zu widmen? Nein, London war der Nabel des Empires. Hier war es doch viel bequemer und glanzvoller, den Glauben mit Weihwasser und Schwert zu verteidigen, als in den feuchten Mooren oder kalten nördlichen Einöden. Ruhm und Ehre – ging es letztlich jemals um etwas anderes? Und um Geld, natürlich.

Sie alle waren davon betroffen, aber Raventhorne war mehr als das. Er war in Gefahr. Nicht, dass ihn das normalerweise sonderlich aufregte, aber sie hatten einen kitzligen Punkt in ihrem derzeitigen Auftrag erreicht, und da konnte jeder unkontrollierbare Faktor am Ende das Scheitern der gesamten Mission bedeuten. Und gab es etwas weniger Kontrollierbares als einen fanatischen Dämonenjäger?

»Nun gut, das ist meine Aufgabe«, sagte Ned Wymond seufzend. »Ich spüre ihn auf.« Er grinste humorlos. »Nennt mich Venator venatoris. Ich habe noch jeden erwischt.«

Das stimmte, auch wenn die letzte Jagd schon eine geraume Zeit zurücklag. Idris wandte seine besorgte Aufmerksamkeit zu Wymond. Er trank zuviel und hielt sich nicht in Form, was inzwischen seine früher so ansehnliche Figur in Mitleidenschaft zog. Im letzten Jahr hatte er um Taille und Hüften deutlich Gewicht zugelegt und schien sich insgesamt auf dem besten Weg zur Korpulenz zu befinden, was sicherlich auch eine Folge der häufigen ausgedehnten Mahlzeiten war, die er in der Gesellschaft des Prinzregenten zu sich zu nehmen gezwungen war.

Idris räusperte sich. »Du wirst ab morgen mit uns trainieren«, sagte er. »Wir holen dich reihum zweimal in der Woche vor dem Frühstück ab. Gentleman Jackson und Angelo's Fencing Academy, meine Herren.«

Neds empörter Aufschrei ging im Lachen und zustimmenden Rufen unter. Sogar Lucien Cavanaugh, der bis jetzt schweigend an seinem Schreibtisch gesessen und abwechselnd in mehreren dickleibigen Büchern geblättert und Notizen gemacht hatte, hob kurz den Kopf und stieß sein charakteristisches, abgehacktes Lachen aus.

Idris klopfte Wymond tröstend auf die Schulter. »Es wird dir gut tun«, sagte er leise. »Treibt die bösen Geister aus, sorgt für andere Gedanken und dafür, dass du wieder schlafen kannst, du wirst sehen.« Sein mitfühlender Blick ließ Neds Protest verstummen. Wymond leckte sich kurz über die Lippen und nickte mürrisch.

»Gut, dann … weiter im Text.«

Raventhorne ließ sich in einen Sessel fallen und fuhr sich mit beiden Händen durch die Haare. Idris hatte seinen beherrschten Freund selten so aufgewühlt erlebt und war beunruhigt. »Weiter im Text«, wiederholte Raventhorne und griff nach dem Brandy.

»Was haben wir?«, begann Idris und sah Cavanaugh fragend an, ob dieser das Wort ergreifen wollte, aber der Earl schüttelte den Kopf. »Wir haben die dank Caves Einsatz endlich entschlüsselten Papiere, die die Vermutung untermauern, dass ein bonapartistischer Agentenring hier in London sein Netzwerk errichtet hat. Dazu nutzen sie die alten Kanäle, die von den französischen Revolutionsflüchtlingen hier aufgebaut worden sind. Richtig, Cave?«

»Korrekt.« Der Earl of Cavanaugh blickte nicht auf, sondern studierte weiterhin die Unterlagen auf seinem Tisch und machte sich Notizen dazu. Was bei jedem anderen wie extreme Unhöflichkeit und Unaufmerksamkeit gewirkt hätte, bedeutete ein für ihn völlig normales Verhalten, an das sich seine Freunde längst gewöhnt hatten.

Idris fuhr fort: »Sidmouth ist informiert worden und wir werden in den nächsten Tagen neue Instruktionen erhalten. Wahrscheinlich wird er mit einem von uns oder uns allen besprechen wollen, wie wir weiter vorgehen.« Er hielt inne und rieb sich matt über die Stirn. »Bis dahin brauchen wir alles, was wir über das französische Netzwerk herausfinden können. Raven ist diesbezüglich schon tätig geworden. Ich kann mich in den Docks umhören, ob Transporte von dort aus getätigt wurden. Warenlieferungen, Waffen, Menschen. Wymond kümmert sich um den Venator und sieht ansonsten zu, dass er den Bonapartisten aus dem Weg geht. Cave?«

Cavanaugh hob den Blick und sah durch Idris hindurch. Seine klaren blauen Augen glichen denen eines Kindes, so strahlend und arglos erschienen sie. Ohne Idris zu fixieren, sagte der Earl: »Ich denke, dass wir nichts überstürzen dürfen. Wenn Sidmouth uns weiterhin einsetzen will, wird er uns das mitteilen. Ich halte es durchaus für möglich, dass er uns abzieht, weil diese Angelegenheit unsere Kräfte übersteigt. Unser Einsatz könnte bedeuten, dass er wertvolle Männer in einem aussichtslosen Kampf verheizt, und das wäre fatal für sein Amt und den Staat.«

»Für uns auch«, murmelte Wymont.

Cavanaugh ignorierte den Einwurf. »Andererseits sind wir seine besten Leute. Es ist also durchaus möglich, dass er das Risiko, uns zu verlieren, aufs Spiel setzt.« Er senkte kurz den Blick und notierte einige Gleichungen auf seinem Notizpapier. »Ja, das ist durchaus möglich«, sagte er dann. »Die Rechnung würde sich, wenn wir erfolgreich sein sollten, für ihn auszahlen. Er spekuliert auf den Posten des Premierministers und solch ein Erfolg wäre ein deutlicher Schritt in diese Richtung. Aber selbst unser Scheitern würde ihm nützen, weil er so demonstrieren kann, dass seine Abteilung personell zu schwach besetzt ist, und damit könnte er …«

»Halt, Cavanaugh«, unterbrach ihn Raventhorne, dem wie gewöhnlich als erstem der Geduldsfaden riss. »Du glaubst also, dass Sidmouth uns als Kanonenfutter verheizen wird?«

Cavanaughs irritierender Blick richtete sich auf Raventhornes linkes Ohr. »Ich *glaube* gar nichts«, sagte er leise empört. »Nach Auswertung aller Fakten kann ich mit 70 %iger Wahrscheinlichkeit sagen, dass …«

»Cave, bitte«, sagte Idris etwas lauter als gewöhnlich. Der Earl of Cavanaugh schloss den Mund und blinzelte mehrmals, bevor er sich wieder in seine Bücher vertiefte.

»Gut«, sagte Idris, nachdem er amüsierte Blicke mit Raventhorne und Wymond gewechselt hatte. »Wir gehen also davon aus, dass Sidmouth uns weiter mit dieser Angelegenheit betrauen wird. Bis wir unsere neuen Instruktionen erhalten, wissen wir, was zu tun ist. Seid ihr morgen Abend bei den Willoughbys?«

»Ich bin da«, sagte Wymond träge und hob die Hand. »Ordentlicher Weinkeller, hervorragender Koch, zwei hübsche Töchter.« Er grinste.

Idris schüttelte den Kopf und sah den Viscount an, der grübelnd auf seine Stiefelspitzen starrte, die Hände in den Taschen seines Rocks vergraben. »Raventhorne?«

Der Angesprochene blickte auf und nickte. »Ich treffe einen meiner Informanten dort.«

»Gut. Dann sehe ich zu, wie ich an eine Einladung komme.« Idris hob resigniert die Mundwinkel. »Ich fürchte, Honor muss mir mal wieder Hilfestellung leisten.« Lady Willoughby hatte zwei unverheiratete Töchter, die zudem ausgesprochen ansehnlich waren. Sie schien zu fürchten, dass der Wechselbalg sie sehen und augenblicklich verführen würde.

»Ich komme auch«, sagte der Earl of Cavanaugh zu ihrer aller Verblüffung. Sogar Raventhorne riss es aus seiner melancholischen Stimmung heraus und zu einem Ausruf hin.

»Du?«, fragte er und setzte sich auf. »Cave, du bist seit Monaten bei keiner Abendgesellschaft gewesen. Bist du sicher, dass du das tun willst?«

Cavanaugh sah an ihm vorbei. »Aber ja doch«, erwiderte er aufrichtig erstaunt. »Ich habe große Lust, mich unter Menschen zu bewegen. Sie sind so skurril und irgendwie putzig.«

Wymond prustete. »Hört den Skurrilsten und Putzigsten von allen und erzittert«, sagte er gedämpft.

»Das habe ich vernommen, Wymond«, sagte Cavanaugh, an dem der Spott wie immer spurlos abglitt. »Du siehst mich falsch, fürchte ich. Ich bin normal, rational und sehr logisch. Alle anderen allerdings verfügen allenfalls über mangelhaften Intellekt und ein äußerst irrationales Verhaltensrepertoire.« Er zuckte abfällig die Achseln und ließ seinen unfokussierten Blick über die Freunde wandern. »Nun, euch drei dürfte das natürlich weder stören noch würde es euch überhaupt auffallen.«

»Hört, hört«, protestierte Wymond, aber er lachte dazu und streckte die Hand aus, damit Idris ihn aus dem Sessel zog. »Cave, du bist wirklich ein echter Schwachkopf.«

»Danke«, erwiderte der Kopf ihrer kleinen Gruppe und richtete mit einem Lächeln seine Aufmerksamkeit wieder auf das, was er las.

Idris und Raventhorne fuhren gemeinsam zu White's, Wymond entschuldigte sich mit einer unaufschiebbaren Verabredung.

»Wahrscheinlich mit seinem Buchmacher«, murmelte Raventhorne missvergnügt. »Oder hat er eine neue Mätresse, von der er uns nichts erzählt hat?«

»Ich wünschte, es wäre so«, erwiderte Idris. »Es hat ihn immer so schön von seinem Elend abgelenkt.«

Raventhorne grinste schief. »Wir sind ein seltsamer Haufen, was, Auden? Komm, sei ehrlich: Überleben wir diese Mission?«

Idris stützte das Kinn in die Hand und blickte aus dem Kutschenfenster in die trübe Dämmerung. Vor einer Stunde hatte sanftes Schneetreiben eingesetzt, und das Rumpeln der Räder klang gedämpft. Die düsteren, schmutzigen Straßen der Stadt wirkten fremd, wie ein Bettelkind im feinen Kleid. »Ich denke, dass Cave wie immer recht hat«, sagte Idris nach einer Weile. »Aber keiner von uns ist ein Feigling. Wir haben die schottische Affäre mit heiler Haut überstanden, obwohl es damals wirklich Spitz auf Knopf stand.«

»Ich hätte keinen Penny auf unser Leben gesetzt.« Raventhornes Mundwinkel hoben sich. »Aber es war doch auch ein Heidenspaß, oder, Auden?«

»Du hast seltsame Vorstellungen von Spaß«, konterte Idris, aber er konnte sich ein Lächeln nicht verkneifen.

»Aber hör doch«, beharrte Raventhorne, mittlerweile breit grinsend, »es war doch zum Schreien komisch, wie Chief Rankin of Sleat mit dem Breitschwert fuchtelnd barfuß durch den Schnee gestapft kam. Im Kilt. Barhäuptig. Laut brüllend.«

»Und sein gesamtes Rudel hinter ihm«, konterte Idris mit mildem Spott. »Ebenfalls barfuß und ohne Kopfbedeckung, aber dafür ausgestattet mit kräftigen Gebissen.«

»Was sind wir gerannt«, sagte Raventhorne, in nostalgische Erinnerung versunken.

»Was haben wir uns besoffen, als wir endlich in McGillivrays Burg in Sicherheit waren.«

Sie sahen sich an und brachen in schallendes Gelächter aus.

In bester Laune erreichten sie die St. James's Street, schickten den Kutscher nach Hause und betraten die ehrwürdigen Räume des White's.

In diesem ältesten Club der Stadt waren schon ihre Großväter Mitglieder gewesen, und dementsprechend achtungsvoll wurden die beiden Herren von Bediensteten und den Anwesenden begrüßt. Man mochte Idris misstrauisch gegenüberstehen oder ihn verachten, aber niemand wäre so tief gesunken, ihn zu schneiden oder hinter seinem Rücken zu tuscheln. Nicht bei White's. Allein aus diesem Grund fühlte Idris sich hier mehr zu Hause als in Kent auf dem Sitz seiner Familie.

»Hervorragend«, seufzte er und sank mit einem Glas Single Malt (schottisch natürlich, der irische Whiskey war nach wie vor nur als Schmuggelware zu erhalten) in einen tiefen Polstersessel. Hier pflegten sie darauf zu warten, dass ihr Supper im Esszimmer nebenan serviert wurde.

Neben ihnen saß ein älterer Lord mit einem altmodischen Bart, der in seine Zeitung vertieft war und seiner Umgebung ganz offensichtlich keinerlei Aufmerksamkeit schenkte.

Idris genoss das rauchige Aroma seines Whiskys und fixierte seinen Freund, in dessen Miene die vorherige Trübseligkeit zurückgekehrt war. »Was bedrückt dich?«, fragte Idris gedämpft. Es konnte doch wohl kaum die Nachricht über den unbekannten Dämonenjäger sein, die Raventhorne derart aus der Fassung brachte.

Raventhorne hob den Kopf und erwiderte Idris' Blick. Er schüttelte leicht den Kopf. »Nichts, nichts.«

Idris nickte und nippte an seinem Drink. »Spuck es aus. Was auch immer es ist, wir können etwas dagegen unternehmen.«

Raventhorne stieß ein leises, stöhnendes Lachen aus und beugte sich vor. »Sieh dir meinen Wangenknochen an«, sagte er leise. »Die Gegend zwischen Ohr und Augenklappe.«

Idris gehorchte befremdet und unterzog das Gesicht seines Freundes einer eingehenden Musterung. »Ich weiß nicht, was du …«, begann er, aber da drehte Raventhorne seinen Kopf um eine Winzigkeit und das bläuliche Licht der Argandlampe auf dem Lesetisch fiel auf seinen Wange.

Idris sog scharf den Atem ein und hob unwillkürlich die Hand, als wollte er das Gesicht des anderen berühren. Raventhorne wandte hastig den Kopf ab. »Du hast es gesehen.«

»Es ist unauffällig«, sagte Idris und umklammerte die Armlehne seines Sessels. Sein Mund war schlagartig so trocken wie die Kalahari. Er nahm einen großen Schluck Whisky und stieß den Atem aus. »Unauffällig. Dieses kalte, helle Licht …«

Raventhorne sah ihn an und schüttelte den Kopf. »Auffällig genug«, sagte er hart. »Noch zwei, drei Monate, und ich kann es nicht mehr verbergen.«

»Du könntest es überschminken«, schlug Idris vor, der sich fühlte, als hätte er aus dem Hinterhalt einen tödlichen Streich erhalten. »Du … du weißt doch gar nicht, ob es nicht dabei bleibt. Es hat sich so lange nichts verändert.«

Raventhorne lächelte und drehte sein Glas mit Brandy in den Fingern. »Ich habe mitangesehen, wie schnell dieses Stück sich ausgebreitet hat. Keine Frage, Auden. Bis zum Sommer wird die Hälfte meines Gesichtes mit dieser … Entstellung bedeckt sein. Dann kann ich mich erschießen.«

»Verdammt«, fluchte Idris und entschuldigte sich mit einer hastigen Verbeugung bei zwei Gentlemen, die sich gestört zu ihm umdrehten. »Verdammt, wir finden eine Lösung, Raventhorne. Du bist nicht allein.«

Raventhorne trank und lächelte, und sein Lächeln war erschreckender als das vorherige Brüten. »Auden, du bist ein guter Freund, der beste, den ich habe. Ich suche seit Jahren nach einer Heilung und habe sie nicht gefunden. Sieh dir Wymond an. Er war zu feige, sich die Kugel zu geben, als er sich mit der Franzosenkrankheit infiziert hat, und nun ist er krank vor Entsetzen und Verzweiflung, was seine Feigheit aus ihm gemacht hat. Er hat die eine französische Seuche nur gegen die andere ausgetauscht und schleppt sich nun ebenso elend dahin …«

»Aber er lebt«, fuhr Idris auf. »Und statt sich mit dem, was er sich entschieden hat, zu tun, zu arrangieren und das Beste daraus zu machen, suhlt er sich in Selbstmitleid. Das ist seine eigentliche Krankheit! Aber von dir hätte ich mehr erwartet, Raventhorne!«

Raventhorne senkte die Lider. »Du hast wahrscheinlich recht«, sagte er nach einer Weile sanft. »Aber schau, Auden, du hattest dein Leben lang Zeit, dich an ein Dasein als Missgeburt zu gewöhnen. Wymond und ich hingegen …«

Idris presste die Lippen aufeinander. »Jeden anderen hätte ich jetzt gefordert«, sagte er. »Ich halte dir zugute, dass wir nie ein Blatt vor den Mund nehmen, wenn wir miteinander sprechen, und ich halte dir zugute, dass du aufgewühlt bist. Aber ich möchte dich dennoch bitten, als Freund, dieses Wort nicht wieder in den Mund zu nehmen, wenn du mit mir redest.«

Raventhorne streckte die Hand aus. »Vergib mir«, sagte er. »Du weißt, dass ich so etwas niemals auf dich gemünzt geäußert hätte. Ich gebe zu, ich hatte allein mich und meine unliebsame Transformation im Auge, als ich diese unglückliche Wortwahl traf.«

Idris nickte knapp und sie schwiegen eine Weile, bis Idris wieder das Wort ergriff. »Nun verstehe ich deinen Unmut über diesen neuen Venator«, sagte er. »Aber keine Bange, wir werden ihn finden und unschädlich machen. Zumindest dafür kann ich sorgen.«

Raventhorne dankte ihm mit einem stummen Nicken.

Der Diener kam und bat sie zum Essen, das sie in einvernehmlichem Schweigen verzehrten. Erst zum Port und der Zigarre hinterher kam Idris wieder auf das Thema zurück. »Wir haben noch nicht versucht, das Problem von der anderen Seite her anzugehen«, sagte er und blies einen Rauchkringel zur getäfelten Decke.

Raventhorne, der in sein Portweinglas stierte, als erwartete er die Antwort auf alle Fragen des Universums darin zu finden, sah nicht auf. »Wie meinst du das?«, fragte er in gleichgültigem Ton.

Idris beugte sich zu ihm und berührte seinen Arm mit den Fingerspitzen, sodass Raventhorne aufblickte. »Du hast diesen Derwisch verärgert«, sagte er leise. »Dann hast du feststellen müssen, dass der heilige Mann ein sehr unheiliger Ifrit war, der sich von dir aufs Äußerste gereizt fühlte. Und dieser Ifrit hat dir das da angetan«, er zog mit seinem Stumpen einen Schnörkel vor Raventhornes Augenklappe. »Wie wäre es nun, wenn wir versuchen, den Dämon dazu zu bewegen, den Fluch, oder was es ist, von dir zu nehmen?«

Raventhorne starrte ihn an wie vorher seinen Portwein. Er schüttelte den Kopf und verzog die Lippen zur Parodie eines Lächelns. »Alter Knabe«, sagte er leichthin, aber der Schmerz in seiner Stimme war unverkennbar, »alter Knabe, du bist betrunken.«

»Nicht mehr als du«, sagte Idris. »Und nun sag mir, dass ich mit meiner Überlegung Unrecht habe.«

Raventhorne lehnte sich in seinen Sessel zurück und ließ den Rauch seiner Zigarre zwischen seinen Lippen hervorquellen. »Du hast natürlich in gewisser Weise recht«, sagte er müde. »Aber glaubst du denn, ich hätte das nicht längst versucht? Ich bin von Marrakesch bis Aleppo gereist, habe fast zwei Jahre lang den Orient von West nach Ost durchkämmt. Wie findet man einen Ifrit, der nicht gefunden werden will?«

Idris nickte nachdenklich. Er streifte den Aschekegel vorsichtig ab und sagte: »Hast du dir von jemandem wie mir helfen lassen?«

Raventhorne zog die Brauen zusammen. Die schimmernd veränderte Haut unter und neben der Augenklappe kräuselte sich in silbrigen Wellen. »Von jemandem wie dir? Du meinst … einen Sidhe?«

Idris nickte ungeduldig. »Du suchst ein Wesen aus der Anderwelt. Wer könnte besser geeignet sein, so jemanden zu finden, als …«

»Ein Sidhe-Detektiv?« Raventhorne lachte laut heraus. »So etwas wie der Vidocq des Schönen Volkes? Eine reizende Idee, Auden. Ich sage doch, du bist betrunken.«

Idris grinste, er war nicht gekränkt. »Es muss ja kein Sidhe sein«, gab er zu bedenken. »Ich kann mich mal umhören, wer Verbindungen in den Orient hat. Erinnerst du dich an den mittleren Sohn von Chief MacGillivray? Ich habe gehört, dass er in Schottland mit anderen jungen Clanmitgliedern eine Detective Agency nach dem Muster der Brigade de la Sûreté aus der Taufe gehoben hat. Einer von ihnen war doch neulich bei deinem Freund Barlow in der Bow Street, um Erfahrungen auszutauschen.«

»Lyall Bràigheach, der Sohn des Chiefs MacGillivray«, sagte Raventhorne. Seine Miene zeigte zum ersten Mal an diesem Abend einen Ausdruck von Lebhaftigkeit, den Idris bisher schmerzlich vermisst hatte. Er richtete sich aus seiner zusammengesunkenen Haltung auf und reichte Idris die Hand. »Du gibst mir neue Hoffnung«, sagte er aus tiefstem Herzen. »Idris Hathaway, der nächste, der kommt und dich eine Missgeburt nennt, muss sich zuerst mit mir duellieren!«

7

Baron Willoughby de Eresby, ein steifer Mann mittleren Alters mit einer ausnehmend schönen Gattin und zwei ebensolchen unverheirateten Töchtern, gab alljährlich zu Anfang des Jahres einen Ball, zu dem alles eingeladen war, was Rang und Namen hatte und zu dieser Jahreszeit in der Stadt weilte.

Dementsprechend zahlreich waren Anzahl der Kutschen, die vor der Treppe zum Stadtpalais des Earls auffuhren.

Idris und Ned Wymont, die gemeinsam in einer Kutsche gekommen waren, standen auf halber Höhe der Treppe, fröstelten sogar in ihren pelzgefütterten Redingotes und schickten sich in Geduld, während leichter Schneeregen ihre Schultern durchnässte. Wymond murrte leise vor sich hin. »Hoffentlich gibt es wenigstens etwas Gescheites zu essen, ehe ich verhungere«, sagte er, während sie eine Stufe vorrückten.

Idris sah ihn von der Seite an. »Wann hast du das letzte Mal etwas zu dir genommen?«, fragte er betont nüchtern.

Wymond erwiderte den schrägen Blick mit einem winzigen Zähnefletschen, ehe er eilig seine Lippen wieder schloss. »Vorgestern«, sagte er knurrig. »Kein Grund zur Panik, Auden. Ich habe Lust auf ein schönes, blutiges Steak, nicht mehr.«

»Gut zu wissen.« Sie schwiegen und rückten weiter vor, während hinter ihnen das Rollen und Rattern der Kutschenräder, das Knallen der Peitschen und die Schritte und Stimmen der Ankommenden nicht abreißen wollte. Idris fragte sich beiläufig, ob all diese Menschen in dem sicherlich weitläufigen Palais Platz finden würden, aber wie in jedem Jahr würde man sich schon hineinzudrängen wissen, sich eine Nacht lang in hoffnungslos überfüllten Sälen bei schlechter Luft durch die Menge quetschen, während einem die Ohren von all dem lauten Geschwätz, der Musik und dem Klirren von Gläsern und Geschirr schmerzten. So etwas war eine Veranstaltung, die vom *ton* als voller Erfolg gewertet wurde, und bei der man sich sehen lassen musste, wenn man im folgenden Jahr noch etwas gelten wollte. Lächerlich, vollkommen absurd und ein wunderbar unauffälliger Platz um sich mit Informanten, Spitzeln und Agenten zu treffen.

Endlich waren sie im Haus, begrüßt von der jetzt schon abgekämpft wirkenden Lady Willoughby, die ein herzliches Lächeln für Wymond und ein etwas kühleres Kopfnicken für Idris übrig hatte, ehe sie ein älteres Ehepaar Willkommen hieß, das hinter ihnen durch die Tür kam.

Idris überließ seine Garderobe einem Lakaien und rieb sich die erstarrten Hände. »Kaminzimmer«, sagte er knapp.

Wymond nickte und erwiderte: »Ich hole uns was zu trinken.«

Idris stellte sich dicht vor das Kamingitter, neben einen jungen Mann mit beinahe weißblondem Haar und kurzem Bart in Kilt und Spencer mit dem rotblau karierten Plaid über der Schulter, der ihn kurz musterte, ehe er wieder wie Idris seine Hände zum Feuer streckte. »Auden«, sagte er mit tiefer, ein wenig heiserer Stimme.

»MacGillivray«, grüßte Idris ähnlich trocken. »Ich freue mich, Sie zu sehen. Sie haben meine Nachricht also bekommen. Ich war mir nicht sicher, ob Sie noch in England sind.«

»Ich bleibe noch eine Weile in London«, erwiderte der junge Mann und drehte sich vom Feuer weg. »Lord Sidmouth empfahl mir übrigens, Sie zu kontaktieren, deshalb hatte ich Ihre Nachricht bereits erwartet.«

Idris hob erstaunt eine Braue. »So«, sagte er nachdenklich. »Ich dachte, Sie hätten eine Aufgabe, der Sie sich in Ihrer Heimat widmen.«

»So ist es.« Der Schotte verschränkte die Arme vor der breiten Brust. Sein etwas zottiges, helles Haar fiel ihm in einer ungebärdigen Tolle in die Augen, mit denen er Idris intensiv musterte. Seine Nasenflügel bebten. »Ich wollte hier ein wenig von den Besten lernen, und Sir John hat mich an Lord Sidmouth verwiesen. Er sagte, er könne jemanden wie mich für eine Aufgabe brauchen, auf die er seine besten Männer angesetzt hat. So etwas habe ich gesucht.«

Idris nickte und lächelte schmal. »Willkommen an Bord, Sir.«

»Danke, Eure Lordschaft.« Der junge Mann sah ihn eindringlich an. »Ich muss Ihnen auch aus anderem Grund danken«, sagte er. »Sie haben einem Freund von mir aus arger Bedrängnis geholfen.« In seinen kühlen, graugelben Augen spiegelte sich rötlich das Kaminfeuer wider, und als er lächelte, entblößte er ein erstaunlich kräftiges Gebiss.

»Ah, das war ein Freund von Ihnen?« Idris grinste. »Ich dachte mir doch, dass ich Sie erkannt hatte. Sie waren überaus in Eile, MacGillivray.«

»Das wären Sie auch gewesen, wenn Ihnen eine komplette Jagdgesellschaft von Grünaugen an den Hacken geklebt hätte«, erwiderte der Schotte gemächlich und fügte mit einem entschuldigenden Zwinkern hinzu: »Nichts gegen Sie, Sir. Sie sind einer von den Guten.«

»Das hoffe ich doch.« Idris legte dem Jüngeren seine Hand auf die Schulter. »Kommen Sie, ich stelle Sie Ihren Mitstreitern vor.«

Sie schlenderten hinüber in den Ballsaal. »Hat Ihr Freund sich erholt?«, fragte Idris und musterte die Menge. Gelächter und Plaudern füllten die Luft mit einem fröhlichen Klang, der von den Klängen der Kapelle melodisch untermalt wurde. Die Tanzfläche war beinahe so überfüllt wie der Rest des Saales, und sie hatten Mühe, sich durch das Gedränge zu schieben.

»Angus ist wohlauf«, erwiderte McGillivray und entschuldigte sich mit einem Kopfnicken bei einem älteren Gentleman, dem er auf den Fuß getreten war. »Die Verletzungen waren allesamt nicht schwerwiegend und wir haben gutes Heilfleisch.« Wieder zeigte er sein beeindruckendes Gebiss.

Idris schnaubte amüsiert. »Das habe ich bemerkt, als ich Stewart Brodie in die Highlands verfolgt habe. Ich habe ihn dreimal erledigt und jedesmal stand er am nächsten Tag wieder vor mir.«

Jetzt schnaubte der Schotte und fuhr mit dem Zeigefinger über die große Silberbrosche, die sein Schulterplaid hielt. Sie zeigte sinnigerweise einen Wolfskopf mit offenem Rachen. »Sie haben ihn dann doch erwischt, schätze ich«, sagte er. »Sonst stünden Sie nicht neben mir. Brodie war hoffnungslos verrückt. Tollwut.«

»Das wusste ich nicht.« Idris schnitt eine Grimasse.

»Hätte es etwas geändert?« McGillivray musterte ihn aufmerksam.

Idris erblickte Raventhorne, der neben einer Topfpalme stand und mit missvergnügter Miene das Treiben beobachtete. »Nein«, sagte er geistesabwesend. »Vielleicht hätte ich ihm gleich den Kopf abgeschlagen, das hätte mir einiges an Mühe gespart.« Er hob die Schultern. »Nicht, dass er mich nicht gebissen hätte.«

Der Schotte lachte auf. »Mein Beileid.«

Idris grinste. »Nicht der Rede wert. Ich habe jetzt eine interessante Narbe am … nun ja.«

»Da treibst du dich herum, Auden«, hörte er Ned Wymond rufen. Er bahnte sich recht rücksichtslos mit zwei Gläsern in der Hand den Weg durch die Menge und blieb neben Idris stehen, um ihm eins davon zu reichen.

MacGillivray hob den Kopf und seine Nasenflügel zitterten. Ein gedämpftes Knurren drang aus seiner Kehle, dann riss sich der junge Mann sichtlich zusammen und neigte den Kopf. »Wymond«, sagte er betroffen. »Ich habe Sie nicht erkannt, verzeihen Sie mir.«

»Schon gut«, murmelte Wymond und hob sein Glas an die Lippen. »Ich kann Sie auch nicht riechen, MacGillivray.«

Idris erwartete, dass der junge Schotte zornig wurde, aber Lyall Bràigheach erstaunte ihn nicht zum ersten Mal. Er grinste breit und klopfte Wymond auf die Schulter.

»Gut, suchen wir uns einen ruhigeren Platz«, sagte Idris und leitete die beiden Männer quer durch den Saal zu Raventhorne, der immer noch mit verschränkten Armen neben der Topfpalme an einer Säule lehnte.

»Drückst du dich wieder vorm Tanzen?«, zog Idris ihn auf. »Komm schon, du Schwiegermutterschreck, wir sind auf der Suche nach einem ungestörten Ort.«

»Arbeitszimmer des Hausherrn«, erwiderte Raventhorne träge und nickte MacGillivray zu. »Schön, Sie zu sehen, Lyall.«

Sie gingen in die Eingangshalle, die ebenfalls voller Gäste war. »Das Arbeitszimmer, wahrhaftig?«, murmelte Idris.

»Dort dürfte sich zur Zeit niemand aufhalten«, erwiderte Raventhorne. »Ich benutze immer die Arbeitszimmer, um mich in Ruhe zu unterhalten.«

Das Zimmer war dunkel bis auf ein heruntergebranntes Feuer im Kamin, das ein wenig rötliches Licht abgab. Es roch nach Pfeifentabak.

Raventhorne, der sich bewegte, als wäre er hier zu Hause, ging zu den Vorhängen am Fenster und überprüfte, dass kein Licht durch einen Spalt hinausdringen konnte, dann entzündete er die Lampe in der Sitzecke. »Meine Herren«, sagte er mit einladender Handbewegung.

»Sollten wir auf Cavanaugh warten?«, fragte Wymond und lümmelte sich in einen tiefen Sessel.

»Nein«, entschied Idris. »Wir benötigen ihn jetzt und hier nicht, weil es hauptsächlich darum geht, Mr MacGillivray zu informieren.«

Wymond rutschte noch etwas tiefer, faltete die Hände um sein Glas, das auf der taubenblauen Weste ruhte, und versank in eine Art Dämmerzustand. Idris rief ihn nicht zur Ordnung, weil er wusste, dass sein Freund durchaus konzentriert zuhörte, selbst wenn er wie jetzt aussah, als stünde er kurz vor dem Einnicken.

Der junge Schotte warf Wymond einen befremdeten Blick zu und nahm auf einem Stuhl mit gepolsterten Lehnen Platz. Der Knauf seines Sgian Dubhs, des kleinen Dolches, den ein Schotte niemals ablegte, ragte aus dem doppelten Überschlag seines Strumpfes hervor.

Idris sah Raventhorne fragend an, und dieser nickte und lehnte sich entspannt in seinen Sessel zurück. »Hat Lord Sidmouth Ihnen schon etwas über unsere Aufgabe verraten, Lyall?«

MacGillivray schüttelte stumm den Kopf. Sein scharfer Blick ruhte auf Raventhornes Augenklappe, und wieder blähten sich seine Nasenflügel.

Raventhorne sprach leise und konzentriert. Er war in der Lage, Sachverhalte knapp zu umreißen und in aller Kürze präzise darzustellen, was es zu einem Vergnügen machte, ihm zu lauschen.

Er berichtete von dem Netzwerk bonapartistischer Agenten, dessen Existenz dem Innenminister großes Kopfzerbrechen bereitete. Niemand wusste bisher, welchen Zweck dieses Spionagenetz erfüllte – Bonaparte war nach Elba verbannt worden und der Wiener Kongress beriet die Neuordnung Europas mit einem Frankreich, das von Ludwig XVIII. regiert wurde – einem reinblütigen Menschen.

Viele der französischen Vampire waren aus dem Land geflüchtet, einige hatten sich nach England gerettet, obwohl sie auch hier nicht willkommen waren. Aber zumindest waren sie nicht, wie in ihrem Heimatland, Verfolgungen ausgesetzt. Der französische König war ein fanatischer Papist und hasste alle nicht rein menschlichen Wesen. Die französischen Venatores gehörten neben denen des Vatikans zu den schärfsten und unbarmherzigsten Dämonenjägern Europas.

Sidmouth, der ein misstrauischer Mann mit einer scharfen Nase für Unannehmlichkeiten war, witterte Unheil. Er vermutete, dass es jemanden innerhalb der britischen Regierung gab, der die Bonapartisten insgeheim unterstützte und mit Informationen und Geld versorgte.

MacGillivray, der bis dahin schweigend zugehört hatte, hob die Hand. »Ein Vampir in der Regierung?«, fragte er.

Raventhorne sah Idris an, und der zuckte die Achseln. »So unwahrscheinlich es klingt, ist das doch die naheliegendste Erklärung«, sagte er. »Es scheint hierzulande Kräfte zu geben, die nichts gegen eine Wiederkehr Napoleons hätten. Es muss sich um Vampire handeln, denen ihr eigener Aufstieg innerhalb eines von Napoleon dominierten Europa über ihre Treue zum eigenen Vaterland geht.« Er zog die Brauen zusammen, denn der Umstand, laut ausgesprochen, rührte an einen eigenen wunden Punkt. War er nicht selbst solch ein Verräter? Er diente zwei Königen, und das war ein Umstand, der keiner der beiden Monarchen gutheißen würde. Und wenn es darauf ankam, wenn er ernsthaft vor die Wahl gestellt werden würde, welchem König seine absolute Loyalität galt – wen würde er wählen?

Er schob den Gedanken hastig beiseite. Das war jetzt nichts, worüber er nachdenken musste, es lenkte ihn von seiner Aufgabe ab.

MacGillivray stellte nun Fragen, die sie sich nach besten Wissen zu beantworten bemühten. Wymond schwieg wie gewöhnlich und überließ Idris und Raventhorne das Wort. Aber MacGillivray wandte sich schließlich direkt und unverblümt an ihn und fragte: »Wo kommen Sie ins Spiel, Wymond? Wieso vertraut Lord Sidmouth Ihnen? Sind Sie so etwas wie ein Doppelagent?«

Raventhorne hüstelte und Idris stieß ein unterdrücktes Schnauben aus. Ned Wymond klappte die Augenlider hoch und sah den jungen Schotten belustigt an. »Sie sind ein frecher Welpe, MacGillivray«, sagte er mild. »Aber da Sie so lieb fragen: Sidmouth wird sich hüten, es mit mir zu verderben. Seine Frau würde ihm die Hölle heiß machen.« Er grinste und ließ die Lider wieder zufallen.

»Sidmouth ist sein Schwager«, murmelte Idris in MacGillivrays Ohr.

»Oh«, sagte der Schotte ein wenig betreten. »Ich wollte niemanden beleidigen, Eure Lordschaften. Es erschien mir nur merkwürdig, dass Sie einem Vampir Ihr Vertrauen und Ihre Freundschaft schenken.«

»Hier ist einiges merkwürdig«, warf Raventhorne ein. Er bemerkte den fragenden Blick, den MacGillivray ihm schenkte, und berührte unwillkürlich seine Wange. »Ja, auch das«, sagte er schärfer als beabsichtigt. »Glauben Sie mir, mein Junge, das ist einer der Gründe, warum Lord Sidmouth uns und niemanden sonst mit dieser Angelegenheit betraut. Sie passen also perfekt in unser Team.«

»Touché«, sagte MacGillivray und nickte. »Ihr vierter Mann – ist er auch ein Seelenloser?«

»Lord Cavanaugh ist ein Mensch und nichts als ein Mensch«, beeilte Idris sich zu erklären. »Er ist unser kluger Kopf.«

Ned Wymond prustete, ohne die Augen zu öffnen oder seine Haltung zu verändern, und auch Raventhorne lächelte schwach. Idris zog die Brauen hoch und grinste. »Gut, meine Herren«, sagte er und erhob sich. »Wir sind schon recht lange hier drin und sollten uns lieber wieder unter die Menge mischen, ehe unsere Abwesenheit doch noch auffällt – oder Lord Willoughby eine Atempause in seinem Arbeitszimmer einlegt. MacGillivray, wir sollten uns morgen bei White's treffen. Ich schicke Ihnen eine Einladung.«

»Recht so.« Raventhorne stand auf und zog Ned Wymond auf die Füße. »Wir gehen nacheinander. Idris, du zuerst.«

»Ah, schauen Sie ihn sich an, Dottore.« Lady Isobel Falconer hob ihren Fächer, um in seinem Schutz mit dem massigen Hünen neben ihr zu flüstern. »Ein großer, böser Mann, was denken Sie?«

Der Italiener gab ein unverbindliches Geräusch von sich und führte sein Glas zum Mund. Lady Isobel ließ den Blick nicht von dem Objekt ihrer Beobachtung. Erregung prickelte durch ihre Adern. Jagdfieber. Sie erbebte und ließ ihren Fächer auf- und zuklappen. »Ich liebe solche Männer«, fuhr sie gedämpft fort. »Sehen Sie nur, Dottore, wie er sich bewegt. Ein Raubtier, gezügelt von einem eisernen Willen, aber unter all der Beherrschung brennt die Glut der Leidenschaft.« Sie seufzte und beobachtete ihr Opfer weiter unter gesenkten Lidern. »Er ist es«, flüsterte sie und presste eine Hand auf den Busen. »Oh, er ist es, ohne Zweifel!« Sie ignorierte die amüsierten Blicke ihrer Nachbarinnen und klappte erneut ihren Fächer auf, um ihren erhitzten Wangen Kühlung zu verschaffen.

»Wer ist die *fanciulla*, mit der er sich unterhält?«, fragte der Dottore nüchtern.

Lady Falconer kniff die Augen zusammen, zuckte dann mit den Achseln. »Die Verlobte seines Bruders. Keine Gefahr.« Sie richtete sich auf und sah sich um. »Wo ist unsere Gastgeberin? Ich möchte vorgestellt werden.«

Idris beugte sich über Portias Hand und ließ sie dann mit Bedauern los. »Danke für den Tanz, Miss Redgrave«, sagte er förmlich.

Portia knickste und lächelte ihn verschwörerisch an. »Danke, dass Sie mich vor Sir Reginalds feuchten Händen gerettet haben, Lord Auden.«

»Darf ich Sie zu Ihrer Gesellschafterin geleiten?« Idris bot ihr den Arm. Während sie durch die Menge schritten, fragte er leise: »Wo ist mein Bruder, Portia?«

Sie lächelte und nickte einer Bekannten zu. »Er wollte mich begleiten«, antwortete sie in genauso gedämpftem Ton. »Aber er wurde aufgehalten.« Sie blinzelte heftig und ihr Mund wurde schmal. »Er wird ständig aufgehalten«, fügte sie in nüchternem Ton hinzu. »Ich bin daran gewöhnt, aber es wäre falsch zu behaupten, es träfe mich nicht, dass Corin offensichtlich so wenig an meiner Gesellschaft liegt.«

Idris murmelte einen Fluch und entschuldigte sich hastig für seine Wortwahl. »Ich hatte ihn darauf hingewiesen, dass er Sie vernachlässigt und ich das missbillige«, sagte er.

Portia warf ihm einen säuerlichen Seitenblick zu. »Das ist sehr freundlich und fürsorglich von Ihnen, Mylord, aber ich denke, wir müssen das ohne Ihre Hilfe zwischen uns klären.« Sie hob anmutig die Schultern. Das Kerzenlicht schimmerte weich auf der honigfarbenen Seide ihres Kleides und zauberte goldene Reflexe in ihr Haar.

Idris atmete ihren Duft, der eher frisch als blumig war, und wurde von einem Anfall von Melancholie gepackt. »Ich wollte mich nicht ungebührlich in Ihre Angelegenheiten mischen, Miss Redgrave«, sagte er. »Aber nachdem Sie mir Ihr Herz ausgeschüttet hatten, dachte ich …«

Sie blieb stehen und legte die Hand auf seinen Arm. Ehrlich erschrocken blickte sie zu ihm auf. »Ich wollte Sie nicht dafür tadeln, Mylord«, sagte sie. »Nein, ich bin Ihnen wirklich sehr dankbar. Aber es scheint mir, dass Corin auf Sie sogar noch weniger zu hören gewillt ist als auf mich oder auf seinen Vater.«

Er nickte schroff und setzte sich wieder in Bewegung. »Das ist sicherlich der Fall. Die Zeiten sind vorüber, in denen er zu mir aufsah, weil ich sein älterer Bruder bin.«

Er verneigte sich formvollendet vor ihr und überließ sie der Obhut ihrer Tante. Der Zorn auf seinen Bruder brodelte heiß in seinem Inneren, aber er wahrte den kühlen äußeren Anschein. Die Fassade des gelangweilten Bonvivants, den nichts und niemand aus der Façon bringen konnte, war ihm mittlerweile zur zweiten Natur geworden. Sein hitziges Temperament zu zügeln hatte ihm als jungem Mann einige Mühe bereitet, allerdings hatte damals schon sein eher nüchternes Naturell dazu beigetragen, seinen jugendlichen Überschwang zu mäßigen.

Aber jetzt spürte er den Zorn wie eine feurige Lohe, die sein Inneres verzehrte. Er benötigte dringend eine Abkühlung.

Auf dem Weg zu den Türen, die hinaus auf die Terrasse führten, hielt ihn Lady Willoughby auf. Sie wirkte pikiert und war ganz offensichtlich nicht begeistert davon, sich ausgerechnet mit dem berüchtigten Lord Auden unterhalten zu müssen, aber immerhin war er ihr Gast und sie musste ihre Pflichten als Gastgeberin erfüllen. Also lächelte sie ihn kühl an und sagte: »Auden, mein Lieber. Wie schön, dass Sie kommen konnten. Hat man Sie schon mit Lady Falconer bekannt gemacht?«

Idris war nicht in der Stimmung für höfliches Geplauder. Er nickte knapp, beugte sich zum Handkuss über die dargebotene Hand der aschblonden Lady in dem extravaganten nachtblauen Kleid und sagte: »Ich bitte um Vergebung, aber ich war gerade auf dem Weg hinaus, um etwas Luft zu schnappen. Es war mir ein Vergnügen, Lady Falconer. Lady Willoughby, Ihr Diener.«

Er wollte sich abwenden und hinausgehen, wobei er sich durchaus dessen bewusst war, dass er sich hart am Rande der Unhöflichkeit bewegte, aber die blonde Lady mit ihrer gewagt kurzen, kunstvoll zerzausten Frisur lachte ein aufregend heiseres Lachen und hängte sich ohne große Umstände bei ihm ein. »Das passt ausgezeichnet, ich könnte ebenfalls ein wenig frische Luft brauchen«, sagte sie und warf ihm unter halb gesenkten Lidern einen Blick zu, der ihn unruhig werden ließ. Lady Falconer war kein junges Mädchen mehr, sondern eine reife Frau mit einer Ausstrahlung, die wahrscheinlich manchem Mann die Knie weich und ein anderes Körperteil hart werden ließ. Ihre Figur war nicht üppig, aber wohlgerundet, sie war groß und hatte eine hoheitsvolle Haltung, aber ihr Blick aus silbergrauen Augen war alles andere als damenhaft, er verhieß ungenannte Wonnen, ebenso wie ihre vollen, feucht schimmernden Lippen.

Idris musterte sie interessiert, während sie den Saal durchquerten. Dank ihrer Größe passten sich ihre Schritte perfekt an seine an, ihre Schulter lag nur eine Handbreit unter seiner. Ihre Bewegungen hatten etwas Kraftvolles und gleichzeitig lässig Elegantes, und sie erregte Aufsehen. Das lag sicherlich auch daran, dass sie an seiner Seite ging, denn es war offensichtlich, dass sie sich mehr als nur beiläufig für ihn interessierte.

»Darf ich fragen, warum wir uns noch nie begegnet sind, Lady Falconer?«, fragte Idris. »Kenne ich Ihren Gemahl?«

Die langbewimperten grauen Augen richteten sich auf sein Gesicht, verweilten auf seinem Mund. »Nein, ich fürchte …«, sagte sie mit ihrer ein wenig heiseren Stimme. »Geoffrey war kein geselliger Mensch. Er hat es vorgezogen, sich daheim seinen Studien der Antike zu widmen.« Sie hob das Kinn und fügte beinahe trotzig hinzu: »Geoff war sehr viel älter als ich, Lord Auden. Das wird man Ihnen ohnehin zutragen, also erfahren Sie es lieber gleich von mir. Und ich habe ihn geliebt.« Ihre Lippen formten eine strenge Linie und der Schimmer von Tränen stand in ihren Augen. Dann lächelte sie wieder und sandte ihm einen verheißungsvollen Blick. »Aber nun hat er mich verlassen und ich genieße den Witwenstand.«

Idris wusste nicht recht, ob er ihr kondolieren sollte und hielt lieber den Mund. Er nickte kurz und öffnete die Tür ins Freie. »Es ist kalt«, sagte er. »Soll ich jemanden nach Ihrem Mantel schicken, Lady Falconer?« Sie waren allein auf der Terrasse, wie auch der unberührte Schnee zeigte.

»Isobel«, sagte sie mit rauchiger Stimme. »Nein, ich friere nicht so leicht. Es tut gut nach der Hitze dort drinnen.« Sie machte ein paar Schritte in den Garten hinein, wobei ihre zarten Schuhe vollkommen durchnässt wurden, wandte das Gesicht empor und stieß eine Atemwolke aus, die wie Rauch vor ihrem verlockenden Mund stand. Idris wurde die Kehle trocken. Er hob wie in Trance seine Hand und legte sie auf Lady Falconers Rücken, vorgeblich, um sie unter das schützende Dach eines kleinen Pavillons zu geleiten, denn leichter Schneefall rieselte noch immer vom Himmel.

Lady Falconer drehte sich unter seiner Hand und unverhofft fand er sich Brust an Brust mit ihr, und da sie immer noch den Kopf erhoben hielt, boten sich ihre leicht geöffneten Lippen zu einem Kuss an.

Idris hätte aus Stein sein müssen, um dieser Einladung nicht zu folgen. Er senkte den Kopf und schmeckte ihre Lippen. Süß und herb zugleich schmolz ihr Atem in seinem Mund. Sie seufzte leise und drängte sich eng an ihn, ihre bloßen Arme waren kalt. Idris umschlang sie fest, nicht allein aus Leidenschaft, sondern ebenso aus Sorge, sie würde sonst zu Eis gefrieren. Die Damen und ihre unvernünftig dünnen Kleider, an denen sie selbst zur Winterzeit festhielten!

Die Kälte kroch unangenehm an seinen Beinen empor. »Wir sollten hineingehen«, flüsterte er und genoss ihre weichen Lippen. Er liebkoste Isobels samtige Haut mit den Fingerspitzen. Sie erbebte unter seiner Berührung und ihre Augenlider flatterten. »Sie holen sich noch den Tod.«

»Ein besorgter Ritter«, erwiderte sie mit ihrem heiseren, verführerischen Lachen. »Wie charmant von Ihnen, Lord Auden.«

»Kommen Sie, Isobel«, sagte er sanft und löste sich von ihr. »Suchen wir uns einen wärmeren Ort.«

Die Hitze und die schlechte Luft des Saals schlugen ihm wie eine Faust ins Gesicht. Lady Falconer betrachtete ein wenig betrübt ihre ruinierten Schuhe und den nassen Saum ihres Kleides, der an ihren wohlgeformten Waden klebte.

»Sollen wir uns verabschieden?«, fragte er gedämpft. »Sie möchten sich doch sicher umziehen.«

Sie blickte erstaunt auf. »Aber nein«, widersprach sie mit einem kecken Blinzeln. »Ich gehe hinauf in die Garderobe und lasse meine Zofe ein wenig zaubern. Sie ist sehr talentiert.« Sie sah sich suchend um. »Wo ist … ah!« Sie hob die Hand. »Dottore. Bitte, ich brauche Jeans Beistand. Schicken Sie sie zu mir in die Garderobe.«

Der massige Mann, der die Menge geteilt hatte wie ein Eisbrecher die Schollen auf der Themse, verneigte sich höflich. Seine flinken schwarzen Augen musterten Idris mit kaum verhohlener Neugier. Idris erwiderte den Blick nicht weniger fragend. Wer war dieser Mann? Er gehörte sicherlich nicht zum Adel, wahrscheinlich nicht einmal zur Gentry, dazu wirkte er zu bäurisch, zu unelegant, beinahe grob. Und warum nannte sie ihn »Dottore«?

»Ah, ich vergaß, Sie vorzustellen, vergeben Sie mir«, sagte Lady Falconer. Sie lächelte charmant, was Grübchen in ihre Wangen zauberte, die sie jünger wirken ließen. »Lord Auden, darf ich Sie mit Dottore Niccolo Canevari bekannt machen? Er kommt aus Florenz.«

»Sehr erfreut«, murmelte Idris kühl, von einem Anfall völlig unsinniger Eifersucht gepackt.

Der Italiener erwiderte die Floskel und wandte sich dann ab, um Lady Falconers Befehl auszuführen. War er ihr Bediensteter? Ein Leibarzt? Ihr Liebhaber?

»Er ist Arzt«, sagte sie. »Ein Chirurg, sehr begabt.«

Idris zog die Brauen zusammen. »Wo finde ich Sie, wenn Sie sich frisch gemacht haben?«, fragte er und hob ihre Hand an seine Lippen.

Sie lächelte ihr hinreißendes Lächeln. »Ich werde Sie zu finden wissen, Mylord, keine Sorge.« Mit diesen Worten wandte sie sich ab und verschwand in der Menge.

Idris bemerkte, dass er schwitzte. Er zog ein Tuch aus der Tasche und tupfte sich die Stirn ab.

»Du bist in Schwierigkeiten«, erklang die ironische Bemerkung seines Freundes Raventhorne.

Idris wandte sich um und steckte das Tuch ein. »Warum?«, fragte er so gleichmütig wie möglich.

Raventhorne blickte ihn gespielt erstaunt an. »Die Lady, die dich gerade stehenließ«, sagte er. »Jeder Mann hier im Saal hätte sie gerne in seinem Bett.«

Idris warf ihm einen gereizten Blick zu. »Jeder außer dir, nicht wahr?«

Der Viscount hob eine Braue. »Nun, du kennst mich«, sagte er. »Ich finde das kurzbeinige Geschlecht im allgemeinen nur lästig, dumm und ausgesprochen nervtötend. Das allein wäre unerheblich, wären sie nicht auch noch außerordentlich gefährlich.« Er lächelte schmal. »Fürchte den Bock von vorn, das Pferd von hinten und das Weib von allen Seiten.«

»Du hast dich nur nie richtig darum bemüht, Verständnis für eine Frau zu entwickeln«, sagte Idris versöhnlich, denn er kannte die Einstellung seines Freundes zum weiblichen Geschlecht.

Raventhorne lachte auf. »Wie sagen die Iren? ›Drei Arten von Männern versagen im Verstehen von Frauen: junge Männer, Männer mittleren Alters und alte Männer.‹ Also träum weiter, mein Lieber. Keiner von uns wird sie je verstehen.« Er bot Idris seine Schnupftabakdose an. »Aber das müssen wir auch nicht. Eine Frau existiert allein zu dem Zweck, entweder unserer körperlichen Befriedigung zu dienen oder unsere Kinder zur Welt zu bringen. Warum also sollte man sich um tieferes Verstehen bemühen, das doch ohnehin sinnlos wäre?«

Idris schüttelte den Kopf. »Du dauerst mich von Herzen, und ich wünsche dir, dass du eines Tages eines Besseren belehrt wirst.«

»Das wird kaum geschehen.« Raventhorne blickte an Idris vorbei und nickte jemandem zu. »Da kommt Cavanaugh.«

Idris, der kaum noch mit Cavanaughs Erscheinen gerechnet hatte, drehte sich überrascht um. Wirklich schritt Lucien Benedick St. George, der V. Earl of Cavanaugh, mit der ihm eigenen lächelnden Geistesabwesenheit durch die Menge, die sich vor ihm teilte wie das Rote Meer vor Moses. Er schien sich weder der Blicke bewusst zu sein, die ihn trafen, noch des Getuschels, das ihm folgte wie Meeresbrandung. Seine blonden Locken umrahmten das Gesicht eines Cherubs, dessen strahlend blaue Augen entrückt in die Ferne blickten, als schauten sie Gottes Herrlichkeit und wären blind für all das menschliche Gewürm zu seinen Füßen.

Idris verbiss sich ein Lachen und auch Raventhorne grinste. »Sieh, wie's da wieder kommt!«, sagte er.

Cavanaugh blieb vor ihm stehen, fixierte seine Nasenwurzel und konterte: »Dass einer lächeln kann und immer lächeln, und doch ein Schurke sein.« Er wandte sich um und blickte eine Stelle neben Idris' Schulter an. »Da bin ich. Wo steckt Wymond?«

»Am Spieltisch, wo sonst?« Idris griff nach Cavanaughs Schulter und lenkte ihn sacht voran. »Du hast uns warten lassen.«

Cavanaugh wirkte verblüfft. »Aber wir hatten keine Zeit ausgemacht.«

Dem konnten die anderen nicht widersprechen. Raventhorne warf Idris einen beziehungsvollen Blick zu und grinste schief. »Schwachkopf«, sagte er beinahe liebevoll.

Sie passierten eine Gruppe älterer, schwarz gekleideter Damen, die offensichtlich auf ihre Schützlinge warteten, und die ihr Anblick in heftiges Flüstern, Tuscheln und Köpfeschütteln ausbrechen ließ. Idris blickte starr geradeaus und gab mit keiner Miene zu erkennen, dass er sie bemerkte. Raventhorne war weniger dezent, er grüßte betont in die Runde und wurde mit spitzen Aufschreien und empörten Blicken belohnt.

»Alte Nebelkrähen«, murmelte Raventhorne.

Sie erreichten den Vorsaal und wurden dort von Mrs Dormer und ihren beiden Schützlingen aufgehalten. Mrs Dormer wünschte ganz offensichtlich nicht, dass die drei übel beleumundeten Herren Notiz von ihr und ihren Schützlingen nahmen, aber Portia hob die Hand und rief: »Lord Auden, wie reizend, dass wir uns noch einmal treffen. Ich hatte meiner Freundin Ariana versprochen, dass man sie Ihnen vorstellt, aber nun ist niemand hier, der das übernehmen kann!« Sie warf Hilfe suchende Blicke um sich.

»Portia!«, mahnte ihre Tante, deren Gesicht eine zarte Röte überzog. »Das schickt sich doch ganz und gar nicht!«

»Wir sind einander vorgestellt worden, Miss Seabright«, sagte Idris ergeben und nickte der blonden Schönheit zu. »Sie erinnern sich? Der Ball bei meiner Cousine, der Herzogin von Stanhope.«

»Aber ja, natürlich!«, rief Portia. Ihr spitzbübischer Gesichtsausdruck zeigte ihm ganz deutlich, dass sie das nicht im Mindesten vergessen hatte und ihn aus einem ganz anderen Grund aufhielt. »Wie konnte ich das nur vergessen!« Sie sah Idris' Begleiter mit offener Neugier an und warf ihm dann einen auffordernden Blick zu. Ihre Freundin errötete und senkte die Lider. Idris begriff und bedauerte das arme Mädchen sogleich von Herzen.

»Darf ich bekannt machen?«, sagte er notgedrungen und stellte seine Freunde vor.

»Sehr erfreut«, wisperte Ariana Seabright und sank rotübergossen vor dem Viscount in einen tiefen Knicks. Raventhorne verdrehte die Augen und erwiderte die Begrüßung deutlich weniger enthusiastisch.

Es entstand eine peinliche Pause, die unerwartet der Earl füllte. Er wandte sich an Portia, schenkte ihr sein bezauberndes, an ihr linkes Ohr gerichtetes Lächeln und sagte mit lauter, klarer Stimme: »Meine Freunde nennen mich ›Schwachkopf‹«

Das konsternierte Schweigen, das dieser Feststellung folgte, brach er mit einem freundlichen: »Guten Abend, meine Damen.«

Erst als sie beinahe fluchtartig die Tür ins Foyer durchquert hatten, brachen Idris und Raventhorne in das Gelächter aus, das ihnen in der Kehle gesteckt hatte, und ignorierten die befremdeten Blicke, die sie trafen. Idris wischte sich über die Augen und stöhnte: »Cave, das war ein Meisterstück.«

Raventhorne klopfte dem verständnislos blickenden Earl of Cavanaugh fest auf den Rücken. »Du bist verrückt«, sagte er und lachte. »Aber ich danke dir, du hast mich vor Miss Seabright gerettet. Sie war drauf und dran, mich zum Tanz aufzufordern.«

Cavanaugh runzelte die Stirn. »Was habe ich denn getan?« Ohne die Antwort abzuwarten, öffnete er die Tür zum Spielzimmer.

Idris und Raventhorne wechselten einen belustigt-resignierten Blick und folgten ihm.

8

»Lady Isobel Falconer bittet darum, ihre Aufwartung machen zu dürfen.« Idris' Butler, der so vornehm war, dass seine steife Oberlippe sich keinen Millimeter beim Sprechen bewegte, reichte seinem Herrn das Silbertablett mit der Visitenkarte.

Idris legte sein Buch beiseite und griff nach der Karte. »Lady Falconer?«, fragte er und las die gestochene Schrift des Namens und die auf die Rückseite geworfenen Worte: »Hier bin ich.«

»Sie will mich einfach nur besuchen.« Er blickte auf und zwang das Lächeln zurück, das sich auf seinem Gesicht breit machen wollte. »Seien Sie doch nicht so schrecklich etepetete, Darkin.«

»Sehr wohl, Mylord.« Kein Muskel regte sich in Darkins strengem Gesicht.

Idris seufzte. »Bringen Sie uns Tee und Gebäck«, sagte er.

»Mein Lieber!« Isobel rauschte mit ausgestreckten Händen auf ihn zu. »Wie freundlich von Ihnen, mich zu empfangen, wo ich Sie so unangemeldet überfalle!«

»Mylady. Sie sind mir herzlich willkommen.« Idris hatte sich höflich erhoben und wollte Lady Isobel Platz anbieten, aber sie überraschte ihn damit, dass sie nach kontinentaler Sitte seine Hände ergriff und ihn auf beide Wangen küsste. Er räusperte sich erstaunt, ließ den charmanten Angriff aber nicht ungern über sich ergehen.

Der Tee wurde gebracht und sie plauderten eine Weile über dies und das, wobei Idris' Gedanken sich hauptsächlich um die Frage drehte, warum Lady Falconer so erpicht auf seine Gesellschaft war.

»Sie waren lange im Ausland, habe ich recht?«, fragte er. Die ganze Art der Lady zeigte kontinentale Einflüsse. So freimütig, so unverblümt geradeheraus und ohne Scheu vor Nähe waren Briten gewöhnlich nicht.

Isobel lächelte und nippte an ihrem Tee. »Ich bin zur Hälfte Italienerin«, sagte sie, »auch wenn man mir das nicht ansieht. Meine liebe Mutter stammte aus Florenz.«

»Ah.« Idris nickte. Das erklärte alles.

»Und ich reise gerne und viel.« Sie stellte ihre Tasse ab und sah ihn mit ihren strahlend grauen Augen an. Es war eine seltsame, äußerst reizvolle Farbe, die mit der Lichtstimmung zu wechseln schien. Gestern, beim Kerzenlicht des Balls waren sie Idris beinahe zinnfarben erschienen, in der Dunkelheit der Nacht hatten sie wie flüssiges Silber geschimmert und jetzt, vom Schein des Kaminfeuers beleuchtet, lag da ein leichter goldener Glanz auf ihnen. Er hätte stundenlang in diese Augen blicken können, in ihrer Tiefe versinken, sich in ihnen verlieren …

Er bemerkte, dass sie schwieg und ihn mit einem leichten Lächeln anblickte. Idris erwiderte das Lächeln.

»Ich bin ein schlechter Gastgeber, Lady Falconer«, sagte er. »Was kann ich für Sie tun? Sie sind doch sicherlich nicht ohne Grund zu mir gekommen.«

»Isobel«, erwiderte sie sanft. »Wir sind doch schon weitaus weniger förmlich miteinander gewesen. Gestern haben wir uns schließlich ein wenig näher kennengelernt.« Ihre Wimpern senkten sich auf die Wangen.

Idris räusperte sich. »Das lässt sich nicht leugnen«, sagte er. »Ich muss mich bei Ihnen dafür entschuldigen, Isobel.«

Sie lachte auf und schenkte sich und ihm Tee nach. Als sie sich vorbeugte, konnte er den milchweißen Ansatz ihres Busens durch das zarte Schultertuch erkennen. »Entschuldigen? Es hat mir sehr viel Vergnügen bereitet, von Ihnen geküsst zu werden, Idris, und ich hoffe, sie bedauern unser kleines Tête-à-tête nicht wirklich! Aber ich bin Witwe und keine schüchtern errötende Jungfer mehr.«

»Und das ist ein Glück«, hörte Idris sich sagen.

Isobel schenkte ihm einen langen, verheißungsvollen Blick und stellte ihre Teetasse ab. »Ich würde mich so sehr freuen, wenn Sie mir Ihr Haus zeigen würden. Ich bin schrecklich neugierig und liebe es, zu sehen, wie andere Menschen wohnen, und ich liebe Architektur. Dieses Haus ist klassizistisch?«

»Neo-Palladianisch. Richard Boyle, der dritte Earl of Burlington hat es gebaut.« Idris stand auf und reichte ihr den Arm. »Wenn Sie sich Architektur interessieren, zeige ich Ihnen gerne alles.«

Sie gingen die Treppe hinauf und Idris erläuterte Einzelheiten der Einrichtung und des Baustils. Isobel lauschte und stellte Fragen, die bewiesen, dass ihr Interesse nicht vorgeschoben war.

»Dies ist also nicht die Stadtwohnung der herzoglichen Familie?«, fragte sie, als sie aus der zweiten Etage aus einem der Fenster blickten.

Idrid verneinte. »Mein Bruder wohnt dort mit seiner Verlobten«, sagte er. »Ich fühle mich hier wohler.« Er schwieg eine Weile und setzte dann hinzu: »Dieses Haus passt besser zu mir. Es hat keine Seele.«

Er hatte erwartet, sie mit dieser Aussage zu schockieren, aber Lady Falconer sah ihn nur mit diesen unglaublichen Augen und einem halben Lächeln an und erwiderte: »So wie Sie, Idris?«

»So wie ich, Isobel«, sagte er und küsste sie.

»Und dann habe ich ihr die Galerie gezeigt.« Idris starrte in seinen Brandy.

Ned Wymond gab ein kurzes Lachen von sich. »Du ruchloser Verführer«, spottete er. »Ich hätte ihr mein Schlafzimmer gezeigt. Raventhorne wahrscheinlich auch, nachdem er sich vergewissert hätte, dass sie nicht auf eine Ehe aus ist.« Er trank, verschluckte sich und hustete. »Und Cave hätte mit ihr irgendwelche obskuren Philosophen diskutiert, aber Cave ist schließlich auch verrückt. Aber du? Auden, ich bitte dich! Die Galerie?«

Idris ließ den Spott über sich ergehen. Er dachte an die schmale Hand, die sich so selbstverständlich in seine gelegt hatte, an die hochgewachsene, schlanke Gestalt mit ihrem eleganten Nacken, der schönen Kurve von Kinn und Wangen, den schwerlidrigen Augen, in deren Blick die Verheißung von Wonnen lag, die er sich nicht auszumalen wagte.

Warum hatte er ihr die Galerie gezeigt? Die Gemälde dort waren keine Familienporträts, die sich alle auf dem Familiensitz befanden. Es waren Bilder, die er schön fand und deshalb gekauft und aufgehängt hatte. Darunter hingen auch einige seiner eigenen Gemälde, amateurhafte Versuche eines jungen Mannes, der die Kunst liebte und im Laufe des Erwachsenwerdens glücklicherweise erkannt hatte, dass sein Talent nicht ausreichte, um die Qualität zu erreichen, die sein Ehrgeiz von ihm verlangte. Er hatte sie zwischen all den Meisterwerken aufgehängt, um sich daran zu erinnern, dass es nicht reichte, niemals reichen würde.

Er seufzte und bemerkte, dass sein Freund ihn erstaunlicherweise voller Mitgefühl musterte. »Es hat dich erwischt?«, fragte Wymond. »Alter Junge, atme tief durch, betrink dich mit mir und morgen ist alles wieder vergessen. Du bist einer momentanen Anwandlung erlegen, die wir alle hin und wieder durchmachen. Aber du bist ein kluger und erfahrener Mann, du weißt, dass es so etwas wie Liebe nicht gibt.«

»Das weiß ich, ja.« Idris lachte und hob sein Glas, um Wymond zuzuprosten. »Auf dich, Wymond, der du immer das rechte Wort zum richtigen Zeitpunkt findest.«

»Amen«, murmelte Wymond und trank sein Glas leer.

Sie saßen in Raventhornes Arbeitszimmer und warteten auf den Hausherrn. Sein stummer Kammerdiener hatte sie in das Allerheiligste geführt und nun tranken sie Raventhornes Brandy, lauschten dem Ticken der Uhr, dösten und hingen ihren Gedanken nach.

»Überlegst du manchmal, wie es wäre, wenn wir damit aufhörten?«, fragte Wymond unvermittelt und beschrieb einen unsicheren Kreis mit der Hand, die das Glas hielt. »Ein Leben ohne dieses Geheimzeug, ohne chiffrierte Depeschen und Treffen in fremden Arbeitszimmern, immer ein Ohr offen, ob uns jemand belauscht? Keine Schritte mehr in dunkler Nacht, die man zu hören glaubt, während man durch die Straßen geht? Kein Lord Sidmouth, der einen durch die Gegend schickt, quer durch feindliche Linien, mitten ins Getümmel? Wir könnten einfach so zu Hause am Kamin sitzen und … und …« Er verlor den Faden und starrte trübsinnig in seinen Brandy.

»Wymond, du hast genug«, sagte Idris. »Stell das Glas weg. Wir brauchen deinen klaren Verstand, alter Junge.«

»Ich bin nicht betrunken«, widersprach Wymond. Er richtete sich auf und starrte Idris wütend an. »Ich bin verdammt noch mal so nüchtern, dass es wehtut. Warum, denkst du, würde ich sonst so einen Blödsinn reden? Wenn ich betrunken bin, denke ich nicht darüber nach, in welcher verfluchten Klemme wir alle sitzen.« Er griff nach der Karaffe und schenkte sein Glas voll. »Und deshalb gedenke ich mich jetzt gepflegt zu besaufen«, fügte er würdevoll hinzu und ließ sich gegen die Lehne des Sessels sinken.

Idris stützte das Kinn in die Hand und musterte Wymond nachdenklich. »Du bereust es, oder?«

»Jeden verfluchten Tag meines verfluchten Lebens.« Wymond kippte seinen Brandy und schenkte großzügig nach.

»Du wärst möglicherweise schon tot«, erinnerte Idris ihn. »Du hättest einen schrecklichen, qualvollen Tod gehabt, du wärst dem Wahnsinn verfallen, von innen verfault …«

»Ich weiß!« Wymond erwiderte seinen Blick mit dem gewohnten trägen Spott, hinter dem sich sein Schmerz verbarg. »Ich habe die Wahl getroffen, weil ich zu feige war, mir die Kugel zu geben. Mit den Konsequenzen muss ich jetzt zu leben lernen.«

Er lachte und leerte sein Glas. »Soweit man das ›leben‹ nennen kann. Gewöhnt man sich daran, keine Seele zu haben, Auden?«

»Das kann ich dir nicht beantworten«, sagte Idris müde. »Ich war nie im Besitz einer solchen Kostbarkeit, wie du weißt. Frag Raventhorne.«

»Der reißt mir den Kopf ab«, murmelte Wymond. »Das Thema scheint ihn aufzuregen.«

»Würde es dich auch, wenn du unfreiwillig in diese Lage geraten wärst.« Idris drehte sein Glas in der Hand und ließ die goldbraunen Reflexe des Brandys über seine Finger tanzen. »Er gäbe alles Gut und Geld und seinen Titel obendrein dafür, von diesem Fluch befreit zu sein.«

»Ich auch«, flüsterte Wymond so leise, dass Idris nicht sicher war, ob er es wirklich gesagt hatte.

Raventhorne kam herein wie ein kalter, erfrischender Windhauch und vertrieb die melancholische Stimmung. Er begrüßte die Freunde und warf seinem Butler den Mantel zu, den er über dem Arm trug. Mit einem scharfen Blick auf Wymond sagte er: »Henderson, Tee für uns alle. Fragen sie Horaz, ob er uns einen kalten Imbiss bereiten kann und bringen Sie für Lord Edward ein großes Rumpsteak, blutig.«

»Ich bin nicht hungrig«, protestierte Wymond.

Raventhorne hob die Brauen und ging zu seinem Schreibtisch, wo er eine Dokumentenmappe deponierte. »Verzeih mir, wenn ich dir widerspreche, Wymond, aber ich habe gelernt, die Zeichen zu lesen. Du bist blass und deine Zähne erscheinen länger und spitzer als gewöhnlich. Ich würde gerne einiges in Ruhe mit euch besprechen und es macht mich nervös, wenn du mich mit diesem blutunterlaufenen Blick anstarrst und offensichtlich hungrig bist.«

»Ehe ich so etwas wie dich beiße, verhungere ich lieber«, gab Wymond zurück. »Außerdem kommt morgen Molly Platt und versorgt mich mit allem, was ich brauche.«

Raventhorne schüttelte sich mit nur teilweise gespieltem Ekel. »Allein die Vorstellung, von jemandem genährt zu werden, der ›Molly Platt‹ heißt!«

»Sie ist die gefragteste Blutamme der Stadt«, erwiderte Wymond leicht gekränkt. »Ich zahle ihr ein Heidengeld für das Privileg, sie dreimal im Monat empfangen zu dürfen.«

Raventhorne schüttelte sich nun wirklich und sagte angewidert: »Könnten wir das Thema wechseln, bitte?«

»Warten wir noch auf Cavanaugh?«, fragte Idris, um ebendiesen Themenwechsel bemüht.

Raventhorne öffnete die Dokumentenmappe und zog einen dünnen Stapel Papiere heraus. »Nein«, erwiderte er unkonzentriert, »er hat mich umfassend instruiert. Cavanaugh muss heute wieder eine dieser Untersuchungen über sich ergehen lassen. Seine Schwägerin gibt nicht auf.«

»Wieder ein Versuch, ihn entmündigen zu lassen?« Idris beugte sich beunruhigt vor.

»Wie immer. Eine Gruppe von Koryphäen, die ihn für verrückt erklären und nach Bedlam bringen sollen.« Raventhorne blickte auf und schüttelte den Kopf. Die Besorgnis in seiner Miene war nur schlecht verhohlen.

»Er wird es wieder schaffen«, sagte Wymond und legte den Kopf zurück. »Er hat es noch immer hingekriegt, die Ärzte davon zu überzeugen, dass er nur exzentrisch ist und nicht geisteskrank.«

»Weiß der Himmel, wie er das macht.« Idris verschränkte die Hände ineinander. »Er ist wirklich verrückt, oder?«

Raventhorne hob die Schultern. »Ich bin mir nicht sicher. Aber ich weiß, dass es eine Schande wäre, ihn in Bedlam verrotten zu lassen. Ich habe Sidmouth deswegen schon angesprochen, er wird das Schlimmste zu verhindern suchen, wenn es wirklich einmal soweit kommen sollte. Ohne Cavanaugh wären wir für ihn so gut wie wertlos, das ist ihm bewusst.« Er reichte einige

Schriftstücke herum und lehnte sich dann zurück, faltete die Hände über seiner Weste und begann zu reden.

Alle gesammelten Erkenntnisse wiesen darauf hin, dass es auf starke Bestrebungen gab, Napoleon von seiner Insel herunter und wieder nach Frankreich zu holen. Die bonapartistischen Kräfte wurden allem Anschein nach vom Schönen Volk unterstützt. Der entmachtete Kaiser hatte den kontinentalen Sidhe vor dem Russlandfeldzug weitgehende Zugeständnisse gemacht, um sich ihre Unterstützung zu sichern, und das zahlte sich nun aus.

»Elfen«, warf Idris ein. »Auf dem Kontinent gibt es keine Sidhe. Es sind verwandte Familien.«

Raventhorne musterte ihn scharf. »Weißt du etwas darüber, ob die hiesigen Sidhe ebenfalls auf Bonapartes Seite stehen?«

Idris schüttelte langsam den Kopf. »Ich weiß nicht mehr als du über die Politik des Schönen Volkes«, sagte er. »Aber ich glaube, Lord Eógan ein wenig zu kennen und er ist sehr darauf bedacht, die Insel-Sidhe autonom zu halten. Der Elfenkönig von Gallien ist sein entfernter Cousin und die beiden können sich nicht ausstehen.« Er rieb sich über die Augen. »Ich werde um eine Audienz ersuchen und ihn dazu befragen«, sagte er.

Raventhorne musterte ihn skeptisch und Wymond lachte. »Er wird dir bestimmt die Wahrheit sagen«, spottete er. »Ja, mein lieber Wechselbalg, ich bin auf der Seite der Verräter, die Napoleon wieder auf den Thron setzen wollen.«

Idris sah die beiden an, ohne Wymonds Lächeln zu erwidern. »Er wird mir die Wahrheit sagen. Lord Eógan lügt niemals.«

»Dein Vertrauen in die Ehrlichkeit dieser notorischen Schwindler würde ich gerne teilen«, fuhr Wymond auf, nun deutlich verärgert. »Sidhe lügen, wo sie stehen. Sie führen dich in die Irre, sie täuschen, betrügen und stehlen …«

Idris hob warnend die Hand und Wymond sank zurück in den Sessel, blickte beschämt auf seine Hände nieder. »Vergib mir, alter Freund«, sagte er leise. »Ich habe mich vergessen.«

Idris nickte schweigend und fragte dann: »Wieso ist unser neuer Freund nicht bei dieser Besprechung anwesend?«

»Lyall MacGillivray hat sich entschuldigen lassen, die schottische Delegation tritt heute im Carlton House an. Audienz beim Prinzregenten.« Raventhorne blätterte unkonzentriert durch einige Landkarten.

Ned Wymond stöhnte theatralisch. »Prinny auf der Suche nach neuen Opfern«, sagte er, und die anderen lachten.

»Bitte, konzentrieren wir uns, meine Herren.« Raventhorne klopfte mit den Knöcheln auf den Tisch. »Auden befragt Lord Eógan. Wymond, dich möchte ich bitten, die Großfürstin aufzusuchen.«

Wymond erstarrte. Seine Hände krampften sich um die Armlehnen seines Sessels und er lieferte einen Anblick, der bei einem älteren, weniger gesunden Mann auf einen nahenden Schlaganfall hingedeutet hätte.

»Die Großfürstin«, wiederholte er mit Grabesstimme.

Raventhorne nickte ungeduldig. »Erspare uns die Theatervorstellung«, sagte er schroff. »Sie ist deine Mater familias, also wird sie dich empfangen.«

»Ich wollte die alte Krähe in näherer Zukunft nicht wiedersehen«, sagte Wymond dumpf. »Auch in weiterer nicht, wenn ich ehrlich sein soll.«

Idris warf ihm einen mitfühlenden Blick zu. Wymond litt unter seinem Dasein sogar noch mehr als Raventhorne oder Idris selbst. Er hasste alles, was mit seinem Zustand zu tun hatte und am meisten von allem hasste er die Frau, die ihm das Leben gerettet hatte: Großfürstin Sofia Alexejewna, die Herrscherin der Vampire von England und Schottland und exilierte Herrscherin der kontinentalen Vampire. Es war wenig wahrscheinlich, dass sie Napoleon Bonaparte die Treue hielt, denn immerhin war er es gewesen, der sie aus Frankreich vertrieben und einen Feldzug gegen ihr geliebtes Vaterland unternommen hatte. Aber Raventhorne hatte recht, es war besser, sich dessen zu vergewissern.

»Gut.« Raventhorne hakte etwas in seinem Notizbuch ab. »Dann bleibt uns jetzt zunächst nichts anderes übrig, wir müssen darauf warten, was die nähere Zukunft bringt.«

»Oder darauf, dass Cave etwas einfällt.« Wymond schien sich von dem Schlag erholt zu haben. Er saß hoch aufgerichtet da und starrte zur Tür. Kurz darauf hörte auch Idris die sich nähernden Schritte.

Die nächsten Minuten waren damit ausgefüllt, dass zwei Diener den Imbiss auf dem kleinen Tisch am Fenster anrichteten. Wymond strafte seinen vorherigen Protest Lügen, denn er stürzte sich wie ein Verhungernder auf das blutige Stück Fleisch auf seinem Teller. Idris wandte den Blick ab und betrachtete die Bücherreihen, die hinter Neds Sitz die Wand bedeckten. »Ich habe heute früh das hier gefunden«, sagte er beiläufig und schnippte Raventhorne ein kleines Viereck aus dünnem Karton zu.

Raventhorne drehte die Karte in seinen Fingern und betrachtete, was darauf gezeichnet war. Er hob den Blick und musterte Idris bedenklich. »Hawk«, sagte er. »Ich kenne diese Zeichnung und die Signatur. Wo hast du die Karte gefunden?«

»Wo sie hingehört«, sagte Idris ironisch. »Auf dem silbernen Tablett in der Halle.«

»Hat sie jemand dort abgegeben?«

»Keiner meiner Bediensteten will sie entgegengenommen haben.«

Raventhorne reichte ihm die Visitenkarte zurück. »Bist du sicher, dass nicht einer von ihnen lügt? Für ein entsprechendes Bestechungsgeld kann man leicht einen Diener dazu bewegen, eine scheinbar harmlose Visitenkarte zu deponieren und das dann zu ›vergessen‹.«

Idris wiegte den Kopf. »Das mag sein, aber ich glaube dennoch nicht daran. Keiner von ihnen schien besorgt oder verlegen zu sein, als ich sie befragte.«

Raventhorne stützte den Kopf in die Hand. Ein leicht genervter Blick flog zu Wymond, der unbeirrt an dem beinahe rohen Fleischbrocken herumsäbelte. »Also gehen wir davon aus, dass einer der gefährlichsten Attentäter Europas sich gestern unbemerkt Eintritt in dein Haus verschafft und seine Karte hinterlassen hat. Dafür bist du erstaunlich ruhig, Auden.«

Idris lächelte schwach. »Alles andere wäre wenig zweckdienlich, Raventhorne, meinst du nicht?«

9

Portia beugte sich nah zu Ariana und flüsterte: »Was hast du über ihn herausgefunden?«

Sie saß am Teetisch mit den Freundinnen ihrer Tante und langweilte sich tödlich.

Ariana hielt die Tasse an den Mund und antwortete leise: »Cavanaugh ist tatsächlich ein Earl. Er lässt sich so gut wie nie in Gesellschaft blicken, und es heißt, er wäre entweder geisteskrank oder von schwachem Verstand, wie ein Kind.«

»Wie schrecklich«, hauchte Portia.

Ariana seufzte und stellte die Tasse ab. »Stell dir das nur vor. Der Erbe eines so alten Titels, ein reicher, gut aussehender Junggeselle … und dann ist er ein Schwachsinniger oder ein Verrückter, ich weiß nicht, was schlimmer ist.« Sie biss herzhaft in ein Gurkensandwich.

Portia schauderte. »Wie sonderbar, dass er zum liederlichen Quartett zu gehören scheint. Was treibt ihn wohl dazu?«

»Viel schlimmer«, sagte Ariana und nickte bedeutungsvoll. »Die drei anderen sollen ihn als eine Art Hofnarren halten, einen dressierten Affen, den sie an der Leine führen und für sich tanzen lassen. Man sagt, dass sie nach und nach sein gesamtes Erbe verprassen und dass er sie gewähren lässt, nur damit er sich ihr Freund nennen darf.«

Portia runzelte die Stirn. »Das glaube ich nicht«, sagte sie vehement. »Auden – Lord Auden ist kein gewissenloser Schuft.« Sie legte einen Zeigefinger an die Lippen. »Bei seinen Freunden bin ich mir allerdings weniger sicher.«

»Oh, Portia«, sagte Ariana und verzog schmerzlich das Gesicht. »Du kannst doch unmöglich annehmen, dass der Viscount Raventhorne ein Schurke ist?«

Ihre Freundin zog es vor, ihr nicht zu antworten und statt dessen über ein unverfänglicheres Thema zu reden. Die Sensation des gestrigen Balles schien der Auftritt einer Lady Falconer gewesen zu sein, die in Begleitung eines höchst gewöhnlich wirkenden Ausländers zu erscheinen gewagt hatte.

»Wer ist diese Lady Falconer? Ich habe noch nie von ihr gehört.« Ariana war leicht abzulenken. Sie nahm ein Gebäckstück und legte es auf ihren Teller.

Portia verkniff sich eine Bemerkung über den Appetit ihrer Freundin und nippte an ihrem Tee. »Sie ist die Witwe eines Barons, glaube ich. Er soll sehr viel älter als sie gewesen sein und hat sich nie von seinem Landsitz in die Stadt begeben. Sie war schon zu seinen Lebzeiten immer mit anderen Männern in Gesellschaft.« Portia hob bedeutungsvoll die Augenbrauen.

Ihre Tante schien mit einem halben Ohr auf das Gespräch der beiden gelauscht zu haben, denn sie mischte sich nun erstaunlich lebhaft ein: »Diese Lady Falconer ist niemand, mit dem ihr Umgang pflegen solltet, eine anständige junge Dame muss sich von ihr fern halten.« Sie wechselte einen bedeutungsvollen Blick mit einer ihrer Freundinnen.

»Warum?«, fragte Portia.

»Sie hat keinen guten Ruf.« Ihre Tante rührte heftig in ihrer Teetasse.

»Sie hat ihrem Mann Hörner aufgesetzt, wo sie nur konnte«, mischte sich eine schwerhörige alte Dame ein, die immerhin mitbekommen hatte, von wem die Rede war. »Ein leichtfertiges junges Ding, halbe Ausländerin. Hat sich den lieben Lord Falconer geschnappt, weil sie wusste, dass sie ihn um den Finger wickeln kann.«

»Helen«, sagte Tante Nettie mahnend, aber Mrs Wilbraham ließ sich nicht aufhalten. »Geoffrey war ein Freund meines Bruders Wilfred, Gott hab ihn selig. Er war früh verwitwet und hatte keine Kinder und wir hätten niemals geglaubt, dass er noch einmal heiraten würde und schon gar nicht so ein junges, leichtfertiges Ding. Er ging doch ganz und gar in seinen Studien auf.« Sie schnüffelte und suchte ihr Taschentuch heraus, mit dem sie sich die Augen tupfte. »Aber dann hat er uns alle überrascht, indem er diese Isobel heiratete, ein junges Mädchen von derart zweifelhafter Herkunft.«

Die Freundinnen ihrer Tante begannen sich sehr lebhaft über die besagte Lady auszutauschen, und Portia lauschte aufmerksam. Es schien, dass Lady Isobel ein sehr interessantes und aufregendes Leben geführt hatte, sie war durch die ganze Welt gereist und hatte sich überall Liebhaber genommen. Sie hatte den Orient bereist, war auf Kamelen geritten und hatte in Zelten genächtigt, sie war vom Papst empfangen worden und hatte in Spanien bei einem berühmten Fechtmeister die Kunst der Klinge erlernt. Sie ritt auf ihren Ländereien wie ein Mann, nicht im Damensitz, was wirklich abscheulich war, und sie trug diesen absurd kurzen Haarschnitt, der angeblich in Paris oder in Moskau oder in einer anderen dieser gottverlassenen kontinentalen Metropolen en vogue war, sie rauchte Zigarre wie ein Mann und scherte sich keinen Deut um die Meinung der Gesellschaft. Es war himmelschreiend, und Portia wünschte sich nichts sehnlicher, als diese verrufene Lady kennenzulernen.

»Und ihr Mann hat das alles geduldet?«, fragte Ariane, die mit weit aufgerissenen Augen neben Portia saß und ebenso gebannt zugehört hatte.

»Der liebe, gute Geoffrey«, seufzte Mrs Wilbraham. »Er war zu gut für diese Welt, viel zu nachsichtig und geduldig.«

»Sie hat nicht wieder geheiratet, nachdem er gestorben ist?«, fragte Portia.

»Die?« Eine der alten Damen lachte spitz und verächtlich auf. »Diese lustige Witwe genießt die Freiheit. Ihr Mann hat sie gut versorgt zurückgelassen und sie kann tun und lassen, was sie will.« Ein wenig Neid klang in diesen Worten mit, fand Portia.

»Sie wird immer in Begleitung dieses unmöglichen Italieners gesehen«, fügte eine der Damen hinzu. »Ein Dottore, was immer so ein ausländisches Zeug bedeuten mag. So, wie dieser Mensch aussieht, ist er ganz sicher kein Studierter.« Sie schnaubte damenhaft und pickte ein Kressesandwich von dem dargebotenen Servierteller.

Das Gespräch wandte sich anderen, langweiligen Themen zu und Portia versank in ihre Gedanken, denn auch Ariana schien an einem anderen Ort zu weilen. Wahrscheinlich dachte sie an den Viscount mit seiner überaus verwegenen Augenklappe.

»Portia, kann ich kurz mit dir sprechen?« Corin stand unvermittelt in der Tür des kleinen Salons. Portia legte ihr Nähzeug beiseite und sah ihn mit einem Lächeln an. Corin hatte sie in den letzten Wochen sehr vernachlässigt, kaum ein Wort an sie gerichtet, und wenn er mit ihr auf eine Gesellschaft gegangen war, dann hatte er einen oder zwei Pflichttänze absolviert und war ansonsten wortkarg und in sich gekehrt erschienen. Portia neigte weder zu übertriebenen Selbstzweifeln noch zu Misstrauen, Ängstlichkeit oder Unsicherheit, aber Corins Verhalten in der letzten Zeit brachte ihre normalerweise stabile und zuversichtliche Gemütsverfassung arg ins Wanken. Portia hatte sich sogar zu fragen begonnen, ob Corins Liebe zu ihr erloschen war und er ihre Verlobung mittlerweile bereute.

»Gerne, Lieber«, sagte sie deshalb voller Wärme, aber mit einem Zittern in der Stimme.

Corins Miene war reserviert, sein Blick distanziert. Er räusperte sich angelegentlich und sah sich im Salon um, als wäre der Raum ihm fremd. »Würde es dir etwas ausmachen, wenn wir in mein Arbeitszimmer gingen?«, fragte er. Seine Haltung war so steif wie seine Ausdrucksweise.

Portia fühlte einen Anflug von Furcht. Sie nickte und folgte ihm die Treppe hinauf.

Corins Arbeitszimmer erschien ihr so düster und kalt wie seine Stimmung. Sie nahm in dem breiten Lehnstuhl vor seinem Schreibtisch Platz. »Es ist kalt hier«, sagte sie.

Corin warf einen irritierten Blick zum Kamin. Die beinahe erloschene Glut einiger geschwärzter Holzscheite gab keine spürbare Wärme mehr ab. »Ich klingele nach dem Diener«, bot Portia sich an, aber Corin kam ihr zuvor.

Er setzte sich hinter seinen Schreibtisch, faltete die Hände und blickte darauf nieder. Portia bemerkte, dass die Tischplatte peinlich sauber und vollkommen leer war, weder Papiere noch Schreibzeug lagen darauf. Sie zwang sich zu einem entspannten Lächeln und wartete.

Ein Diener trat ein und legte Holz nach, wartete stumm auf weitere Anweisungen und verließ auf das kurze Kopfschütteln seines Herrn hin wieder den Raum. Die Tür schloss sich mit einem beinahe unhörbaren Klicken.

Corin hob den Kopf und sah Portia an. Sein ebenmäßiges Gesicht erschien blass und angestrengt, seine Augen, die früher so strahlend gewesen waren, wirkten verschattet und eher grau als grün. Irgendetwas quälte ihn und das schmerzte Portia bis ins Mark. Sie streckte impulsiv die Hand aus, um seine zu berühren.

Corin zog die Hand weg und räusperte sich. »Nicht jetzt, Portia«, wies er sie zurecht.

Sie fuhr zurück, als hätte er sie geschlagen, und umklammerte ihre Hände im Schoß. »Bitte«, sagte sie mit tauben Lippen, »sag, was du zu sagen hast.« Sie war sich mit einem Mal sicher, dass er ihre Verlobung lösen würde. Sie würde sterben, vor Trauer und vor Scham …

Corins Blick erwärmte sich nicht, aber die harte Linie seines Mundes wurde um eine Winzigkeit weicher, als er sie ansah. »Portia«, begann er und richtete den Blick wieder auf seine Hände, als würde er Kraft daraus schöpfen. Er hielt etwas zwischen den Fingern, das sah sie jetzt erst. Ein Medaillon?

»Portia, meine Liebe, ich habe erfahren, dass du dich mit meinem Bruder triffst.«

Sie blickte jäh auf, starrte ihn an. »Wie?«, stammelte sie, »Was meinst du damit, ich treffe mich nicht mit Lord Auden, ich … ich habe zweimal kurz mit ihm gesprochen, mehr nicht. Auf Gesellschaften. Im Beisein anderer …«

Corin hob die Hand. »Bitte, verschone mich mit deinem Geplapper«, sagte er schroff. »Ich habe dich nicht verdächtigt, mich mit Lord Auden zu betrügen, Portia. Ich wollte dich nur darum bitten, künftig etwas vorsichtiger und vernünftiger zu sein. Du schadest deinem Ruf und damit auch mir, wenn du dich auf zu vertrautem Fuß mit ihm zeigst.«

Portia war einen Moment lang sprachlos. Sie wusste, dass Corin und sein Bruder sich entzweit hatten, wobei ihr nicht klar war, weshalb, und warum die Brüder das nicht schleunigst wieder in Ordnung zu bringen versuchten. Aber dass Corin ihr blankweg verbot, sich mit Idris zu unterhalten, war mehr als schockierend.

»Warum?«, fragte sie schwach. »Was hat er dir getan?«

Corins Miene blieb unbewegt. »Er tritt den Ruf und das Ansehen unserer Familie mit Füßen«, sagte er nach einem kurzen Zögern. »Er ist ein Schandfleck …«

»Er ist der nächste Herzog!«, rief Portia unbedacht aus.

Die Miene ihres Verlobten wurde womöglich noch eisiger. »Das ist mir durchaus bewusst, meine Liebe. Das Wissen darum schmerzt wie Stahl in meinem Herzen.« Er senkte den Kopf und schien sich zu sammeln.

Portia schwirrte der Kopf. Sie wusste um Lord Audens schlechten Leumund, aber dass sein eigener Bruder ihn so sehr verachtete, dass er ihr den Umgang verbot, war allerdings bemerkenswert.

»Portia«, sprach Corin sie an, und sie fuhr aus ihren Gedanken hoch. »Versprichst du mir, dass du ihn schneidest?«

»Das kann ich doch nicht tun«, rief Portia. »Corin, er ist dein Bruder, mein zukünftiger Schwager! Familie ist etwas Heiliges!«

Corin richtete sich auf und seine Augen flammten in einem geradezu unirdischen Zorn. »Heilig ist nur das, was von Gott kommt«, sagte er mit einem kaum gebändigten Grimm, »heilig ist das Band zwischen zwei Eheleuten und zwischen Mutter und Kind. Ganz sicher nicht heilig ist die Verbindung zu einem der Seelenlosen, die unsere Gesellschaft vergiften und alles, was gut, ehrenhaft und heilig ist, in den Dreck ziehen. Höre meine Worte, Portia: Ich verbiete dir den Umgang mit Lord Auden, Ich verlange, dass du ihn schneidest, wenn er sich dir nähert. Sollte mir zu Ohren kommen, dass du dich gegen meinen Befehl weiter mit ihm abgibst, sähe ich mich gezwungen, unsere Verlobung zu lösen.«

Portia sank gegen die Rückenlehne des Stuhles und starrte ihren Verlobten sprachlos an. Ihr Herz schlug harte Trommelwirbel gegen ihre Rippen. So hatte sie Corin noch nie erlebt und er machte ihr Angst.

»Hast du mich verstanden?« Er verdrängte den Zorn aus seiner Miene und zurück blieb die vorherige eisige Härte. »Habe ich dein Wort?«

Portia nickte stumm. Corin sah sie eindringlich an. »Habe ich dein Wort?«, wiederholte er sanfter.

Portia holte tief Luft. Was blieb ihr anderes übrig? »Ja«, sagte sie tonlos. »Ja, Corin, das hast du.«

10

Idris ließ sich von Wilby den auberginefarbenen Gesellschaftsanzug herauslegen, dazu die cremefarbene Weste mit den blassgrünen Streifen. Er pflegte üblicherweise nicht derart herausgeputzt zu einer Gesellschaft zu erscheinen, aber eine Abendgesellschaft im Carlton House war auch keine gewöhnliche Soirée.

Idris und der Prinzregent standen nicht auf sonderlich vertrautem Fuß. Sie kannten sich natürlich von diversen Gesellschaften, hatten miteinander gespeist und Bézique gespielt, geplaudert und Höflichkeiten ausgetauscht, aber die Frivolität des königlichen Regenten, seine Maßlosigkeit und sein Desinteresse, was alles außer leiblichen Genüssen und jeder Form von Kunst betraf, verhinderten eine freundschaftliche Annäherung von Idris' Seite. Und er war sich absolut dessen bewusst, dass »Prinny« an ihm nur deswegen interessiert gezeigt hatte, weil Idris ein Changeling war – der einzige in London und in Adelskreisen, so weit es bekannt war. Der Prinzregent sammelte Abnormitäten wie andere Leute Porzellan. Deshalb hatte er sich ja auch so außerordentlich herzlich mit dem armen Ned Wymond befreundet, der seitdem dazu verurteilt war, bei den ausufernden Gelagen des Regenten zu erscheinen und ansonsten gegen ihn beim Bézique zu verlieren.

Wie auch immer, die Einladung des Prinzregenten schlug man nicht ungestraft aus. Mit ein bisschen Glück würde nur ein kleiner Imbiss serviert werden und der Abend diente hauptsächlich dem Zweck, dem *ton* eine der neuen Errungenschaften seiner Königlichen Hoheit vorzustellen: Ein Gemälde, eine kostbare Vase, einen neuen Frisurenstil oder einen neuen Schneider, eine neue Sensation. Idris erinnerte sich mit Schaudern an die Gesellschaft, bei der Prinny ein Pärchen von Zwergen präsentiert hatte. Die beiden Geschöpfe, überaus putzig als Zwillingsausgaben seiner Hoheit ausstaffiert, hatten ihn von ganzem Herzen gedauert.

Er ging in Hemdsärmeln durch seine Räume und dachte über den Verlauf des weiteren Abends nach. Die Soirée gedachte er so schnell wie es möglich war, ohne einen Affront zu begehen, wieder zu verlassen. Das dürfte gegen Mitternacht der Fall sein, nicht zu spät, um einen Besuch bei Olympia zu machen. Er hatte sich seit dem Zwischenfall bei ihr nicht mehr sehen lassen, aber immerhin stand sie nach wie vor in seinen Diensten und es gab keinen vernünftigen Grund, sie und ihr Bett zu meiden.

Er setzte sich an seinen Schreibtisch und warf einige Zeilen an sie aufs Papier. Noch einmal würde er sich die Schmach nicht antun, auf einen ihrer Liebhaber zu stoßen, nur weil er sie unangemeldet aufgesucht hatte. Er versiegelte das Billett und läutete nach dem Diener.

Sein Butler hatte einen kleinen Imbiss auf dem Tisch im Esszimmer bereitgestellt. Idris verspürte keinen Hunger und wusste, dass es wenig zweckdienlich war, vor einer Abendgesellschaft des Prinzregenten etwas zu sich zu nehmen, also trank er nur ein Glas Wein und ging zurück in sein Ankleidezimmer, um die Toilette zu beenden. Danach würde er sich noch eine Stunde mit seiner Korrespondenz beschäftigen, ehe die Kutsche vorfuhr, die ihn zum Carlton House bringen sollte.

Das war der Plan, der in dem Moment zunichte gemacht wurde, als er vor dem Spiegel noch einmal den Sitz des Halstuches kontrollierte, das sein Kammerdiener gewohnt kunstvoll in Falten gelegt hatte.

Er erstarrte, die Hand an seiner Kehle, und erwiderte den Blick aus grünen Katzenaugen, die ihn sehr ernst musterten. Silberblondes Haar und ein Gesicht von der Farbe alten Eichenparketts bewiesen, dass es nicht sein eigenes Gesicht war, das er erblickte, obwohl die Ähnlichkeit zwischen ihm und der Erscheinung im Spiegel dennoch unverkennbar war.

»Sir Anwyl«, sagte Idris nach einem kurzen Moment des Erschreckens höflich. »Wie kann ich Euch dienlich sein?«

Der Sidhe-Prinz blinzelte nicht, sah ihn nur weiter reglos an. »Sir Idris«, sagte er dann, und seine Stimme klang fern und silbrig durch das Glas des Spiegels, »ich entbiete Euch meinen brüderlichen Gruß. Lord Eógan erbittet das Vergnügen Eurer Gesellschaft.«

»Jetzt?«, entfuhr es Idris.

Ein Lächeln huschte über das Gesicht des Sidhe. »Unverzüglich«, bestätigte er. »Ich werde aber mit Eurer Erlaubnis Seine Lordschaft davon in Kenntnis setzen, dass Ihr eine Verabredung einzuhalten wünscht.« Er musterte Idris' Aufmachung mit einem Zwinkern.

Idris erwiderte das Lächeln. »Ich bin Euch sehr verbunden, Sir Anwyl. Richtet Seiner Lordschaft bitte aus, dass ich mich auf dem Weg befinde.«

Der Sidhe nickte und sein Spiegelbild verschwamm, bis nur noch Idris' eigenes Antlitz seinen Blick erwiderte.

Idris vervollständigte seine Garderobe mit seinem Stockdegen, verzichtete aber auf Handschuhe und Hut, weil es unter Sidhe von schlechten Manieren zeugte, seinem König mit bedecktem Haupt und verhüllten Händen entgegenzutreten. Während er noch einmal seine Krawatte kontrollierte, ging er im Geiste durch, was er von Lord Eógan zu erfahren wünschte. Er hatte nicht damit gerechnet, dass seinem Gesuch um eine Audienz so schnell stattgegeben werden würde und fühlte sich ein wenig unvorbereitet.

Er seufzte, glättete sein Haar noch einmal mit der flachen Hand und ging die Treppe hinunter, durch die Halle zur Eingangstür, die er öffnete.

Draußen empfing ihn, wie erwartet, nicht die winterlich graue Straße mit Kutschen, die ihre Passagiere allerlei Lustbarkeiten entgegentrugen, sondern ein schweigender, abendlich düsterer Wald, durch dessen glatte Stämme goldener Lichtschein schimmerte. In Lord Eógans Halle fand offenbar am heutigen Abend ebenfalls eine Gesellschaft statt.

Idris wandelte wie im Traum zwischen den Bäumen, das weiche Moos liebkoste seine Schritte und die klare Luft erfrischte ihn wie ein Trunk Quellwasser. Heimweh, Trauer, Wehmut. Das waren, seit er denken konnte, die vorherrschenden Gefühle, wenn er Anderwelt betrat. Er wünschte sich nichts mehr, als hierher zurückkehren zu dürfen, und doch war dieser Wunsch eine Schimäre, eine Selbsttäuschung, ein wirrer Traum. Er gehörte nicht hierher und Idwal nicht in die Welt der Menschen. Nicht mehr oder noch nie? Er wusste noch nicht einmal dies.

Eine mächtige Gestalt verdeckte das Licht, auf das er zuging. Idris sah das weiße Haar und das Schimmern von Smaragd in der Dunkelheit. Er sank auf ein Knie und beugte den Kopf. »Mylord«, sagte er.

»Sir Idris. Erhebt Euch.« Die tiefe Stimme vibrierte in Idris' Schädel, als käme sie aus seinem eigenen Inneren. Er hob den Kopf und blickte in die leuchtenden Augen des Sidhe-Königs.

»Danke, dass Ihr mich so schnell empfangt, Mylord«, sagte er.

Lord Eógan nickte schweigend und wies mit der Hand in Richtung seines Rosengartens. Jetzt erst bemerkte Idris, dass eine laue Sommernacht ihn mit schmeichelnden Düften betörte. Er schritt neben Lord Eógan her und nahm mit allen Sinnen auf, was die Anderwelt ihm bot.

»Nun, Sir Idris, was ist Euer Begehr?«, eröffnete der Sidhe das Gespräch, sobald sie den umfriedeten Garten betreten hatten. Die hohen Hecken schirmten sie nach allen Seiten ab, niemand konnte sie beobachten oder belauschen. Ein lindes Lüftchen raschelte im Laub, überall funkelten Glühwürmchen, und sanft leuchtende Kugeln aus Feenlicht säumten die verschlungenen Wege zwischen den hohen, blühenden Rosenbüschen.

Idris sammelte seine Gedanken. Der König sprach förmlich mit ihm, also musste er auch entsprechend antworten. Dies war nicht die Stunde, da ein Kind von seinem Vater einen Gefallen erbat, jetzt stand er als Untertan vor seiner Majestät und durfte mit wohlwollender, aber dennoch distanzierter Anteilnahme rechnen.

»Mylord«, begann er und hob den Blick zu Eógans Antlitz, »ich wurde hierher gesandt, um Euch um Rat und Unterstützung zu bitten.«

Ein kurzes Lächeln ließ weiße Zähne in dem ebenholzdunklen Gesicht aufschimmern. »Rat und Unterstützung«, wiederholte der Elfenkönig in nachdenklichem Ton. »Das ist ungewöhnlich, Sir Idris. Warum sollte ich Menschen Rat oder Unterstützung gewähren?«

Idris dachte nach. Sie schritten den Pfad entlang auf eine Rasenbank zu, auf der ein weißer Kater zusammengerollt lag. Er hob den Kopf und starrte die Ankömmlinge mit bernsteingelben Augen an.

»Badru«, rief Lord Eógan sanft, »mein Gefährte. Komm zu mir.«

Der Kater erhob sich, streckte sich gähnend und schritt dann langsam auf den König zu, der ihn aufnahm und zu streicheln begann. Weißes Haar mischte sich mit weißem Fell. Der weite, bestickte Ärmel des pfauenfarbenen Gewandes fiel zurück und enthüllte einen muskulösen Arm, dessen Handgelenk ein goldenes Band umschloss.

»Mylord«, sagte Idris beherzt, »wir fragen uns, ob Ihr in einem möglichen Krieg zu den Franzosen steht.«

Lord Eógan wandte sich um und sah ihn voll an. Das Licht in seinen Augen verstärkte sich und Idris wappnete sich gegen einen Zornesausbruch, dem er nichts entgegenzusetzen hatte.

Aber der Elfenkönig überraschte ihn, als er zu lächeln begann und den Kater sanft absetzte, um Idris seine Hand auf die Schulter zu legen. »Junger Freund«, sagte Lord Eógan, »Ihr seid tollkühn, ehrlich und geradeheraus. Ich liebe diese Eigenschaften, sie begegnen mir am Smaragdenen Hof viel zu selten. Ihr habt eine ebenso ehrliche Antwort verdient, scheint mir.«

Sie gingen tiefer in den Garten hinein, der mit jedem Schritt mehr einem undurchdringlichen Urwald glich. Vor Lord Eógans Schritten wichen Schlingpflanzen beiseite, machten Dornenranken Platz. Idris wusste, dass die Dornen ihn zerfetzen und die Schlingen ihn zu Tode würgen würden, wenn der König es ihnen befahl.

»Der Krieg auf dem Kontinent wird unausweichlich kommen«, sagte Lord Eógan nachdenklich. »Ihr wisst es, Ihr habt die Botschaften bekommen und verstanden.«

»Das haben wir, Mylord. Der Korse bereitet seine Rückkehr vor.« Idris spürte seinen Herzschlag. »Die kontinentalen Elfen sind auf seiner Seite.«

Lord Eógan stieß ein angewidertes Schnauben aus. »Ich bin kein Freund der Vampire«, sagte er schroff. »Es mag sein, dass Bonaparte unseren Vettern auf dem Kontinent weitreichende Versprechungen gemacht hat – aber ob und wie er diese zu halten gedenkt, steht in den Sternen.« Er sah Idris prüfend an. »Sagt Euren Freunden, dass die Sidhe der Inseln neutral bleiben werden. Ihr habt mein Wort darauf.«

Idris nickte vage enttäuscht. »Nur neutral?«, wagte er zu fragen.

»Reicht das nicht?«

Idris hob die Schultern. »Wahrscheinlich ist das mehr, als die Regierung erwartet hat«, gab er zu. »Ich danke Euch, Mylord.« Er zögerte, dann fragte er spontan: »Verübelt Ihr es mir nicht, dass meine Loyalität nicht allein Euch gilt?«

Der König der Sidhe blieb stehen und fixierte ihn ausdruckslos. Idris spürte, dass die Dornenranken an seinen Kleidern zupften, etwas ritzte scharf die Haut seiner Wange, aber er rührte sich nicht vom Fleck, erwiderte Eógans Blick.

Der König nickte leicht, als hätte sich etwas bestätigt, das er erwartet hatte. »Nein, Sir Idris«, sagte er, und die Ranken wichen zurück. »Ich verübele es nicht, weil es nicht der Wahrheit entspricht. Ihr seht es vielleicht noch nicht, aber Ihr werdet es erkennen.« Er setzte seinen Weg fort. Idris entdeckte zu seinem Erstaunen, dass sie auf die große Halle zuhielten, die er in ihrem Rücken gewähnt hatte.

»Wie meint Ihr das, Mylord?«, fragte er.

Wieder blieb Eógan stehen. Sein Blick war bohrend. »Der König, dem Ihr zu dienen glaubt, ist geisteskrank«, sagte er. »Aber er ist der Artus, und nicht sein vergnügungssüchtiger Sohn, den Ihr so sehr verachtet. Ihr glaubt, dem Artus zu dienen, aber das ist nicht der Fall, und tief in Eurem Inneren wisst Ihr es. Wenn der nächste Artus den Thron besteigt, werden wir erneut über Loyalität sprechen, mein Sohn. Und dann erst werde ich mich der Frage stellen müssen, ob ich es dulden kann, Eure Loyalität mit einem Menschenkönig zu teilen.«

Idris senkte schweigend den Kopf. Er wusste, dass Lord Eógan unverbrüchliche und absolute Treue von seinen Gefolgsleuten erwartete und erhielt. Sidhe dienten keinem Herrn außer ihrem König. Aber er war kein Sidhe, jedenfalls nicht, wenn man es genau nahm. Seine Loyalität gehörte zu großen Teilen dem König, dessen Herzogtum er einst erben würde, und das war Georg, der 27. Artus, ein geisteskranker Monarch, an dessen Stelle der Prinzregent nun das Zepter führte. Idris seufzte. Es war ihm ebenso wie Lord Eógan bewusst, dass er niemals dem 28. Artus, wenn er einst den Thron bestieg, die gleiche Achtung und Ergebenheit entgegenbringen konnte, wie Idris' Vater sie dem jetzigen Artus entgegenbrachte. Artus XXVII. war zu seinen gesunden Tagen ein guter und gerechter König gewesen, der die Treue seiner Untertanen wahrhaftig verdient hatte.

Die Audienz war beendet, Idris wusste, dass es an der Zeit war, sich zu empfehlen. Er verneigte sich tief und wollte sich zum Gehen wenden, als leichte Schritte und eine schimmernd helle Gestalt ihn innehalten ließen. Über Lord Eógans Gesicht zog ein düsterer Schatten. »Was wollt Ihr?«, fragte er schroff.

Idris erkannte bestürzt die schlanke Frauengestalt, die sich aus dem Schatten des Gebüschs löste und ihnen entgegenkam. Eine Wolke schwarzen Haars umgab ein Gesicht, das blass und herzförmig war, mit schillernd grasgrünen Augen und einem Mund, der einer Rosenknospe glich, zartfarben und taufeucht.

Idris verharrte gebannt unter ihrem Blick, der ihn streifte wie die Liebkosung eines Schmetterlingsflügels. »Sir Idris«, sagte sie mit einer Stimme, die Taubengurren und Nachtigallengesang, das Schnurren einer großen Katze und silberner Glockenklang gleichzeitig zu sein schien.

»Mylady«, sagte er, sich aus seiner Erstarrung lösend und in eine tiefere Verneigung als zuvor zu versinken. »Ich bin überglücklich, Euch wiederzusehen.«

»Erhebt Euch, Sir Idris«, sagte sie und reichte ihm die Hand. Er ergriff und küsste sie. Ihre Haut war seidenweich und roch nach Frühlingsblumen.

»Mylady«, sagte Eógan mit unterdrücktem Grimm, »ich habe Euch nicht erwartet. Was ist Euer Begehr?«

»Mein Bruder«, erwiderte sie sanft und neigte den Kopf. »Ich fand es an der Zeit, uns wieder einmal unserem Volk zu zeigen. Gemeinsam. Und da Ihr heute das Mondfest mit Euren Getreuen feiert, hielt ich das für einen ausgezeichneten Zeitpunkt, unsere Verbundenheit und ewige geschwisterliche Liebe zu demonstrieren.« Unverhüllter Spott schwang in ihren Worten mit. Lord Eógan beantwortete dies mit einem zornigen Lachen.

Idris zog sich einige Schritte zurück. Allem Anschein nach war das Verhältnis zwischen Lord Eógan und Lady Maeve so angespannt wie eh und je. Es war besser, wenn er ging, obwohl alles in ihm sich danach verzehrte, noch ein wenig länger in Lady Maeves Nähe zu verweilen.

»Ssst«, zischelte jemand unterdrückt hinter ihm. Idris fuhr herum und sah in sein eigenes Gesicht. Nein, natürlich war es nicht sein Gesicht, dieser Mann hatte strahlende, pfefferminzgrüne Augen und einen lächelnden Mund, der ihn jünger wirken ließ. Idris stieß den Atem aus und zog den anderen in eine feste Umarmung. »Idwal«, sagte er unterdrückt, um das streitende Sidhe-Paar nicht auf sich aufmerksam zu machen. »Gütiger Gott, Idwal. Ich hatte die Hoffnung schon aufgegeben, dich jemals wiederzusehen!«

»Bedanke dich bei Lady Mab«, flüsterte sein Bruder und zog ihn am Ärmel tiefer in den Schatten. »Sie hat erfahren, dass er dir heute Audienz gewährt und hat sich sofort auf den Weg gemacht.« Er blieb stehen und sah Idris gründlich an, wobei sein Gesicht strahlte wie die Sonne. »Du siehst gut aus«, sagte er und hob die Hand, um an einer schwarzen Haarsträhne zu zupfen, die sich in Idris' Stirn verirrt hatte. »Wie geht es meiner unbekannten Familie, sag?«

Idris' Herz krampfte sich zusammen. Sie hatten sich so lange nicht gesehen, dass Idwal noch nichts vom Tod seiner Mutter wusste. Idris berichtete in dürren Worten und machte sich bereit, den Bruder zu trösten.

Idwal legte die Stirn in Falten. »Ich müsste nun um sie trauern, oder?«

Idris brach beinahe das Herz. Er legte den Arm um die Schultern seines Bruders und sagte: »Nein, Idwal, das musst du nicht. Du hast sie doch nicht gekannt.«

»Nein, das habe ich nicht.« Ein Schatten flog über Idwals Züge, und wieder hatte Idris das unheimliche Gefühl, sich selbst zu sehen. Ein Ich, das jünger aussah, unschuldiger, freundlicher und weniger von der Welt und ihren Irrungen und Wirrungen verdorben. Er wusste, dass er es jetzt sagen musste, bevor Lord Eógan sie erneut trennen würde, vielleicht für immer. Jetzt war der Moment.

»Es tut mir so leid«, raunte er und hielt seinen Bruder umklammert wie ein Ertrinkender. »Ich habe deinen Platz gestohlen, dich deines Geburtsrechtes beraubt, dir dein Leben genommen. Ich wollte, ich könnte es ändern, Idwal, aber ich kann es nicht!«

Die blaugrünen Augen seines Bruders weiteten sich erstaunt. »Was redest du denn?«, flüsterte Idwal. »Dich trifft keine Schuld daran, dass Lord Eógan mich entführen ließ. Du bist mein Anker in der Menschenwelt, Idris, mein Halt, meine Hoffnung.« Seine Hände umklammerte Idris' Arme. »Ich spüre deine Gegenwart, jeden Tag, jede Stunde. Ohne dich wäre ich verloren.« Tränen füllten seine Augen.

»Idwal, ich verdiene deine Vergebung nicht«, murmelte Idris, den jedes Wort seines Bruders wie ein Messerstich ins Herz getroffen hatte. »Ich bin ein Wechselbalg, allein erschaffen, um dich zu …«

»Das bist du nicht!«, rief Idwal unbesonnen mit lauter Stimme aus.

Lord Eógan fuhr herum und starrte sie an. »Du hast ihn hergebracht?«, fauchte er Lady Maeve an. Seine Hände wurden zu Klauen, aus denen messerscharfe Krallen sprangen.

Die Königin der Sidhe lachte und breitete die Arme aus, verwandelte sich in einen schillernden Vogel. »Fang mich doch«, tirilierte sie und schwang sich in die Luft, und die riesige schwarze Katze fauchte und schlug vergebens nach ihr.

»Geh«, sagte Idwal atemlos und schob Idris von sich. »Lauf, rette dich. Wenn er so übler Laune ist, könnte er dich statt ihrer bestrafen.«

Idris zauderte nicht. Er umarmte seinen Bruder noch einmal fest und schmerzlich, dann drehte er sich um und lief auf die Halle zu.

Die Welt um ihn herum erstarrte und wurde zu einem schwarz-weißen Gemälde, das erzitterte und in tausend Scherben zersprang. Idris stolperte über die unterste Stufe der

Treppe, die zu seiner Haustür hinaufführte. Schneematsch durchnässte seine Hosenbeine. Die Haustür stand offen, als wäre er gerade erst durch sie hinausgegangen, und als er die Treppe hinaufging, hörte er die Uhr von Big Ben schlagen. Er war nicht einmal fünf Minuten fort gewesen.

Carlton House erstrahlte im hellen Glanz, Stimmen, Musik und Gelächter schallten durch die offenen Fenster in die Nacht.

Idris stand zwischen zwei beschwipsten, für diese Jahreszeit viel zu leicht bekleideten Damen an einem der Fenster und bezwang seinen Drang, über das Sims zu steigen und zu flüchten. Die Abendgesellschaften seiner Königlichen Hoheit, des Prinzregenten, waren berüchtigt, und das nicht ohne Grund. Wenn jemand die Ausschweifung, den Exzess und das Laster geradezu gepachtet hatte, dann war es Prinz Georg, der zukünftige Artus des britischen Empires.

Idris war es übel. Er hatte zu viel gegessen, zu viel und zu schnell getrunken und ihm schmerzte der Schädel von dem Stimmenlärm, der schlechten Luft und dem durchdringenden Scheppern und Klirren von Porzellan, Glas und Besteck.

Dies war keins der besonderen Festmahle gewesen. In der Saison, wenn Prinny in Brighton residierte, konnte ein Mahl auch mal aus hundert einzelnen Gerichten bestehen und sich über Stunden und Stunden dahinziehen. Heute hatte es ›nur‹ mehrere Suppen gegeben, dann waren einige Fischgänge serviert worden, gefolgt von einem halben Dutzend Vorgerichte, bevor die Braten aufgetragen wurden. Es hatte Kaninchen gegeben, Hühnchen, Wildente und Rebhuhn. Immer wieder zwischendurch gab es Häppchen süßer Köstlichkeiten und zum Abschluss natürlich die Desserts. George liebte Baisers, Früchtetorten und Pudding, aber auch Eiscreme, die er sogar im tiefsten Winter servieren ließ.

Der Prinzregent hatte während des stundenlangen Essens drei Flaschen Wein geleert und beschäftigte sich jetzt mit der vierten. Zum Abschluss würde es noch Käse und Bier geben, aber Idris hatte nicht vor, sich noch einmal zum Tisch zurück zu begeben. Er konnte Ned Wymond sehen, der in der Nähe des Prinzregenten saß. Er hing mit ausgestreckten Beinen und aufgeknöpfter Weste in seinem Sessel und stierte mit glasigem Blick auf den Teller, der vor ihm stand. Armer Bursche. Prinny zählte ihn zu seinen intimsten Freunden, und das bedeutete, dass Wymond mithalten musste, komme, was da wolle. Idris wusste, dass Wymond darauf hoffte, in Bälde Georgs Gunst zu verlieren, der sich schnell zu langweilen begann und deshalb selten länger als eine Saison Gefallen an etwas oder jemandem fand. Idris wünschte es seinem Freund von Herzen.

Er entfernte mit höflicher Geste eine Hand von seiner Brust, die sich dorthin verirrt hatte. »Pardon, Mylady«, sagte er zu der Dame neben sich, die ein dünnes, tief ausgeschnittenes rosafarbenes Kleid und eine weniger aparte Gänsehaut zur Schau stellte. Er nickte ihr zu und grüßte die Dame zu seiner Linken, die sich hoffnungsvoll näherte, dann ließ er beide dort am Fenster stehen und tauchte wieder in die Essensdünste und Alkoholschwaden des Saals.

Er nickte zerstreut einigen flüchtigen Bekannten zu und blieb schließlich in der Nähe einer Gruppe stehen, die sich angeregt über ein neues Theaterstück im Haymarket Theatre unterhielten – genauer gesagt, über eine der Schauspielerinnen, die ein wahrer Augenschmaus sein musste.

Einer der Gentlemen blickte auf und sah Idris starr an. Seine Miene war unbewegt, aber das Glitzern in seinen Augen zeigte, dass er Idris durchaus erkannt hatte und nun überlegte, ob er ihn grüßen oder schneiden sollte. Idris nahm ihm die Entscheidung ab.

»Cousin Oliver«, sagte er und trat hinzu.

Sein Cousin nickte knapp und sah sich gezwungen, ihn vorzustellen. »Lord Auden«, sagte er mit verkniffener Miene, »darf ich Ihnen Sir Reginald Hawley vorstellen? Lord Willoughby kennen Sie ja sicher. Sir Reginald, mein Cousin, der Marquess of Auden.«

Murmeln, Nicken, verstohlene Blicke. Idris erwiderte sie stoisch. Ja, Gentlemen, ich bin der Wechselbalg, der berüchtigte Marquess Auden, vor dem ihr eure Frauen und Töchter wegsperrt, damit er sie nicht mit einem einzigen Blick verhext oder schändet …

»Wie geht es deiner lieben Mutter, Cousin Oliver?«, fragte er.

»Lady Elizabeth ist wohlauf, danke«, erwiderte der Sohn seines Onkels steif. Idris musterte ihn wie einen Fremden. Oliver und er waren nahezu gleich alt, wobei Idris der um einen Monat Ältere der beiden war. Da nicht nur ihre Väter, sondern auch ihre Mütter Schwestern waren, glichen sie sich wie Brüder. Oliver war um eine Winzigkeit kleiner und etwas breiter gebaut, mit einem Gesicht, das ein wenig runder und Augen und Haaren, die ein bisschen heller waren und sich mittlerweile wie die seines Vaters zu lichten begannen.

Früher waren sie oft für Brüder gehalten worden, was beide weidlich geärgert hatte, denn Idris und seinen Cousin verband immer schon eine herzhafte Abneigung. Oliver hatte es sich bei seinen Besuchen auf Grenbury Hall zum Vergnügen gemacht, die früh verwaiste Honor Easton, die im Haushalt des Herzogs aufgewachsen war, nach Strich und Faden zu terrorisieren und zu quälen, wo immer es ihm möglich war. Idris hatte sich deswegen mehr als einmal mit seinem Cousin geprügelt und meistens gewonnen. Das hatte zwischen den beiden Jungen nicht gerade für eine herzliche Freundschaft gesorgt, und die gegenseitige Abneigung hatte sich auch im Erwachsenenalter nicht gelegt. Idris war sein Cousin recht gleichgültig, aber Oliver hasste Idris mit wahrer Inbrunst des Unterlegenen. Er neidete Idris seinen Titel, die auf ihn wartende Erbschaft, seinen Lebensstil, einfach alles, und nahm kein Blatt vor den Mund, um das auch bei jedem ihrer seltenen Treffen laut kundzutun.

»Du siehst angegriffen aus, Auden«, sagte er jetzt und musterte Idris durch ein Lorgnon. »Ich habe schon vernommen, dass du es übertreibst mit deinen Eskapaden. Vielleicht solltest du deine Exzesse aus Rücksicht auf den Duke ein wenig dezenter betreiben, mein Guter.«

»Lieber Cousin«, sagte Idris gelangweilt, »Dezenz ist etwas für Leute wie dich. Ich ziehe es vor, wahrgenommen zu werden.«

Oliver Hathaway richtete sich voller Empörung auf. Es hätte nicht viel gefehlt, und er hätte sein Lorgnon in Idris' Weste gebohrt. »Du verlotterst, mein Guter«, zischelte er.

Die Herren in Olivers Gesellschaft blickten unangenehm berührt zur Seite. Idris bemerkte, dass er ärgerlich wurde, und bemühte sich um eine eisige Miene. »Wenn ich verlottere, Oliver, dann betreibe ich das im Gegensatz zu dir mit Stil.«

»Und es ist dir gleichgültig, was du deiner Familie und Seiner Gnaden damit antust?« Die rechtschaffene Empörung quoll Oliver aus allen Poren.

»Der Duke geht dich einen abgenagten Heringsschwanz an«, sagte Idris, dem endgültig die Pferde durchzugehen drohten. Was bildete der aufgeblasene Schwachkopf sich ein, ihn hier coram publico maßregeln zu wollen?

»Ich würde vorschlagen, du sorgst dich um deinen eigenen Ruf«, fuhr er in nicht sonderlich gedämpftem Ton fort. »Ich habe läuten hören, dass deine Mittel in letzter Zeit ein wenig knapp werden. Du scheinst dir im Stab des Außenministers in Wien einen Lebensstil angewöhnt zu haben, der deine Vermögensverhältnisse übersteigt, mein Guter.«

Oliver lief rot an. »Wie kannst du …«, schnappte er und riss sich mit einem hastigen Blick zu seinen Begleitern zusammen. »Das ist üble Nachrede, nichts weiter«, fauchte er. »Ich bin an zwei hervorragenden Unternehmungen beteiligt, die mehr Profit abwerfen als ich ausgeben könnte. Indien ist ein reiches Land.« Er hob bedeutungsvoll eine Braue, und Idris fand, dass er aussah wie ein erstickender Karpfen.

»Das ist doch schön«, sagte er, da er keine Lust mehr verspürte, sich mit seinem Cousin zu zanken. Er verfluchte den Impuls, der ihn dazu gebracht hatte, sich Oliver bemerkbar zu machen. Andererseits – hätte er sich lieber von ihm schneiden lassen? Er neigte knapp den Kopf, sagte: »Meine Herren, Seine Königliche Hoheit erwartet mich«, und ließ die Männer stehen.

Wymond blickte auf, als Idris sich näherte, und grinste schief. »Bis hier wären wir schon einmal«, sagte er mit gespielter Munterkeit. »Gleich habe ich das unendliche Vergnügen, mit Prinny ein paar Runden Bézique spielen zu dürfen. Nicht, dass ich Hoffnung hätte, zu gewinnen. Du weißt ja, wie superb seine Hoheit spielt.« Er hob die Augenbrauen.

Idris, der wusste, wie sehr sein Freund das Spiel verabscheute, verkniff sich ein Grinsen. Wymond war ein meisterhafter Bézique-Spieler, wenn es darum ging, zu verlieren. Das hatte er in der vergangenen Saison zu perfektionieren gewusst, denn ein siegreicher Prinzregent war ein glücklicher Prinzregent.

»Dann wünsche ich dir viel Glück«, sagte er und klopfte Wymond auf die Schulter. »Königliche Hoheit, ich bedanke mich für die freundliche Einladung, ich habe schon lange kein so köstliches Essen und solch auserlesene Gesellschaft mehr genossen.«

Georg hob den Kopf aus dem üppigen Dekolletée einer Lady, die auf seinem Schoß saß, und winkte Idris huldvoll zu. »Immer gerne gesehen, Lord Auden«, sagte er mit schwerer Zunge. »Sehr schade, dass Sie schon gehen wollen.« Und damit versank er wieder zwischen den Brüsten der Brünetten. Lady Haverstock, wenn Idris sich recht erinnerte. Ihr Mann war hoch verschuldet, anscheinend hatte er seine Frau geschickt, um den Prinzregenten um einen Kredit anzugehen.

Idris tauschte eine kleine Grimasse mit Wymond, ehe dieser wieder mit jammervoller Miene in seinen Sessel zurücksank und nach der Weinkaraffe griff.

»Guten Abend, Mylord«, sprach ein schlanker, elegant gekleideter Mann ihn an, als er sich durch die vorderen Räume drängte. Das Mahl war vorüber, aber nun trafen nach und nach diejenigen Gäste ein, die nur zum Ball geladen worden waren, und es wurde mit jeder Minute voller.

Idris wollte den Mann mit einem kühlen Gruß stehenlassen, aber dann erkannte er den französischen Gesandten und blieb stehen. »Monsieur de Vallière«, sagte er herzlich. »Ich freue mich, Sie zu sehen.«

»Ich bin auch erfreut, Lord Auden«, erwiderte der Gesandte. Er wirkte erschöpft, unter seinen Augen lagen dunkle Schatten. Es war eine schwere Zeit für Franzosen in London, und ganz bestimmt für solche, die von aller Welt für Bonapartisten gehalten wurden. Idris nahm den Arm des Gesandten und führte ihn in eine weniger belebte Ecke. »Was kann ich für Sie tun, Michel?«

Der Gesandte dankte ihm mit einem Blick für die familiäre Anrede. »Ich habe um einen Termin bei Seiner Hoheit ersucht«, sagte er mit einem Blick, aus dem Verzweiflung sprach. »Statt dessen bekam ich eine Einladung zu dieser Lustbarkeit. Es ist *incroyable*, dass Seine Hoheit dermaßen frivol mit Angelegenheiten verfährt, die …«

Idris legte warnend einen Finger auf die Lippen, denn die Tirade des Franzosen begann die Aufmerksamkeit der Umstehenden zu erregen. »Seien Sie unbesorgt, Monsieur de Vallière«, sagte er laut und zog den Gesandten mit sich. »Ihre Bitte ist bei Seiner Königlichen Hoheit in den besten Händen. Kommen Sie, seien Sie kein Spielverderber, trinken Sie ein Glas Champagner mit mir. Haben Sie schon diniert?« Er lenkte den Franzosen zur Treppe, die zur Halle hinunterführte, und murmelte: »Nicht hier, nicht jetzt. Prinny ist betrunken und wird unleidlich, wenn man ihn bei seinem geliebten Bézique mit Staatsgeschäften zu ennuyieren versucht.« Er verfestigte den Griff um den Ellbogen des anderen, um sein Sträuben zu unterbinden. »Jetzt und hier ist kein guter Zeitpunkt für Ihre Anliegen. Ich verspreche Ihnen, ich verschaffe Ihnen eine bessere Gelegenheit.« Er blieb am Fuß der Treppe stehen und musterte den Gesandten. »Sind Sie sicher, dass der Prince of Wales der richtige Adressat für Ihre Besorgnis ist?«

De Vallière rang die Hände. »Niemand will mich anhören«, sagte er unterdrückt. »Weder Ihr Premierminister noch der Kriegsminister, Earl Bathurst, der in Kürze wieder nach Wien abreist. Ich bin für jedermann, auf den es ankommt, persona non grata.«

»Haben Sie es bei Lord Sidmouth versucht?«, fragte Idris.

Der Franzose sah ihn verblüfft an. »Ihr Innenminister? Aber was sollte … oh.«

»Ja«, sagte Idris kurz. »Wenn es um Fragen der nationalen Sicherheit geht, und davon gehe ich aus, wenn ich Ihr verzweifeltes Gebaren betrachte, ist er genau der Mann, den Sie brauchen.« Er packte de Vallières Schulter und zwang ihn, seinen Blick zu erwidern. »Michel, ich bin einer der wenigen hier in England, der weiß, auf wessen Seite Ihre Sympathien liegen. Und ich weiß, auf wen Sie ein Auge geworfen haben.«

Der Franzose rang um eine neutrale Miene, was ihm nur unzulänglich glückte. In seine mokkafarbenen Augen trat ein weicher Ausdruck. »Sie ist die Liebe meines Lebens«, sagte er.

»Sie ist die Schwester des Viscounts Featherstone«, erwiderte Idris gleichzeitig amüsiert und berührt. »Sie haben einen harten Weg gewählt, mein Freund.« Er rieb sich über die Augen, die Müdigkeit, die er schon den ganzen Abend spürte, drohte ihn zu überwältigen. »Ich verschaffe Ihnen schnellstmöglich einen Termin bei Sidmouth.«

»Das würden Sie für mich tun?« De Vallière breitete die Arme aus, als wollte er Idris umarmen, und dieser wich hastig zurück.

»Ich habe Ihr Wort, dass die Angelegenheit so dringlich ist, wie Sie es mir vermittelt haben«, sagte er kühl.

»Das haben Sie, Mylord.« Der Gesandte deutete eine Verbeugung an.

»Gut, dann bekommen Sie Bescheid. Und nun gehen Sie, trinken Sie etwas und gesellen Sie sich dazu, wenn Prinny zum Kartenspiel aufruft. Ich gehe davon aus, dass Sie Bézique spielen?«

Der Franzose lächelte breit. »Gut genug, um mit Anstand zu verlieren.«

»Perfekt, mon ami«, erwiderte Idris. »Viel Erfolg.«

Die schneidend kalte Luft vor dem Portal vertrieb die Alkoholdünste und klärte seinen Kopf. Idris dachte kurz darüber nach, ob er nicht lieber nach Hause und mit einer Wärmflasche auf dem überladenen Magen ins Bett gehen sollte, aber dann entschied er sich für den Besuch bei Olympia, den er geplant hatte. Er musste sich so oder so mit ihr vertragen, und sei es nur, um ihr Verhältnis in Freundschaft zu beenden. Das wollte er nicht in der heutigen Nacht entscheiden, aber zumindest wollte er sich noch einmal davon überzeugen, dass er ihrer wirklich überdrüssig geworden war. Es lag nicht nur daran, dass sie ihn betrog. Nicht nur, aber durchaus auch.

Es war zu kalt und er war zu müde, um zu Fuß zu gehen, also stieg er in die wartende Kutsche und rief seinem Kutscher zu, er möge ihn zu Mademoiselle fahren.

Niemand öffnete ihm. Womöglich hatte Olympia die Bediensteten zu Bett geschickt, denn es war abzusehen gewesen, dass er nichts mehr aus der Küche würde haben wollen, wenn er von einem der prinzregentlichen Abendessen kam. Er holte also den Schlüssel aus der Tasche und ließ sich selbst ein.

In der Halle war es dunkel, aber Idris sah Licht durch den Türspalt des kleinen Salons schimmern. Wahrscheinlich erwarteten ihn dort ein Schlummertrunk und eine Frau, die seinen müden Kopf kraulen und ihm süße Worte flüstern würde.

Er stieß die Tür auf, einen Gruß auf den Lippen, der erstarb, als er das wilde Durcheinander im Salon erblickte. Es sah aus, als wäre ein Wirbelsturm durch den behaglichen kleinen Raum gefahren. Tische und Stühle waren umgekippt, Porzellan zu Bruch gegangen, die Teppiche lagen in Falten und wilden Haufen.

Ganz offensichtlich hatte hier ein heftiger Kampf stattgefunden. Idris schüttelte die Erstarrung ab und rief Olympias Namen.

Es war so still im Haus, als wäre außer ihm niemand hier. Idris griff nach seinem Stock und zog den darin verborgenen kurzen Degen, ehe er sich aufmachte, um Zimmer um Zimmer zu durchsuchen.

Er fand Olympia in ihrem Schlafzimmer. Auch hier sah es nach einem wilden Kampf aus, der das Bettzeug über den Boden verteilt, Kleider zerfetzt und einen Vorhang heruntergerissen hatte. In diesen Vorhang verstrickt lag Olympia. Eine Seidenkordel schlang sich um ihre Kehle und schnitt tief in das geschwollene Fleisch ihres Halses. Ihr Gesicht war dunkel verfärbt, die Augen quollen panisch hervor, sie hatte zwei ihrer Finger unter die Kordel schieben können, aber das hatte sie nicht gerettet. Idris sank erschüttert neben ihr auf die Knie. Ihre Fingernägel waren gesplittert und abgebrochen, ihr duftiges Nachtkleid hing zerfetzt von ihren Gliedern, die mit Prellungen und Kratzwunden übersät waren. Sie musste sich heftig zur Wehr gesetzt haben.

Er berührte sacht ihre Wange, als hätte er Angst, ihr Schmerzen zu bereiten. Sie fühlte sich warm an. Mit einem Aufflackern von Hoffnung machte er sich an das Lockern der Kordel, legte das Ohr auf ihre Brust, lauschte auf einen Herzschlag oder eine

Atembewegung, aber alles blieb still. Olympia war tot, und derjenige, der es getan hatte, konnte noch nicht weit fort sein.

Idris sprang auf die Füße und stürmte zur Tür. Er musste nach Fußspuren suchen. Die Haustür war abgesperrt gewesen, also musste der Mörder durch die Hintertür geflohen sein.

Er lief durch den dunklen Küchenflur und betrat die Küche. Eisige Luft zog durch die offen stehende Hintertür herein. Idris lief durch die Küche und es war einem Wunder gleichzusetzen, dass ein Instinkt ihn rechtzeitig warnte. Er warf sich zur Seite, und der mörderische Hieb, der seinen Schädel eingeschlagen hätte, streifte ihn nur und ließ ihn ihn die Knie brechen. Während er noch nach seinem zu Boden gefallenen Degen tastete, traf ein zweiter Hieb seine Schläfe und löschte sein Bewusstsein aus.

11

Das Erste, was ihm auffiel, als er aus der Dunkelheit auftauchte, war der durchdringende Geruch nach billigem Fusel, wie er in den Bretterbuden am Fluss ausgeschenkt wurde. Gin. Ja, der Wacholdergeruch war unverkennbar. Billiger Gin, gerade gut genug, um damit seine Stiefel zu putzen.

Idris betrachtete mit geschlossenen Augen das Innere seines brummenden Schädels. Wann war er das letzte Mal so sturzbetrunken gewesen, dass er sich beim Erwachen an nichts mehr erinnern konnte?

Das musste in seinem letzten Jahr in Eton gewesen sein. Er hatte sich mit Wymond und Raventhorne in der Schenke betrunken, in der die hübsche Nellie die Krüge herumtrug. Sie hatten darum gewetteifert, wer Nellie ins Bett bekommen würde. War es am Ende Wymond gewesen? Wahrscheinlich. Raventhorne war kurz danach auf das Jesuitenkolleg gegangen, fest entschlossen, sich zum Priester weihen zu lassen, und Wymond hatte nur ein kurzes Intermezzo zusammen mit Idris in Cambridge gegeben.

Eton also. Er hatte sich mit Wymond und Raventhorne betrunken und nun musste er aufstehen und sich für den Unterricht fertig machen. Ein Zuspätkommen, noch dazu im verkaterten Zustand, wurde streng bestraft, also wäre er gut beraten, seinen Kopf in eiskaltes Wasser zu tauchen, an dem hier in der Schule kein Mangel herrschte.

Idris stöhnte leise und bewegte vorsichtig seine verkrampften Schultern, ehe er sich an die schwierige Aufgabe machte, die Augen zu öffnen. Etwas kratzte unangenehm in seinem Bewusstsein. Hatte er nicht etwas wirklich Wichtiges vergessen? Etwas ganz und gar Grundlegendes, wie zum Beispiel die Tatsache, dass er mittlerweile achtundzwanzig Jahre alt war und die Schulzeit weit hinter sich gelassen hatte?

Mit einem Schock, der beinahe so wirkungsvoll war wie ein Guss kalten Wassers, kehrte die Erinnerung zurück. Idris gab ein Ächzen von sich und wollte sich an den Kopf fassen, um festzustellen, ob er blutete, aber etwas hielt seine Hände hinter dem Rücken fest und zwang sie, in ihrer Haltung zu verharren.

Er öffnete die scheuernden Lider und fand sich in halb sitzender Position auf dem Boden in Olympias Salon, die Hände offensichtlich mit Lederriemen oder etwas ähnlichem gefesselt.

»Was?«, rief er halblaut aus und riss an den Fesseln. Der überwältigende Geruch von billigem Schnaps schien von seinen eigenen Kleidern auszugehen, und wallte nun kräftig auf. Die Bewegung verursachte heftigen Schwindel und eine erneute Welle von Kopfschmerz und Übelkeit. Idris würgte. Er beugte sich vor, atmete krampfhaft durch den Mund, um dem Gingestank zu entgehen, und rang darum, sich nicht auf die eigene Hose zu übergeben.

»Er ist wach, Sir«, hörte er eine Männerstimme sagen. Schwere Schritte näherten sich von hinten, dann landete eine große Hand auf seiner Schulter. »Nun, stehen wir einmal auf, Bursche«, sagte der Mann, dem die Pranke gehörte, nicht unfreundlich. Er packte Idris unter dem Arm und zog ihn auf die Beine.

Idris kämpfte gegen den heftigen Drang, sich zu erbrechen, die feurigen Blitze vor seinen Augen und die Welle von Kopfschmerz, die ihn beinahe blind machte. Er keuchte: »Sachte, Mann!« und versuchte, sich aus dem eisenharten Griff zu winden.

»Lassen Sie ihn los, Constable«, sagte eine ruhige Männerstimme. Durch das laute Sausen des Schwindels in seinen Ohren meinte Idris, den Sprecher zu erkennen. Er schaffte es, sich umzuwenden und einen Blick an dem breiten Kreuz des Konstablers vorbei zu werfen. »Sir John«, sagte er erleichtert. »Bei Jupiter, ich hätte niemals erwartet, Ihren Anblick so erfreulich zu empfinden wie in diesem Moment.«

Sir John Barlow lächelte vage in seine Richtung. »Es freut mich, Sie zu sehen, Lord Auden«, erwiderte er nicht ganz zutreffend. »Oder besser gesagt: Es freut mich ganz und gar nicht. Wie es aussieht, haben Sie die in diesem Haus lebende Olympia Guimont getötet. Das Haus gehört Ihnen?«

Idris schwankte und ließ zu, dass der Klammergriff des Konstablers ihm Halt gab.

»Lassen Sie ihn sich setzen«, sagte Sir John Barlow. Wie so oft überraschte er Idris damit, dass er trotz seiner Einschränkung ganz offensichtlich alles mitbekam, was um ihn herum vorging.

Idris nahm den herangerückten Stuhl dankbar an. »Könnte man mir die Fesseln lösen?«, bat er.

Sir John runzelte leicht die Stirn. »Ich habe Ihr Ehrenwort, dass Sie nicht zu fliehen versuchen?«

»Mein Wort darauf. Ich könnte ohnehin nicht schneller rennen als eine laudanumgetränkte Großmutter.« Idris hustete und beugte sich vor, damit der Konstabler ihm die Fesseln abnehmen konnte. Er rieb sich die Handgelenke und lehnte sich zurück. »Ich habe Olympia nicht getötet«, sagte er, um die Antwort auf die in der Luft hängende Frage zu geben. »Als ich hier eintraf, ich kam vom Fest des Prinzregenten, war das Haus dunkel, der Salon verwüstet und Olympia lag erwürgt in ihrem Schlafzimmer.« Er hob die Hand und betastete die Beule an seiner Schläfe. »Ich wurde in der Küche niedergeschlagen. Die Hintertür stand offen, aber der Eindringling hat dort auf mich gelauert.«

Barlow nickte leicht. Der Konstabler hatte ein Notizbuch aus der Tasche gezogen und notierte Idris' Aussage. Seine Miene war nicht ganz so undurchdringlich wie die des Blinden, er verzog skeptisch den Mund und wich Idris' Blicken aus.

»Miss Guimont war Ihre Mätresse?«

»Das war sie, ja.«

»Eine Französin.« Ein Hauch von Missbilligung färbte die gleichmäßige Stimme.

Idris seufzte. »Sie ist vor den Bonapartisten geflohen«, sagte er. »Olympia hat oft geäußert, wie dankbar sie unserem Land sei, das sie so gastfreundlich aufgenommen habe.«

Der Blinde nickte und verschränkte die Hände ineinander. Sein schmales, von grauem Haar umrahmtes Gesicht mit dem lebhaften Augen schien Idris direkt anzusehen. Niemand, der Sir John nicht kannte, wäre auf den Gedanken gekommen, er könnte blind sein. »Waren sie schon betrunken, als Sie hier eintrafen?«, setzte er das Verhör fort.

Idris, dem immer noch der billige Fusel in die Nase stach, gab ein konsterniertes Schnauben von sich. »Sir John, Sie kennen mich. An dem Tag, an dem ich mich mit billigem Gin bis zur Besinnungslosigkeit besaufe, geht auch das Empire unter.«

Der Konstabler riss empört die Augen auf, aber Sir John gluckste amüsiert. »Dieser Punkt hat mir bereits zu denken gegeben«, sagte er. »Das und die Beule an ihrem Kopf. Andererseits ist die bedauernswerte junge Frau mit Ihrem Halstuch erwürgt worden, Sie haben Kratzspuren von Mademoiselles Fingernägeln im Gesicht …«

Idris' schmerzender Kopf hatte ein wenig länger gebraucht, um die Worte zu verstehen. »Moment«, unterbrach er Barlow, »was haben Sie gesagt? Mit meinem Halstuch?« Er berührte seinen Hals, der wirklich nackt aus dem Kragen seines Fracks ragte. »Das ist unwahr«, sagte er. »Sehen Sie sich die Strangulationsmale bitte genau an. Es war eine dünne Seidenkordel, die ich um ihren Hals geknotet gefunden habe.«

Barlow nickte dem Konstabler zu, der sich umdrehte und einen Namen rief. Eine Antwort erscholl aus dem ersten Stock. »Sieh dir den Hals der Toten an«, brüllte der Konstabler. »Die Strangulationsmale.«

»Wird gemacht, Sir«, hörte Idris die Antwort von oben. Er schloss kurz die Augen und berührte mit bebenden Fingerspitzen sein Kinn. Das war doch ein schlechter Traum, in dem er sich befand!

»Wer hätte außer Ihnen einen nachvollziehbaren Grund, Miss Guimont zu erwürgen?«, riss ihn Barlows gleichmäßige Stimme aus dem verwirrten Tanz seiner Befürchtungen. »Sie müssen mir zugestehen, Lord Auden, dass alles nach einem Mord aus Leidenschaft aussieht. Eifersucht, Streit unter Liebenden …« Er räusperte sich. »Hatten Sie Grund zur Eifersucht?«

Idris blickte auf und sah ihn forschend an. »Sie haben mit dem Butler gesprochen«, folgerte er.

Sir John neigte leicht den Kopf zur Seite. »Habe ich das? Und was hätte Mr Jenkins mir erzählt, wenn dem so wäre?«

Idris berichtete in knappen Worten von dem Vorfall bei seinem letzten Besuch in diesem Haus. Er betonte, dass er deswegen keinen Streit mit Olympia gehabt habe, er habe ihr nur sehr deutlich zu verstehen gegeben, dass er keine Liebhaber dulde und sie sich andernfalls einen neuen Gönner suchen müsse. »Verstehen Sie, Sir John«, setzte er müde hinzu, »ich hätte sie doch nicht erwürgen müssen. Ich hätte sie einfach vor die Tür setzen können.«

»Haben Sie Miss Guimont geliebt?«

Idris konnte nicht an sich halten, er lachte auf. »Sir John, ich bitte Sie«, sagte er kopfschüttelnd. »Wofür halten sie mich?«

Die Antwort des Blinden ließ auf sich warten. Idris bemerkte, dass der Konstabler seinen Vorgesetzten gespannt anblickte.

Sir John lächelte schwach. »Gut, Eure Lordschaft. Dann gehen wir das Ganze noch einmal durch. Was haben Sie bemerkt, als Sie das Haus betraten?«

Der Konstabler entspannte sich merklich. Er schrieb weiter Idris' Aussage mit, aber die Blicke, die er dem Verhörten zuwarf, waren sichtlich milder. Er schien Sir Johns vorläufigem Urteil zu vertrauen.

Das Verhör ging noch eine gute halbe Stunde weiter. Zwischendurch war der zweite Konstabler von oben heruntergekommen und hatte dem Protokollanten etwas zugeflüstert, was dieser dann in einer Pause zwischen zwei Fragen an Sir John weitergab.

Der Blinde richtete seinen irritierend klaren Blick auf Idris und sagte: »Sie hatten recht, Lord Auden. Die Male der Einschnürung weisen auf eine sehr viel dünnere Schnur hin. Können Sie mir beschreiben, wie sie ausgesehen hat?« Und weiter ging es.

Irgendwann wurde Idris' Kopfschmerz so unerträglich, dass er um eine Pause und ein Glas Wasser bat. Sir John richtete sich auf und runzelte ärgerlich die Stirn. »Vergeben Sie mir, Mylord«, sagte er. »Ich vergaß, dass Sie attackiert worden sind. Sollen wir einen Arzt rufen, damit er sich um Sie kümmert?«

Idris lehnte das ab, war aber dankbar, dass ihm eine Ruhepause gegönnt wurde, in der er sich auf dem Divan ausstreckte. Jetzt erst konnte er sich mit dem Gedanken vertraut machen, dass Olympia tatsächlich ermordet worden war. In seinem Haus. Und jemand hatte versucht, es ihm in die Schuhe zu schieben, was die Sache noch undurchsichtiger und bedrohlicher machte. Wer hatte das getan? Einer ihrer Liebhaber, den er nicht kannte? Sicherlich nicht der junge Mann, den er in Olympias Bett ertappt hatte. Er hatte die Statur seines Angreifers nicht deutlich erkennen können, aber der Mann war sicherlich einen halben Kopf größer gewesen als Olympias Liebhaber, und auch breiter in den Schultern.

Das Hämmern in seinem Kopf verhinderte, dass er einen klaren Gedanken fassen konnte. Im Augenblick sah es nicht so aus, als würde Sir John Barlow seinen Konstablern befehlen, Idris festnehmen zu lassen, aber es konnte durchaus sein, dass er ihn festhalten würde, bis zweifelsfrei ausgeschlossen war, dass Idris seine Mätresse getötet hatte. Das wäre mehr als ärgerlich und würde ihn zu einem Zeitpunkt vom Spielbrett nehmen, der den

Angelegenheiten, die er mit seinen Freunden verfolgte, durchaus Schaden zufügen konnte. Also durfte er es nicht zulassen.

Idris stand ächzend auf öffnete die Klappe des Sekretärs. Schreibzeug und Papier, Siegellack, eine Kerze. Er ließ sich auf dem zierlichen Stuhl nieder, auf dem sonst Olympia zu sitzen pflegte. Ein kurzer, heftiger Stich des Bedauerns, den er beiseitefegte. Keine Zeit zu trauern, jetzt musste gehandelt werden.

Er warf einige Zeilen aufs Papier, faltete es zusammen und versiegelte es mithilfe des Rings, den er am kleinen Finger seiner linken Hand trug. Der Abdruck im roten Siegelwachs zeigte einen Greif mit erhobener Tatze, das Wappentier seiner Familie.

Dann schrieb er noch einen zweiten Brief, versiegelte ihn ebenfalls und klingelte nach dem Diener.

Die Tür öffnete sich und der jüngere der beiden Konstabler stand in ihrem Rahmen und sah ihn fragend an. Idris hob eine Braue. »Wo ist Jenkins?«

»Sir John befragt ihn gerade.« Der Konstabler trat näher und nahm die beiden Briefe in Empfang. »Ich werde sie unverzüglich zustellen lassen, Mylord.« Sein Blick fiel auf die Adresse des oberen Briefes. Sein Kopf ruckte hoch. »Seine Lordschaft, der Innenminister?«

»Ganz recht.« Idris lehnte sich vorsichtig in dem zierlichen Sessel zurück und rieb sich die Nasenwurzel. Diese Kopfschmerzen waren grauenhaft.

Der Konstabler salutierte zackig, was auf eine militärische Ausbildung schließen ließ, und ging hinaus. Dieses Mal hörte Idris, wie sich ein Schlüssel im Schloss drehte.

Er verzichtete darauf, die Türklinke prüfend hinunterzudrücken, und ließ sich erneut auf den Divan sinken. Im Augenblick konnte er ohnehin nichts unternehmen, also war der Versuch, etwas zu schlafen, die gescheiteste Maßnahme, die ihm einfiel.

Als die Tür sich erneut öffnete und ihn aus einem unruhigen Schlaf mit wirren Träumen riss, tauchte die Abenddämmerung bereits das Zimmer in ein ungewisses Zwielicht, das die Schatten aus den Zimmerecken kriechen ließ wie Gespenster. Das Feuer im Kamin war erloschen, es wurde empfindlich kühl im Raum.

Das Licht, das durch die Tür fiel, schimmerte golden wie Sonnenschein auf dem polierten Holzboden. Drei Männer betraten den Raum, und Idris erkannte die schlanke, etwas gebeugte Silhouette Sir Johns neben einem der Konstabler und einem dritten Mann, der sich nun zu ihm begab, um ihm aufzuhelfen. Es war Lyall MacGillivray, der ihn mit Besorgnis ansah. »Sind Sie wohlauf, Lord Auden?«, fragte er.

»Wohlauf bis auf einen höllischen Brummschädel«, erwiderte Idris matt und ließ zu, dass der junge Schotte ihn stützte. »Ich gehe recht in der Annahme, dass Sidmouth Sie schickt?«

»Sehr richtig.« Das war Sir John Barlows ruhige Stimme. Der Blinde bewegte sich durch den beinahe dunklen Raum wie in einem hellerleuchteten Zimmer. »Ich habe die Anweisung, Sie gehen zu lassen, Lord Auden.« Er blieb vor Idris stehen, eine Mischung aus Ärger und Erheiterung in der Miene. »Das war sicherlich der Zweck Ihrer kleinen Billets d'Amour, die sie ohne mein Wissen und meine Zustimmung verschickt haben.« Der Konstabler neben ihm zog ein wenig den Kopf ein. Idris schenkte ihm ein winziges, mitfühlendes Lächeln. Er konnte sich vorstellen, dass den jungen Polizisten ein gewaltiges Donnerwetter erwartete.

»Dann kann ich nun gehen?« Idris angelte nach seiner Jacke, die er achtlos über einen Stuhl geworfen hatte.

»Ich halte Sie nicht fest.« Sir John verzog säuerlich die Lippen. »Allerdings werde ich Sie in den nächsten Tagen aufsuchen, Mylord. Und ich möchte Sie bitten, die Stadt vorläufig nicht zu verlassen.«

»Ich werde mich bemühen, zu Ihrer Verfügung zu stehen«, erwiderte Idris und ließ sich von MacGillivray in die Jacke helfen. »Ich möchte Sie ohnehin bitten, mich über Ihre Ermittlungen auf dem Laufenden zu halten.« Er warf einen flüchtigen, abschiednehmenden Blick rundum. »Und sagen Sie mir, wann Ihre Männer das Haus verlassen, damit ich darüber verfügen kann.«

»Das werde ich tun, Euer Lordschaft.« Der Blinde nickte ihm zu und verließ das Zimmer.

Idris tauschte einen erschöpften Blick mit MacGillivray. »Danke, dass Sie zu meiner Rettung geeilt sind. Bringen Sie mich nach Hause?«

Idris hatte den Earl of Cavanaugh noch nie zuvor so aufgebracht erlebt. Zum ersten Mal, seit Idris ihn kannte, blickte Cavanaugh ihm direkt in die Augen und forderte: »Bericht, Auden. Was hast du gesehen, was hast du gehört, was ist vorgefallen?« Er warf die Hände in die Luft und schickte einen Stoßseufzer zum Himmel: »Dass ich nicht dort war! Dass ich ganz und gar auf deine mangelhafte, unvollständige, unzureichende Beobachtung angewiesen bin!«

Idris fühlte sich nicht beleidigt, er kannte seinen Freund zu lange. Er streckte die Beine aus, überkreuzte die Knöchel und legte seinen schmerzenden Kopf an die Rückenlehne des Sessels. Raventhorne, der ein halber Arzt war, hatte seinen Schädel abgefühlt und ihm in die Augen gesehen und dann Ruhe verordnet, wobei er hinzusetzte: »Zumindest hat er dir den Schädel nicht gebrochen, Auden, obwohl er es versucht haben muss. Die Prellung der Schulter ist auch weniger schlimm, als sie sich wahrscheinlich anfühlt. Halte dich einen oder zwei Tage ruhig, dann wirst du dich wieder wie neu fühlen.«

Idris hoffe, dass sein Freund Recht behalten würde, denn im Augenblick fühlte er sich alles andere als frisch und munter. Er roch an dem Brandy, den Wymond ihm in die Hand gedrückt hatte, und stellte das Glas weg. Der Geruch des Alkohols verschlimmerte seine Übelkeit. Er wollte den Rapport hinter sich bringen und in sein Bett.

»Sir John glaubt also, dass Auden es getan hat?« Cavanaugh stand mitten in Idris' Arbeitszimmer, die Hände auf dem Rücken verschränkt, und sah an Lyall MacGillivray vorbei. Der junge Schotte hatte inzwischen Bekanntschaft mit Cavanaughs Eigenarten gemacht und antwortete prompt: »Ich denke ja, Sir. Es hat alles vollkommen den Anschein, als sei Lord Auden der Täter.«

»Die Seidenkordel«, wandte Idris matt ein.

»Was ist damit?« Cavanaugh stand mit hinter dem Rücken verschränkten Armen da, er schien vor Energie zu vibrieren. Wenn sich Idris nicht so elend gefühlt hätte, hätte er den Anblick außerordentlich interessant gefunden. Es gab also doch Dinge, die den Earl aus seiner abwesenden Haltung reißen konnten.

»Die Kordel war um ihren Hals geschlungen«, begann er zu erklären. Cavanaugh lauschte und wippte dabei auf den Fußballen.

»Und dein Halstuch?«, fragte Raventhorne, der schweigend und mit finsterer Miene auf dem Sofa lümmelte. Er trank den Brandy, den Idris verschmäht hatte.

Idris erklärte auch das und setzte dann ein wenig gereizt hinzu: »Ihr müsst mir verzeihen, aber das ist das zweite Mal am heutigen Tag, dass ich all das erzählen muss. Mir ist übel, ich habe Kopfschmerzen und irgendjemand hat Olympia ermordet.« Er legte eine Hand vor Augen und drängte einige ungebetene Gefühle zurück, die allein seiner Erschöpfung zuzurechnen waren, wie er sich versicherte.

Die Freunde schwiegen und sahen sich betroffen an.

Idris ließ die Hand sinken und zwang sich zu einem Lächeln. »Vergebt mir. Gefühlsausbrüche sind das Letzte, womit ich euch belästigen wollte.«

»Du belästigst niemanden«, sagte Wymond erstaunlich feinfühlig. »Wir müssen uns bei dir entschuldigen, Auden. Du gehörst in dein Bett. Nichts hiervon läuft uns weg.«

»Der Mörder läuft uns weg«, widersprach Cavanaugh. »Oder zumindest erkaltet die Spur, die uns zu ihm führen könnte.« Er gab Raventhorne einen Wink. »Begleite mich zu Sir John«, befahl er. »Ich werde mit ihm an der Lösung arbeiten.«

Raventhorne zog eine Braue hoch und warf Wymond einen bezeichnenden Blick zu. »Er wird sich freuen«, sagte er mit neutraler Stimme. »MacGillivray, Sie sind unser Mann in der Bow Street. Übernehmen Sie das?«

»Gerne.« Der Schotte stand auf und nickte Idris zu. »Erholen Sie sich gut, Sir«, sagte er. »Wir werden die Spürhunde auf eine andere Fährte lenken.«

Idris dankte ihm und verabschiedete sich dann auch von den anderen.

Endlich war es ruhig und still im Zimmer. Eine Weile dämmerte er in seinem Sessel vor sich hin, dann rappelte er sich auf und ging hinauf in sein Schlafzimmer. Wilby hatte alles für ein Krankenlager bereitet, was Idris normalerweise verärgert oder belustigt zur Kenntnis genommen hätte. Heute war er dankbar dafür, dass sein Bett vorgewärmt worden war und eine Kanne mit Tee auf dem Nachttisch wartete.

12

»Ich weiß nicht, warum sie darauf bestanden hat, dass du mich begleitest.« Wymond zupfte an seinen Manschetten. »Ich hätte dir das gerne erspart, alter Knabe.« Er sah übernächtigt aus.

Idris selbst fühlte sich nicht allzu munter. Er hatte einen Tag und zwei Nächte beinahe in einem durchgeschlafen, war nur aufgewacht, um etwas zu trinken, einen Napf Suppe zu sich zu nehmen und wieder zurück in Kissen zu fallen und hatte sich erst am heutigen Morgen, nachdem er Neds Nachricht erhalten hatte, von Wilby mithilfe eines heißen Bads und einer dringend nötigen Rasur wieder in einen präsentablen Zustand versetzen lassen. Wenn er ehrlich war, dann war er nach wie vor angeschlagen, aber immerhin hatte sein hämmernder Kopfschmerz mittlerweile einem dumpf drückenden Gefühl Platz gemacht, das einem etwas zu engen Hut glich.

»Was muss ich wissen?«, fragte er Wymond, während er neben ihm in der Kutsche Platz nahm.

»Die Großfürstin ist eine Königliche Hoheit«, erwiderte Wymond mit Grabesstimme. »Du wirst ihr respektvoll und untertänig begegnen, Auden, auch wenn es dir schwerfällt. Warte auf ihre Erlaubnis, bevor du sie ansprichst. Ach ja, und tituliere sie ›Allerdurchlauchtigste Hoheit‹ …«

»Oh, Wymond, ich bitte dich!« Idris rückte ein Stück ab, um seinem Freund einen eindringlichen Blick zuzuwerfen. »Machst du dich über mich lustig?«

Wymond schnaubte, und seine Miene war zutiefst angewidert. »Ich wünschte, es wäre so.«

»Nun gut.« Idris schüttelte den Kopf. »Ich werde also einen Kniefall machen und die von dir so liebevoll titulierte alte Krähe eine ›Allerdurchlauchtigste Hoheit‹ nennen.«

»Das wirst du, allerdings.« Wymond begann zu grinsen. »Andernfalls würdest du die volle Wucht ihrer Missbilligung zu spüren bekommen, was auch schon wieder erfreulich wäre. Dieses Spektakel richtet sich sonst nämlich gegen mich.«

Idris lächelte nicht. »Warum, bei allen Heiligen, will sie ausgerechnet mich sehen?«, murrte er. »Ich bin ein Changeling. Es wäre mir neu, dass Sidhe und Vampire diplomatische Beziehungen pflegen.«

Sein Freund zuckte fatalistisch mit den Achseln. »Ihre Hoheit erklärt sich dem gemeinen Fußvolk nicht, Auden. Du fragst den Falschen.«

Die Kutsche hielt vor dem Portal eines Palais', das bislang der Zarenfamilie als Refugium bei ihren Aufenthalten in London gedient hatte. Seit dem Überfall Napoleons auf das Zarenreich hatte keiner der Romanows mehr einen Fuß auf die Insel gesetzt, und die Großfürstin als Mitglied der Zarenfamilie hatte das Palais kurzerhand zu ihrem Domizil erklärt. Alexander I. war immerhin ein entfernter Nachfahre, ein Ur-ur-ur-irgendwas-Enkel oder -Neffe von Sofia Alexejewna. Idris durchblickte die verwickelte Genealogie der russischen Zarenfamilie nicht und hegte diesbezüglich auch keinerlei Ambition.

Ein livrierter Lakai führte sie in einen opulent ausgestatteten Empfangssalon. Idris betrachtete all die geschnitzte und vergoldete Pracht und wappnete sich dagegen, von der Großfürstin mit der Wucht ihrer Majestät erschlagen zu werden.

Sie warteten eine gute halbe Stunde, dann kehrte der Lakai wieder und näselte: »Ihre Königliche Hoheit lassen bitten.«

Sie folgten dem Livrierten durch eine Flucht von menschenleeren Sälen und Gängen, bis er die letzte Tür für sie öffnete, sie hineingeleitete und »The Most Honorable The Marquess of Auden« sowie »The Right Honorable Lord Edward Wymond« annoncierte.

Die Pracht der Räumlichkeiten setzte sich in diesem weitläufigen Salon fort. Seine Einrichtung war ganz in dunklen Rot- und matten Goldtönen gehalten, poliertes Holz schimmerte im Schein der Kerzen, Samtportieren hielten die Nacht und Kälte fern, Kissen und Draperien sorgten zusammen mit den altmodischen, aber stilvollen Möbeln für eine steife Behaglichkeit.

Die Ölgemälde an den Wänden zeigten finster blickende, vollbärtige Männer und blasse, schöne Frauen in Roben aus dunkel glühenden Farben. Indische und persische Teppiche dämpften ihre Schritte, das Aroma von Gewürzen und Holz parfümierte die Luft, in hohen Vasen standen bleiche Liliensträuße.

»Die kaiserlichen Gewächshäuser«, flüsterte Wymond, der Idris' fragenden Blick bemerkt hatte.

Idris nickte knapp und sah sich fragend um. Waren sie allein?

»Lord Auden«, erklang eine melodische, sanfte Stimme, deren Klang an eine Flöte erinnerte. »Ich bin hocherfreut, Sie kennenzulernen. Ich habe schon so viel von Ihnen gehört.«

In einem der tiefen Fauteuils am Kamin saß hingegossen eine grazile Gestalt und streckte ihm ihre schlanke, blasse Hand entgegen, an der ein großer Rubin prangte. Die Flammen des Kaminfeuers brachen sich in seinen Facetten und ließen blutigrote Reflexe über die weiße Haut der Großfürstin tanzen.

Idris fand sich in einer tiefen Verbeugung wieder. Er hob die kühle Hand an seine Lippen und deutete einen Handkuss an. Seine Verwirrung schien ihm ins Gesicht geschrieben zu stehen, denn Sofia Alexejewna schenkte ihm ein betörendes Lächeln und drohte Wymond mit dem Finger. »Du hast wieder Geschichten über die alte Krähe erzählt, Ned«, sagte sie und lachte perlend. »Schäm dich, mein Sohn.«

»Mater«, sagte Wymond, kniete nieder und küsste ihren Ring. Die Großfürstin lächelte sanft und legte ihre Hand auf seinen geneigten Kopf. Ihr Blick aus dunklen Glutaugen musterte Auden, der wiederum sie ungeniert betrachtete.

Großfürstin Sofia war eine schöne Frau undefinierbaren Alters. Sie hatte ein ebenmäßiges, ovales Gesicht und trug ihr dunkles Haar zu einem schweren Chignon geschlungen, der von einem mit schwarzen Perlen besetzten Netz gehalten wurde. Ihr Kleid aus so dunkelviolettem Samt, dass er fast schwarz wirkte, fiel schmal und streng auf ihre zierlichen Pantoffeln nieder. Darüber trug sie ein reich besticktes, ärmelloses Übergewand aus schwerer, weinroter Seide, dessen Säume mit Pelz besetzt waren. Bis auf den Ring an ihrer Hand und eine aus rotem Gold geflochtene Kette trug sie keinen Schmuck.

Sie war ganz und gar nicht das, was Idris erwartet hatte, und er ertappte sich dabei, dass er die schöne Großfürstin anlächelte.

Sie senkte die langen Wimpern und lächelte ebenfalls, wobei sie die vollen Lippen geschlossen hielt. »Nehmen Sie doch Platz«, sagte sie und wies auf zwei bequem aussehende Polsterstühle. »Wir werden Tee trinken. Russischen Tee.« Sie fuhr glättend mit der Hand über ihr Kleid und wandte sich Wymond zu. »Nun sag mir, wie es dir geht«, befahl sie. »Du lässt dich kaum noch sehen, ich habe schon darüber nachgedacht, dich vorzuladen.« Ihre Stimme war klangvoll, der leichte Akzent erhöhte den Reiz, den sie auf Idris ausübte. Er lehnte sich leicht vor, um Anblick und Klang aufzusaugen, darin zu baden, sich von beidem einlullen zu lassen.

Wymond warf ihm einen beiläufigen Blick zu, in dem eine unterschwellige Warnung lag. »Es geht mir gut, Mater«, sagte er zur Großfürstin. »Ich gebe allerdings zu, dass ich immer noch Mühe damit habe, mich mit meinem transformierten Zustand abzufinden.«

Sofia Alexejewna nickte voller Verständnis, ihr Blick ruhte sanft auf Wymond. »Deine Entscheidung, dich uns anzuschließen, war nicht ganz freiwillig«, sagte sie. »Das macht es schwieriger. Es ist gut, dass die Transformation langsam voranschreitet. Du hast noch keine Lichtempfindlichkeit entwickelt, oder? Das Tageslicht bereitet dir kein Unbehagen?«

»Nein, Mater.« Ned warf einen düsteren Blick auf Idris. »Aber sollten solche intimen Details nicht unter uns bleiben?«

Die Großfürstin blickte zu Idris, als hätte sie seine Anwesenheit vergessen. »Ah«, sagte sie unbestimmt. »Nun, Lord Auden ist ja in gewisser Weise einer von uns, ein Seelenloser vom Volk der Sidhe, wenn ich den Gerüchten Glauben schenken darf. Korrigieren Sie mich, Eure Lordschaft, wenn ich mich irre.«

Idris verneigte sich im Sitzen. »Sie sind vollkommen richtig informiert, Allerdurchlauchtigste Hoheit.«

Ein Lächeln glitt über das Gesicht der Großfürstin. »Sie haben die Erlaubnis, mich Sofia Alexejewna zu nennen«, sagte sie. »Sehen Sie, es herrscht keine Feindschaft zwischen dem Volk der Nacht und dem der Hügel. Wir sind entfernt miteinander verwandt.«

»Das wusste ich nicht, aber es ist interessant«, erwiderte Idris höflich.

Sofia Alexejewna lachte tief und herzlich. »Es ist Ihnen von Herzen gleichgültig«, sagte sie und lachte wieder. »Ich verstehe es. Aber sehen Sie, Lord Auden, ich bin schon sehr lange auf dieser Welt und habe gelernt, dass es nichts Wichtigeres gibt als das Wissen darum, wer dein Freund und wer dein Feind ist, wem du niemals den Rücken zuwenden darfst und wer dich rettet, wenn du unterzugehen drohst. Glauben Sie mir, ich kenne meine Freunde und ich weiß sehr genau, wer meine Feinde sind.« Die Erheiterung, die ihre Miene soeben noch erhellt hatte, verschwand und machte einer kühlen Entschiedenheit Platz, die Idris warnte, die Großfürstin zu unterschätzen. Jemand, der so alt war wie diese Frau, war in jedem Fall ein ernstzunehmender Gegner.

»Wo stehe ich?«, fragte Idris. »Freund oder Feind?«

Sie lächelte wieder und streckte ihre Hand nach ihm aus, damit er sie ergriff. »Freund, mein Lieber«, sagte sie weich. »Das jedenfalls hoffe ich.«

Die Tür öffnete sich und livrierte Diener begannen, einen Teetisch in der Nähe des Kamins zu decken. Während er mit der Großfürstin plauderte, die erstaunlich gut über den neuesten Klatsch der Stadt unterrichtet zu sein schien, beobachtete Idris, wie ein Diener vorsichtig ein metallenes Gefäß hereintransportierte, das auf zierlich gebogenen Füßen stand. Ein ebenso zierlicher Hahn am Bauch des Gefäßes deutete eine Art von flüssigem Inhalt an. Das Gefäß wurde auf den Tisch gestellt, dann stellte ein zweiter Diener eine kleine Kanne auf das Gefäß. Porzellanteller und Gläser in metallenen Haltern wurden verteilt, Zuckerdosen, Honig und ein Silberkännchen mit Sahne, Platten mit Blätterteiggebäck und kleinen Pfannkuchen, Schalen mit einer sahnigen Creme und kleine Schüsselchen, in denen zartgrauer Kaviar glänzte, eine große, in Eis gepackte Flasche, kleine, geschliffene Gläser, Brot und Butter, eingelegte Pilze, Knoblauch und Zwiebeln, Krautsalat, Streifen von geräuchertem Fisch … der Tisch füllte sich mit einer Vielzahl von Delikatessen, die Idris das Wasser im Mund zusammenlaufen ließen.

»Ich dachte, Sie essen nicht«, sagte er.

Die Großfürstin riss die Augen auf und lachte ihr ansteckendes Lachen. »Aber, lieber Lord Auden«, sagte sie und reichte ihm die Hand, damit er ihr aufhalf, »wie kommen Sie auf solche eine absurde Idee? Natürlich essen wir, und zwar sehr gerne und, wie Sie sehen, ausgezeichnet.«

Idris geleitete sie an den Tisch und wartete, bis sie Platz genommen hatte, ehe auch er sich niederließ. Er beobachtete Ned Wymond, der mit verkniffener Miene seine Serviette entfaltete und einen Blick auf die geeiste Flasche warf, aus dem nackte Gier sprach.

Sofia Alexejewna wartete, dass ein Lakai ihr die Serviette über den Schoß breitete und rief ungeduldig: »Pavel Fjodorowitsch, wollen Sie weiter dort in der Ecke schmollen oder gesellen Sie sich zu uns?«

Am anderen Ende des Salons erhob sich wie ein Gespenst ein schlicht gekleideter, hagerer Mann mit tief liegenden, düsteren Augen aus einem Lehnsessel. Er legte ein Buch beiseite, nachdem er seine Brille als Lesezeichen zwischen die Seiten geklemmt hatte, und kam schweigend zum Tisch. Mit einer tiefen Verbeugung vor Sofia Alexejewna und einem stummen Nicken in die Runde nahm er auf dem leeren Stuhl Platz und verharrte reglos mit gesenktem Blick. Idris sah Ned Wymond fragend an, der nur beziehungsvoll zum Himmel blickte.

Die Lakaien legten ihnen die ersten Köstlichkeiten vor, gingen dann noch mit Platten herum, von denen man sich selbst bediente, und füllten die metallgefassten Gläser mit einigen Fingern hoch von dem beinahe schwarzen Sud aus der kleinen Kanne.

Die Großfürstin gab einen schweigenden Wink und einer der Lakaien nahm die geeiste Flasche und schenkte allen eine großzügig bemessene Portion eines klaren Schnapses ein.

Sofia Alexejewna hob ihr Glas, um einen Salut auszusprechen. »Auf die Familie und neue Freunde«, sagte sie mit klingender Stimme und setzte sodann das Glas an die Lippen, um es in einem Zug zu leeren.

Idris war vorgewarnt durch den starken, scharfen Geruch, der ihm in die Nase stieg. Er kippte den Schnaps und es gelang ihm, nicht zu keuchen, obwohl seine Augen feucht wurden.

»Unser russisches Wässerchen«, sagte die Großfürstin und winkte dem Lakaien, ihnen nachzuschenken. »Und jetzt trinken wir Tee, Gospoda!« Sie beugte sich vor und demonstrierte, wie man aus dem metallenen Gefäß auf dem Tisch heißes Wasser auf den Sud in den metallgefassten Gläsern gießen musste, bis die Stärke des Tees konvenierte.

»Das ist ein Samowar«, erklärte Wymond gedämpft. »Eine interessante Erfindung, auch wenn ich zugeben muss, dass diese Art der Teebereitung ein wenig gewöhnungsbedürftig ist. Ich ziehe einen kräftigen Assam mit Milch vor.«

Idris trank und nickte langsam. »Mir schmeckt er.«

Die Großfürstin, die anscheinend über ein gutes Gehör verfügte, lächelte ihm zu. »Ich wusste es«, sagte sie und hob ihm ihr Teeglas entgegen. »Sie sind ein Mann von Kultur und feinem Geschmack.«

Wymond schnaubte leise.

Idris trank Tee, probierte die verschiedenen Delikatessen, von denen ihm die mit Lachs gefüllten Buchweizenküchlein und die eingelegten Pilze am besten mundeten, und plauderte mit der Großfürstin über Teezubereitung und die Britische Ostindien-Kompanie.

Hin und wieder warf Sofia Alexejewna dem beharrlich schweigenden Pavel Fjodorowitsch den Ball zu, aber ihre Versuche, ihn in eine Konversation zu ziehen, scheiterten an seiner düsteren Mauer aus Stille und gesenktem Blick. Immerhin, er sprach den aufgefahrenen Köstlichkeiten herzhaft zu und verschmähte auch das »Wässerchen« nicht. Hierin zog er beinahe mit Ned Wymond gleich, der im Verlaufe der Teestunde immer fröhlicher und dessen Sprache im gleichen Maße immer nachlässiger wurde.

Die leeren Teller und Platten wurden abgeräumt und ein Dessert aus geeisten Früchten und Sahne serviert. Die Großfürstin tupfte ihre Mundwinkel mit der Serviette ab und sah Idris eindringlich an. Das Plaudern war vorüber, jetzt kamen sie endlich zur Sache.

Sofia Alexejewna rührte Honig in ihren Tee und hob das Glas an die Lippen. »Was ist Ihr Begehr, Lord Auden?«

Idris erwiderte ihren Blick nachdenklich. »Es war Lord Edward, der Sie um eine Audienz gebeten hat. Ich bin nur auf Ihren Wunsch hier, Königliche Hoheit.«

Sie trank und sah ihn dabei unverwandt an. Winzige Fältchen in den Winkeln ihrer schönen, schwerlidrigen Augen zeigten, dass sie lächelte.

»Ich bin über vieles von dem informiert, was in dieser Stadt vor sich geht«, sagte sie. »Wenn es nicht so unbescheiden klänge, Mylord, würde ich sogar sagen, dass ich über alles informiert bin.« Das Lächeln vertiefte sich, und zum ersten Mal hoben sich ihre Lippen ein Stück von den Zähnen, die weiß und glänzend waren.

»Das bezweifle ich nicht, Sofia Alexejewna«, sagte Idris und warf einen Blick zu Ned Wymond, der in sein leeres Schnapsglas starrte und ganz offensichtlich nicht mehr zuhörte. Idris seufzte, beugte sich vor, stützte die Ellbogen auf den Tisch und sagte: »Königliche Hoheit, es ist wichtig für uns zu erfahren, wie Ihr Volk sich in Bezug auf Napoleon Bonaparte verhält.«

Die großherzoglichen Augenbrauen wanderten einige Millimeter in die Höhe. Sofia Alexejewna krauste die Nase, als röche sie etwas Verfaultes. »Bonaparte?« Sie fügte einige russische Worte hinzu, die wahrscheinlich nicht allzu ladylike waren, denn der schweigsame Russe an ihrer Seite wandte den Kopf und schnalzte leise mit der Zunge.

»Ah, halt den Mund, Pavel Fjodorowitsch«, fauchte die Großfürstin.

Der stille Pavel Fjodorowitsch erhob sich nach dieser Rüge, verneigte sich vor der Großfürstin und nickte den beiden Freunden zu, ehe er sich wieder an seinem vorherigen Platz niederließ und das Buch aufschlug. Idris bemerkte, dass er in beinahe vollkommener Finsternis ohne eine Beleuchtung las.

Sofia Alexejewna warf ihre Serviette zusammengeknüllt auf das Tischtuch und erhob sich, was ihre Gäste dazu zwang, ebenfalls von ihren Stühlen aufzustehen. »Gehen wir, setzen wir uns an den Kamin. Rauchen Sie, Mylord?« Sie schritt voran und Idris bewunderte ihre zierliche und gleichzeitig kraftvoll wirkende Gestalt. Großfürstin Sofia war von mittelgroßer Statur, aber die Ausstrahlung ihrer Persönlichkeit dominierte alles andere im Raum.

Sie ließ sich in ihrem Fauteuil nieder und griff nach einer silbernen Dose, die auf dem Tischchen neben ihr stand. Sie klappte die Dose auf und reichte sie Idris, der mit dankbarem Nicken eine der dünnen Zigarren daraus wählte. Ein Diener trat herbei und brachte einen Kienspan, mit dem er die Zigarren der Herren und der Großfürstin entzündete.

Sofia Alexejewna rauchte mit Anmut und sah Idris weiterhin unverwandt an. »Napoleon also«, sagte sie und kniff leicht die Augen zusammen. »Der großmäulige, größenwahnsinnige Korse. Warum glauben Sie, dass wir ihm irgendwelche Sympathie entgegenbringen könnten, Lord Auden?«

Idris legte das Kinn in die Hand und betrachtete den Aschekegel seiner Zigarre. »Ich glaube nichts«, sagte er. »Nach allem, was ich über Sie und Ihr Volk weiß, Sofia Alexejewna, müssten sie ihn von Herzen verabscheuen. Aber manchmal siegt die Politik über den Abscheu …«

Sie fluchte wieder, aber dieses Mal begleitete ein Lächeln den Fluch. »Nun, da das geklärt wäre«, fügte sie hinzu, »betrachten Sie Ihre Mission als erledigt. Berichten Sie Lord Sidmouth, dass die Dunklen Familien der britischen Inseln in unverbrüchlicher Loyalität zu Seiner Majestät Artus XXVII. stehen.«

»Ich werde es ausrichten«, sagte Idris, den ein leichter Schock bei der Nennung des Innenministers durchfahren hatte. Also wusste Sofia Alexejewna von seiner Beziehung zu Sidmouth. Sie schien nicht übertrieben zu haben, was ihren Wissenstand anging.

Er sah Ned Wymond fragend und ein wenig zornig an. Es war kein unlösbares Rätsel, von wem sie diese spezielle Information hatte.

Ned blinzelte mehrmals verunsichert und hob ein wenig resigniert die Schultern. »Ich hatte keine Chance, es ihr zu verschweigen«, murmelte er.

»Nein, die hattest du allerdings nicht, Filius«, sagte die Großfürstin streng. »Du schuldest mir absoluten Gehorsam und vollkommene Offenheit, wie jedes meiner Kinder.« Sie wandte sich mit hoheitsvoller Geste an Idris: »Nehmen Sie es ihm nicht übel, Mylord. Er hat sich anfangs dagegen gewehrt, aber ich kann keinen Ungehorsam dulden.«

Idris schwieg und schloss seine Lippen um die Zigarre.

»Da wir bei diesem Thema sind«, begann die Großfürstin, und Wymond stieß aus: »Oh, bitte, Mater, nicht jetzt und hier!« Er richtete sich aus seiner schlaffen Haltung auf und umklammerte die Armlehnen seines Sessels. »Mater, ich flehe Euch an!«

Sofia Alexejewna schüttelte lächelnd und unerbittlich den Kopf. »Jetzt und hier, Filius«, sagte sie. »Lord Auden darf der Erneuerung beiwohnen. Ich könnte mir vorstellen, dass es ihn interessiert.« Ihr verhangener Blick streifte Idris, der sich unbehaglich im Sessel regte.

Ned Wymond stand auf und kniete mit gesenktem Kopf vor seiner Herrscherin nieder. Idris sah das Beben, das seinen Körper durchfuhr. Ein tiefer Atemzug, dann hob Wymond den Kopf und sah Sofia Alexejewna in die Augen.

Die Großfürstin lächelte so liebevoll auf ihn hinab, als wäre Ned ihr leibliches Kind. Sie berührte seine Wange mit der Hand und legte ihre andere um seinen Hinterkopf. »Schenkst du dich mir, Edward Joseph Wymond?«, fragte sie sanft. »Legst du dein Herz und dein Leben in meine Hände und vertraust mir deine Seele und dein Selbst, deine Essenz und alles, was dich ausmacht, von jetzt an und auf alle Zeit?«

Wieder erschauderte Ned. Seine Hände tasteten nach Halt und verschränkten sich schließlich hilflos ineinander. »Ja, Mater«, flüsterte er. »Ich schenke dir alles, was ich besitze.«

Sie senkte den Kopf, bis ihre Stirnen sich berührten. »Dann sein mein, Edward Joseph Wymond. Der Schoß meiner Familie nimmt dich auf.«

»Bis auf den letzten Tropfen meines Blutes, Mater«, erwiderte Ned mit ersterbender Stimme.

Idris verspürte das unbedingte Verlangen, sich von diesem Ort zu entfernen. Ned würde es ihm bis ans Ende seiner Tage verübeln, dass er dies mit angesehen hatte, das war ihm bewusst. Und was nun kam, würde diesen Groll nur noch weiter vertiefen. Er wollte flüchten, aber das hätte eine zu große Brüskierung einer wichtigen Verbündeten bedeutet, also blieb er starr an seinem Platz sitzen und gestattete es sich auch nicht, die Augen zu schließen.

Die Großfürstin legte beide Hände nun um Neds starres Gesicht. Sie senkte den Kopf und küsste ihn auf die Lippen, dann ließ sie ihn los und ritzte mit einer schnellen, geübten Bewegung mit ihrem langen, spitzgefeilten Kleinfingernagel eine Stelle unter seinem Ohr. Ein Blutstropfen perlte hervor, dann ein zweiter, bevor sie ihren Mund darüber schloss. Sie verharrten lange ohne Regung, ohne einen Laut in dieser Haltung, so lange, dass Idris unruhig zu werden begann.

Endlich löste sich Sofia Alexejewna von ihrem Opfer und tupfte sich im Aufrichten mit dem Zeigefinger Neds Blut von den Lippen, die geschwollen und dunkelrot aussahen. Sie seufzte tief und schloss für einen Moment die Augen. Ned Wymond lehnte an ihrer Schulter, er schien kaum noch zu atmen und war leichenblass. Idris legte eine Hand an die Lippen und biss sich auf den Daumenknöchel. Er war so angespannt, dass er glaubte, seine Nerven sirren zu hören.

»Nun«, flüsterte die Großfürstin und richtete sich auf. Sie schob Neds Kopf ein Stück zur Seite und begann, eine Reihe von geschliffenen Perlenknöpfen an der Vorderseite ihres Kleides zu öffnen. Idris stockte der Atem. Sie würde sich doch nicht hier, vor seinen und Neds Augen, zu entblößen wagen?

Sie tat es. Sie öffnete ihr Kleid so weit, dass sie eine ihrer kleinen, festen Brüste herausheben konnte. Idris erhaschte einen flüchtigen Blick auf eine rosafarbene Brustwarze, ehe diese zwischen Wymonds Lippen verschwand, und Ned daran zu saugen begann wie ein hungriger Säugling.

Das war der Moment, in dem Idris sich dafür entschied, die Augen zu schließen und im Geiste lateinische Verben zu konjugieren.

»Sie dürfen wieder atmen, Lord Auden«, unterbrach ihn die amüsierte Stimme der Großfürstin, als er gerade von ›visus erat‹ zu ›visi eramus‹ gelangt war. Idris hob den Kopf und erwiderte den Blick der Großfürstin. Sie lehnte entspannt in ihrem Fauteuil, hielt eine Zigarre zwischen den Fingern und lächelte leicht.

Ned Wymond kauerte noch zu ihren Füßen. Er hatte die Hände vors Gesicht geschlagen und atmete schluchzend.

»War es nötig, Ihre Macht über Lord Edward vor mir zu demonstrieren?«, fragte Idris mit unterdrücktem Grimm. »Warum haben Sie ihm diese Demütigung nicht erspart, Königliche Hoheit?«

Sie legte nachdenklich den Kopf zur Seite und entließ einen dünnen Rauchfaden von ihren roten Lippen. »Sie sind zu empfindlich, Mylord«, erwiderte sie dann. »Ned Wymond ist eins meiner jüngsten Kinder, er wird sich an seine neue Existenz noch gewöhnen. Dann wird dies hier für ihn so alltäglich sein wie das Atmen und der Schlaf.« Sie rieb sich mit einer müden Geste über die Augen. »Sie sind sein Freund, Lord Auden. Ich denke, er kann sich schneller damit arrangieren, was er ist, wenn einer von seinen Freunden Zeuge dessen geworden ist, was es bedeutet, zu meiner Familie zu gehören.«

»Sie täuschen sich, Sofia Alexejewna«, erwiderte Idris zornig. »Sie kennen Ned Wymond nicht wirklich. Diese Zurschaustellung seiner Schwäche wird er Ihnen und mir für den Rest seines Lebens verübeln. Und sich selbst«, setzte er leiser hinzu.

Sofia Alexejewna schüttelte unerbittlich den Kopf. »Nein, Sir, *Sie* täuschen sich. Was Sie als Schwäche anprangern, ist in Wirklichkeit Kraft und große Stärke. Er wird es begreifen. Er muss es begreifen, sonst wird er sterben.« Ein flüchtiger, besorgter Blick flog zu Ned, der immer noch zu ihren Füßen kauerte. »Helfen Sie ihm dabei, Lord Auden. Als sein Freund. Als jemand, der weiß, was es bedeutet, ein Seelenloser zu sein.«

Idris schwieg und kaute auf seiner Unterlippe. Ihm war so unbehaglich zumute, als hätte er einen Freund beim Geschlechtsverkehr beobachtet.

Ned Wymond stemmte sich auf Hände und Füße und kam taumelnd auf die Beine. Er wich Idris' Blick aus und ging hinüber zum Tisch, wo immer noch die dreiviertel geleerte Flasche mit dem russischen Wässerchen stand. Er schnippte den Korken weg, setzte sie an die Lippen und ließ den beachtlichen Rest des starken Schnapses in seine Kehle laufen. Dann sank er auf einen Stuhl und starrte die Zimmerecke an.

Idris bat die Großfürstin stumm um ein versöhnliches oder tröstendes Wort, aber Sofia Alexejewna schüttelte erbarmungslos den Kopf. »Er muss es lernen oder er geht daran zugrunde«, sagte sie leise. In ihren dunklen Augen nistete eine Trauer, die Idris erschütterte.

Sofia Alexejewna legte die Zigarre sorgfältig beiseite und streckte die Hand nach ihm aus. »Kommen Sie, Lord Auden. Ich habe das Bedürfnis, Sie besser kennenzulernen. Setzen Sie sich hier zu meinen Füßen, oder widerstrebt das Ihrem Ehrgefühl?«

Seltsamerweise tat es das nicht. Idris hockte sich auf den niedrigen Fußschemel und überließ der Großfürstin seine Hand. Das benommene Gefühl, das sich im Laufe des Besuches verflüchtigt hatte, kehrte zurück und verstärkte sich. Idris ahnte, dass sie eine Art von Zauber ausübte, wie man ihn ihrem Volk nachsagte, aber in diesem Moment war ihm das herzlich gleichgültig.

Sofia Alexejewna nahm seine Hand zwischen ihre Hände und hielt sie fest. Ihre Haut war nicht kühl, wie Idris nach der Erfahrung des ersten Kontaktes bei ihrer Begrüßung erwartet hatte, sondern beinahe fiebrig heiß.

»Erlauben Sie es mir?«, fragte ihre melodische Stimme dicht an seinem Ohr. Er nickte, ohne zu wissen, was er gestattete.

Die Großfürstin hob seine Hand an die Lippen, er spürte die Berührung samtweich und verlockend an seinem Zeigefinger. Dann nahm sie seinen Finger zwischen die Zähne und schloss die Lippen darum. Es war unerhört, es war schockierend, die Wärme, die in ihm aufstieg, ließ seine Glieder erschaudern.

Die Erregung wich einem plötzlichen Schmerz, der nadelspitz und fein durch seinen Finger raste und ihn ins Herz zu treffen schien. Idris keuchte und wollte die Hand zurückziehen, aber die zarten Finger der Großfürstin hielten ihn wie in einem Schraubstock gefangen.

Der feine Schmerz wurde zu einem scharfen Brennen. Idris rang nach Luft. Was tat sie, biss sie ihm den Finger ab?

Ihre Augen lächelten. Er sah die Bewegung ihrer Lippen, dann spürte er, rau wie die eines Kätzchens, ihre Zunge. Das Brennen verging, wurde zu einem dumpfen Pochen. Die Zunge raspelte und rieb, streichelte und liebkoste. Idris' Benommenheit vertiefte sich zu einem Zustand, der zwischen Dämmern und Schlaf changierte.

Er tauchte aus dem Dämmerschlaf auf und fand sich ausgestreckt auf einer Chaiselongue. Es war dunkel im Zimmer, nur das prasselnde Feuer im Kamin gab Licht. In dem tiefen Fauteuil am Kamin saß hingegossen Sofia Alexejewna und beobachtete ihn. Ihre Augen in dem hellen Oval ihres Gesichtes glichen tiefen, schwarzen Löcher.

»Sie sind wach?« Ihre Stimme war das Schnurren einer großen, zufriedenen, satten Katze, die sich träge rekelt, nachdem sie die Maus verspeist hat.

Idris, der es hasste, sich wie eine Maus zu fühlen, richtete sich auf und ordnete seine Kleider. »Was haben Sie mit mir gemacht, Königliche Hoheit?«, fragte er beherrscht, obwohl er sie am liebsten angeschrien und geschüttelt hätte. »Bin ich nun auch einer ihrer Söhne, der vor Gram darüber am liebsten in die Themse springen würde?«

Ihr Lachen, so herzhaft und laut wie das eines Themseschiffers, vertrieb seine Besorgnis, die er hinter den sarkastischen Worten zu verbergen gesucht hatte.

»Sie?«, Sofia Alexejewna schüttelte sich vor Vergnügen, aber ihr Blick war kalt. »Aber, mein Lieber, wofür halten Sie mich? Ich überfalle doch keine arglosen Männer, mache sie betrunken und vergehe mich dann an ihnen. Sie sind mein Gast, Mylord.«

Er senkte beschämt den Kopf. »Ich habe mich ungebührlich verhalten und bitte um Vergebung, Allerdurchlauchtigste Hoheit.«

»Es sei Ihnen verziehen.« Sie streckte ihm großmütig die Hand hin und er küsste sie.

»Nein, Mylord. Ich habe nichts weiter getan, als Sie zu erkennen.« Sofia Alexejewna erhob sich geschmeidig und entzündete eine Petroleumlampe. »Sie sind ein seltenes Exemplar, das konnte ich mir doch nicht entgehen lassen. Ein Changeling, der seine Kinderschuhe überlebt hat! So etwas gibt es nicht.« Ihr Blick kehrte sich nach Innen, wurde grüblerisch. »So etwas gibt es nicht …«, wiederholte sie leise. Ihr Lächeln bekam etwas Verschlagenes, oder war das der Lichtschein der Petroleumlampe, der ihr Gesicht von unten beleuchtete wie eine Theatermaske? Idris war es müde, sich den Kopf zu zerbrechen. Sofia Alexejewna war eine gefährliche, fremdartige und grausame Frau mit Interessen, die den seinen ganz sicher zuwiderliefen. Er war ihr zu weit entgegengekommen und darüber ärgerte er sich nun. Er würde es bedauern, das war ihm mit scharfer Kälte bewusst.

»Ich möchte mich nun verabschieden, Eure Königliche Hoheit«, sagte er steif und stand auf, um sich formvollendet vor ihr zu verbeugen. »Ich habe Ihre kostbare Zeit lange genug in Anspruch genommen.«

»Dummes Zeug«, sagte sie weich. »Kommen Sie vorbei, wann immer Sie möchten, Lord Auden. Ich freue mich über ihre Gesellschaft. Wie überaus bedauerlich, dass ich jemanden mit dem Blut der Sidhe nicht zu meinem Sohn machen kann.« Sie beugte sich vor und küsste ihn rechts und links auf die Wangen. Dann drehte sie sich um und verließ ohne ein weiteres Wort den Salon.

Idris stand einige Atemzüge lang wie vom Donner gerührt. Dann ließ er seinen Blick schweifen und suchte nach Ned Wymont. Er fand ihn in einem der Sessel am Fenster, die Beine weit von sich gestreckt, schlafend.

»Auf mit dir, Wymond«, sagte Idris halblaut und schüttelte den Schlafenden. »Es ist Zeit für uns, zu gehen.«

13

Der Rückweg durch das großfürstliche Palais sollte Idris noch lange in seinen Träumen verfolgen. Er hatte den schwankenden, taumelnden Wymond untergefasst und schleppte ihn mehr durch die Gänge, als dieser selbst die Füße voreinander setzte. Aber das war es nicht, was den Schrecken dieses Rückwegs ausmachte, sondern die Kreaturen, die mit einem Mal die Säle und Flure belebten.

Wobei »beleben« entschieden der falsche Ausdruck war. Idris schauderte, wenn er den Blicken der Wesen begegnen musste, die ihm gleichzeitig tot und von brennendem Feuer erfüllt zu sein schienen. Blasse Gesichter, große, dunkle Augen, Münder wie blutige Wunden, Hände, die Krallen glichen. Die Kreaturen waren in kostbare Gewänder gekleidet, mit Juwelen behängt, ein Hofstaat des Grauens und der Widerwärtigkeit. Der Geruch nach Verwesung und Blut hing über ihnen wie eine Wolke, die beinahe mit Händen zu greifen war. Idris kämpfte gegen den Drang, sich zu erbrechen, und zerrte seinen Freund weiter durch die bedrohlich wirkende Stille, denn keine Stimme erhob sich, nicht einmal ein Flüstern oder ein Lachen war zu vernehmen, nur das Rascheln von Stoff, das Scharren von Füßen. »Aus welchen Gräbern sind diese Schreckgestalten gekrochen?«, raunte er Ned ins Ohr. »Wo waren sie versteckt, als wir hier ankamen?«

Ned, dessen Arm um Idris' Schulter lag, hob den Kopf und sah sich beinahe gleichgültig mit halbgeschlossenen Augen um. »Die waren eben schon hier«, murmelte er und bemühte sich um eine aufrechte Haltung. »Du hast sie nur nicht gesehen. Warst noch nicht autorisiert, sie zu sehen.« Er kicherte und stieß auf.

Idris schauderte. »Was sind das für Kreaturen?«, fragte er, als eine weibliche Gestalt sich ihnen näherte, die nur aus pergamentener Haut, scharfen Knochen und blutroten Augen zu bestehen schien. Er musste an sich halten, sie nicht angeekelt mit dem Fuß von sich zu stoßen. Sie näherte sich auf Armeslänge, starrte ihm ins Gesicht, atmete ihren modrigen Atem in seine Nase und strich dann desinteressiert an ihm vorbei.

Ned Wymond lachte schluchzend. »Darf ich vorstellen?«, sagte er, »meine Brüder und Schwestern.«

Idris wusste, dass er einen großen Fehler beging, aber er konnte nicht an sich halten. Ein Ausruf des Abscheus, ein kurzes Wegzucken von seinem Freund, und das Unglück war geschehen.

Ned Wymond erstarrte. Er ließ Idris los und taumelte von ihm weg. »Geh jetzt lieber«, sagte er heiser. »Es tut mir leid, dass ich dir das hier zugemutet habe. Es ist unverzeihlich. Ich danke dir, aber du brauchst mich nicht mehr …«

Idris ließ seine Hand vorschnellen und packte Neds Arm. »Ich muss dich um Vergebung bitten«, sagte er eindringlich. »Es war ein verwirrender und anstrengender Abend, Wymond. Aber das entschuldigt nicht meine kindische und durch nichts zu rechtfertigende Reaktion.«

Ned Wymond wehrte sich nicht gegen seinen Griff, aber Miene und Körperhaltung waren starr und verletzt. »Ich verstehe dich«, sagte er mit spröder Stimme. »Ich spüre genau diesen Abscheu in jeder Sekunde und mit jedem Atemzug, den ich mache. Ich war ein Feigling und dafür bezahle ich nun.«

»Wymond«, sagte Idris begütigend, »hör auf, dich zu quälen. Du hattest kaum eine andere Wahl, um am Leben zu bleiben.«

Ned verzog die Lippen zu einer Grimasse, die fast ein Lächeln war. »Leben?« Er schüttelte Idris' Hand ab. »Ich lebe nicht mehr, Auden. Ich bin ein wandelnder Toter, dem nur der Mumm fehlt, sich eine Kugel in den Kopf zu jagen. Ich bin immer noch der gleiche Feigling, musst du wissen. Andere Männer in meiner Lage hätten nicht gezögert, das zu tun, was notwendig ist.«

Idris gab ein unmutiges Stöhnen von sich. Die Umgebung, in der sie dies diskutierten, zerrten an seinen Nerven. Rund um sie wandelten diese schreckerregenden Kreaturen, warfen ihnen düstere und gleichgültige Blicke zu, sahen sich gegenseitig tief in die Augen, schienen sich wortlos zu verständigen. Es war wie ein Aufenthalt in der Tiefe des Meeres, wo fremdartige Wesen in einem seltsamen Tanz umeinander glitten, sich mit Tentakeln und Flossen berührten, alles andere ausschlossen.

»Wymond, hör mir zu«, beschwor Idris seinen Freund, der sich schrittweise ins Dunkel zurückzog, sich zu den nächtlichen Schrecken gesellte. »Du warst krank. Du hattest nur die Aussicht auf eine grauenhafte Zeit des Siechtums, der Qualen und des Wahnsinns. Was du getan hast, war mutig. Du hast dich für diesen Weg entschieden, und es wäre wahrhaftig leichter gewesen, dir einfach die Kugel zu geben. Aber du hast dich nicht weggeworfen …«

»Gib dir keine Mühe, Auden.« Neds Stimme verklang in der Dunkelheit, wurde zu einem tonlosen Wispern. »Leb wohl.«

Er war fort, vor einem seiner ältesten Freunde in die Nacht geflohen. Eine eiserne Faust presste Idris' Herz zusammen. Er wollte Ned hinterhereilen, aber wie auf einen unhörbaren Befehl schlossen die Kreaturen der Nacht ihre Reihen und versperrten ihm den Weg. Da war kein Zorn, kein Angriff, keine bedrohliche Geste, nur ein passives, gleichgültiges, stummes Blockieren sämtlicher Wege, die ins Haus zurück führten. Ihm blieb nur eine schmale Gasse, durch die er gehen konnte, und die führte unfehlbar in die Eingangshalle und zur Tür.

Ein Lakai wartete mit seinem Mantel, dem Hut und seinem Stockdegen auf ihn. Idris wandte sich noch einmal um, suchte in dem von flackernden Kerzen erzeugten Zwielicht nach Ned Wymond, aber wie durch einen Zauber war die Halle erneut leer und nur der geduldig wartende Diener erwiderte seinen Blick.

»Guten Abend, Eure Lordschaft«, sagte er mit einer tiefen Verbeugung und öffnete ihm die Tür ins Freie.

»Ich habe Wymond seit drei Tagen nicht gesehen.« Raventhorne zog seinen Hut vor einem älteren Paar, das in Pelzdecken gehüllt die Ausfahrt mit der Kutsche genoss. Es war ein wunderbarer, sonniger Tag, Kälte hing knisternd in der klaren Luft und über dem Hyde Park spannte sich ein kristallblauer, hoher Himmel. In den Zweigen hingen gefrorene Tränen aus Eis und die dünne Schneedecke glitzerte wie Diamantenstaub im Sonnenlicht. Idris kniff die Augen zu schmalen Schlitzen zusammen und zog den Schal höher um sein Gesicht. Er betrachtete die Atemwolken, die aus den Nüstern seines Fuchses stiegen und klopfte geistesabwesend auf dessen Widerrist, ehe er ihm mit einem Schnalzen den Befehl gab, weiterzugehen.

Raventhorne musterte ihn von der Seite. »Das Pferd ist noch nicht geboren, das nicht aufs Zucken deines Gedankens gehorcht«, sagte er amüsiert. »Es hat doch auch Vorteile, ein Changeling zu sein, alter Junge.« Er ruckte an den Zügeln und sein Schimmel setzte sich deutlich widerwilliger in Trab.

Idris hörte nicht zu, er kaute in Gedanken immer noch auf seinem desaströsen Besuch bei Großfürstin Sofia Alexejewna herum. »Ich habe ihn tödlich beleidigt«, sagte er.

Raventhorne zuckte mit den Achseln. »Wymond ist seit einigen Wochen wegen jedem Fliegenbein beleidigt, das ihn touchiert.«

»Du solltest das nicht beiseitewischen«, sagte Idris heftig. »Er lässt sich seit Tagen bei keinem von uns blicken, er ist weder zu Hause noch bei White's anzutreffen, und er war noch nicht einmal in seiner liebsten Spielhölle.«

Raventhorne warf ihm einen scharfen Blick zu. »Du warst sogar im ›Devil's Hole‹, um nach ihm zu suchen?«

Idris nickte und erwiderte geistesabwesend den Gruß eines flüchtig bekannten jungen Baronets und seiner Begleiterin. »Ich war überall. Wymond ist immer noch bei der Großfürstin, vergräbt sich in dieser … dieser Rattenhöhle und pflegt seinen Weltschmerz.« Er verzog den Mund.

»Lass ihn. Irgendwann wird es ihm langweilig, sich im Selbstmitleid zu suhlen, dann taucht er schon wieder auf.« Raventhornes gefühllose Reaktion ernüchterte Idris, der selbst ein wenig Gefahr gelaufen war, in Selbstmitleid und Weltschmerz zu versinken.

Sie ritten schweigend weiter. Die Rotten Row war weniger belebt als es im Sommer der Fall gewesen wäre, aber immer noch belebt genug, dass sie alle paar Meter einen Gruß erwidern oder mit jemandem ein paar höfliche Worte wechseln mussten. Idris bedauerte beinahe, dass er nach dem Frühstück nicht gleich zu Cavanaugh geeilt war, um sich dort mit ihm und Raventhorne zu treffen. Cave hatte ihm am Morgen eine Botschaft geschickt, dass die Untersuchungen des Mordfalls in einer Sackgasse gelandet seien und sie sich deshalb besprechen müssten, und Idris hatte dieses Treffen auf den frühen Abend gelegt, weil er sich von dem Ausritt einen klaren Kopf erhoffte.

»Ist das nicht deine entzückende Schwägerin in spe?« Raventhornes Stimme triefte vor Ironie. Idris warf ihm einen schrägen Blick zu und sah zu dem Cabriolet hin, das ihnen ihm gemächlichen Lauf entgegenrollte. Der Lakai auf dem Bock trug die Farben seines Hauses, also war es wirklich eine der Kutschen seines Bruders, und bei den beiden Damen, die dick eingemummelt darin saßen und plauderten, handelte es sich um Portia Redgrave und ihre Tante Nettie. Idris bemerkte, dass er zu lächeln begann, und griff an seinen Hut, um ihn zu ziehen.

Die Kutsche verlangsamte ihre Fahrt nicht, und als sie an ihnen vorbeirollte, blickten beide Damen starr geradeaus, ohne einen Gruß oder ein Zeichen des Erkennens. Idris saß wie vom

Donner gerührt im Sattel, seinen Hut in der Hand, und blickte der davonrollenden Kutsche hinterher.

»Eiskalt geschnitten«, kommentierte Raventhorne und tippte ihm tröstend mit der Gerte aufs Bein. »Setz deinen Hut wieder auf, Auden, ehe dir die Ohren abfrieren. Komm, wir trinken bei White's einen kräftigen Punsch und dann fallen wir Cavanaugh auf die Nerven.«

Sie ritten zügig zum Ausgang des Parks und wurden nur noch einmal kurz aufgehalten, als Lady Falconer, wie immer in Begleitung des ungeschlachten Italieners, der im Sattel seines ebenso grobknochigen Wallachs eine denkbar ungünstige Figur abgab. Die Lady hingegen saß im Sattel wie eine Amazone. Sie trug ein hinreißend geschnittenes, graugrünes Reitkostüm mit Pelzbesatz und einen kleinen, frechen Hut und winkte Idris schon von weitem zu.

»Lord Auden, wie reizend«, sagte sie und reichte ihm mit einem schmelzenden Augenaufschlag die Hand. »Wir haben uns ja ewig nicht mehr gesehen.« Sie nickte dem Viscount Raventhorne merklich kühler zu und wandte sich dann wieder an Idris: »Sehe ich Sie auf der Gesellschaft, die der Duke of York gibt?«

Idris erwiderte den sanften Druck der behandschuhten Finger und nickte ein wenig zweifelnd. »Ich glaube, ich habe eine Einladung bekommen.«

»Aber Sie wollten der Gesellschaft fernbleiben, Sie böser Junge.« Ihre grauen Augen waren alles andere als winterlich kühl, schimmerndes Gold schien sich darin zu spiegeln, und ihre Lippen waren so rosig wie der Sonnenaufgang im März. Idris spürte eine angenehme Wärme, die ihn vom Kopf bis zu den Zehen durchrieselte.

»Ich überdenke meine Entscheidung gerade«, erwiderte er übermütig. »Viellicht gefiele mir die Gesellschaft des Dukes und seiner Freunde ja ausnahmsweise einmal richtig gut.«

Isobel Falconer lächelte mit den Augen, während ihr Mund sich zu einer erstaunten Schnute formte. »Man schneidet Sie?«, fragte sie leise.

»In der Regel ja«, erwiderte er ebenso gedämpft. »Allein das Interesse des Prinzregenten an einer Kuriosität, wie ich sie darstelle, und der zu erwartende Titel, den mein Vater mir vererben wird, verhindern, dass man mich nicht mehr einlädt. Aber es geschieht mit sehr, sehr langen Zähnen.« Er grinste schief.

Lady Falconer schüttelte empört den Kopf. »Dummes, aufgeblasenes Volk«, rief sie aus. »Wir zeigen es ihnen, Lord Auden.«

»An Ihrer Seite werde ich es genießen, Lady Falconer.« Er beugte sich abschiednehmend noch einmal über ihre Hand und nickte dem Dottore höflich zu, der mit gleichmütiger Miene wie ein Fels neben seiner Begleiterin aufragte.

Raventhorne hatte ein Stück voraus auf ihn gewartet, und sagte zu ihm, während sie ihren Weg fortsetzten: »Deine neueste Eroberung? Ich gratuliere, alter Junge. Die Lady ist eine Augenweide.«

»Das von dir? Ich bin beeindruckt.« Idris verkniff sich ein breites Grinsen.

Raventhorne stieß ein trockenes Lachen aus. »Nur, weil ich selbst nichts von all diesem Geturtel und Geseufze halte, heißt das noch lange nicht, dass ich Qualität erkenne, wenn ich sie sehe. Lady Falconer hat Klasse, auch wenn sie für ein angesehenes Mitglied des *ton* ein wenig zu lockere Ansichten über Moral und gutes Benehmen haben dürfte. Was sie in meinen Augen eher auf- als abwertet. Zumindest wird sie nicht versuchen, dich in eine Ehefalle zu locken.«

»Danke«, sagte Idris, beinahe ein wenig gerührt. »Du gönnst sie mir also?«

»Von Herzen, alter Junge.«

Den restlichen Weg setzten sie in einvernehmlichem Schweigen zurück.

Lucien Cavanaugh war zu Idris' Erstaunen in ein Gespräch mit Lyall MacGillivray vertieft. Die Freunde pflegten darüber zu witzeln, dass es ungefähr so einfach war, sich mit dem Earl zu unterhalten, wie eine entspannte Konversation mit einem schlecht gelaunten Igel zu führen. Aber hier saß das Gegenbeispiel: Ein junger Wolf, eine Tasse Tee in der Hand und die Beine zum Kaminfeuer ausgestreckt, plauderte mit Lucien, dem verrückten Earl of Cavanaugh, als befände er sich auf einem Besuch bei seiner Lieblingstante.

»Ho«, sagte Raventhorne verblüfft. »Ich wünsche allerseits einen angenehmen Abend.«

»Schwing keine Reden, setz dich hin«, schnappte Cavanaugh, ohne ihm und Idris einen Blick zu schenken. Dann führte er das unterbrochene Gespräch fort.

MacGillivray blickte auf und nickte ihnen entschuldigend zu, was Idris mit einem Lächeln und einer wedelnden Handbewegung beantwortete. Er ging zum Tisch und schenkte sich Tee ein, sah Raventhorne fragend an und ließ sich dann mit einem Seufzer in einen der bequemen Sessel am Kamin sinken.

»Bedient euch selbst«, sagte Cavanaugh. »Brandy steht auf dem Tisch.«

»Danke«, sagte Idris und grinste in seine Tasse.

Er lauschte mit halbem Ohr der Unterhaltung. Es ging offenbar um Methoden, Fußspuren abzunehmen und miteinander zu vergleichen. Ein Thema, das dazu führte, dass er in einen leichten Dämmerzustand sank.

Raventhorne blätterte in einer Zeitung, die Uhr auf dem Kaminsims tickte, es war warm und behaglich.

Seine Gedanken wanderten verschlungene Pfade, verweilten kurz auf Miss Portia Redgrave und ihrem unfreundlichen Verhalten und fanden sich schließlich wieder im Palais der Großfürstin. Er hatte nur über Ned Wymond nachgedacht und dabei vollkommen vernachlässigt, was Sofia Alexejewna mit ihm angestellt hatte. »Warum ich?«, sprach er unwillkürlich laut aus.

Raventhorne ließ die Zeitung sinken und nippte an seinem Brandy. »Warum du – was?«

Idris beugte sich vor und stützte die Ellbogen auf die Knie. »Warum hat Sofia Alexejewna mich zu sich bestellt? Sie hätte doch genausogut nach dir verlangen können oder nach Cave.«

Raventhorne hob eine Braue. Das dämmrige Licht ließ die Augenklappe in seinem Gesicht wie ein dunkles Loch in der hellen Haut erscheinen, und sein rotes Haar schimmerte kupfern im Licht des Kaminfeuers.

»Warum sie ausgerechnet dich einbestellt hat?« Er schüttelte lächelnd den Kopf. »Du wirst in absehbarer Frist einen Herzogtitel erben. Damit bist du einer der mächtigsten und reichsten Männer des Landes, Auden. Da fragst du, warum die Großfürstin versucht, dich beizeiten auf ihre Seite zu ziehen?«

Idris nickte unbehaglich. Immer, wenn die Sprache auf seinen Vater und dessen baldiges Ableben kam, spürte er einen Druck, der sein Inneres beinahe zum Bersten brachte. Er musste nach Hause und sich mit dem Duke versöhnen, ehe es zu spät war und er es bis an sein Lebensende bereuen würde. In der nächsten Woche. Nein, wenn der Frühling anbrach. Das Reisen war angenehmer, wenn es nicht mehr so eisig kalt war.

Er suchte schon wieder nach Ausreden, warum er nicht nach Kent reisen wollte …

»Außerdem bist du ein Changeling«, fuhr Raventhorne fort. Er pflegte selten Rücksicht auf das Unbehagen zu nehmen, das Idris bei der Erwähnung seiner dubiosen Herkunft empfand. »Sie wird es als einen Punkt sehen, der für eine Allianz mit ihr spricht.«

»Gut überlegt«, murmelte Idris und räusperte sich rau. »Wechseln wir das Thema, Raven.«

Der Viscount schnaubte amüsiert, und Idris sah ihm an, dass er einen zynischen Kommentar abliefern wollte, aber in dem Moment stand Lyall MacGillivray auf und streckte sich, und Cavanaugh rief über die Schulter: »Ich möchte eine Tasse Tee.«

Raventhornes Mundwinkel zuckten, aber er beugte sich vor, schenkte eine Tasse Tee ein und stand auf, um sie Cavanaugh zu bringen. Der nahm sie wortlos entgegen und las weiter in seinen Notizen.

Idris bemerkte MacGillivrays fassungslosen Blick und murmelte: »Sie sollten sich doch langsam an unseren Caveman gewöhnt haben, Lyall. Er meint es nicht böse und es mangelt ihm auch nicht an Erziehung und guten Manieren. Er hält all das nur für Zeitverschwendung, wenn es etwas zu bedenken gibt.«

»Und es gibt immer etwas zu bedenken«, fügte Raventhorne ironisch hinzu. Er legte dem Schotten eine Hand auf die Schulter und fragte: »Was habt ihr also herausgefunden?«

MacGillivray verzog die Lippen und wich Idris' Blick aus. »Es tut mir leid, Mylord«, sagte er gedämpft, »aber die Sache steht nicht sonderlich gut. Alle Indizien und Spuren deuten darauf hin …«

»Du warst es, Auden«, fiel ihm Cavanaugh ins Wort. »Es ist kein anderer Schluss möglich. Du hast deine Mätresse erwürgt.«

Idris lachte auf. »Guter Witz«, sagte er und grinste MacGillivray an, aber der junge Schotte erwiderte das Lachen nicht. Idris starrte ihn sprachlos an.

»Ihr macht euch über uns lustig, oder?«, fragte Raventhorne ruhig. »Keiner von euch hegt den abstrusen Gedanken, dass Auden seine Geliebte ermordet haben könnte.«

Beredtes Schweigen ließ das Ticken der Uhr und das Knacken des Holzscheits im Kamin so laut erscheinen wie Schlachtenlärm.

»Gut«, sagte Raventhorne entschlossen und zog einen Stuhl an Cavanaughs Tisch. »Erklärt es uns. Auden, steh nicht da wie Lots Weib, setz dich her.«

Idris schüttelte die Verblüffung ab, die ihn an den Platz gebannt hatte, und tat es Raventhorne gleich. »Warum?«, fragte er.

Cavanaugh strich mit einer ungeduldigen Geste das lockige Haar aus seiner Stirn und breitete einige Bögen Papier, eng beschrieben, auf dem Tisch aus. »Sir John und MacGillivray haben die Bediensteten verhört. Zwei Konstabler haben die unmittelbaren Nachbarn befragt, wobei MacGillivray jeweils anwesend war und mitgeschrieben hat. Diese Protokolle habe ich zur Auswertung bekommen, meine daraus entstandenen Fragen wurden weitergeleitet und die Antworten darauf …«

»Cave, schaffst du es, dich kurz zu fassen?«, fragte Raventhorne mit mühsam gezügelter Ungeduld.

Der Earl rümpfte die Nase und fuhr fort, als hätte es keine Unterbrechung gegeben: »Derweil habe ich den Tatort einer genauen Untersuchung unterworfen und alles, was mir auffällig erschien, entweder notiert oder an dem Platz, an dem ich es aufgefunden hatte, mit einer Markierung versehen, auf die ich Ort und Zeitpunkt …«

»Cavanaugh!« Raventhornes Ausruf ließ den Earl zusammenzucken und verstummen. Er richtete einen vorwurfsvollen Blick auf das Kinn des Viscounts.

»Du musst nicht so brüllen«, sagte er pikiert. »Ich bin nicht taub. Bisher jedenfalls nicht.« Er rieb sich heftig das Ohr, fuhr mit der Hand in sein Haar, zerwühlte es, und begann dann, seine Finger in die Wange zu graben, als wollte er ein Loch in die Haut bohren.

Lucien Cavanaugh war außerordentlich aufgewühlt, beinahe verstört. Das war beunruhigend, denn normalerweise brachte den Earl nichts aus seinem Gleichmut. Idris beugte sich vor und brachte Cavanaugh dazu, ihn auf seine ausweichende Art anzusehen. »Cave«, sagte er leise und begütigend, »alles ist gut. Du tust mir nichts Böses, du machst nur deine Arbeit, worum wir alle dich gebeten haben, und die machst du gut. Ich möchte nicht, dass ein anderer diese Untersuchungen und Überlegungen anstellt, denn bei dir bin ich sicher, dass du alles bemerkst und durchdenkst und zu den richtigen Schlüssen kommst. Ich vertraue dir, alter Freund. Ich vertraue dir bis ins Grab.«

Die zuckende Hand des Earls sank schlaff in seinen Schoß, und er stieß einen bebenden Seufzer aus. »Auden«, sagte er, »Auden, es deutet alles darauf hin, dass du sie getötet haben musst. Die Aussage des Butlers, die der Zofe, zwei Nachbarn, die dich das Haus haben betreten sehen, die Spuren am Tatort …« Er schob die Notizen auf der Tischplatte herum und legte seine Hand darauf, als wollte er sie vor einem Sturmwind schützen.

»Würdest du MacGillivray erlauben, eure Ergebnisse zusammenzufassen?«, fragte Idris sanft. »Du solltest deinen Tee trinken, du klingst heiser.«

Er schob seine steigende Unruhe beiseite, ignorierte Raventhornes irritierten Blick und sah den jungen Schotten an. »Fassen Sie zusammen, was Sie haben, Lyall«, sagte er schroff. »Ich will wissen, was auf mich zukommt.«

MacGillivray zögerte und warf Cavanaugh einen fragenden Blick zu. »Mylord …«

»Herrje, ich war es nicht«, fuhr Idris auf. »Aber selbst wenn ich es gewesen sein sollte, was würde es mir nützen, Ihre Erkenntnisse zu erfahren?«

»Sie könnten sich herauszuwinden versuchen«, entgegnete MacGillivray und erwiderte freimütig Idris' Blick. »Sie sind ein gefährlicher Mann, Lord Auden, und ein einflussreiches Mitglied des Hochadels. Wenn Sie befehlen, dass die Mordsache unter den Teppich gekehrt wird …«

»Die Mehrzahl der Peers dieses Reiches wären froh und glücklich, mich verurteilt und gehängt zu sehen«, sagte Idris müde. »Allen vorweg mein eigener Bruder. Also – reden Sie, Mann.«

MacGillivray nickte knapp und referierte. Alles war, wie Cavanaugh bereits ausführlich geschildert hatte: Spurenauswertung und Vernehmungsprotokolle wiesen auf keinen fremden Besuch in Olympias Haus hin. Vier Zeugen hatten Idris das Haus betreten sehen, zwei davon – der Butler und die Zofe – hatten ihn aus nächster Nähe gesehen und einige Worte mit ihm gewechselt.

»Halt«, sagte Idris. »Als ich ankam, war keiner der Bediensteten mehr dort, das Haus war verlassen.«

»Die Aussagen lauten, Lord Auden habe alle für die Nacht fortgeschickt. Die Zofe sagte, er habe noch mit ihr gescherzt, dass sie ihren Liebsten überraschen könne, und er habe sie damit überrascht, dass er sogar den Namen des jungen Mannes gewusst habe.«

»Nicht, dass ich den kennen würde«, murmelte Idris. »Ich wusste nicht einmal, dass Marie überhaupt einen Liebsten hat.«

Der Schotte warf ihm einen scharfen Blick zu.

Cavanaugh beugte sich vor und fragte: »War es ungewöhnlich, die Bediensteten fortzuschicken oder hast du das öfter so gehandhabt?«

»Nie«, sagte Idris. »Olympia pflegte immer noch etwas aus der Küche zu bestellen, sie brauchte ihre Zofe, um sie für die Nacht zurechtzumachen und der Butler hat mich hinausgelassen und hinter mir abgeschlossen, wenn ich ging.« Er bemerkte Raventhornes Blick und setzte hinzu: »Nein, Raven, ich pflegte dort nicht zu übernachten. Sowohl Olympia als auch ich schlafen besser, wenn wir allein im Bett liegen.«

Cavanaugh lehnte sich zurück, legte den Kopf an die Stuhllehne und starrte zur Decke. »Das passt alles nicht zusammen«, sagte er. »Spuren und die Aussagen deuten allesamt auf dich. Aber du kannst dich schlecht selbst niedergeschlagen haben, zumindest sagt Raventhorne, dass das sehr unwahrscheinlich wäre.«

Idris warf dem Viscount einen erstaunten Blick zu, den Raventhorne mit einem Achselzucken beantwortete. »Er hat mich gefragt, ich habe geantwortet.«

Cavanaugh fuhr fort, als hätte es keine Unterbrechung gegeben: »Dann die Kordel, mit der das Opfer erwürgt worden ist. Es steht fest, dass deine Krawatte nicht die Tatwaffe gewesen sein kann, Auden. Die Würgemale hätten eine vollkommen andere Form gehabt, ich habe es ausprobiert.«

Idris vergaß die Teetasse in seiner Hand, die sich bedenklich zur Seite neigte und mit dem kalten Teerest seine Hose durchnässte. Raventhorne starrte Cavanaugh fasziniert an. »Du hast es probiert?«, fragte er, als traute er seinen Ohren nicht.

»Ja, an MacGillivray.«

Der Schotte grinste verlegen. »Ich habe mich freiwillig zur Verfügung gestellt«, explizierte er. »Sie wissen, dass man einen Mannwolf nicht erwürgen kann.«

»Das nenne ich Hingabe an seine Aufgabe«, murmelte Raventhorne und kippte seinen Brandy.

»Warum solltest du also die richtige Mordwaffe verschwinden lassen und statt dessen das dich belastende Halstuch um den Hals des Opfers knoten?«, fuhr Cavanaugh unbeirrt fort. »Und darüber hinaus: Warum hättest du Sir John dann dennoch auf die verschwundene Kordel hinweisen sollen? Das ist unlogisch.«

»Um Verwirrung zu stiften und von seiner Person abzulenken?« Raventhorne dachte laut.

Cavanaugh achtete nicht auf den Zwischenruf. »Die Verwüstung im Haus und die Spuren an der Leiche zeigen, dass der Mord nicht leicht und ohne Gegenwehr passiert sein kann. Also hat das Opfer etwas bemerkt, bevor die Kordel sich um ihren Hals legte. Auch das ist unlogisch. Auden hätte sich zu ihr ins Bett legen, sie wie gewohnt beschlafen und dann in aller Seelenruhe erwürgen können.«

»Cave, bitte«, sagte Idris unangenehm berührt.

»Sicher wollte er den Eindruck erwecken, dass ein Fremder eingedrungen ist und sie erwürgt hat«, gab Raventhorne zu bedenken.

»Auch das entspräche nicht den vorgefundenen Gegebenheiten. Die fortgeschickten Domestiken, der Ort des Mordes – das Schlafzimmer – die angebliche Mordwaffe … das deutet doch alles eher auf einen Mord im Affekt hin. Ein Streit unter Liebenden, ein Eifersuchtsdrama, aber keine geplante Angelegenheit. Dazu wiederum passt die Verwüstung des Salons und des Schlafzimmers. Der Streit begann im Salon, setzte sich fort nach oben und fand dort seinen tödlichen Ausgang.«

Idris vergrub das Gesicht in den Händen. Cavanaughs gefühllose, nüchterne Aufzählung rief ihm mit Macht wieder die Bilder jener Nacht in Erinnerung. Ein Zittern lief durch seinen Körper.

Währenddessen redete Cavanaugh unbeirrt weiter: »Der Kampf im Salon ist es, der mir Kopfzerbrechen bereitet. Ich glaube, dass der Mörder sich ihr genähert hat, einige Worte mit ihr wechselte und dann, aus irgendeinem Grund, hat sie Angst bekommen und wollte fliehen. Darauf deutet die Spur der umgestürzten Möbelstücke hin. Ein kleiner Teetisch, der zwischen dem Sessel am Kamin und der Tür stand, ist umgestürzt, desgleichen ein Stuhl, und der Fußhocker, der zu dem Sessel am Kamin gehörte, war wie durch einen Fußtritt umgefallen und ein Stück durch den Raum geschleudert worden.«

Idris rief gepresst: »Hör auf, Cave!«

»Lassen Sie ihn weiterreden, Mylord«, bat MacGillivray.

Idris nickte stumm.

Cavanaugh hatte den kleinen Wortwechsel abgewartet, wie er immer wartete, wenn jemand ihm ins Wort fiel. Er schien dann den Atem anzuhalten und wartete darauf, dass er genau dort weitermachen konnte, wo er unterbrochen worden war.

»Sie hat es zur Tür geschafft, ohne dass der Mörder sie aufhalten konnte«, setzte er fort. »Aber an der Treppe hat er sie dann eingeholt und konnte sie festhalten. Ich habe Spuren am Treppengeländer gefunden, sie muss sich dort festgeklammert haben. Wahrscheinlich hat sie ihn gebissen oder empfindlich getreten, denn sie konnte sich losreißen und in ihr Schlafzimmer retten.«

»Oh mein Gott«, flüsterte Idris.

»Er hat die Tür gewaltsam geöffnet, das war deutlich zu erkennen. Sie saß in der Falle, hat wahrscheinlich noch versucht, das Fenster zu öffnen. Die heruntergerissenen Vorhänge …«

Idris hielt es nicht mehr aus. Er stand auf und verließ das Zimmer. Er hörte die Stimmen drinnen, die diskutierten, abwogen, in Frage stellten, widersprachen, zu bedenken gaben …

Idris ließ sich seinen Mantel geben und flüchtete aus dem Haus. Während er durch die eisige Nacht stapfte, zu aufgewühlt, um seine Kutsche zu bemühen, dachte er an Olympia. Er hatte sie nicht geliebt, aber er hatte sie geschätzt. Sie hatte ihm viel Freude gebracht, mit ihrem unbeschwerten Wesen, der Freude an seinen Geschenken und an allem, was schön und glanzvoll war, ihrer Liebe zu einem Leben, das ohne Sorgen und Nöte verlief. Man hätte sie oberflächlich schimpfen können, aber gerade diese Leichtlebigkeit, dieser unbedingte Wille, sich und das Leben zu genießen, hatte einen großen Teil ihrer nicht unbeträchtlichen Reize ausgemacht. Und nun war sie tot, die Lebensfreude mit ihr erstickt, der Glanz zerstört. Und warum war das geschehen? Warum hatte sie sterben müssen? Es sollte ihn treffen, ihn schwächen, ihn kompromittieren. Ihn traf die Schuld an ihrem Tod, so eindeutig, als hätte er wirklich seine Hände um ihren Hals gelegt und sie erwürgt.

Ein blasser Schemen huschte an ihm vorbei, Füße wisperten über den Schnee, Augen reflektierten grünlich und kalt das schwache Licht der Sterne, eine Zunge hechelte Atemwolken in die Luft. Idris blieb stehen, sah sich um. Er war einfach losgelaufen, ohne darauf zu achten, wohin er ging. Bäume umstanden den engen Pfad, ein weißer Wolf versperrte seinen Weg.

Idris stieß ein unterdrücktes Stöhnen aus. »MacGillivray«, sagte er, »was tun wir hier?«

Der Wolf schüttelte sich in seine menschliche Gestalt und stand nackt vor ihm. »Sir«, sagte der Schotte so ungerührt, als träfen sie sich auf einem Ball, »wir sollten zu den anderen zurückgehen. Ich glaube, Lord Cavanaugh hat eine Idee, wie wir die Bow Street-Beamten von Ihnen ablenken können.«

Idris hob alarmiert den Kopf. »Warum sind wir hier?«, wiederholte er, ohne auf MacGillivrays Worte einzugehen. »Ich kann das Anderland nicht ohne Einladung betreten. Jemand muss mich gerufen haben.«

Der junge Schotte lachte. »Mein Volk und das der Hügel sind nicht gerade das, was man Freunde nennt, Sir, aber ich bin in der Lage, zu erkennen, wer ein Sidhe ist und wer nicht. Sie, Sir, gehören unzweifelhaft zum Hügelvolk.«

»Ich bin kein …« Idris verstummte und schüttelte den Kopf. »Ich weiß nicht, was ich bin«, sagte er unwirsch. »Kein richtiger Mensch, aber auch kein richtiger Sidhe. Es wäre das erste Mal, dass ich aus eigener Kraft die Grenze überschritten hätte.«

»Wie Sie meinen, Sir. Gehen wir zurück?« Der unerschütterliche junge Wolf fletschte die Zähne zu einem gefährlich aussehenden Lächeln und fiel auf seine vier Pfoten zurück. Er gab Idris einen festen Stoß mit dem Kopf gegen die Hüfte, dann lief er leichtfüßig den Weg zurück, den sie gekommen waren.

Idris sah sich noch einmal verwirrt um, aber wirklich wartete hier niemand auf ihn, und folgte MacGillivray kopfschüttelnd.

14

Sie hatten noch bis in den frühen Morgen zusammengesessen, geraucht, getrunken und geredet, bis die Luft dick war von Zigarrenqualm und dem Geruch nach Brandy und ihre Kehlen rau vom Diskutieren und Planen, Überlegen und Verwerfen von Überlegungen.

Natürlich hatte am Ende, wie fast immer, Cavanaugh Recht behalten. Sein Gedanke, Sir John auf eine falsche Fährte zu locken und in der Zwischenzeit Indizien und Spuren einer zweiten, eingehenden Prüfung zu unterziehen, die Zeugen erneut zu befragen und alles mögliche zu tun, um Idris zu entlasten, schien der praktikabelste aller Wege, vor allem in Anbetracht dessen, dass sie wahrhaftig Wichtigeres zu tun hatten.

Idris hatte vorgeschlagen, Lord Sidmouth einzuschalten, aber er war überstimmt worden. Es war zu fraglich, ob Sidmouth ihn nicht der Einfachheit halber opfern würde, sicherlich mit Bedauern, aber ohne Skrupel.

Also stimmte er notgedrungen Cavanaughs Plan zu, ein anderes Wild in das Visier der Bow Street-Beamten zu scheuchen.

»Wen könnten wir präsentieren, der nicht vollkommen absurd ist?«, fragte Raventhorne, der hingelümmelt in seinem Sessel lehnte und dessen Augen rotgerändert waren vor Müdigkeit.

»Er müsste Auden so weit ähnlich sehen, dass er auf den ersten Blick das Hauspersonal und für einige Momente auch seine Mätresse täuschen kann.« Cavanaugh fixierte Idris' Stirn. »Das ist letztlich wahrscheinlich auch derjenige, der tatsächlich als Tatverdächtiger in Frage käme. Also ist es nur teilweise ein Ablenkungsmanöver.«

Idris beugte sich vor und biss auf seinen Daumenknöchel. »Mein Bruder«, sagte er erstickt. Dieser Gedanke quälte ihn schon die ganze Zeit. Er hatte sich schlaflos im Bett gewälzt und darüber nachgegrübelt, wer ihm dort aufgelauert hatte, nachdem er Olympia …

»Dein Bruder?« Raventhorne hob die Braue. »Er sieht dir nicht sonderlich ähnlich, finde ich.«

»Wenn er das Haar anders kämmt und sich weniger dezent kleidet, sieht er mir zum Verwechseln ähnlich«, sagte Idris widerstrebend. »Wir haben früher oft darüber Witze gemacht, wie sehr sich die Männer unserer Familie gleichen, während die Frauen so ganz anders aussehen. Meine Schwester zum Beispiel …« Er biss sich auf die Zunge, aber es war zu spät.

»Du hast eine Schwester?« Raventhorne richtete sich steil auf und sah ihn fassungslos an. »Wir kennen uns, seit wir Jungen waren. Du hast nie eine Schwester erwähnt. Ich habe sie auch nie gesehen, wenn ich bei euch zu Gast war.«

Idris verfluchte die Müdigkeit, die ihn Dinge sagen ließ, der er bereuen musste. »Ja«, sagte er knapp. »Ich habe eine Schwester, sie ist sechs Jahre jünger als ich. Elinor.« Er sah weder Raventhorne noch Cavanaugh an, sondern starrte ins Kaminfeuer. »Sie hat die meiste Zeit bei unserer Tante gelebt, deshalb kennt ihr sie nicht.«

»Er hat eine Schwester«, teilte Raventhorne im Ton äußerster Verblüffung dem Earl of Cavanaugh mit. »Eine Elinor, die niemand außer ihm kennt!«

»Sie wurde nie eingeführt«, murmelte Idris. »Sie kümmert sich um meinen Vater.«

»Was ist mit ihr, ist sie …«

»Ich möchte nicht über Elinor reden«, fuhr Idris auf.

Eine Weile herrschte unbehagliches Schweigen, dann sagte Cavanaugh: »Also, dein Bruder. Er ist etwas kleiner als du, sieht schmächtiger aus, aber du hast recht, in der richtigen Kleidung, mit dem entsprechenden Auftreten und wenn man eigentlich dich erwartet, dürfte er für einige Augenblicke als du durchgehen.« Er nickte und notierte sich etwas. Er blickte auf. »Was denkst du, könnte er ein Motiv haben, dir ein solches Verbrechen anzuhängen?«

Idris biss die Zähne zusammen. Er beugte sich vor, griff nach der Brandyflasche, schenkte ein Glas voll und stürzte es hinunter. Das Brennen des Alkohols die Kehle hinunter, die glühende, dann wohlige Wärme, die sich in seinem Magen ausbreitete und der sanfte Nebel, mit dem der Alkohol seine tobenden Nerven zudeckte, halfen ihm dabei, diese Frage zu beantworten. »Ja«, sagte er rau. »Ich glaube, dass Corin mich hasst und sich nichts mehr wünscht als meine Vernichtung.«

»Oh, Auden!«, rief Raventhorne unangenehm berührt aus. »Du bist betrunken und sagst Dinge, die du nicht meinst.«

»Ich meine es so und exakt so«, bekräftigte Idris und schenkte sich nach.

»Ich kenne Corin, er bewundert dich …«

»Er hat mich bewundert, als er ein Kind war.« Idris brachte Raventhorne mit einer barschen Handbewegung zum Schweigen. »Es gibt nichts zu beschönigen, Raven. Lass uns nüchtern über alles nachdenken, ich bitte dich.«

»Nüchtern!«, brummte der Viscount und fuhr mit dem Finger unter seine Augenklappe. Er rieb sich das Auge und gähnte. Er schien wirklich erschüttert zu sein, was ihm nicht im Mindesten ähnlich sah. »Gut, dann erzähle mir weiter unfassbare Dinge über die Familie Hathaway, von der ich bisher nichts wusste. Versteckst du eine wahnsinnige Ehefrau im Turm oder existiert ein weiterer Bruder, von dem wir nichts wissen?«

Cavanaugh ignorierte Raventhornes Ausbruch und fragte Idris: »Wer könnte außer Corin noch in Frage kommen? Je mehr Kandidaten wir Sir John präsentieren, desto besser.«

»Mein Bruder«, sagte Idris und drehte das Glas in den Händen.

»Ja, das sagtest du bereits«, fauchte Raventhorne. MacGillivray, der schweigend neben ihm saß, warf ihm einen befremdeten Blick zu, den der Viscount ignorierte. Er starrte Idris aufgebracht an.

»Mein Bruder Idwal«, präzisierte Idris, ohne ihn zu beachten. »Seine Ähnlichkeit mit mir ist frappie…«

»Dein Bruder Idwal? Er ist tot, Dummkopf.« Raventhorne sprang auf und tigerte durch das Zimmer.

»Er ist nicht tot, Raven. Idwal erfreut sich bester Gesundheit.«

Raventhorne blieb wie angewurzelt stehen. »Wir reden über den vom Schönen Volk geraubten Bruder, für den du jetzt zwischen uns wandelst und uns die letzten Nerven kostest«, sagte er mit mühsam gezügelter Wut. »Er ist tot.«

Idris seufzte. »Er wurde für tot erklärt. Nach englischem Recht gilt jeder, der länger als fünf Jahre von den Sidhe gefangen gehalten wird, oder sich freiwillig länger als drei Jahre bei ihnen aufhält, als tot. Aber du darfst mir glauben, dass er lebt, ich habe vor ein paar Tagen noch mit ihm gesprochen.«

»Mein Gott«, rief Raventhorne aus und sank wieder in seinen Sessel. »Gütiger Gott!«

»Weiter?« Cavanaugh ignorierte wie immer alle Temperaments- und Gefühlsausbrüche um sich herum. »Idwal, Corin … noch jemand?«

»Wenn wir dabei sind, haltlose Beschuldigungen gegen meine Verwandtschaft auszusprechen: Oliver Hathaway.«

»Dein widerlicher Cousin.« Raventhornes Miene hellte sich auf.

»Ebenjener.« Idris runzelte die Stirn. »Ich habe ihn an dem fraglichen Abend bei Prinny getroffen. Er war in Gesellschaft. Ich denke nicht, dass Sir John sich von ihm lange ablenken lassen würde.«

Cavanaugh sah jäh auf. Interesse blitzte in seinen strahlendblauen Augen. »Er war dort? Habt ihr miteinander geredet?«

»Kurz. Wir haben uns wie üblich ein paar Beleidigungen an den Kopf geworfen, dann bin ich gegangen.« Idris legte die Hände aneinander. »Er ist zu beschränkt, um solche einen perfiden Plan auszuhecken. Außerdem hat er keinen Grund. Er ist weder der nächste Erbe, das wäre Corin, noch hätte er sonst irgendeinen Vorteil davon, wenn ich gehängt würde.«

Cavanaugh biss sich nachdenklich auf die Lippe. »Hm«, machte er. »Er gehört zum Stab des Außenministers, richtig?«

»Ja. Irgendein untergeordneter diplomatischer Posten.« Idris zuckte desinteressiert die Schultern. »Deshalb habe ich ihn auch länger nicht gesehen, er war mit Castlereagh in Wien.«

»Er hätte also keine Veranlassung, außer, dass ihr euch nicht leiden könnt.«

»So ist es.« Idris rieb sich müde die Augen. »Seid mir nicht gram. Ich weiß, dass ihr das alles hier für mich tut und euch allein meinetwegen die Nacht um die Ohren geschlagen habt – aber ich bin so erschöpft, dass ich es kaum noch schaffe, die Augen offen zu halten.« Er stand auf und hielt sich einen Moment an der Sessellehne fest. »Und ja, Raven, ich gebe es gerne zu: Ich bin betrunken. Und deshalb empfehle ich mich jetzt. Schlaft wohl.«

Als er erwachte, war später Mittag und sein Kopf dröhnte wie das Innere einer Pauke. Er tunkte ihn in eiskaltes Wasser und zwang dann ein herzhaftes Frühstück hinunter, obwohl sein Magen rebellierte und seine Eingeweide heftig rumorten. Er las die Zeitung und trödelte im Morgenrock im Haus herum, saß eine Weile im Salon und starrte auf die Wand, dann rief er seinen Kammerdiener und ließ sich angemessene Kleidung für einen informellen Besuch herauslegen. Bei allem, was ihm durch den Kopf ging, war der kleine Stachel, dass Corin ganz offensichtlich Portia gezwungen hatte, ihn zu schneiden, ein marginales Ärgernis, das dennoch den Krug zum Überlaufen brachte. Er gedachte nicht, seinen Bruder damit ohne ein weiteres Wort davonkommen zu lassen.

Der Butler führte ihn in den kleinen Salon mit dem Blick auf den Garten. Idris blieb am Fenster stehen und sah hinaus. Es war ein seltsames Gefühl, in einem Haus, in dem er einen Teil seines Lebens verbracht hatte, nur zu Besuch zu weilen. Er kannte jeden Baum in dem kleinen Garten, beinahe jeden Strauch, er wusste, welcher Blick sich bot, wenn man den gewundenen Weg an der hohen Hecke vorbeiging, er konnte beinahe riechen, wie der Garten im Sommer duftete …

»Lord Auden«, sagte eine zitternde Stimme hinter ihm. »Welch ein unverhofftes … welch ein unerwarteter Besuch!«

Idris drehte sich gemächlich um und musterte Mrs Dormer mit einem seiner undurchdringlichsten Blicke.

»Mrs Dormer«, sagte er kühl. »Würden Sie mich Ihrer Nichte melden?«

Tante Nettie rang die Hände. »Lord Auden«, stammelte sie, »ich fürchte, nun, ich glaube, leider, aber Miss Redgrave ist ausgegangen.« Sie wurde tatsächlich ein wenig rot.

Idris sah sie schweigend an, bis ihre faltigen Wangen leicht zu beben begannen und sie ihre Augen abwenden musste. Er bekam Mitleid mit der alten Frau, die sich zwischen zwei Mühlsteinen gefangen fühlen musste.

»Danke, Mrs Dormer«, sagte er etwas freundlicher. »Wäre mein Bruder zu sprechen?«

Sie riss die Augen auf und schüttelte beinahe panisch den Kopf. »Seine Lordschaft ist mit Miss Portia … er ist ebenfalls nicht im Hause.«

Idris nickte knapp und verabschiedete sich. Vor der Tür blieb er stehen, glättete seine Handschuhe und blickte beiläufig an der Fassade empor. Im ersten Stock bewegte sich ein Vorhang, einmal, zweimal. Idris wandte sich ab und stieg in seine Kutsche. »Fahren Sie einmal ums Karree«, befahl er seinem Kutscher, lehnte sich zurück und sah aus dem Fenster. Vielleicht war es kein Zeichen gewesen, wenn aber doch …

Bei der dritten Runde fiel ihm auf der Gartenseite des Hauses vor der Gartenpforte eine schmale, in einen pelzbesetzten Mantel gehüllte Gestalt auf. »Halten Sie«, rief er scharf und öffnete den Schlag. Er half der Vermummten in die Kutsche und sagte: »Nach Hause, Baines«, ehe er sich seinem Gast zuwandte und sanft fragte: »Ist es Ihnen recht, wenn wir zu mir fahren, Miss Redgrave – Portia?«

Die Verlobte seines Bruders nickte und er drückte ihre Hand. »Keine Sorge«, sagte er leise. »Ich werde dafür sorgen, dass Sie unauffällig wieder ins Haus zurückgelangen.«

Sie stieß einen langen, bebenden Seufzer aus und schlug die pelzverbrämte Kapuze zurück. Aus dem blauen Samt tauchte ein verweintes, blasses Gesicht auf. »Ach, Auden«, sagte sie und wieder rollten Tränen über ihre Wangen.

Sie sprachen kein Wort, bis Idris Portia in sein Arbeitszimmer und vor den Kamin verfrachtet hatte, sie eine warme Decke auf dem Schoß und eine heiße Tasse Tee in der Hand hatte, und ein großes Taschentuch, in das sie leise hineinschniefte. Sie trank den Tee, tupfte sich die Augen und hob mit einem tapferen Lächeln den Kopf. »Ich muss mich entschuldigen«, sagte sie, »Ihnen solch eine Szene zu machen. Aber als der Butler kam und mir sagte, dass Sie gekommen seien, verspürte ich plötzlich eine solche Hoffnung, so ein Gefühl, dass nun alles gut werden würde, wenn ich nur mit Ihnen sprechen könnte …«

»Meine Liebe …«, sagte Idris erschüttert. »Was ist geschehen?«

Sie putzte sich die Nase und setzte sich aufrecht hin. Ihr blasses Gesicht begann wieder ein wenig Farbe anzunehmen. »Unsere Begegnung im Park«, sagte sie, »dass ich Sie geschnitten habe … es tut mir so schrecklich leid, aber Corin hatte mir Konsequenzen angedroht, wenn ich mich ihm in diesem Punkt widersetze.« Sie sah Idris beschwörend an. »Glauben Sie mir, ich habe mich schrecklich dabei gefühlt.« Wieder füllten sich ihre Augen mit Tränen, die sie entschlossen wegblinzelte.

Idris nickte unbehaglich. »Das war mir klar, Portia«, sagte er. »Ich habe es Ihnen nicht übel genommen.« Er grinste humorlos. »Aber meinem Bruder hätte ich gerne ein oder zwei Wörtchen dazu gesagt.« Er wurde ernst. »Das ist aber sicherlich nicht der Grund für Ihre Tränen.«

Sie presste die Lippen aufeinander und schüttelte den Kopf. »Nein«, sagte sie nach einer Weile, in der sie sichtlich um Fassung rang. »Nein, der Grund ist das Gespräch, das ich gestern Abend mit Corin hatte.« Sie verdrehte das Taschentuch zu einer festen Wurst und verstummte.

Idris schenkte Tee in ihre und seine Tasse, lehnte sich zurück und trank. Er wartete geduldig, bis sie sich gefasst hatte.

Portia senkte den Kopf und eine aus der Frisur entflohene Locke fiel in ihre Stirn. Sie sah sehr jung und sehr zerbrechlich aus, aber da war eine Härte in ihren Augen, die Idris überzeugte, dass Portia Redgrave über Stärke und Mut verfügte. Sie würde nicht zerbrechen, egal, was Corin ihr angetan hatte. Er stieß den Atem aus und stützte die Wange in die Handfläche.

»Es war nach dem Dinner«, begann sie leise zu erzählen. »Er bat mich um ein Gespräch unter vier Augen, um ein Gespräch über unsere Zukunft. Ich freute mich, denn ich ging davon aus, dass er nun endlich mit mir über unseren Hochzeitstermin reden würde.«

Ihre leise, gleichmäßige Stimme führte Idris in den kleinen Salon, in dem er gewartet hatte. Im Kamin brannte ein Feuer, die Vorhänge hielten Nacht und Kälte draußen. Portia saß in dem großen Lehnsessel und stickte an einem Taschentuch, das Corins Monogramm erhalten sollte.

Corin war eine Weile im Zimmer auf- und abgegangen, dann setzte er sich ihr gegenüber auf einen Stuhl mit hoher Lehne, faltete die Hände vor dem Mund und sah sie so ernst an, dass Portia den Stickrahmen sinken ließ und ihn anlächelte. »Du siehst aus, als machtest du dir über etwas Sorgen«, sagte sie. »Erzähle mir doch, was dich bedrückt, Corin.«

Er schüttelte leicht den Kopf und sah sie weiter an. »Portia, meine Liebe«, sagte er dann und streckte die Hand aus, um nach ihrer Hand zu greifen. »Wir müssen über unsere gemeinsame Zukunft reden.«

»Ja, aber ja«, erwiderte sie und drückte seine Hand. »Meinst du, wir könnten den Termin nun endlich festlegen? Alle fragen mich ständig, wann wir heiraten, Corin. Es wird langsam ein wenig peinlich …« Sie spürte, dass sie errötete.

Corin zog seine Hand weg und strich sich mit einer matten Geste über das Haar. »Nun«, sagte er zögernd, »das war es unter anderem, was ich mit dir besprechen wollte.« Er räusperte sich und blickte an ihr vorbei ins Feuer. »Du weißt, dass ich Ambitionen hege, die eine Laufbahn am päpstlichen Hofe betreffen«, sagte er zu ihrer Verblüffung.

»Nein«, erwiderte sie, »nein, Corin, das wusste ich natürlich nicht. Du hast nie etwas dergleichen verlauten lassen.« Natürlich hatte sie von seinem Übertritt zum katholischen Glauben gewusst, das hatte er ihr gleich nach seiner Rückkehr vom Kontinent erzählt. Es war ihr gleichgültig, sie war zwar ein Mitglied der Kirche von England, aber die römisch-katholische und die anglikanische Kirche hatten sich in den letzten beiden Jahrhunderten wieder angenähert und waren beide gleichermaßen in der Gesellschaft verankert. Sie erinnerte sich, dass sie ihn nur gefragt hatte, ob sie nun auch katholisch werden solle und ob man dafür die lateinische Sprache beherrschen müsse, was er beides mit einem Lachen verneint hatte.

»Nach Rom also?«, sagte sie nach einer Weile des verblüfften Schweigens. »Das hieße, dass wir nach Rom ziehen?«

Er wandte den Blick ab, knetete seine Hände. »Ja, wahrscheinlich irgendwann einmal«, sagte er mit flacher Stimme. »Zunächst werde ich aber hier in England gebraucht.«

Das entlockte ihr einen erleichterten Seufzer. »Dann ist doch alles gut«, sagte sie. Als er darauf nichts erwiderte, setzte sie unsicher hinzu: »Das ist es doch, oder, Corin?«

Er wich ihrem Blick immer noch aus, und er drehte das Medaillon zwischen den Fingern, das er immer um den Hals trug. »Es ist alles in Ordnung«, versicherte er ihr. »Wir werden heiraten, und nach der Hochzeit werden wir einige Regeln einhalten, an die ich durch mein Gelübde gebunden bin.«

Portia blinzelte verständnislos. »Regeln?«

»Ich folge den evangelischen Räten«, sagte er mit dieser kalten, trockenen Stimme. »Da unser Verlöbnis schon länger besteht, habe ich darauf verzichtet, die Profess abzulegen, denn ich fühle mich an das alte Versprechen zwischen uns gebunden. Abgesehen davon«, er hob die Hand, um Portias Ausruf zu unterbinden, »abgesehen davon denke ich, dass es meine Pflicht ist, zu heiraten und einen Erben zu zeugen. Wenn meinem Bruder etwas zustößt, bin ich der nächste Herzog.« Er blickte auf und sah sie an, und seine Augen waren so kalt und tot wie seine Stimme. »Ich werde also kein Gelübde ablegen und zölibatär leben, auch wenn das meinem innigsten Wunsch entspräche. Ich werde dein Ehemann sein und gut für dich sorgen, aber wir werden uns einer reinen, keuschen Ehe befleißigen. Wenn ich dir beiwohne, wird es dem Zwecke dienen, einen Erben zu zeugen. Sobald du empfangen hast …«

»Sei doch still«, sagte sie mit erstickter Stimme und sprang auf. »Hörst du, was du da zu mir sagst?«

Er senkte den Blick, küsste das Medaillon und hängte es sich wieder um den Hals. »Ja«, sagte er. »Ja, es tut mir leid. Ich weiß, wie es sich für dich anhören muss. Du solltest Vertrauen haben …«

Portia glaubte, keine Luft mehr zu bekommen. Sie träumte das doch nur? Es konnte doch nicht sein, dass der Mann, den sie liebte, hier vor ihr saß und ihr ohne erkennbare Gefühlsregung, in so sachlichem Ton, als ginge es um eine Anschaffung für ihr zukünftiges Schlafzimmer, mitteilte, dass er sie … ja, was?

»Du machst dich über mich lustig«, sagte sie und sah ihn beschwörend an. »Das ist kein guter Witz, Corin. Nein, das ist sogar ein sehr grausamer Scherz. Ich bitte dich, damit aufzuhören.«

Er presste die Lippen aufeinander und seine Nasenflügel blähten sich. In diesem Moment sah er aus wie ein Fremder, nicht wie der Mann, den sie ihr halbes Leben lang kannte und zu lieben geglaubt hatte. Nein, von dem sie angenommen hatte, dass er sie liebte!

»Liebst du mich überhaupt?«, fragte sie, und hasste sich dafür, dass ihre Frage so jämmerlich klang. Obwohl da ein Fremder in Corins Gestalt vor ihr saß, erwartete sie, dass er jetzt lachen würde, dass der alte Corin wieder erscheinen und den angsteinflößenden Fremden verschwinden lassen würde, dass er sie in den Arm nehmen, sie küssen und ihr versichern würde, das alles sei nur ein Scherz gewesen, er habe sie aufziehen wollen, vielleicht auch einer letzten Prüfung unterziehen …

»Ja, selbstverständlich tue ich das«, sagte der Fremde streng. »Warum, denkst du, würde ich dich sonst heiraten?«

Portia wusste nicht, wie sie aus dem Zimmer gelangt war. Sie fand sich auf der Treppe wieder, auf eine Stufe niedergesunken und haltlos weinend.

»Er hat gesagt: ›wenn meinem Bruder etwas zustößt‹?« Idris wusste, er hätte Mitgefühl zeigen und Portia trösten müssen, aber dieser Satz nagte an ihm wie eine tollwütige Ratte.

Portia nickte und wischte sich über die Augen. Sie weinte immer noch oder wieder, nicht laut und schluchzend, sondern so still wie ein bekümmertes Kind, das niemandem zur Last fallen will. Idris sah die Tränen, die ihr über die Wangen liefen, und fühlte sich wie ein Schuft, der nur an sich gedacht hatte und keine Sekunde lang an ihren Kummer.

»Portia«, sagte er mühsam und berührte ihre Schulter, »Sie müssen mich für ein Scheusal halten. Aber was Sie mir erzählt haben, macht mich sprachlos und verwirrt mich zutiefst. Sie wussten also, dass Corin sich zum katholischen Glauben bekennt?«

Portia nickte und putzte sich sehr damenhaft die Nase. »Ja, er hatte es mir geschrieben. Er ist nach Rom gereist, mit einem Freund, nachdem er aus der Armee entlassen worden war. Gleich von der Halbinsel aus, als er nach dem Krieg das erste Mal nach Hause kam, war er schon …« Sie schluckte und sah zur Seite. »Es hat mich ein wenig gewundert, er ist mir nie sonderlich gläubig erschienen, aber es hat mich nicht gestört. Eine meiner Tanten ist Nonne …«

Idris tigerte durch das Zimmer und presste eine Hand gegen den Kopf. »Das ist alles so widersinnig«, murmelte er. »Und warum sollte er nicht mit Ihnen eine vollkommen normale Ehe führen? Wozu will er Sie denn verdammen, warum glaubt er, dass Sie damit einverstanden wären?«

»Es ist, als wäre ein anderer Mensch vom Kontinent zurückgekommen«, erklärte Portia. Sie faltete das Taschentuch zusammen, wieder und wieder, und bemerkte offensichtlich gar nicht, was ihre Hände taten. »Ein Fremder.«

Idris ließ sich in seinen Sessel fallen und rieb sich über die Stirn. »Corin ist also Papist«, sagte er nüchtern. »Und er hätte das Gelübde abgelegt, wenn er nicht mit Ihnen verlobt gewesen wäre?«

»Wenn er nicht der präsumtive Erbe des Herzogstitels wäre«, korrigierte Portia bitter. »Es geht nicht wirklich um mich. Er hat mich gar nicht richtig wahrgenommen. Hätte Ariana an meiner Stelle dort gesessen, dann hätte er ihr wahrscheinlich den gleichen Vortrag gehalten.«

Idris stieß einen erbitterten Laut aus. War doch Corin derjenige, der ihn verfolgte? Steckte er hinter dem Überfall auf ihn und hinter Olympias Ermordung? Hatte er Olympia erwürgt? Flüchtig betrachtet, würde Corin als Idris durchgehen. Und eine flüchtige Betrachtung hätte sicherlich gereicht, um die Dienstboten zu täuschen. Kein Bediensteter starrte seinem Herren frech und ausführlich ins Gesicht.

»Aber warum?«, fragte er sich laut. »Nur, weil er den Titel will?«

Weil er dich hasst, sagte eine kleine, unangenehme Stimme in seinem Inneren. Weil er hasst, was du bist. Er ist ein Papist. Die Papisten hassen alle Seelenlosen …

Er sah Portia an und befahl sich, seine Grübeleien um ihretwillen hintan zu stellen. »Portia«, sagte er, »ich weiß nicht, was ich Ihnen raten soll. Mein Verstand sagt: Heiraten Sie und sehen Sie dann, wie Sie das Beste daraus machen. Aber mein Herz rät etwas ganz anderes.«

Sie blickte auf ihre Hände nieder. »Meins auch«, flüsterte sie, und fuhr ebenso tonlos fort: »Wenn ich die Verlobung löse, wird er eine andere finden, die bereit ist, ihm seinen Erben zu schenken und ansonsten von ihm in Ruhe gelassen zu werden. Ich bin sicher, dass viele Ehen auf dieser Basis sehr gut und lange funktionieren. Aber ich habe bei meinen Eltern gesehen, dass es auch anders sein kann.« Sie blickte auf und sah ihn mit einem Blick an, in dem Zorn und Unglauben flammten. »Ich bin nicht bereit, eine lieblose Ehe einzugehen«, sagte sie heftig. »Er kennt mich, er müsste wissen, dass ich damit niemals einverstanden wäre!«

»Er ist nicht derselbe«, sagte Idris.

»Nein. Der Krieg hat ihn so sehr verändert, dass ich kaum glauben kann, Corin ist zurückgekehrt.« Sie lächelte zittrig. »Vielleicht ist er dort verschollen oder gefallen und ein anderer …«

»Nein«, sagte Idris. »Nein, er ist mein Bruder.« Er seufzte und erhob sich. »Wollen Sie hierbleiben?«

Sie sah ihn beinahe erschreckt an. »Hier bei Ihnen? Nein, auf keinen Fall. Was auch immer ich in den nächsten Tagen unternehme, ich werde mich nicht auch noch dadurch kompromittieren, dass ich bei einem Mann …«

»Vergeben Sie mir, das war ein dummer Einfall.«

Sie stand auf und betrachtete das Taschentuch in ihrer Hand. »Ich lasse es waschen«, sagte sie und steckte es ein. »Danke, dass Sie mir zugehört haben, Mylord. Ich … wenn Ihr Kutscher mich zurückbringen könnte …«

15

»Also dein Bruder.« Raventhorne schüttelte den Kopf. Idris betrachtete ihn immer noch mit einem Gefühl des drohend heranziehenden Unheils. Als er Raventhorne vor dem Haus begrüßt hatte, war ihm als erstes die Augenbinde aufgefallen, die nun statt der beinahe dezenten Klappe das linke Auge seines Freundes bedeckte. Das Auge und einen Teil der Wange und der Stirn. Idris hatte Raventhorne von dem Gespräch mit Portia berichtet, aber seine Gedanken waren bei seinem Freund. Er zog den Viscount beiseite, aus dem Gedränge in der Eingangshalle, und fragte leise: »Ist es so viel schlimmer geworden? In so kurzer Zeit?«

Raventhorne wandte den Kopf ab, als wäre es ihm peinlich, sich zur Schau zu stellen. »Ja«, erwiderte er knapp. »Auffällig genug, um mich damit nicht in der Öffentlichkeit sehen zu lassen.«

»Cave muss eine Lösung dafür finden.« Idris ballte die Fäuste. »Es verschwört sich alles gegen uns, Raven. Mein Bruder, Ned, der verschwunden ist, deine … Beeinträchtigung – das alles auf einmal ist fast zuviel.«

Raventhorne lachte und legte einen Arm um seine Schulter. »Der unerschütterliche Idris Hathaway wird schwach und verzagt?«, spottete er. »Komm schon, mein Alter, so kenne ich dich nicht. Haltung, Eure Lordschaft.«

Idris hob das Kinn. Raventhorne tat recht daran, ihn zur Ordnung zu rufen. »Danke«, sagte er rau. »Stürzen wir uns ins Vergnügen.«

»Vergnügen!«, murmelte der andere, aber er grinste. »Seit wann ist Tanz ein Vergnügen?«

Sie trennten sich im ersten Saal, Raventhorne war wieder auf dem Weg zu einem seiner konspirativen Treffen, Idris suchte nach … nein, er schlenderte vollkommen absichtslos durch die Säle, grüßte und wurde gegrüßt (oder geschnitten) und nippte an einem Glas Champagner, während seine Blicke die lachende, schwatzende, tanzende Menge durchforstete. Nein, während er müßig den Tanzenden zusah und natürlich nicht an ein Paar silbergraue Augen, eine hochgewachsene Gestalt oder an mondblondes Haar dachte.

Eine Hand legte sich auf seinen Arm. »Mylord, was für eine nette Überraschung, Sie hier anzutreffen«, sagte die rauchige Stimme, an die er so sehr versucht hatte, nicht zu denken.

»Lady Falconer«, sagte er formell. »Ich bin sehr erfeut.«

»Ich merke es, sie sprudeln ja beinahe über vor Gefühlen«, erwiderte sie ironisch und wartete, dass er ihr seinen Arm reichte. »Sollten Sie tanzen wollen, wäre ich bereit.«

Idris konnte nicht anders, er lächelte sie so breit an, dass seine Wangenmuskeln zu schmerzen begannen. »Mit Ihnen jederzeit, Mylady.«

Sie erwiderte dies mit einem so schmelzenden Lächeln, dass eine kaum zu bändigende Hitze in Idris aufstieg. Er reichte ihr die Hand und sie gesellten sich zu den anderen Paaren auf die Tanzfläche. Der Walzer, der in dem Moment angestimmt wurde, als sie das Parkett betraten, trug nichts dazu bei, Idris' siedendes Verlangen abzukühlen. Isobel Falconer schmiegte sich trotz ihrer Größe in seinen Arm, als gehörte sie dorthin. Sie tanzte leicht wie eine Feder, war biegsam wie ein Schilfrohr, er atmete ihren Duft, der herb und süß zugleich war und war verzaubert von dem goldenen Schimmer des Kerzenlichtes auf ihrem silberblonden Haar. Er neigte den Kopf zu ihrem Ohr und flüsterte: »Haben Sie die Absicht, noch länger hier zu verweilen, Lady Falconer?«

Ein schneller Seitenblick, ein amüsiertes Kringeln der Mundwinkel, ein Grübchen in der Wange. Er musste tief atmen, um sie nicht hier, mitten auf der Tanzfläche, zu küssen.

Mit einem entschlossenen Griff nahm er ihren Ellbogen und schob sie von der Tanzfläche. »Wir gehen«, sagte er. »Jetzt.«

Sie folgte ihm ohne Widerspruch, lächelte, als man ihren Mantel brachte, schwieg und lächelte, als er ihr den Schlag seiner Kutsche aufhielt, schwieg während der Fahrt durch London. Fast erschien sie ihm ein wenig gedankenverloren, wie sie aus dem Fenster blickte, während ihre Hände still im Schoß gefaltet lagen. Er begann sich zu fragen, ob der Überfall auf sie zu plötzlich gewesen war, ob er sich und ihr mehr Zeit hätte geben müssen.

Aber dann wandte sie den Kopf, das dämmrige Licht ließ ihre Augen dunkel, geheimnisvoll und riesig erscheinen und ihr kurzes Haar lag wie ein Heiligenschein um ihren schön geformten Kopf. »Idris«, sagte sie leise mit ihrer ein wenig rauen Stimme, sein Name eine Liebkosung, und legte ihre Hand auf seine Wange.

Idris wusste nicht mehr, wie sie aus der Kutsche ins Haus und aus der Halle in sein Schlafzimmer gekommen waren. Er konnte sich nicht mehr daran erinnern, wie er seiner Kleider ledig geworden war, er hatte noch eine vage Erinnerung daran, wie er Isobel das Unterkleid mehr vom Leib gerissen als ausgezogen hatte. Sie waren übereinander hergefallen wie Verhungernde, und erst, als sie ineinander verschlungen in den zerwühlten Laken lagen, müde und satt, waren wieder Worte gefallen.

Isobel kraulte seine Brust, fuhr eine Narbe entlang, die er sich bei einem seiner unzähligen Duelle eingehandelt hatte, und gähnte, wobei ihre Augen zu glitzernden Schlitzen wurden und ihre Zunge sich rollte wie die einer Katze. »Sehr schön«, hatte sie gemaunzt und war übergangslos in tiefen Schlaf gefallen.

Idris hatte noch lange dagelegen, ihren Kopf auf seiner Brust, und ins Dunkel geblickt. Seine Gedanken wanderten verschlungene Pfade, nicht alle davon waren angenehm, aber er lächelte.

Beim Frühstück plauderten sie über dies und das, ohne allzu persönliche Themen zu berühren. Idris war angespannt, aber Isobel schien sich wohl zu fühlen, jedenfalls gab sie sich heiter und lachte über dies und das – nicht zuletzt darüber, dass sie nun wohl oder übel in ihrer Abendgarderobe nach Hause fahren musste.

»Meine Kutsche bringt dich bis vor deine Tür«, sagte Idris und spießte ein eitriefendes Stück Speck auf.

Isobel trank einen Schluck Tee. »Nein, nein«, wehrte sie ab. »Das ist sehr freundlich von dir, aber ich werde abgeholt. Der Dottore bringt mich …«

»Der Dottore?« Idris starrte sie an. »Woher sollte er wissen, dass du hier bist?«

Sie lächelte fein und bestrich eine Scheibe Toast mit bitterer Marmelade. »Nun, ich habe es ihm gestern gesagt«, erwiderte sie und aß den Toast mit sichtlichem Genuss.

Idris verdaute die Antwort mit Mühe. »Wann?«, brachte er heraus.

»Wann er mich abholt?« Sie warf einen Blick auf die Uhr. »In einer Viertelstunde.«

»Nein, wann du es ihm gesagt hast. Wir haben gestern mit niemandem gesprochen, als wir den Ball verließen.«

Sie hob die Schultern, ein schalkhaftes Lächeln spielte um ihre Lippen. »Nun, vorher natürlich.« Sie griff nach der Teekanne. »Bevor wir getanzt haben.«

Idris wusste nicht, ob er beleidigt, pikiert oder amüsiert sein sollte. »Du«, begann er und lachte auf. »Du hast also gewusst, dass ich dich hierher entführen würde?«

Sie hob wieder die Schultern und nahm ein Stück Pastete. »Es war nicht so schwer zu erraten, wo wir die Nacht verbringen würden.«

Idris schüttelte den Kopf. »Aber wenn ich dich nicht gefragt hätte?«

Sie senkte die Lider und warf ihm einen Blick zu, der ihn beinahe versengte. »Glaubst du das?«

Er ertränkte seine Antwort in einem Schluck Tee.

»Ist der Dottore dein Liebhaber?«, fragte er.

Ihr verhangener Blick wurde kühler und glich glitzerndem Eis. »Ja, natürlich«, sagte sie sanft. »Er und seine zwölf Brüder.«

Idris biss sich auf die Lippe und stellte mit einem Klirren die Tasse ab. »Ich hatte kein Recht, das zu fragen. Verzeih mir, ich bin normalerweise nicht so ein ungehobelter Esel.«

Sie nickte und legte kurz ihre Hand auf seine. »Schon gut.« Sie lächelte wieder. »Ein wenig Eifersucht ist doch etwas sehr Nettes und Schmeichelhaftes. Ein wenig!« Sie legte ihre Serviette auf den Teller und stand auf. »Ich denke, ich sollte mich nun verabschieden.«

Idris stieß seinen Stuhl zurück und griff nach ihrer Hand, küsste ihre Finger. »Wann sehe ich dich wieder?«

Sie entzog ihm sacht ihre Hand. »Ah, wir werden sehen.«

»Wer ist dieser Dottore Canivari?«

Raventhorne, der mit seiner Augenbinde aussah wie ein karibischer Pirat, ließ seine Zeitung sinken und sah Idris fragend an. »Wer?«

»Der Begleiter der verruchten Lady Falconer«, antwortete Cavanaugh, ohne von seiner Lektüre aufzublicken. »Ein Italiener ungewisser Herkunft mit einem zweifelhaften Doktortitel. Oder umgekehrt.«

Die Freunde sahen den Earl verblüfft an. Hatte Cavanaugh gerade einen Witz gemacht?

Idris schüttelte den Kopf und wandte sich wieder an Raventhorne. »Finde doch bitte über deine üblichen Kanäle heraus, wer der Kerl ist, wo er herkommt und was er treibt.«

»Glaubst du, dass er etwas mit unserem Mord zu tun hat?«, fragte Raventhorne. Das ironische Funkeln in seinem Auge verriet, dass er die Antwort auf die Frage selbstverständlich wusste und es weidlich genoss, Idris aufzuziehen.

Idris tappte nicht in seine Falle. »Ich halte es für möglich«, sagte er mit steinerner Miene. »Sei so gut und höre dich für mich um.«

Raventhornes Grinsen wurde breiter. »Sehr wohl, Sir.«

Idris ging zu Cavanaugh und legte ein steifes Kartonviereck auf seinen Schreibtisch. »Die zweite Karte, die zweite Warnung«, sagte er.

»Hawk?« Raventhorne beugte sich neugierig vor. »Ja, es sieht so aus. Hat er irgendetwas darauf notiert?«

»Nur sein Zeichen.« Idris stand am Tisch, verschränkte die Arme vor der Brust und fühlte sich unbehaglich. Es war kein gutes Gefühl, einen Auftragsmörder auf den Fersen zu wissen, der frech und ungehindert im eigenen Haus ein- und auszugehen schien.

Cavanaugh legte die Feder nieder und griff nach der Visitenkarte des Mörders. Er musterte sie lange und gründlich, drehte sie in den Fingern, befühlte sie, roch sogar daran. »Am gleichen Platz?«

»Nein.« Idris Kiefer mahlten. »Nein, diese Karte lag im Salon auf dem Kaminsims, wie ein Gruß zu Weihnachten.« Dreist und ungehindert.

»Du hast niemanden neu eingestellt, kein Küchenmädchen, keinen Botenjungen?«

»Nein, mein Personal ist das alte, und ich vertraue jedem von ihnen.«

Cavanaugh schnupperte ein zweites Mal an der Karte, legte sie dann beiseite. »Die hat eine Frau in der Hand gehabt«, sagte er und schlug sein Buch auf.

Idris zog skeptisch die Brauen zusammen und griff nach der Visitenkarte, von der ihn spöttisch der gezeichnete Falkenkopf anblinzelte. Er roch an dem Karton und wechselte einen Blick mit Raventhorne. »Er hat recht.« Ein zarter Duft nach Zitronen und einem blumigen Parfum, ganz einwandfrei weiblich.

»Also eins deiner Mädchen«, sagte Raventhorne nüchtern. »Wahrscheinlich hat er sie verführt und dazu gebracht, die Karte bei dir zu deponieren. Würde zu ihm passen.«

Idris dachte nach und schüttelte dann den Kopf. »Es müsste das Küchenmädchen sein oder die Kleine mit dem Hinkebein, die die Wäsche macht. Die Köchin ist verheiratet und angsteinflößend.« Er grinste kurz. »Das ist alles sehr unwahrscheinlich.«

»Erzähl uns von Hawk«, sagte Cavanaugh, ohne aufzublicken. »Du bist ihm begegnet, Raventhorne?«

Der Viscount warf seine Zeitung auf den Tisch und fuhr mit einer resignierten Geste über sein Haar. Idris fixierte, ohne es zu wollen, die Augenbinde, die Raven trug, und fragte sich, wie das Gesicht darunter aussehen mochte.

»Ich bin in Wien mit ihm zusammengestoßen«, sagte Raventhorne und stützte die Ellbogen auf die Knie. »Wir haben uns ein Gefecht geliefert und ich muss gestehen – er hat mich geschlagen.« Ein beschämter Ausdruck flog über seine Züge. »Es war kein Zufall. Ich bin mir vollkommen sicher, dass er mich erneut besiegen würde, wahrscheinlich sogar mit der linken Hand. Er ist ein überragender Fechter, er ist unglaublich schnell und wendig und er scheut nicht davor zurück, unfaire Tricks anzuwenden.« Das Letztere sagte er mit deutlicher, wenn auch widerstrebender Anerkennung.

»So gut also«, murmelte Idris. »Und er warnt all seine Opfer vorher, indem er seine Visitenkarte in deren Wohnung schmuggelt?«

»Ich habe davon noch nie gehört«, sagte Raventhorne. Sein gesundes Auge erwiderte Idris' Blick mit einem deutlichen Unbehagen. »Alter Junge, du solltest dich vorsehen.«

»Warum hat er dich nicht getötet?«, warf Cavanaugh ein.

Raventhorne lehnte sich zurück und faltete die Hände vor dem Bauch. Seine Miene war finster. »Er brauchte mich, um einem Mitglied der preußischen Delegation eine Warnung zu überbringen. Er solle nach Hause zurückkehren, oder er wäre ein toter Mann.« Sein Mund schloss sich zu einer harten, dünnen Linie.

Idris lachte auf. »Hawk hat sich mit dir geschlagen, weil er dich als Botenjungen missbrauchen wollte?«

»So in etwa, ja«, schnappte Raventhorne.

»Und der Preuße?«

»Hat die Warnung missachtet und wurde zwei Tage später tot aufgefunden.«

Sie schwiegen. Dann seufzte Idris und zuckte mit den Achseln. »Ich kann es nicht ändern«, sagte er. »Wenn er mich töten will, wird er es versuchen.«

»Es wird ihm gelingen«, sagte Raventhorne mit unterdrücktem Zorn. »Du solltest nicht mehr ohne Leibwache aus dem Haus gehen, Auden.«

»Was ihn nur dazu bringen wird, mich in meinem Haus zu ermorden.« Idris schüttelte den Kopf. »Ich kann nicht für den Rest meines Lebens in Angst und Schrecken verweilen, weil ein Mörder hinter mir her ist. Je eher er es versucht, desto eher kann ich versuchen, ihm ein für allemal das Handwerk zu legen.«

»Große Worte, Auden.« Cavanaugh drehte sich zu ihm um. »Dabei vergisst du, dass der Mörder deiner Mätresse seinem Ziel noch immer nicht näher gekommen ist. Du lebst und du läufst frei herum, und es hat nicht den Anschein, als solltest du in absehbarer Zukunft inhaftiert werden. Er dürfte rasend sein vor Zorn, weil er annimmt, dass du deinen Einfluss geltend gemacht hast, um straffrei davonzukommen.«

»Ist das nicht gleichgültig, wenn er mir ohnehin dieses Subjekt Hawk auf den Hals gehetzt hat?« Idris scheute davor zurück, seinen Feind bei seinem naheliegenden Namen zu nennen: Mein Bruder. Corin.

Cavanaugh verneinte auf seine scheinbar gleichgültige Art. »Ich habe eine Wahrscheinlichkeit von 70 % errechnet, dass der Mörder deiner Mätresse und derjenige, der Hawk für dich angeheuert hat, zwei verschiedene Personen sind.« Er beugte sich vor und zählte auf: »Hawk ist ein spezialisierter Attentäter, er ist gründlich, arbeitet fehlerlos und lässt sich seine Dienste sehr, sehr teuer bezahlen. Derjenige, der deine Geliebte erwürgt hat, war ein Amateur, jemand, der dir ähnlich sieht und der so viel Hass auf dich aufgestaut hat, dass er ihn an deiner Mätresse auslassen musste. Sonst hätte er sie einfach kaltblütig erschossen und wäre nicht das Risiko eingegangen, sie durch das Haus jagen zu müssen, um sie dann zu erwürgen.«

Idris nickte langsam. »Das klingt plausibel.«

»Genau genommen sind es 75,5 %«, fügte Cavanaugh auf seine pedantische Art hinzu.

»Cave …«, begann Idris, grinste dann und vollführte eine hilflose Geste. »Du bist unmöglich.«

»Ja, das sagt Damaris auch.« Wieder vertiefte sich der Earl in sein Buch, aber eine winzige, steile Falte stand zwischen seinen Brauen, ein Ausdruck so großen Unmuts, dass es für seine Verhältnisse beinahe einem Wutausbruch gleichkam.

Idris wechselte einen beunruhigten Blick mit Raventhorne. »Wie ist die Untersuchung gelaufen?«, fragte er bemüht gleichgültig.

»Gut, wie immer.«

Wieder ein Blickwechsel. Die Freunde wussten, dass Lucien Cavanaughs verwitwete Schwägerin alles daran setzte, ihn entmündigen und irgendwo einsperren zu lassen. Sie hatte drei Kinder, zwei Mädchen und einen Jungen, und der Junge, der, so weit Idris sich erinnerte, nach seinem Onkel »Benedick« genannt worden war, wäre der nächste Earl of Cavanaugh, falls Lucien kinderlos blieb und möglichst früh starb. Kinderlosigkeit und ein möglichst früher Tod wären bei einem in Bedlam oder einer anderen Institution für Geisteskranke eingesperrten Mann eine Voraussage, auf die bei White's keine Wetten angenommen werden würden.

»Du bleibst uns also noch ein wenig erhalten?«

Cavanaugh trank einen Schluck Tee und blätterte um. »Bedauerst du das?«

»Außerordentlich. Du kannst einen nämlich zur Weißglut treiben, Cave.«

Der Earl nickte gleichmütig, und Idris sah ihm an, dass er sich in sein Inneres zurückgezogen und die Türen und Fenster verbarrikadiert hatte.

Idris nickte Raventhorne auffordernd zu und stand auf. Sie verabschiedeten sich und standen dann eine Weile vor der Tür des Palais, atmeten die kalte Luft in tiefen Zügen und blickten sich unschlüssig um. Raventhornes Kutsche fuhr vor und ein Reitknecht brachte Idris' Fuchs, aber die beiden Freunde standen da und starrten Löcher in die Luft.

»Mir fehlt Wymond«, sagte Raventhorne schließlich beinahe ärgerlich. »Wo treibt der Kerl sich nur herum?«

Idris verschränkte die Arme und senkte das Kinn auf die Brust. »Ich gehe ihn suchen«, sagte er entschlossen. »Nenn mich Hetty, wenn Ned sich nicht immer noch bei der Großfürstin verkriecht. Es ist jetzt gut, er hat genug geschmollt, ich hole ihn da raus, und wenn ich ihn am Kragen auf die Straße zerren muss!«

Er wandte sich ab, und Raventhorne legte noch einmal die Hand auf seinen Arm. »Soll ich dich nicht lieber begleiten?«

Idris erwiderte seinen durchaus besorgten Blick mit gespielter Unbekümmertheit. »Nein, das würde zu viel Aufsehen machen. Ich denke, dass ich das Haus betreten kann, ohne dass mich jemand aufhält, aber wie ich dich da hineinschmuggeln sollte, wüsste ich nicht.« Er drückte die Hand des Viscounts. »Wir sehen uns morgen im Club.«

Raventhorne nickte knapp und winkte seinem Kutscher, ihm den Schlag zu öffnen. »Pass auf dich auf«, sagte er. »Denk an Hawk und achte auf deinen Rücken.«

Idris nickte knapp, tippte an seinen Hut und bestieg sein Pferd.

Er ließ eine geschlossene Kutsche anspannen und zog sich um. Dunkle, schlichte Kleidung, in der er sich gut bewegen konnte, ein Dolch im Stiefel – der hatte ihm schon in Schottland gute Dienste geleistet. Den Mantel wollte er in der Kutsche lassen, denn er würde möglicherweise das Palais Hals über Kopf verlassen müssen und gedachte nicht, ein Kleidungsstück in der Hand der Vampire zurückzulassen.

Außerdem hatte er Weisung gegeben, Decken und eine Flasche Brandy in die Kutsche zu bringen. Wie er Ned Wymond kannte, würde das erste, wonach er verlangte, ein kräftiger Schluck sein.

Idris warf den Mantel über, ohne ihn zu schließen, und trat vor die Tür. Die Kutsche war noch nicht vorgefahren, er musste mit Baines einmal ein ernstes Wort über seine Pflichen reden.

Ungeduldig mit dem Stock auf die Stufen tappend, wartete er einen Moment, dann riss ihm der ohnehin dünne Geduldsfaden vollends, er stieg die Treppe hinunter und machte sich auf den Weg ums Haus.

Die drei Männer, die ihm in dem engen Durchgang zum Hof auflauerten, überraschten ihn eiskalt. Ein heftiger Schlag traf seinen Kopf, der glücklicherweise durch den Biberhut abgemildert wurde. Dennoch taumelte Idris zur Seite und war einen winzigen Moment lang zu benommen, um sich zur Wehr zu setzen.

Dem Dolch, der auf sein Herz zielte, entkam er, indem er sein Taumeln in einen Fall verwandelte. Die Klinge verfehlte ihn um

Haaresbreite, schlitzte nur seinen Ärmel auf und ritzte die Haut seines Armes. Schmerzhaft, aber nicht tödlich. Idris rollte sich ab und kam schwerfällig auf die Füße, denn die auf ihn zu drängenden Angreifer hinderten ihn daran, sich vollends aufzurichten. Auf ein Knie gestützt, die Hauswand im Rücken, erwehrte er sich des ersten Mannes mit seinem Stock. Den Degen zu ziehen erwies sich als unmöglich, so lange er attackiert wurde, aber als Glück im Unglück entpuppte sich die Enge des Durchganges, in dem ihm die Mörder aufgelauert hatten, und ihre Ungeduld, ihn anzugreifen, mit der sie sich gegenseitig behinderten.

Idris gab sich den Anschein, schwerer verletzt zu sein, als er es tatsächlich war. Die Fetzen seines Ärmels waren nass und dunkel von seinem Blut, die Schnittwunde an seinem Arm blutete stark genug, um diesen Eindruck zu unterstreichen.

Er krümmte sich zusammen, zog den Dolch aus seinem Stiefelschaft. Es war ein kurzer, schottischer Sgian Dubh, keine allzu gefährliche Waffe, aber immerhin eine, mit der man sich einen darauf unvorbereiteten Angreifer wirkungsvoll vom Leib halten konnte.

Dem Mann, der ihn am härtesten bedrängte, stieß er den Sgian Dubh in den Oberschenkel. Der Attentäter keuchte und wich zurück, belastete sein Bein, um zu sehen, wie schwer die Verletzung war. Damit behinderte er den Dritten, aber der zweite Mann erhielt freie Bahn. Er schien der Gewitzteste oder Erfahrenste der drei zu sein, denn er hielt sich außer Idris' Reichweite und zielte mit einer Pistole auf dessen Kopf.

Mit einem Fluch warf Idris sich zu Boden und suchte Deckung, wo keine war. Er wartete auf den Knall und den Einschlag der Kugel und hoffte darauf, dass der Schütze ihn nicht gleich kampfunfähig machte.

Der erwartete Schuss blieb aus, statt dessen vernahm Idris ein gedämpftes Stöhnen, das in einem langgezogenen Gurgeln verendete. Etwas fiel schwer zu Boden.

Idris raffte seinen Stockdegen vom Boden auf und zog ihn, ehe er auf die Füße sprang. Der Pistolenschütze lag reglos auf dem Boden, aber Idris hatte keine Muße, darüber nachzudenken, wer den Mann erledigt hatte, denn nun drängten die beiden anderen auf ihn ein. Er erwehrte sich der wilden Streiche, mit denen der Größere ihn eindeckte, und bemühte sich gleichzeitig, den Nadelstichen des anderen zu entgehen, die zwar nicht lebensgefährlich, aber ermüdend waren und dafür sorgten, dass er mehr und mehr Blut verlor.

Er wich dem blitzenden Messer aus und wehrte gleichzeitig einen Degenstoß ab. Ein Fußtritt gegen sein Knie ließ sein Bein einknicken, er wankte und musste sich an der Wand abstützen, wobei er den schottischen Dolch verlor. Der kleinere der beiden Angreifen, ein verschlagenes Wiesel von einem Schurken, verzog triumphierend die Lippen und setzte zu einem Angriff an, der Idris für den Degen des anderen günstig positionieren sollte. Idris focht mit steigender Verzweiflung, aber die Enge des Durchgangs, die ihm eben noch geholfen hatte, wurde jetzt zu einer Falle. Er wurde in die Ecke gedrängt, wo er mehr oder weniger dem Degen des Größeren ausgeliefert sein würde.

Seine verzweifelte Attacke ließ den Kleineren zurücktaumeln, und Idris schöpfte erneut Hoffnung, als sich der Durchgang verdunkelte. Ein weiterer Mann war hinzugekommen, er lief auf sie zu. Licht schimmerte auf der Klinge in seiner Hand. Damit war Idris' Schicksal besiegelt.

Die kurze Ablenkung hatte ausgereicht, dass der Größere ihm den Stockdegen aus der Hand schlug. Nun war Idris zu alledem auch noch waffenlos.

Mit Todesverzweiflung warf er sich dem Gegner entgegen, der ihm am nächsten war. Der Messerkämpfer war klein, aber drahtig, er war schnell, wendig und skrupellos. Aber Idris musste einen von ihnen überwältigen, damit er zumindest den Hauch einer Chance hatte, den Hinterhalt zu überleben.

Sie rangen stumm und verbissen, hatten sich gegenseitig an der Kehle gepackt und kämpften darum, die Gewalt über die Waffe zu erringen.

Idris' Blickfeld verengte sich, bis er nur noch das verzerrte Gesicht seines Gegners wahrnahm. Er verstärkte den Griff um dessen Kehle, drückte gleichzeitig den Mann so gegen die Wand, dass er die Hand mit dem Messer einklemmte. Er musste siegen, er musste …

Hinter ihm erklang ein widerliches Geräusch, ein feuchtes, klebriges Schmatzen, gefolgt von einem langgezogenen Röcheln. Etwas fiel gegen Idris' Rücken und presste ihn gegen seinen Gegner, dem dadurch so vollständig und wirkungsvoll die Luft abgeschnürt wurde, dass er die Augen verdrehte und zusammensackte.

Idris, nach Atem ringend, kämpfte sich unter dem Leichnam hervor, dessen Gewicht ihn zu Boden drückte, und tastete nach irgendeiner Waffe. Blut lief in seine Augen und machte ihn beinahe blind. Er fand einen Degen, riss ihn unter der Leiche hervor und hielt ihn steil vor sich.

»Langsam«, sagte eine tonlos klingende Stimme, fast nur ein heiseres Flüstern. »Sie wollen doch nicht Ihren Retter in der Not erstechen, Lord Auden.«

Idris verharrte. Er wischte das Blut aus seinen Augen und blinzelte, um seine Sicht zu klären.

Die ursprünglichen Mordbuben lagen reglos auf dem Boden. Zwei von ihnen waren offensichtlich tot, der dritte, Idris' messerstechender Raufkumpan, atmete noch, war aber bewusstlos. Der Mann, der vor ihm stand, nur als Silhouette zu erkennen, war mittelgroß und schlank und trug einen alles vermummenden Umhang, einen in die Stirn gezogenen Hut und ein Tuch über dem Mund.

»Wer sind Sie?«, krächzte Idris und lehnte sich unter einem Anfall von Schwindel gegen die Mauer. Sein verletzter Arm pochte und die kleineren Wunden, die der Messerstecher ihm beigefügt hatte, brannten wie Feuer.

»Sie sehen schrecklich aus.« Der Mann ging geschmeidig in die Hocke und tastete den Leichnam des ersten Toten ab. Er untersuchte die Taschen des Mannes, dann die der zweiten Leiche. »Wissen Sie, wer diese Kerle geschickt hat?«

Idris verneinte erschöpft.

Der Vermummte hob den Kopf und sah ihn an. Helle Augen von undefinierbarer Farbe musterten Idris beinahe besorgt. »Sehen Sie zu, dass Ihre Wunden versorgt werden«, sagte der Mann. »Ich kümmere mich um den Abschaum hier.« Er stieß dem Überlebenden erstaunlich brutal einen Stiefel in die Seite, der Mann stöhnte auf. Der Vermummte beugte sich über den Mann, der jetzt wieder zu sich kam, packte ihn am Kragen und zerrte ihn hoch. »Wer hat dich geschickt?«, fragte er mit seiner flüsternden, tonlosen Stimme. »Red schon, Bursche. Wer hat euch hierfür bezahlt?«

Idris verharrte und presste die Hand auf den pochenden Schnitt in seinem Arm. Er musste hören, was der Bandit antwortete.

Der spuckte nur Blut aus und knurrte: »Eh ich quatsche, sterb ich lieber. Das werd ich nämlich ohnehin, wenn rauskommt, dass ich gesungen hab.«

»So leicht mache ich die dir Wahl nicht.« Der Vermummte tat etwas mit der Hand des Mannes, was diesen zu einem hohen, schrillen Kreischen veranlasste. Idris machte unwillkürlich einen Schritt auf die beiden zu, unsicher, ob er das gutheißen sollte, aber aus den Schreien wurden Worte, hastig hervorgestoßen, von Wimmern und Flehen unterbrochen: »Lasst mich gehen, bei allen Heiligen, Ihr zermalmt mir die … ich sag ja, was ich weiß … ah, Herrgott … Hathaway, beim Grab meiner Mutter, ich flehe Euch an, lasst mich … Hathaway!«

Das Plappern und Kreischen verstummte abrupt. Der Vermummte richtete sich auf und sah Idris an. »Genügt das?«

Idris schauderte. Hathaway. Corin Hathaway. Sein eigener Bruder … Er nickte nur und wandte angewidert den Blick ab. »Wollen Sie mir nicht sagen, bei wem ich mich bedanken darf?«

»Ich kümmere mich noch um den hier«, erwiderte der Vermummte und drückte seinen Fuß gegen die Brust des winselnden Messerstechers. »Und dann sollten Sie vielleicht einen Boten zur Bow Street schicken, damit die Beamten sich die Kadaver ansehen. Vielleicht sind sie bekannt.«

Idris nickte knapp und fragte nicht noch einmal, wer sein Retter war. »Ich danke Ihnen«, sagte er und wandte sich zum Ausgang, der in den Hof führte. »Kommen Sie doch bitte morgen zu mir, damit ich mich erkenntlich zeigen kann.«

»Vedremo«, antwortete der Mann und beugte sich wieder hinab.

Während Idris zum Haus hinkte, hörte er hinter sich einen kurzen, schrillen Aufschrei und dann war es still.

Wilby, sein Kammerdiener, kümmerte sich um die Verletzungen, die allesamt nicht gravierend, wenn auch ärgerlich und schmerzhaft waren. Idris hatte einen Jungen zur Bow Street geschickt, und der junge Konstabler, den er an dem Tag von Olympias Tod kennengelernt hatte, stand kurz darauf vor ihm, sichtlich verlegen, und fragte, wo der Überfall stattgefunden habe.

Idris ließ ihn zum Ort des Geschehens führen, trank einen großen Schluck Brandy, ließ sich von Wilby erneut ankleiden, und folgte dem Konstabler.

Der junge Mann notierte akribisch alles, was er betrachtete. Er untersuchte die Leichen, ließ sich den Hergang schildern und musterte Idris immer wieder aus dem Augenwinkel, während er den Durchgang und die Toten betrachtete. »Ein Vermummter ist Ihnen also zur Hilfe gekommen?«, vergewisserte er sich und kniete neben dem Messerstecher nieder, dem sein eigenes Messer in die Brust gestoßen worden war. Er beugte sich zu der Leiche, murmelte verwundert etwas, zog das Messer vorsichtig aus dem

Leichnam und hielt ein blutgetränktes Kartonstück in der Hand, das er ins Licht hielt.

Idris hielt den Atem an. Schwarz auf blutigrotem Hintergrund grinste ihn der Falkenkopf an.

»Hawk«, sagte er mit schwacher Stimme. »Mein Retter in der Not war Hawk.«

»Warum, in aller Welt, sollte ausgerechnet ein Auftragsmörder dich davor bewahren, einem Mordanschlag zum Opfer zu fallen?« Raventhorne war sichtlich aufgebracht.

Idris, der matt in den Polstern des Sofas ruhte, schabte mit den Fingern über den Verband, den er um den Arm trug. Die frische Wunde juckte und pochte unerträglich. »Danke, dass du sofort zu mir geeilt bist«, sagte er. »Aber ich möchte dich dennoch bitten, mich nicht anzuschreien. Mein Schädel schmerzt so schon genug.«

Raventhorne stieß einen erbitterten Laut aus und ließ sich in einen Sessel fallen. Er starrte Idris finster an. »Das ergibt keinerlei Sinn«, sagte er anklagend.

»Nein, das tut es allerdings nicht.« Idris zwang sich, die Hände im Schoß zu verschränken. »Wenn er mir nicht zur Hilfe gekommen wäre, wäre ich jetzt tot, Raven.«

»Er wird dafür bezahlt, dich …« Raventhorne verstummte. Er zog die Brauen zusammen und atmete scharf ein. »Natürlich«, sagte er. »Wir Idioten. Zwei unterschiedliche Auftraggeber. Der eine scheint dein widerlicher Bruder Corin zu sein, er möge in der katholischen Hölle schmoren, aber der andere …«

Idris schloss die Augen. »Ich erfreue mich anscheinend großer Beliebtheit, ja.«

»Das meine ich nicht!« Raventhorne wurde schon wieder laut. »Hawks Auftraggeber wird seinen Mann kaum entlohnen, wenn jemand anderes den Job vorher erledigt hat.«

Idris verzog die Lippen. »Was für ein tröstlicher Gedanke«, sagte er. »Dem einen Hinterhalt knapp entronnen, warte ich jetzt wie ein Schaf auf der Schlachtbank darauf, dass dieser wirklich beeindruckende und furchteinflößende Mensch, der offensichtlich weder über Gnade noch über Mitgefühl verfügt, sich final meiner Person widmet.«

»Sieht so aus«, antwortete Raventhorne ebenfalls nicht sonderlich mitfühlend. »Du solltest dir wirklich eine Leibwache zulegen, mein Junge.«

»Wenn du ihn gestern bei seiner Arbeit beobachtet hättest, wüsstest du, dass eine einfache Leibwache damit überfordert wäre«, entgegenete Idris gallig.

Raventhorne fluchte unterdrückt. Seine offenkundige Sorge um die Sicherheit seines Freundes rührte Idris auf merkwürdige Art. Tristan Fox, der Viscount Raventhorne, war kein Mann, der gerne seine Gefühle zeigte, jedenfalls nicht, solange sie herzlicher und freundlicher Natur waren. Er war treu wie Gold und stand unverbrüchlich zu seinen Freunden, aber dafür mussten diese sich Ravens Zynismus, seine durch und durch schwarze und pessimistische Sicht der Welt und seinen Spott gefallen lassen. Was jeder von ihnen von Herzen gerne erduldete, denn Raventhorne war einer der zuverlässigsten Freunde, die man sich vorstellen konnte.

Idris ertappte sich dabei, dass er seine Sorgen und das körperliche Unwohlsein vergaß und Raventhorne breit und herzlich anlächelte, was dieser mit einem seiner typischen finsteren und ein wenig misstrauischen Blicke beantwortete.

»Was ist, hast du eins auf den Schädel bekommen, dass du grinst wie ein Geisteskranker?«, fragte Raventhorne grob.

»Unter anderem auch das, ja.« Idris betastete die Beule an seiner Schläfe, die er erst entdeckt hatte, als Wilby ihm die Reste seines Hemdes über den Kopf zog. Er gähnte und schloss für einen kurzen Moment die Augen, ehe er fortfuhr: »Sei ein guter

Junge, Raven, berichte Cavanaugh, was hier vorgefallen ist. Er soll sich Gedanken darüber machen, ich kann es zur Zeit nicht. Meine Expedition zur Befreiung des verlorenen Sohnes habe ich aufgeschoben, ich gehe jetzt erst einmal zu Bett. Oder, noch besser, ich bleibe gleich hier liegen.« Mit diesen Worten sank er etwas tiefer gegen die Sofalehne und streckte die Beine lang aus.

Raventhorne erwiderte nichts darauf. Idris hörte, wie der Freund aufstand und zum Sofa kam. Dann senkte sich eine leichte Wolldecke auf ihn und eine Hand legte sich kurz auf seine Schulter.

»Wir sehen uns morgen«, sagte Raventhorne leise. »Ich werde dir berichten, was Cavanaugh gesagt hat.«

16

Seine Expedition zur Rettung des verschollenen Freundes hatte länger aufgeschoben werden müssen als er am Tag des Überfalls angenommen hatte, denn in der Nacht wurde Idris von einem heftigen Fieber heimgesucht, das ihn in ein zähneklapperndes, zitterndes, delirierendes Stück Elend verwandelte.

Sein erster vollkommen klarer Morgen, an dem er mit dem Gefühl erwachte, dass das Fieber endgültig vorüber sei, fiel in die letzte Woche des Februars. Eine tapfere, blasse Vorfrühlingssonne schien durchs Fenster und wärmte sein Gesicht. Er schloss die Augen und streckte sich so wohlig wie eine Katze am Kaminfeuer.

Er nahm ein ausgiebiges Bad und ließ sich von Wilby ankleiden. Es tat gut, das Bett zu verlassen, die Nachtwäsche gegen Tageskleidung auszutauschen und am Kamin sitzend seine Korrespondenz und danach die Zeitungen der letzten Woche zu studieren.

Es klopfte und sein Butler öffnete die Tür für sein Frühstück und zwei Besucher.

»Raven«, sagte Idris erstaunt und, noch überraschter, aber erfreut, »Cave!«

Der Earl nickte vage in seine Richtung und ließ sich in einen Sessel fallen, entfaltete eine Zeitung und versank dahinter. Raventhorne grinste und klopfte Idris auf die Schulter. »Du siehst beinahe wieder menschlich aus«, sagte er und zog einen Sessel an den kleinen Tisch.

Das Mädchen, das das Frühstück gebracht hatte, schenkte allen Kaffee ein, knickste und verschwand.

Idris trank einen Schluck und zog die Brauen zusammen. »Ich erinnere mich, dass du mehrmals hier warst«, sagte er.

»Mehrmals?« Cavanaugh senkte die Zeitung nicht, aber seine Stimme drang scharf hinter dem Schutzschild hervor. »Jeden verfluchten Tag, an manchen zweimal. Er hat sich Sorgen um dich gemacht.«

»Nun, nun«, sagte Idris gerührt, und verstummte hastig, als er dem unheilvoll drohenden Blick des Freundes begegnete.

»Ich wollte sicher gehen, dass dieser Quacksalber, den du deinen Arzt nennst, dich nicht endgültig umbringt«, sagte Raventhorne. »Wir benötigen dich noch.«

Idris nickte und verzichtete weise auf eine Antwort. Er bestrich einen Toast mit Butter und fragte: »Was gibt es an Neuigkeiten?«

Cavanaugh faltete die Zeitung zusammen und warf sie achtlos zu Boden. Er beugte sich vor und zog einen Stapel beschriebener Notizen aus seiner Jacke. Raventhorne zog eine Grimasse.

»Sollten wir Auden nicht ein wenig Zeit geben …«

Cavanaugh hörte gar nicht hin. Er blätterte und begann zu referieren.

Idris verzehrte sein Frühstück und hörte der gleichmäßigen Stimme zu wie dem vertrauten Wiegenlied einer Mutter. Er lächelte leicht. Cavanaugh war der seltsamste Mensch, dem er je begegnet war, aber er war so beständig wie die Zeit und damit so beruhigend wie das Ticken einer Uhr.

Zunächst die drei getöteten Meuchelmörder. Zwei von ihnen waren bekannte Schläger und Messerstecher, der dritte ein noch nicht aktenkundiger Ire, der anscheinend vor kurzem erst nach London gekommen war. Die Bow Street wusste, dass die beiden Londoner häufig in kriminelle Aktivitäten verwickelt gewesen waren und dass sie ihre Dienste jedem zur Verfügung gestellt hatten, der bereit war, sie zu entlohnen. Die Frage, wer sie für diesen speziellen Mordauftrag bezahlt hatte, wurde noch untersucht, aber weder Sir John noch Cavanaugh gingen davon aus, ein Ergebnis zu erhalten.

Raventhorne und seine Informanten hatten einigen Schlamm aufgewühlt und finstere Geschöpfe waren zum Vorschein gekommen. Der zwielichtige Dottore schien unter einem falschen Namen nach England eingereist zu sein, aber Raventhornes italienischen Kontakten war es gelungen, eine Verbindung zu einem in Florenz und Rom bekannten Mann zu schließen, der wegen mehrfachen Mordes gesucht wurde. Ein Arzt, das tatsächlich, der sich anscheinend einer kriminellen Vereinigung angeschlossen hatte, die mit Erpressung und Mord arbeitete.

»Dass es sich bei diesem Mann um den hier in London anzutreffenden Dottore Canevari handeln muss, schließen unsere Gewährsmänner vor allem aus der Tatsache, dass er sich in Begleitung besagter Lady Falconer aufzuhalten pflegt«, erklärte Cavanaugh und hob den Kopf so weit von seinen Händen, dass er Idris' linkes Ohr ansehen konnte. Das war für Cavanaughs Verhältnisse so etwas wie ein mitfühlender Blick oder ein tröstendes Schulterklopfen. Er verharrte kurz, dann fuhr er fort.

Niemand konnte etwas über Corin Hathaway und seine Verbindungen zum Vatikan berichten. Er war von Portugal aus nach Rom gereist, zusammen mit zwei seiner ehemaligen Kameraden, und dort hatte sich jede Spur von ihm verloren, bis er wieder in England eingetroffen war. Was er dort getan oder erlebt hatte, blieb im Dunkeln verborgen.

Anders stand es um zweiten Hathaway auf Cavanaughs Liste: Oliver, Idris' Cousin. Idris hielt die Tasse mit dem letzten Schluck Kaffee reglos in der Hand und hörte mit steigendem Unmut, was Raventhornes Informanten über Oliver zutage gefördert hatten.

Oliver Hathaway, Angehöriger des diplomatischen Corps, zu Lord Castlereaghs engsten Mitarbeiterkreis gehörig, war ein Spieler und Verschwender, dessen Schulden schon seit Jahren sein Vermögen weit überstiegen. Er hielt sich damit über Wasser, dass er Freunde und Bekannte zu riskanten Geschäften verleitete oder schlicht anpumpte. Seine einzige Hoffnung, einem Bankrott zu entgehen, war die Heirat mit einer reichen Erbin gewesen, aber die Mitgift seiner Frau hatte er auch schon längst durchgebracht, und ihr Vater rühmte sich einer robusten Konstitution. Also war auch das Erbe nichts, worauf er in absehbarer Zeit rechnen durfte.

Oliver trieb sich in übelster Gesellschaft herum und wurde an Plätzen gesehen, um die sogar Ned Wymond einen großen Bogen schlug. Er war, schlicht gesagt, ein ausgesprochen übler Geselle. »Entschuldige die harten Worte, Auden.«

Idris nickte matt und stellte seine Tasse mit einem lauten Klirren ab. »Armer Onkel Rowland, arme Tante Elizabeth«, murmelte er. »Ich kann nur hoffen, dass ihre anderen Kinder besser geraten sind.« Er hatte wenig Kontakt zu seinen jüngeren Verwandten, kannte sie kaum. Die beiden Schwestern waren nette Mädchen, soweit er sich erinnerte, die beiden jüngeren Söhne noch halbe Kinder. Er seufzte. Nein, natürlich nicht. Die Mädchen waren inzwischen Frauen, sicherlich selbst schon Mütter, und die beiden jüngeren Söhne entweder in Cambridge oder als Offiziere irgendwo stationiert … Mit einem Mal fühlte er sich unglaublich alt und müde.

»Alles in Ordnung?«, fragte Raventhorne. »Willst du dich wieder hinlegen, Auden? Du bist ganz bleich.«

»Nein, nein, mir geht es gut«, sagte Idris und nickte Cavanaugh zu. »Fahr fort, Cave.«

Alles weitere war zwar interessant, aber wenig aufschlussreich. Die Suche nach Olympias Mörder verlief im Sande. Auch ihre Tätigkeit für Sidmouth trat auf der Stelle. Sie wussten mit Sicherheit, dass es einen Spion und Verräter in der Regierung oder in deren direktem Umfeld geben musste, aber bei der Suche nach dem Schuldigen stießen sie gegen undurchdringliche Mauern. Wenn der Mann sich nicht durch einen Fehler verriet, würden sie ihn kaum entlarven können. Und sie wussten nach wie vor nicht, was sein Ziel war. Umsturz? Revolution? Ein Attentat? Oder einfach nur Spionage für Napoleon?

Die Gerüchte, dass der entmachtete Tyrann seine Rückkehr plante, verdichteten sich. Aber auch hier waren ihnen die Hände gebunden. Wichtige Informanten waren vom Erdboden verschwunden oder tot aufgefunden worden, zwei der französischen Mittelsmänner litten unter akutem Gedächtnisverlust und wollten sich auch unter massivem Druck nicht mehr daran erinnern, dass sie jemals der englischen Krone zugearbeitet hatten. Idris konnte es ihnen nicht verdenken.

Ihm schwirrte der Kopf. Er lehnte sich matt zurück und fragte: »Wymond?«

Raventhorne blickte auf seine Hände nieder und schüttelte den Kopf. »Spurlos verschwunden. Untergetaucht, was weiß ich.«

Idris fluchte leise. Er rieb sich die Schläfen und murmelte: »Morgen. Ich brauche noch einen Tag Ruhe, aber morgen gehe ich und hole ihn da raus. Ich wette mit euch, dass er sich bei der Großfürstin verkrochen hat.«

»Damit dürftest du recht haben«, meldete sich Cavanaugh auf seine pedantische Art zu Wort. »Zu 87 % …«

Raventhorne stöhnte laut und bugsierte seinen Freund zur Tür. »Ruh dich aus«, sagte er schroff. »Wymond ist erwachsen, er weiß, was er tut.«

Idris nickte und blickte ihnen nach. »Das ist wahr«, sagte er leise zu der sich schließenden Tür. »Aber ich vermisse ihn und ich mache mir Sorgen.«

Ned Wymond war sein ältester und bester Freund und stand ihm näher als sein eigener Bruder. Mit einem bitteren Geschmack auf der Zunge musste sich Idris eingestehen, wie schrecklich wahr diese Erkenntnis war.

Als er dieses Mal vor der Tür auf seine Kutsche wartete, ertappte er sich dabei, dass er sich laufend nervös umsah. Der Tag war sonnig und erstaunlich warm, es war später Nachmittag, eine gute Zeit für einen Überraschungsbesuch.

Der Lakai, der ihm öffnete, nahm seine Karte entgegen und führte ihn wie bei seinem ersten Besuch in Wymonds Begleitung in einen kleinen Empfangssalon.

Idris nickte dem Mann zu und nahm auf einem der gepolsterten Stühle Platz. Er hatte sich auf dem Weg durch die Halle unauffällig und ein wenig unbehaglich umgeschaut, aber die erschreckenden Kreaturen, die beim letzten Mal die Halle bevölkert hatten, schienen jetzt, am hellen Tag, noch in ihren Gräbern zu liegen – oder wo immer sie sich sonst aufzuhalten pflegten, so lange noch die Sonne schien.

Die leisen Schritte des Bediensteten verhallten. Idris wartete ein paar Minuten, dann stand er auf, öffnete die Tür und blickte hinaus. Der Gang war leer. Mit einem tiefen Einatmen trat er hinaus, schloss die Tür und wandte sich in die Richtung, die tiefer in das Gebäude hineinführte. Er musste aufpassen, niemandem in die Arme zu laufen. Es war eine irrwitzige Hoffnung, auf gut Glück seinen Freund hier aufstöbern zu wollen, aber ein besserer Plan war ihm nicht eingefallen. Cavanaugh hätte ihn dafür verspottet, aber dies war seine Mission, die nicht im Auftrag des Innenministers geschah. Er musste selbst zusehen, wie er diese Aufgabe löste.

Es war gespenstisch still in dem riesigen Haus. Die Gänge, durch die er tiefer und tiefer in das Palais hineinging, waren bei Tageslicht weitaus weniger prachtvoll, als der Anblick bei Kerzenlicht vorgegaukelt hatte. Er sah abblätternde Vergoldungen, zerbröckelnder Stuck, Tapeten, die fadenscheinig und verblichen aussahen oder sich lösten, wurmzerfressenes Holz, beinahe blinde Fenster und Teppiche, die bis auf den Holzboden abgetreten und durchgescheuert waren. Es roch nach Moder und

Schimmel. Die Großfürstin war entweder bankrott oder es war ihr vollkommen gleichgültig, dass ihr Haus um sie herum langsam zerfiel.

Idris ging weiter durch das scheinbar verlassene und zerfallende Haus, das ihn mit jedem Schritt mehr an ein Spukhaus aus einer Gruselgeschichte erinnerte. Holzdielen knarrten unter seinen Schritten, Türen quietschten in den Angeln und das Licht des Nachmittags verdämmerte in den Abend, ließ die Schatten aus den Ecken treten, verwandelte den Zerfall in eine seltsame, morbide Art von zerbrechlicher Schönheit.

Idris ließ sich auf einen mottenzerfressenen Polsterstuhl fallen und tupfte sein Gesicht mit einem Tuch ab. Er war noch nicht vollkommen wiederhergestellt, seine Beine zitterten und er rang nach Luft wie ein alter Mann. Dieser stille, kleine Salon, durch dessen beinahe blinde Fenster die Strahlen des Sonnenuntergangs sickerten, war ein guter Zufluchtsort für eine kleine Pause. Ein paar Minuten, dann konnte es weitergehen.

Er erwachte mit einem Ruck. Etwas umklammerte sein Bein, etwas kroch über seine Brust, etwas berührte kalt und trocken seine Wange.

Idris keuchte und sprang von dem Stuhl, auf dem er in unangenehm verdrehter Haltung geschlafen hatte. Dämmriges Licht erfüllte den Raum, zeigte kaum mehr als die Umrisse der Dinge, die ihn umgaben. Dinge? Wesen. Kreaturen mit krallenden Spinnenfingern, nachtschwarzen Augenhöhlen, in denen gelbliche Funken glühten, Mündern wie Krater mit schimmernden Dolchen darin, auf denen der Geifer glänzte.

Idris wehrte die Wesen mit seinem Stock ab und wich zur Tür zurück. Die Stellen, an denen sie seine bloße Haut berührt hatten, waren kalt wie Eis. Je mehr Einzelheiten sich aus der Dunkelheit schälten, desto stärker wurde sein Abscheu. Es waren Menschen, oder zumindest waren sie dies einst gewesen. Sie trugen die Kleider einer längst vergangenen Epoche, Reste von mottenzerfressenen Perücken hingen schief auf kahlen Schädeln, die dürren Hände ragten aus den Fetzen seidener Ärmel und Überreste von Spitzen wehten in einem unsichtbaren Luftzug. Aber das Schlimmste war die vollkommene Lautlosigkeit der Bewegung, die Stille, die Münder, die wie Fischmäuler auf- und zuklappten, ohne einen Ton hervorzubringen. Nur, wenn er sehr genau hinhörte, war da ein feines Wimmern, ein winziger, hoffnungsloser Laut wie das Jammern eines weit entfernten Windhauchs.

Idris rettete sich durch die Tür, die er hinter sich zuwarf.

Er trocknete mit bebender Hand seine feuchte Stirn und kämpfte einen Moment lang mit dem Impuls, aus dem Haus zu fliehen und Ned Wymond, wenn er denn überhaupt hier war, seinem Schicksal zu überlassen.

Der Anflug von Feigheit beschämte Idris, und er drängte ihn heftig beiseite. Er war hier, um seinen Freund zu befreien und würde nur weichen, wenn man ihn dazu zwang.

Also ging er weiter, langsam und voller Argwohn. Hinter jeder Biegung des Ganges, hinter jeder Tür konnten diese Kreaturen ihm auflauern. Er verwünschte sein Versäumnis, eine Lampe oder wenigstens eine Kerze mitgenommen zu haben, aber da er nicht vorgehabt hatte, in der Dunkelheit durch dieses Haus zu tappen, war ihm der Gedanke gar nicht gekommen, er könnte so etwas brauchen.

Er kam an einem offenen Fenster vorbei, durch das kalte, frische Luft wehte, die er in tiefen Zügen einatmete. Der Moder- und Schimmelgeruch, das Aroma von Verwesung und Zerfall, das über allem lag, zerrte an seinen Nerven. Er blieb eine Weile an dem Fenster stehen und sah in den dunklen Park, der sich hinter dem Palais erstreckte. Über den Baumwipfeln und zwischen den Büschen flatterten Fledermäuse, so zahlreich, wie er sie noch nie zu dieser Jahreszeit hatte beobachten können. Er blieb eine Weile dort stehen, dann setzte er mit steigendem Widerwillen seinen Weg fort.

Je tiefer er in das riesige Haus eindrang, desto deutlicher wurden die Zeichen, die auf die hier lebenden Wesen hindeuteten. Haufen von Lumpen, die zu ärmlichen Lagern zusammengefegt worden waren, Mobiliar, zertrümmert und zu bizarren Hütten aufgetürmt, Gläser und Flaschen, teilweise mit zentimeterdickem Staub bedeckt, andere, in denen noch Flüssigkeit schimmerte, hier und da das Huschen kleiner Pfoten, pelzige, langgeschwänzte Tierleiber, die zwischen dem Unrat verschwanden, und über allem der bedrückende Gestank nach Zerfall, Schimmel und Alter.

Dann betrat Idris einen Saal, an dessen Wänden leere, reich geschnitzte und vergoldete Rahmen hingen. Hier und da schimmerten noch die Scherben der Spiegel in ihnen, die sie einst gefasst hatten. Ein Festsaal, hoch oben glitzerten die Kristalle eines großen Lüsters, der Boden war glatt und lud zum Tanzen ein.

Der Saal, der ihm auf den ersten Blick vollkommen leer erschienen war, war voller Wesen, die sich in fließend langsamer Bewegung, als bewegten sie sich auf dem Meeresgrund, umeinander drehten. Keine Farbe, kein Schimmer von Weiß erhellte die Szene. Düster, mit der Dunkelheit verschmelzend, in allen Schattierungen von Grau, Braun und Schwarz, Mitternachtsblau und Nachtgrün, tanzten die Kreaturen umeinander, neigten die Köpfe, ließen ihre Spinnenfinger durch die Luft wehen wie Seetang und seltsame Pflanzen.

Idris ging langsam rückwärts aus der Tür und lief weiter. Seine Hoffnung, Wymond zu finden, schwand mit jeder Minute, die er hier länger verweilte.

Eine Flucht von Salons öffnete sich vor ihm. Wenn er seine Suche nicht abbrechen wollte, musste er dort hindurch, obwohl sich hier die Kinder der Großfürstin dicht an dicht drängten. Sie saßen auf schimmligen Polstern, ruhten in Sesseln, die vom Holzwurm so zerfressen waren, dass sie kein normales menschliches Gewicht mehr getragen hätten, sie kauerten auf dem blanken Boden und keines von ihnen schenkte ihm Beachtung, warf ihm auch nur einen halben Blick zu. Womit sie sich beschäftigten, konnte Idris nicht erkennen und es widerstrebte ihm zutiefst, diese Geschöpfe allzu genau zu betrachten. War er einem Irrtum erlegen, dass er Wymond hier vermutete? Es konnte doch kaum sein, dass sein einst so lebenslustiger, fröhlicher Freund sich zwischen all diesen bleichen, kranken, widerwärtigen Kreaturen versteckte!

Idris wehrte angeekelt eine dieser kalten Hände ab, die ihn mehr zufällig als absichtlich berührten. Er hielt sein Taschentuch vor die Nase und bemühte sich, durch den Mund zu atmen. Der Gestank wurde immer durchdringender und widerlicher, je weiter er ging.

Der nächste Raum, voller Müll, zerstörter Möbel und zerfetzter Stoffe. Hier befanden sich nur ein knappes Dutzend dieser Wesen, sie lagen reglos, mit weit offenen Augen da und starrten ins Nichts.

Idris musterte die Kreaturen flüchtig und war schon halb im nächsten Durchgang, als ihn ein blitzartiges, schockiertes Erkennen durchfuhr. Ein froschgrüner Frack, eine zerknitterte, beschmutzte, vormals cremefarbene Weste mit zartgrünen Streifen … er kannte diese Kleidungsstücke nur zu gut. Wie oft hatte er Ned Wymond mit der Farbe seines Frackes aufgezogen?

Idris fuhr herum und kniete neben dem reglos auf einer modrigen Chaiselongue liegenden Körper nieder.

Erleichterung strömte durch seinen Körper. Das war nicht Ned. Es war eine der scheußlichen Kreaturen, mit eingefallenem Gesicht, dessen Haut sich wächsern über die Knochen spannte, mit dürren Gliedern, um die die Kleider schlotterten wie bei einer Vogelscheuche, mit Handgelenken, die blutig und verschorft waren, als hätte ein Hund sie benagt, mit strähnig verklebtem Haar und rissigen Lippen, die Haut so bleich wie die von Maden, die unter Steinen wimmelten …

Er wollte sich erheben, da öffnete das Ding seine Augen und sah ihn an. Idris beugte sich unwillkürlich vor und packte den dürren Arm des Wesens. Es hatte Ned Wymonds Augen. Der Blick war gleichzeitig flehend und voller Hass, als wollte die Kreatur Idris um Erlösung bitten und ihm dennoch die Kehle zerfetzen, wenn er sich erbarmte …

»Wymond«, sagte Idris heiser. »Ned. Um Gottes Willen …«

Die Kreatur presste die Hände auf die Ohren und begann mit weit offenem Mund beinahe lautlos zu schreien. Seine Augen, Ned Wymonds Augen, waren aufgerissen und starr. Sie fixierten Idris ohne ein Zeichen des Erkennens. Die klauenartigen Finger gruben sich tief in die eingefallenen Wangen, erzitterten und lösten sich. Der stumme Schrei wich einem schrecklichen, verzerrten Grinsen, ein Zähnefletschen, das kein Lachen war, sondern der Ausdruck nackter Gier. Die Finger klammerten sich um Idris' Kragen, zogen Idris nah an das Gesicht mit den wahnsinnigen Augen, die Wymonds waren und doch so ganz und gar fremd erschienen. Atem, der nach Fäulnis roch, schlug Idris ins Gesicht. Die Finger tasteten über seinen Hals, zerrten an dem Stoff seines Hemdes, zerrissen es und legten die frisch verheilte Narbe an Idris' Arm frei. Die Augen des Wesen bekamen einen fiebrigen Glanz und verfinsterten sich zu einem mitternächtlichen Schwarz. Es winselte leise und ein Speichelfaden rann aus seinem Mund. Wieder ein Winseln, das Krallen der Hände, dann schnappten die Zähne des Wesens nach Idris und bohrten sich in die Haut seines Armes.

Idris war geschüttelt von Ekel, drückte die Kreatur von sich, aber das Wesen klammerte sich wie ein Ertrinkender an ihn und aus dem Winseln formten sich kaum vernehmbare Worte: »Auden. Hilf …« Einen winzigen Augenblick lang war es Wymond, der ihn ansah, abgezehrt, dem Tode nah, halb wahnsinnig, aber dann wurde aus den Worten ein unmenschliches Heulen und das Wesen stürzte sich mit einer Gewalt auf Idris, derer er sich nicht erwehren konnte. Er fiel rückwärts über einen zersplitterten Hocker und stemmte verzweifelt kämpfend beide Hände gegen Kinn und Schulter des Ungeheuers, das mit schnappenden Zähnen, unmenschlichem Winseln und Jaulen und klammernden, greifenden Klauen über ihn kam.

Zerrauft und schwer atmend, mit blutenden Rissen und Kratzern auf Gesicht und Armen tauchte er endlich aus dem Wirbel auf und entdeckte, dass das, was einmal Ned Wymond gewesen war, im Griff eines gleichmütig dreinblickenden Männes zappelte und dabei mit dieser entsetzlich klanglosen, hauchigen Stimme kreischte, als würde er gehäutet.

»Danke«, brachte Idris heraus und stützte die Hände auf die Knie, um zu Atem zu kommen und sich zu fassen. »Ich danke Ihnen, Pavel Fjodorowitsch.«

»Mein lieber Lord Auden«, sagte unvermutet eine amüsiert klingende Frauenstimme. »Wenn Sie sich geduldet hätten, bis der Diener Sie zu mir geführt hätte, wäre Ihnen dieses unschöne Intermezzo erspart geblieben.«

»Allerdurchlauchtigste Hoheit«, sagte Idris und verbeugte sich. »Sie sehen mich beschämt …«

»Sie sollten sich allerdings schämen, Lord Auden«, erwiderte die Großfürstin und reichte ihm huldvoll die Hand. Sie warf einen Blick auf das immer noch flüsterleise schreiende Wesen, das sich in Pavel Fjodorowitschs Griff wand und krümmte, und sagte leise und scharf: »Still, mein Kind.«

Die Kreatur erschlaffte und schloss die Augen. Der Russe nahm das Wesen, das nur noch aus Haut und Knochen zu bestehen schien, so sanft in seine Arme, als wäre es sein Kind, und bettete es erneut auf das Lumpenlager. Idris konnte den Blick nicht von ihm wenden. »Was ist mit ihm geschehen?«, fragte er heiser. »Ich flehe Sie an, Königliche Hoheit, helfen Sie ihm.«

Die Großfürstin in ihrer Robe aus dunklem Gold und Schwarz nahm seinen Arm und führte ihn fort, hinaus aus der

Dunkelheit, dem Gestank und dem wimmelnden Nicht-Leben der bleichen Kreaturen, die diese Räume bewohnte. Idris folgte ihr wie betäubt. Er ließ es zu, dass sie ihn in den ihm bekannten behaglichen Salon führte, ihn am Feuer Platz nehmen ließ, dass ein beflissener Diener ihm Tee und Brandy servierte und die Fürstin ihm eine ihrer dünnen Zigarren anbot.

Sein rasender Herzschlag beruhigte sich, der brennende Schmerz in den Kratzern und Bissen, die Ned Wymond ihm beigebracht hatte, ließ nach, aber der Aufruhr seiner Gedanken und Gefühle ließ sich nicht besänftigen. Idris rieb sich über die Stirn und betrachtete seine zitternde Hand, als gehörte sie einem anderen. »Ich flehe Sie auf Knien an«, sagte er zu der Großfürstin, die ihn mit leisem Lächeln betrachtete. »Sofia Alexejewna, sagen Sie mir, was mit meinem Freund ist. Er steht mir näher als mein eigener Bruder, ich kann nicht zulassen, dass er …«

»… sich in etwas verwandelt, was Sie nicht akzeptieren können?« Die Stimme der Fürstin war sanft, aber darunter lag ein eisiger, harter Klang.

Idris sah ihr unbeirrt in die Augen. »Nein«, erwiderte er. »Ich kann nicht akzeptieren, dass er leidet, er mag sein, was oder wer er will.«

Die Fürstin schlug als erste die Augen nieder. »Nun«, sagte sie, und ihre Stimme klang seltsam zufrieden, »ich habe mich in Ihnen nicht getäuscht. Das ist gut, Lord Auden, denn es rettet möglicherweise das Leben Ihres Freundes.«

Idris Atem stockte. »Was … was wollen Sie damit sagen?«

Die Großfürstin hob den Blick und sah ihn lange an. »Mein lieber Sohn, Ihr Freund, ist einer der Verzweifelten«, sagte sie leise. »Sie sind Ihnen hier im Haus begegnet, Mylord. Es sind die Müden, die Alten, alle diejenigen, die die Last der Jahre nicht mehr tragen können. Sie flüchten das Licht, das ihnen Schmerzen bereitet, sie flüchten den ewigen Hunger, der niemals gestillt werden kann. Sie verbergen sich vor der lauten und grellen Welt. Mein Volk stirbt einen langsamen Tod, Lord Auden. Wir erscheinen den Tagmenschen stark und unverwundbar, wir scheinen ewig zu leben und keinerlei Furcht zu empfinden. Aber so ist es nicht. Wir sind nicht stark, wir sind zerbrechlich und empfindlich wie altes Porzellan.« Sie senkte die Lider und spielte gedankenverloren mit einer goldenen Troddel an ihrem Ausschnitt. Schwarze Spitze bedeckte die blasse Haut ihres Busens. Einen Augenblick lang sah sie so zart und zerbrechlich aus, wie sie sagte, dann aber blickte sie ihn wieder an, und Idris erschrak vor der Härte und Unerbittlichkeit ihres Ausdrucks.

»Die Alten«, sagte sie und seufzte. »Aber Ihr Freund sollte strotzen vor Kraft und Lebensfreude. Er ist ein junger Mann, frisch verschworen. Es ist schrecklich für mich, seinen Verfall sehen zu müssen. Ich kann nichts dagegen unternehmen, Lord Auden. Es steht nicht in meiner Macht.«

»Aber was verursacht diesen schrecklichen Verfall?«, fragte Idris heftig. »Ist es eine Krankheit?«

»Eine Krankheit«, wiederholte sie nachdenklich. »Ja, so könnte man es wohl nennen. Er ist krank an seiner Seele …«

»Er ist ein Seelenloser«, fuhr Idris auf.

Die Großfürstin lächelte leicht. »Dann nennen Sie es sein ›Gemüt‹, Lord Auden. Er hasst den Zustand, in dem er sich befindet. Er will nicht als eins meiner Kinder leben, also stirbt er. Er verzehrt sich selbst. Haben Sie die Wunden an seinen Handgelenken gesehen?«

Idris bejahte schaudernd. Die zerfleischten Gelenke, mit schwarzem Blut verkrustet, hatten sich in sein Gedächtnis gebrannt.

Sofia Alexejewna nickte müde. »Er frisst sich selbst auf«, sagte sie mit klarer, erbarmungsloser Stimme. »Er hungert und dürstet, aber er weigert sich, das Lebenselixier zu sich zu nehmen. Statt dessen zehrt er von seinem eigenen Blut.« Sie knetete ihre

Hände in einer unbewusst hilflosen Geste. »Es ist mir noch nie gelungen, einen Selbstzehrer zu retten, Mylord.«

»Was kann ich tun?«, fragte Idris grimmig entschlossen.

»Nehmen Sie ihn mit«, kam die unerwartete Antwort. »Bringen Sie ihn fort von hier. Zwingen Sie ihn, zu essen. Es gibt Blutammen …«

»Ich weiß«, sagte Idris und stand schon halb. »Ich kenne seine bevorzugte Blutamme, Königliche Hoheit. Wird sie ihn allein versorgen können oder …«

»Für den Anfang sicherlich. Sie wird Sie beraten können, wenn sie eine wirklich erfahrene Frau ist.«

»Sie heißt Platt«, erwiderte Idris, »Molly Platt.«

Die Großfürstin verbarg ein Lächeln hinter ihrer Hand. »Ja, dieser Name ist mir bekannt«, sagte sie. »Bei ihr ist mein Sohn in guten Händen, Mylord.« Sie gab dem still am Fenster sitzenden Pavel Fjodorowitsch einen Wink. »Gehen Sie, Lord Auden. Bringen Sie Ihren Freund zu dieser Frau.« Ihr Gesicht bewölkte sich kurz. »Falls er Ihnen folgt«, setzte sie leise hinzu. »Sie können ihn nicht zwingen, den Fuß über die Schwelle zu setzen. Er muss es freiwillig tun.«

Idris nickte verkniffen. »Ich schaffe es«, versprach er mit rauer Stimme.

Der Rückweg, wiewohl in Begleitung des stoischen Pavel Fjodorowitsch, war wohl das Schwerste, was er je unternommen hatte. Idris musste sich zwingen, sich erneut von den düsteren Eingeweiden des Hauses verschlingen zu lassen, den bleichen Kreaturen zu begegnen und den grässlichen Gestank zu erdulden, der die Räume wie eine lebendige Präsenz zu erfüllen schien.

Nach den Ausführungen der Großfürstin sah er die Wesen mit anderen Augen, beinahe mit so etwas wie Mitleid, aber ihr

Anblick war ihm dennoch zu widerlich, als dass er mehr als eine leise Regung dieses Gefühls zulassen konnte.

Pavel Fjodorowitsch führte ihn geradewegs zurück in das finstere Gelass, in dem sie Ned Wymond in genau derselben Haltung vorfanden wie zuvor. Er lag verkrümmt und reglos da, und einen Moment lang fürchtete Idris, einen Toten auf dem schimmligen Lager liegen zu sehen.

Er hockte sich wie zuvor neben seinen Freund und berührte sacht dessen Brust. »Ned«, sagte er leise. »Ned, ich nehme dich mit. Komm, mein Alter. Du musst hier fort.«

Der Liegende regte sich schwach und schlug die Augen auf. Der brennende, flehende Blick richtete sich auf Idris, die zerbissenen, aufgesprungenen Lippen wichen von den Zähnen, ein kaum wahrnehmbares Stöhnen erklang.

Idris griff nach Neds Hand und schauderte, als er die blutige, zerrissene Haut des Gelenks berührte. »Komm«, sagte er beherzter, als er sich fühlte. »Ich lasse Molly holen, sie wird dich …«

Der schrille Aufschrei ließ ihn verstummen. Ned richtete sich auf und griff mit erstaunlicher Kraft nach Idris' Schulter, packte ihn und zog ihn an sich. Pawel Fjodorowitsch wollte eingreifen, aber Idris hielt ihn mit einem scharfen »Nein« zurück.

»Was willst du, Ned?«, fragte er leise.

Das bleiche Gesicht seines Freundes, die glühenden, flehenden Augen, die klammernden Hände ängstigten ihn nicht, etwas lag in der wahnsinnig anmutenden Miene, das ihn an den alten Ned erinnerte.

»Idris«, flüsterte die hauchige Stimme. »Gib mir … bitte …« Die Finger kratzten über Idris' Handgelenk, öffneten erneut einen der tiefen Kratzer, aus dem dunkles Blut zu sickern begann. »Gib mir …«

Idris sah starr zu, wie das Wesen seine Lippen auf den Kratzer presste und rasend daran zu saugen begann. »Zu wenig«, brachte es zwischen den saugenden, schmatzenden Geräuschen heraus. »Zu. Zu …«

Mit einem schnellen Entschluss, den er sich selbst nicht erklären konnte, riss Idris seinen Kragen auf und beugte sich tiefer. Er griff nach Neds Kopf und drehte ihn zu sich, drückte ihn an seine Kehle. »Nimm dir, was du brauchst«, sagte er.

Der stille Russe, der hinter Ned stand, machte eine heftige Bewegung, aber Idris sah ihn beschwörend an. »Pavel Fjodorowitsch«, sagte er, »trennen Sie uns erst, wenn es droht, mein Leben zu gefährden. Nicht früher.«

Der Russe nickte und kehrte in seine vorige, wachsame Haltung zurück.

Idris verharrte reglos und spannte nur kurz seine Muskeln an, als sich Neds Zähne mit einem scharfen Biss in seinen Hals bohrten. Er drängte den unwillkürlichen Impuls beiseite, der ihn dazu bringen wollte, diesen Alptraum zu fliehen, und zwang sich, ruhig und gelassen vor Wymond hocken zu bleiben, ihn sogar an sich zu ziehen und die Arme so um den zerbrechlich leichten Körper zu legen, dass Ned ohne Schwierigkeiten von ihm trinken konnte. Er senkte den Kopf und schloss die Augen, kämpfte darum, dieses grauenhafte Gefühl zu ertragen, dass sein Blut langsam aus ihm herausströmte. Seine Hände wurden kalt und kribbelten und leichter Schwindel erfasste ihn.

Der Schwindel wurde stärker, er bemerkte, dass er zu schwanken begann. Eine Hand berührte seine Schulter, schob sich zwischen ihn und Wymond und trennte den flüsterleise stöhnenden Vampir von Idris. Wymond krallte nach ihm, aber Pavel Fjodorowitsch hielt ihn in festem Griff und bedeutete Idris, er möge sich einen Moment lang ausstrecken. Idris schloss die Augen und bemühte sich, nicht einzuschlafen. Etwas Kühles berührte seine Haut, ein feuchtes Tuch säuberte seinen Hals und seine Schulter, dann hielt Pavel ihm eine Taschenflasche an den Mund. Scharfer, kratziger Schnaps füllte seine Kehle, rann heiß in seinen Magen und weckte ihn jäh auf.

Idris erhob sich, richtete seine Kleider und warf mit einem Schulterzucken den Mantel ab, um Wymond darin einzuhüllen. Er stand ein wenig wackelig auf und hob Wymond auf seine Arme. »Nein, ich trage ihn«, wehrte er Pavel Fjodorowitschs wortloses Angebot ab. »Nehmen Sie solange meinen Stock und geleiten Sie uns hinaus, ich bitte Sie.«

Der knochendürre Körper wog leicht wie der eines Kindes in seinen Armen, aber dennoch begannen seine Muskeln zu zittern, als sie die ersten vier oder fünf Zimmerfluchten durchquert hatten. Idris war zu stolz, um um eine Pause zu bitten, er biss die Zähne zusammen und schleppte sich weiter.

»Lassen Sie mich ihn ein Stück nehmen«, wandte der schweigsame Russe sich an ihn. »Es wäre mir eine Freude. Sie haben Sofia Alexejewna einen großen Gefallen erwiesen, Mylord.«

Idris sah Pavel Fjodorowitsch zum ersten Mal richtig an. Der Mann hatte ein schmales, grüblerisches Gesicht, das Antlitz eines Gelehrten oder Mönches. Sein Blick war offen und geradeheraus und seine ausgestreckten Hände signalisierten nichts als die Bereitschaft, zu Diensten zu sein.

»Danke«, sagte Idris widerstrebend, »es wäre freundlich von Ihnen … bis zur Tür. Dann bin ich wieder bei Kräften.«

Pavel lehnte Idris' Stockdegen gegen eine Truhe, hob Wymond ohne weitere Umstände in seine Arme und sie gingen schweigend weiter.

»Es ist der Blutverlust, Mylord«, sagte der Russe eine Weile später. »Sie müssen schlafen, gut essen und trinken. Sie sind ein starker, junger Mann, der sich schnell erholt.« Er sah kurz zu Idris hin und wandte den Blick wieder ab. »Sie waren vor kurzem krank.«

»Ja, das stimmt.« Idris hob erstaunt eine Braue. Er stützte sich auf seinen Stock und kämpfte gegen die Versuchung an, sich auf dem Boden zusammenzurollen und die Augen zu schließen. »Woher nehmen Sie diese Erkenntnis?«

»Ich war einst Arzt«, sagte der Mann mit einem Hauch von Wehmut in der Stimme. »Es ist lange her. Aber ich erkenne immer noch …« Er verstummte und sprach auch nicht weiter, bis sie die Halle erreicht hatten.

Jetzt erst fiel Idris auf, dass sie auf ihrem Weg keinem der Geschöpfe der Nacht begegnet waren. Er machte eine diesbezügliche Bemerkung und Pavel Fjodorowitsch lächelte. »Großfürstin Sofia hat befohlen, dass wir unbehelligt bleiben«, sagte er und nickte dem Diener zu, der lautlos zur Tür eilte und sie öffnete. »Es wäre mir lieb, wenn ich das Haus nicht verlassen müsste. Darf ich nunmehr meinen Bruder wieder in Ihre Obhut geben?«

Idris presste die Lippen aufeinander und nickte schroff. Er klemmte seinen Stockdegen unter die Achsel und hob Wymond auf. »Danke«, sagte Idris und neigte den Kopf. »Meine Empfehlung an Ihre Königliche Hoheit.«

Der Russe legte die Hände aneinander und verneigte sich. »Wir sind Ihnen zu Dank verpflichtet, Mylord.« Mit diesen Worten verschwand er lautlos im düsteren Hintergrund des Hauses.

Die frische, kalte Luft war wie ein Schlag ins Gesicht. Idris trug Wymond die Stufen hinunter und fand sich vor seiner wartenden Kutsche wieder. Baines, der ein wahrer Schrank von einem Kutscher war, nahm Idris das in den Mantel gewickelte Bündel Mensch ab und verfrachtete beide in die Kutsche, packte sie mit der Fürsorglichkeit einer Mutter in die bereitliegenden Decken und fragte dann: »Nach Hause, Mylord?«

Idris ergab sich dem schaukelnden Rumpeln der Kutsche, sein Kopf wippte im Takt der rollenden Räder, er war beinahe zu erschöpft, sich um seinen Freund zu kümmern, der mit jedem Schaukeln, jedem Holpern hart gegen die Wand der Kutsche geworfen wurde. Idris streckte mit Anstrengung den Arm aus und zog Wymond erneut an seine Brust, hielt ihn fest und schloss die Augen.

17

Molly Platt war eine fröhliche, rotwangige und mütterliche Person in mittleren Jahren, die ebenso gut eine Köchin oder ein Kindermädchen hätte sein können, oder die Haushälterin einer älteren Dame. Idris hatte sie unverzüglich holen lassen und ihr, noch bevor er selbst ein Bad nehmen und etwas essen wollte, mitgeteilt, dass er sie in den nächsten Tagen ausschließlich für Ned Wymond benötige. Das Geld, das zu diesen Worten den Besitzer wechselte, verwandelte den Protest, den Molly Platt anstimmen wollte, in ein verwundertes und erfreutes Murmeln und die Bitte um Schreibzeug und einen Boten, damit sie ihren Stammkunden Bescheid geben und ihnen einen Ersatz vorschlagen könne.

Beides wurde ihr versprochen, ebenfalls eine herzhafte Mahlzeit und ein Zimmer in Ned Wymonds Nähe. Molly schälte sich aus ihrem Umhang, zog die Handschuhe aus und sagte: »Bringen Sie mich zu ihm, Mylord. Ich will mir ein Bild verschaffen, wie sein Zustand ist.«

Idris stand am Fußende des Bettes und sah der Blutamme zu, wie sie sich über den reglos Daliegenden beugte. Das Lächeln war schon beim ersten Anblick aus ihrem freundlichen Gesicht gewichen und hatte einem besorgten Stirnrunzeln Platz gemacht. Sie biss sich auf die volle Unterlippe und gab kleine, bekümmert klingende Laute von sich, während sie Neds Hals, Wangen und Arme betastete. »Was ist mit ihm geschehen?«, fragte sie, ohne sich Idris zuzuwenden. »Hat man ihn gefangen gehalten?« Sie drehte vorsichtig Neds Handgelenk und begutachtete die Wunden darin. Ihr Stirnrunzeln wurde tiefer, sie stieß einen entsetzten Laut aus. »Das habe ich schon einmal gesehen«, sagte sie und legte Neds Hand vorsichtig auf das Laken zurück. Seine Haut war ebenso weiß wie das Bettzeug. »Er hat sich selbst … das ist eine schlimme Sache. Sehr, sehr schlimm.«

»Können Sie ihm helfen, Mrs Platt?«, fragte Idris ungeduldig. Er war so erschöpft, dass er sich am Bettpfosten festhalten musste.

Sie legte zwei Finger an Neds Kehle und schüttelte abwehrend den Kopf. »Er wird nicht trinken wollen«, sagte sie. »Ich habe das schon einmal erlebt. Wenn sie sich selbst verzehren, wollen sie nicht mehr von anderen … oh?« Ihre aufgerissenen Augen starrten Idris' Hals aus, den er wortlos vor ihr entblößte. Die Bissmale schmerzten wie Brandwunden.

Molly Platt erhob sich langsam und streckte die Hand aus, um die Wunden zu berühren. »Sie haben ihm ihr Blut gegeben«, sagte sie beinahe ehrfürchtig. »Sie sind entweder ein sehr mutiger oder ein sehr dummer Mann, Mylord. Verzeihen Sie meine offene Sprache.«

Idris schloss sein Hemd und schüttelte matt den Kopf. »Ich bin sicherlich Letzteres, Mrs Platt. Aber Lord Edward ist mein Freund.«

Ihre Hand ruhte kurz und warm auf seiner, dann wandte sie sich lebhaft zu Wymond um und begann, ihr Mieder aufzuknöpfen. »Gehen Sie bitte hinaus, Mylord«, sagte sie. »Ich bin es nicht gewöhnt, dabei Zuschauer zu haben.« Sie beugte sich vor und zog Wymond auf ihren Schoß. Das durch die geschlossenen Vorhänge sickernde Tageslicht sorgte für eine dämmrige Beleuchtung im Zimmer, die Einzelheiten gnädig abmilderte, aber dennoch erschrak Idris, als er Wymonds abgezehrte Züge erblickte. In der finsteren Hölle des großfürstlichen Palais hatte er Neds Aussehen schon als erschreckend und abstoßend in einem Maße empfunden, das er kaum auszuhalten gewillt war, aber hier, im sauberen Bettzeug, in der behaglichen Ausstattung eines Schlafzimmers, war der Anblick sogar noch schockierender und grausiger. Er blieb wie gebannt stehen und starrte seinen Freund an, dessen Augen so tief eingesunken waren, dass sie ihn wie aus einem Totenschädel ansahen. Ihr Blick war leer und erloschen, die Züge seines Gesichtes krampfhaft verzerrt, so dass die Lippen den Blick auf seine Zähne freigaben.

»Mylord«, sagte die Blutamme geduldig und bettete Wymonds Kopf an ihrer Schulter. »Gehen Sie bitte hinaus.«

Idris gehorchte ihr und lehnte sich draußen für einige raue Atemzüge gegen die Tür. Es war sehr wahrscheinlich, dass er einen Sterbenden aus dem Palais getragen hatte und Ned Wymond dort drinnen jetzt seine letzten Atemzüge tat. Sein Aussehen war das eines Todgeweihten. Alles, was die Blutamme jetzt noch versuchen konnte, war ein Aufschub des Unabwendbaren. Idris wusste, dass er nicht aus einer momentanen, verzagten Anwandlung so dachte. Die Großfürstin hätte ihm niemals erlaubt, Ned Wymond mit sich zu nehmen, wenn sie nicht selbst davon überzeugt gewesen wäre, dass sein Freund nicht mehr zu retten war.

Er ging hinunter und rief nach Wilby, bestellte ein kräftiges Frühstück und zog sich dann in sein Schlafzimmer zurück. Wenn er ehrlich war, fühlte er sich auch nicht gerade so, als könnte er es heute mit einem oder zwei Meuchelmördern aufnehmen. Wahrscheinlich würde ihn sogar der beherzte Angriff eines Rehpinschers zu Fall bringen.

Er aß und schlief, erwachte gegen Mittag und erkundigte sich bei Wilby nach Mrs Platt.

»Sie nimmt gerade in der Küche etwas zu sich«, erwiderte sein Kammerdiener und rümpfte dabei ein wenig die Nase.

Idris ließ sich von ihm ankleiden und ging dann in die Küche hinunter. Ein Küchenmädchen japste leise und ließ den Teller fallen, den sie gerade abtrocknete, die Köchin sprang vom Tisch auf und versank in einen tiefen Knicks. »Eure Lordschaft«, stammelte sie und rieb hektisch ihre roten Hände an der Schürze, als befürchtete sie, er würde ihr einen Handkuss anbieten. »Eure Lordschaft. Wie … was …«

»Ganz ruhig, Mrs Horne«, sagte Idris und sah Molly Platt an, die keine Anstalten machte, ebenfalls aufzustehen. Die Blutamme hatte dunkle Ringe unter den Augen und ihre Gesichtsfarbe war nicht mehr ganz so blühend wie noch am Morgen, aber sie lächelte ihn an, und Idris lächelte erleichtert zurück. »Er lebt?«

Molly trank einen großen Schluck aus dem Becher, den sie in der Hand hielt und stand dann auf. »Gehen wir hinauf, Mylord«, sagte sie. »Ich möchte Sie darum bitten, noch eine Freundin von mir einzuladen, damit wir uns abwechseln können.« Sie nahm ohne große Umstände seinen Arm und dirigierte ihn aus der Küche, als wäre sie die Hausherrin und er ein Dienstbote. Idris grinste über das vollkommen konsternierte Gesicht der Köchin, zwinkerte dem errötenden und kichernden Küchenmädchen zu und schloss die Tür hinter sich. »Sie machen mich bei meinem Personal gerade unmöglich«, sagte er, was Mrs Platt mit einem Achselzucken abtat.

Im Salon ließ Molly Platt sich auf einem gepolsterten Stuhl nieder und faltete die Hände im Schoß. Sie musterte Idris mit einem geradezu strengen Ausdruck. »Sie müssen sich ausruhen und viel essen«, sagte sie mahnend. »Und trinken. Wasser, rote Säfte, kräftige Brühe. Sie haben zu viel von ihrem Blut verloren, das sehe ich an ihrer Gesichtsfarbe. Sie ist ein wenig zu gläsern.«

Idris erwiderte ihren eindringlichen Blick und nickte knapp und abwehrend. »Danke für Ihre Fürsorge, Mrs Platt.«

Sie hob die Hand, wackelte mit dem Zeigefinger. »Ich habe zu viele Mädchen sterben sehen, weil sie die einfachsten Regeln nicht beachtetet haben. Das ist mein Metier, Mylord, ich verstehe davon eine Menge.«

Idris senkte kurz den Blick. »Ich bitte um Vergebung, wenn ich herablassend geklungen haben sollte, Mrs Platt. Aus mir sprach die Sorge für meinen Freund, nicht eine Missachtung Ihrer Person.«

Mit einem hoheitsvollen Neigen ihres Kopfes nahm sie seine Entschuldigung an. »Darf ich also darum bitten, eine meiner Freundinnen zweimal am Tag kommen zu lassen, damit sie mir hilft, Ihren Freund wieder zurückzuholen?«

Idris hob beide Hände. »Was auch immer Sie benötigen, Sie müssen es nur verlangen. Ich gebe meinem Personal den Befehl, Ihre Wünsche und Anweisungen zu erfüllen, als kämen sie von mir persönlich.«

»Eure Lordschaft sind zu gütig«, sagte Mrs Platt und wirkte dabei so jovial, als hätte sie ihm einen Gefallen getan. Idris entschied, dass er die Blutamme von Herzen schätzte.

»Geben Sie also Ihrer Freundin Bescheid«, sagte er. »Was benötigen Sie außerdem?«

»Ich werde eine Liste anfertigen«, sagte Molly Platt. »Es handelt sich aber hauptsächlich um Lebensmittel, keine Sorge. Ich werde Sie nicht ausrauben.« Die Fältchen in ihren Augenwinkeln vertieften sich. »Abgesehen natürlich von meinem exorbitanten Honorar dafür, dass Sie meine Dienste exklusiv erhalten.«

»Einverstanden mit allem«, seufzte Idris und lachte. »Gut, dann … bitte ich um Ihren Bericht. Wie schätzen Sie den Zustand meines Freundes ein und wie sind seine Aussichten auf Genesung?«

Molly Platt wurde ernst und sachlich. Sie legte die Hände zusammen und nickte langsam. »Um gleich mit dem unangenehmen Ende zu beginnen: Seine vollständige Genesung wird nicht von heute auf morgen möglich sein«, sagte sie. »Ich habe noch nie zuvor einen so weit fortgeschrittenen Fall von Auszehrung erlebt, Mylord.«

»Aber er wird überleben.« Idris knetete seine Hände.

Molly Platt sah ihn beinahe empört an. »Ich werde mich um ihn kümmern«, erwiderte sie scharf. »Ich habe noch nie einen meiner lieben Jungen verloren. Noch nie!«

Idris stieß den Atem aus und sank zurück gegen die Rückenlehne der Chaiselongue, auf der er saß. »Gut«, sagte er und rieb sich über die Augen. »Gut, dann … Gut.« Er kämpfte gegen einen Anfall von Erschöpfung, der seine Glieder zu Blei werden ließ. Am Rande bemerkte er, dass sich ein paar kräftige Hände um seine Fußknöchel schlossen, sie mit einem energischen Ruck auf das Polster beförderten, seine Schuhe auszogen, seine Weste und den Hemdkragen öffneten und eine Decke über ihn breiteten. Er ließ die Handreichungen, die denen einer erfahrenen Pflegerin glichen, willenlos über sich ergehen und sank unvermittelt in einen unruhigen Schlummer.

Er erwachte vom Geruch einer kräftigen Brühe, die neben seinem Kopf auf einem herangerückten Tischchen stand. Heißhungrig löffelte er den Napf bis auf den letzten Tropfen aus und klingelte dann nach seinem Kammerdiener, bestellte ein Abendessen in sein Arbeitszimmer und bat um die Post.

Er genoss die Ruhe und den Frieden, der von dem prasselnden Kaminfeuer ausging, blätterte die Zeitungen durch und machte sich daran, seine Korrespondenz zu erledigen. Einladungen, Bittschreiben, die Rechnung seines Schneiders, ein Brief seiner Tante und ein zweiter, der von seiner Schwester Elinor stammte. Diesen begann er nun besonders sorgfältig und mit großer Rührung zu lesen. Nell war sein Liebling, seine kleine Schwester, die er so lange hatte schmerzlich entbehren müssen. Dies war der schlimmste Preis, den er für das Zerwürfnis mit seinem Vater zahlen musste – er hatte Nell seit einigen Jahren nicht mehr gesehen. Sie schrieb ihm regelmäßig, wenn auch selten, und hielt ihn auf dem Laufenden, was in Grenbury Hall vor sich ging. Niemals hatte sie ihn darum gebeten, nach Hause zu kommen. Sie hatte angedeutet, dass er ihr fehlte, dass er ihnen allen fehlte, aber sie hatte niemals auf ihn einzuwirken versucht, er möge seinen Sinn wandeln.

Niemals. Bis heute.

»Idris, liebste Bruder«, schrieb sie, nachdem sie einige belanglose Grußworte geschrieben hatte, »es ist an der Zeit, dass du zurückkehrst. Du weißt, dass ich dich nicht ohne triftigen Grund darum bitten würde, deshalb hoffe ich, du wirst deinen Groll hinter dir lassen können und nach Hause kommen, so schnell es dir möglich ist. Unser Vater wurde von einem Schlagfluss niedergestreckt.«

Idris ließ den Briefbogen fallen und legte die zitternde Hand vor die Augen. So verharrte er lange, bis er es wagte, auch den Rest des Briefes zu lesen.

»Vater ist auf dem Weg der Besserung, auch wenn eine teilweise Lähmung zurückgeblieben ist, die seine linke Hand und sein Gesicht betrifft, auch ist seine Sprache undeutlich geworden und er findet oft die rechten Worte nicht. Doktor Henderson ist zuversichtlich, dass Vater nicht in den nächsten Wochen sterben wird, immer vorausgesetzt, dass kein zweiter Schlag ihn trifft, was Gott verhüten möge. Deshalb glaube ich, dass es gut wäre, für dich, für Vater und für die ganze Familie, wenn du nach Hause kämst. Schnell, lieber Bruder, und wenn es dir möglich ist, auch für längere Zeit. Meine Feder sträubt sich, wenn ich schreiben will: bis es denn zu Ende ist … denn ich wünsche mir von ganzem Herzen, dass unser Vater noch lange bei uns weilt, aber das kann uns niemand sagen oder gar versprechen.

Komm nach Grenbury Hall, mein über alles geliebter Bruder.
Ich bitte dich so sehr.
Für immer deine ergebene Schwester
Elinor.«

Mit einem äußerst unflätigen Fluch schleuderte Idris sein Glas in den Kamin und fluchte erneut, als die Flammen aufloderten und die Splitter ins Zimmer explodierten wie Schrapnelle.

»Oh, da hat aber jemand gute Laune«, erklang die ironische Stimme des Viscounts Raventhorne. »Was ist passiert? Hat Wymond den Löffel abgegeben?« Sein beunruhigter Blick strafte allerdings den leichtfertigen Ton Lügen. Er schloss die Tür hinter sich und kam auf Idris zu.

Idris fuhr mit beiden Händen durch sein Gesicht und schüttelte den Kopf. »Nein, nein«, sagte er mit belegter Stimme. »Es ist etwas Privates. Wymond wird es wohl überleben, wenn ich Molly Platt Glauben schenken darf.« Er lachte kurz und böse. »Setz dich hin, Raventhorne, und hör auf, mich anzuglotzen wie eine sterbende Kuh.«

Der Viscount schnalzte missbilligend mit der Zunge, folgte aber der Aufforderung. »Also kann ich mit dir reden?«

Idris machte eine Handbewegung, die diese Erlaubnis einschloss und gleichzeitig auf die Brandy-Karaffe deutete.

Raventhorne schenkte sich ein und schob Idris ein Bündel Papiere hin. »Mit bestem Gruß unseres verrückten Freundes«, sagte er und hob das Glas an die Lippen.

Idris überflog die Papiere, runzelte die Stirn und begann dann noch einmal gründlicher zu lesen. »Woher stammen diese Erkenntnisse?«, fragte er.

»Unsere üblichen Quellen, einige Zeugenaussagen, die uns die Bow Street freundlicherweise kopiert hat und die beiden Männer, die Cavanaugh auf unsere Hauptverdächtigen angesetzt hat.« Raventhorne musterte ihn eindringlich. »Du solltest erleichtert sein. Jedenfalls fand Cave das.«

Idris schnaubte und las ein drittes Mal. »Gut, damit hätten wir den Auftraggeber und seine Motive«, sagte er endlich schroff und stieß die Papiere auf dem Tisch zusammen. »Ich bin, wie du dir denken kannst, alles andere als erleichtert.«

Raventhorne nickte mitfühlend. Er rückte seine Augenbinde höher und schabte über seinen Wangenknochen, rieb sein Auge. Idris wusste, dass das böse Auge an manchen Tagen beständig schmerzte und juckte und darüber hinaus extrem lichtempfindlich war. Raventhorne pflegte nicht zu klagen, aber die Linien in seinem Gesicht vertieften sich, wenn einer der schlimmen Tage war. Unter der verschobenen Stoffbinde konnte Idris die transformierte Haut sehen, die bleich, beinahe bläulich schimmerte wie ein Molchbauch. Das Auge war rund und glänzend gelb und hatte eine geschlitzte Pupille. Idris wandte hastig den Blick ab und betrachtete seine Hände. »Was schlägt Cavanaugh vor?«

»Folgendes«, sagte Raventhorne und beugte sich lebhaft vor. »Du wirst Hathaway einladen. Du schreibst ihm, dass du dringend mit ihm sprechen musst, und zwar in einer Angelegenheit, die euch beide beträfe, er wüsste sicherlich, wovon du sprichst. Es ginge dir um eine gütliche Einigung.«

Idris lehnte den Kopf zurück und schloss die Augen. Bittere Galle lag auf seiner Zunge. »Ich wusste, dass er mich hasst«, sagte er leise. »Aber ich habe nie begriffen, wie weit er in seinem Hass zu gehen bereit war.« Er öffnete die Augen und starrte an die Decke. »Das wird meinen Vater umbringen.«

»Auden«, beschwor Raventhorne ihn, »bitte bleib auf einer sachlichen Ebene. Wir haben die Chance, ihn zu erwischen und ihm das Handwerk zu legen. Er ist ein Hochverräter. Er muss Helfershelfer haben, und die wollen wir ebenfalls ausheben. Dafür müssen wir ihn unter Druck setzen können. Der Mord an deiner Mätresse und die Anschläge auf dich sind ein wunderbares Druckmittel. Um einer Anklage wegen Mordes und einer Hinrichtung zu entgehen, wird er uns seine Hintermänner ans Messer liefern.«

Idris fluchte wieder. Er setzte sich auf und griff nach seinem Schreibzeug, zögerte. »Ich muss nach Hause«, sagte er. »Ich wollte morgen abreisen.«

»Das geht nicht.« Raventhorne klang entschieden. »Die Aktion steht und fällt mit dir. Auden, sei vernünftig. Du warst Jahre nicht zu Hause, das kann doch jetzt wirklich noch eine Woche oder zwei warten.« Er legte die Hände auf den Tisch und betrachtete den schweren Siegelring an seinem Zeigefinger, dessen dunkles Gold im Licht des Kaminfeuers beinahe rot schimmerte. »Ich verstehe dein Unbehagen«, sagte er leise, als fiele es ihm schwer, Verständnis zu äußern. »Ich an deiner Stelle wäre auch mehr als angewidert und enttäuscht. Aber willst du denn nicht auch, dass wir den Verbrecher fassen? Ich bin sicher, Sidmouth wird alles tun, um den Deckel darauf zu halten und dem Ruf deiner Familie keinen Schaden zuzufügen.«

Idris schnaubte wieder. Er griff nach Papier und Feder und warf einige zornige Zeilen aufs Papier. Er blies über die feuchte Tinte und reichte es Raventhorne. »So?«

»Perfekt.« Raventhorne las die Zeilen und nickte. »Er wird anbeißen, und dann haben wir ihn. Du empfängst ihn im grünen Salon, der mit der Schiebetür und dem Kabinett auf der anderen Seite. Wir werden dort Männer postieren und ich werde Sir John bitten, sich zu ihnen zu gesellen. Gegen seine Aussage wird niemand die Stimme zu erheben wagen.«

Das war richtig. Idris verzog die Lippen, als hätte er in eine Zitrone gebissen. »Gut. Stell den Brief zu. Je eher wir diese Farce hinter uns haben, desto schneller kann ich abreisen. Wymond ist hier in guter Obhut, er braucht mich nicht.«

Raventhorne stand schon an der Tür. Ein letzter, aufmunternder Blick, ein kurzer Gruß, und er war fort.

Idris erledigte seine Korrespondenz mit halber Aufmerksamkeit. Als letztes antwortete er seiner Schwester, schrieb ihr mit Bedauern, dass er im Augenblick unabkömmlich sei, sich aber, so schnell wie es ihm möglich sei, freimachen und nach Grenbury Hall kommen werde. Er trug Grüße an seinen Vater und die Tante auf und setzte einen zärtlichen Gruß an Nell darunter, ehe den Brief versiegelte und nach Wilby klingelte.

Von Ned Wymond gab es nichts Neues zu berichten, allerdings war eine zweite, wie Wilby sagte, erstaunlich altjüngferlich erscheinende Dame eingetroffen, um sich abwechselnd mit Mrs Platt um den Kranken zu kümmern.

Idris schickte Wilby zu Bett. Er wusste, nach dem Brief seiner Schwester würde er keinen Schlaf finden, also erschien es das beste, sich mit einer Karaffe Brandy vor dem Kamin einzurichten.

Er starrte in die Flammen, genoss den rauchigen Geschmack des Weinbrands und dachte an seine Familie. Das Zerwürfnis mit seinem Vater, so einschneidend es sich auch auswirkte, erschien klein und beinahe belanglos, wenn er nun darauf zurückblickte. Es war entstanden aus einem Streit, der um immer dieselbe Sache ging. Idris war von einer Auseinandersetzung mit zwei pöbelhaften jungen Gentlemen aus London nach Kent geflüchtet, voller Zorn und Abscheu, und hatte seinen Vater mit der Frage konfrontiert, warum dieser nicht Corin an seiner Stelle als Erben einsetzte.

Harmon Hathaway, der Duke of Grenville, hatte voller Unverständnis reagiert und recht barsch gesagt, Idris möge aufhören, zu flennen und sich unter seinem Bett zu verstecken, sondern solle, bei Jupiter, die Arschbacken zusammenkneifen und sich Problemen stellen wie ein Mann.

Sein Vater, ein würdevoller Herzog, wie er im Buche stand, fluchte nie. Idris hatte ihn sprachlos angestarrt und sich dann ein Herz gefasst und ihm, ruhiger diesmal, zu erklären versucht, dass es doch für sie alle die sinnvollste Lösung wäre, wenn der Duke seinen ältesten Sohn endlich öffentlich und offiziell als das brandmarkte, was er war – ein Wechselbalg – und seinen jüngeren Sprößling, Corin, der schließlich von seinem Fleisch und Blute sei, zum Nachfolger …

Weiter war er auch dieses Mal nicht gekommen. Sein Vater loderte vor Zorn. »Sie sind mein Sohn und Erbe«, hatte er gebrüllt, hochrot im Gesicht, dass Idris fürchten musste, der Herzog würde jeden Moment vom Schlag getroffen. »Sie werden sich nicht vor Ihrer Verantwortung davonstehlen, nur weil Ihnen hier und da ein wenig der Wind ins Gesicht bläst. Sie behaupten ein Mann zu sein, Auden, also benehmen Sie sich nicht wie eine winselnde Memme!«

Idris, der ebenfalls spürte, wie ihm der Blutdruck stieg, entgegnete dennoch höflich, sein Vater möge sich besinnen. In der Gesellschaft würde offen darüber geredet, dass er ein Changeling sei, und es wäre doch nur eine Frage der Zeit, bis seine Majestät selbst auf den Duke zukommen und ihm befehlen würde, einen annehmbaren Erben für den Titel zu präsentieren. »Ihr wisst selbst, wie der Artus zum Volk der Sidhe steht, Vater«, hatte er hinzugefügt.

Sein Vater, mit einem Mal ganz leise und ruhig, hatte sich in seinen Lieblingssessel fallen lassen, die Hand auf den Kopf eines seiner Hunde gelegt und Idris lange angesehen. »Ja, das weiß ich, Auden«, hatte er geantwortet. »Ich weiß es wahrhaftig. Ich war George mein Leben lang ein treuer und guter Freund und Seine Majestät hat es mir mit gleicher Freundschaft vergolten.« Er blickte auf seine Hand nieder, die auf dem großen Kopf der Dogge ruhte. »Er ist, so lange er bei Verstand war, nie von der Aussage abgewichen, in dir meinen Nachfolger und zukünftigen Duke of Grenville zu sehen. Er kannte die Hintergründe, Auden, also erzähle mir nicht, der Artus hätte nicht gewusst, wovon er redet!«

Idris hatten diese Worte sprachlos gemacht. Niemals, nie und nimmer, wäre George, der siebenundzwanzigste Artus, die heiligste Majestät, König von England, Schottland und Irland, Kaiser von Indien und Herrscher über das Commonwealth, damit einverstanden, einen Changeling ungewisser Abkunft mit einem der höchsten Titel seines Reiches auszuzeichnen. Das musste ein Irrtum sein, seinem Vater musste es gelungen sein, den König über Idris' wahre Natur im Dunkeln zu lassen oder er hatte seine Majestät auf unverzeihliche Art in die Irre geführt – aber warum? Da war Corin, sein leiblicher Sohn, er war ehrgeizig und intelligent, er würde einen hervorragenden Herzog abgeben …

Idris sprach diese Überlegungen unbesonnen laut aus und danach brüllten er und sein Vater sich so lange und heftig an, bis Idris türenschlagend und mit dem Ausruf, er werde Grenbury Hall nie mehr betreten, das Zimmer verlassen hatte.

Es war lächerlich. Wie vollkommen lächerlich, sich wegen einer solchen Lappalie mit seiner Familie zu überwerfen – und wie vollkommen sinnlos dazu! Wenn sein Vater starb, würde Idris seine Nachfolge antreten – ganz gleich, ob er nun drei Jahre lang kein Wort mit ihm gewechselt hatte oder nicht. Er hatte ihnen allen nur Schmerz zugefügt durch sein dickköpfiges und unversöhnliches Verhalten.

Idris brütete vor sich hin, trank mehr, als er gewöhnlich zu trinken pflegte, und vermisste Ned Wymonds Gesellschaft. Wymond, der ihn früher aus einer solchen Stimmung unfehlbar herausgeholt hätte mit seinen Witzen, seinem unverwüstlich optimistischen Blick auf die Welt, seiner leichtfüßigen Art, um düstere Stimmungen und schwere Probleme so lange herumzutänzeln, bis sie begannen, sich in Luft aufzulösen.

Idris seufzte und versank noch tiefer in Schwermut. Dieser Ned Wymond war an dem Tag gestorben, als er sein Blut und sein Leben der Großfürstin geschenkt hatte. Seither war Neds Leichtfertigkeit nur noch eine hohle Fassade, die gute Laune und der sprudelnde Humor hatten eine fiebrige, krankhafte Façon angenommen, Ned war ein Getriebener, der von einer Zerstreuung zur nächsten taumelte und seine Sinne mit Alkohol und Fleischeslust betäubte.

Idris trank und grübelte. All das, all diese Überlegungen und Erinnerungen sollten ihn doch nur von dem einen Gedanken ablenken, der im Zentrum seines Schmerzes steckte wie ein giftiger Pfeil und an den er nicht zu rühren wagte, weil er glaubte, es nicht ertragen zu können. Es war ihm bewusst, dass es genügend Menschen gab, die ihn allein dafür hassten und verachteten, dass er ein Wechselbalg war. Aber dass dieser Hass, diese Verachtung so weit gehen würde, dass ein Familienmitglied, einer der Menschen, die ihm doch am nächsten stehen sollten, ihn so sehr auszulöschen wünschte, dass er Mordgesellen damit beauftragte …

Idris trank und legte den Kopf an die Rückenlehne des Sessels. Er schloss die Augen und genoss einige Minuten lang nur die Wärme, die das Feuer abstrahlte.

Die Tür des Zimmers öffnete und schloss sich, leichte Schritte wisperten über das Parkett auf ihn zu. Idris blickte nicht zu dem Eintretenden hin. »Was gibt es, Wilby?«, fragte er müde. »Hatte ich Sie nicht zu Bett geschickt?«

Der Eintretende antwortete nicht, er ließ sich vielmehr mit dem Geräusch von raschelndem Stoff auf dem Sofa nieder. Idris seufzte unhörbar. Wahrscheinlich die tüchtige, aber jede Etikette vermissen lassende Mrs Platt mit ihrem Rapport. »Gehen Sie«, sagte er und wandte den Kopf ab. »Ich bin müde. Sagen Sie mir morgen, was Sie zu berichten haben.«

Wieder raschelte leise der Kleiderstoff. Ein zarter Duft nach Limonen und grünem Gras wehte zu ihm herüber. Er kannte diesen Duft. Mit einem tiefen Einatmen legte er die Hände vors Gesicht.

»Bitte«, sagte er. »Ich bin heillos betrunken und überaus düsterer Stimmung. Dies ist kein guter Zeitpunkt, Isobel.«

Rascheln, Bewegung, dann kniete sie vor ihm und legte ihre Hände auf seine Schenkel. »Idris«, sagte sie, und sein Name klang wie süße Musik. »Du siehst krank aus. Ich habe gehört, dass ein Fieber …«

»Das ist überstanden«, unterbrach er sie schroff und sah sie an. Ihr aschblondes Haar schimmerte wie gesponnenes Gold im weichen Licht des Kaminfeuers. Ihre Augen waren Seen aus

Mondlicht und Silber, ihr Mund verlockend und rot. Er hob beinahe wider Willen die Hand und berührte zart ihre Wange, fuhr die Kontur ihrer Lippen nach. »Es ist viel passiert«, sagte er stockend. »Ned Wymond liegt nebenan auf den Tod, mein Vater wartet darauf, dass ich ihm ein letztes Lebewohl sage, jemand, der mir nahe steht, plant meinen Tod …« Er sah, wie sie beinahe unmerklich zusammenzuckte und unterbrach sich mit einem ärgerlichen Lachen. »Vergib mir. Warum belaste ich dich mit all dem? Ich bin grauenhaft betrunken, Isobel. Tu dir und mir den Gefallen und geh nach Hause.«

Sie stand schweigend auf. Idris sah es mit Erleichterung, aber auch einem Hauch Enttäuschung. Isobel lächelte auf ihn hinab, dann hob sie ihre Röcke und setzte sich auf seinen Schoß, legte ihren Kopf an seine Brust und küsste seine Fingerspitzen. »Ich bleibe«, sagte sie leise und zärtlich. »Wenn jemals ein Mann ausgesehen hat, als benötige er Gesellschaft …«

Idris wollte sie von sich stoßen, aber seine Arme entschieden sich dafür, sich um Isobel zu legen und sie fest an sich zu ziehen. Er neigte den Kopf, legte seine Stirn auf ihren Scheitel und atmete ihren Duft, Limone und Vanille und ein winziger Hauch von Tabakrauch und Schießpulver. Dies verdankte sie wohl dem zwielichtigen Dottore …

Sie saßen eine Weile so, dann stieß Idris einen langen Seufzer aus und hob den Kopf. »Danke«, sagte er. »Aber dennoch: Geh lieber heim, Isobel. Ich bin dir heute keine gute Gesellschaft.«

Sie musterte ihn sehr ernsthaft. »Ich glaube, jemand, der dich von deinem Elend erlöst, täte dir heute einen großen Gefallen«, sagte sie.

Idris lachte über diesen nicht sehr feinfühligen Scherz. Er passte zu Isobel Falconer. Sie war keine zarte Pflanze, die errötete und in Ohnmacht fiel, wenn in ihrem Beisein ein ungehöriges Wort fiel.

»Ja, womöglich hast du recht«, gab er zu. »Aber dennoch würde ich zu ihm sagen, wenn er jetzt mit gezücktem Dolch vor mir stünde: ›Haben Sie Geduld, werter Sir. In dieser Woche passt es mir ganz und gar schlecht. Lassen Sie mich meine Angelegenheiten regeln und Abschied von meiner Familie nehmen und dann sind Sie herzlich eingeladen und willkommen.‹« Er verstummte und das Lachen verlor sich in der Dunkelheit seines Gemütes. Er starrte ins Feuer und wiederholte melancholisch: »Herzlich willkommen.«

Isobel drückte zart einen Kuss auf seine Stirn, dann machte sie Anstalten, sich von seinem Schoß zu erheben. »Ich gehe dann wohl wirklich besser«, sagte sie.

Idris streckte die Hand aus und hielt sie fest. »Oder bleib«, sagte er leidenschaftlich. »Bleib bei mir, leg dich zu mir ins Bett, schlafe an meiner Seite. Als Freundin, nicht als Geliebte.«

Sie sah ihn mit einem undeutbaren Ausdruck in den kühlen Augen lange an, ehe sie den Kopf schüttelte. »Ich bin keine gute Trösterin«, sagte sie. »Und ich habe keine Übung darin, jemandem eine Freundin zu sein.«

Idris ließ sie nicht los. »Dazu bedarf es doch keiner Übung«, sagte er rau. »Und außerdem – der sonderbare Dottore ist nicht dein Geliebter, wie du selbst sagst. Also muss er doch wohl ein Freund sein?«

Isobel wich seinem Blick nicht aus, aber sie bejahte seine Frage weder, noch verneinte sie sie. Mit einer sanften, aber beharrlichen Bewegung entzog sie ihm seine Hand. »Ich bin nur gekommen, um mich zu verabschieden«, sagte sie, und das Bedauern schwang wie ein leiser Misston in ihrer Stimme. »Ich reise morgen oder übermorgen ab.«

Die Botschaft sickerte so langsam in sein benebeltes Gehirn, dass der Schock nicht wie ein Blitzschlag, sondern eher wie eine dumpfe Abfolge von lauten Geräuschen erschien. Idris blinzelte mehrmals und setzte sich auf. »Du gehst fort? Warum? Wohin?«

Sie verschränkte die Hände in einer abwehrenden Geste vor dem Leib. »Ich bleibe nie lange an einem Ort«, sagte sie kühl. »Ich bin ruhelos. Die Enge, das Gefühl, jeder kennt mich und sieht mich an, beobachtet mich … ich ertrage es nicht gut. Und dazu dieses grauenhafte Wetter.« Sie lächelte schwach. »In Italien ist es jetzt deutlich besser auszuhalten.«

Idris starrte sie immer noch an. »Wie überaus bedauerlich«, sagte er mühsam. »Ich hatte gehofft …«

Sie senkte den Blick und wich einen halben Schritt zur Tür zurück. »Nun ja«, sagte sie. »Ich hatte nie vor, allzu lange in London zu bleiben, und nun geht es eben weiter.« Ein kurzes Heben der Lider, ein Strahl Mondlicht traf ihn und ließ sein Herz erbeben. »Aber ganz ohne Abschied wollte ich nicht gehen, Lord Auden.« Sie neigte ein wenig steif den Kopf und wandte sich zur Tür.

»Isobel!« Er sprang auf und hielt sich an der Sessellehne fest, weil das Zimmer um ihn zu schwanken begann. »Isobel, warte. Du musst mir schreiben, du musst …«

Sie war in einer geschmeidigen Bewegung zur Tür hinaus, ihre Röcke wehten über die Schwelle, die Tür schlug zu.

Das war der Moment, in dem Idris den gotteslästerlichsten Fluch dieses an Flüchen nicht gerade armen Tages ausstieß.

18

Eine Woche verging in untätigem Warten. Der Brief war zugestellt, die Falle gespannt, um zuzuschnappen, alle Akteure standen bereit, aber die Maus war den Aussagen ihres Butler zufolge aufs Land gereist und ihre Wiederkehr in die Stadt wurde nicht vor dem nächsten Wochenende erwartet.

Idris trank mehr, als ihm guttat, wurde dafür von Raventhorne gerügt und von Cavanaugh mit einem dieser irritierenden Blicke bedacht, gefolgt von einer Berechnung, wie lange er dies treiben könne, ehe er im Delirium und von weißen Mäusen faselnd enden würde (ein Jahr plusminus sechs Wochen bei einer Wahrscheinlichkeit von 96 %). Idris schlug beides grimmig in den Wind und trank weiter. Er war immer eher mäßig in seinen Gewohnheiten gewesen, obwohl sein Ruf etwas anderes behauptete, aber die Warterei, die erzwungene Untätigkeit, die Sorge um seinen Vater und die erstaunlich schmerzhafte Entdeckung, dass die Abwesenheit von Lady Falconer ihm allerdings einiges ausmachte, ließen ihn jeden Gedanken an Mäßigung verwerfen.

Ein Lichtblick immerhin war es, dass Ned Wymond mit jedem Tag einen weiteren Schritt zurück in die Welt der Lebenden machte. Die beiden Blutammen wechselten sich in seiner Pflege ab, und Idris war überzeugt davon, dass kein Arzt und kein Pfleger ihm besser hätte helfen können als diese beiden unerwartet mütterlichen Frauen von zweifelhaftem Ruf.

Am zweiten Tag von Neds Aufenthalts in seinem Haus suchte Idris wie gewohnt gegen Mittag das Krankenlager auf und fand Wymond mit geöffneten Augen. Ned sah Idris reglos an, ohne ein Nicken, ein Blinzeln, ein Zeichen des Erkennens oder dafür, dass er Idris die Einmischung in sein Leben vergab.

Auf dem Stuhl neben seinem Lager saß die zweite Blutamme und strickte. Sie blickte auf, als Idris eintrat und nickte ihm mit der missbilligenden Miene zu, die sie immer aufsetzte, wenn sie seiner ansichtig wurde.

»Wie geht es dir?«, fragte Idris und sah Ned eindringlich an. »Du siehst gut aus.«

Das stimmte natürlich nicht, Ned Wymond machte immer noch den Eindruck, als läge er auf dem Totenbett, von einer zehrenden Krankheit dahingerafft. Aber er saß aufrecht, er hatte die Augen offen und war bei Bewusstsein, und seine Haut war nicht mehr gar so wachsbleich. Molly Platt und ihre Kollegin verstanden offensichtlich ihr Handwerk.

»Lassen Sie uns einen Moment allein«, sagte Idris, ohne den Blick von seinem Freund zu nehmen. Sie gab ein winziges, empörtes Schnaufen von sich, räumte aber kommentarlos den Platz und schloss leise die Tür hinter sich. Idris setzte sich auf ihren Stuhl, beugte sich vor und griff nach Wymonds Hand, um sich zu vergewissern, dass die eisige Kälte aus dessen Gliedern gewichen war.

Wymond duldete die kurze Berührung, zog die Hand dann aber weg. Er drehte den Kopf und sah Idris in die Augen. Idris erwiderte den Blick voller Unbehagen. Die Kälte, die Leere und vollkommene Fremdheit in Neds Blick erschreckten ihn beinahe ebenso wie sein leichenhaftes Aussehen. Aber zumindest sah er jetzt wieder aus wie ein Mensch, nicht wie eine Kreatur aus der finsteren Tiefe der Alpträume …

»Ned«, sagte Idris und blinzelte die Feuchtigkeit aus seinen Augen, »ich hoffe so sehr, dass ich das Richtige getan habe. Du bist mein ältester und bester Freund, mir teurer als mein eigener Bruder. Ich konnte dich dort nicht sterben lassen.«

Wymond erwiderte nichts, aber er senkte kurz die Lider, und als er sie wieder hob, war die Starre aus seinem Blick gewichen und er sah Idris mit einem Funken Wärme an, ehe er unvermittelt in den Schlaf fiel.

So ging es auch am nächsten und übernächsten Tag, wobei Idris mit Erleichterung feststellte, dass sein Freund mit jeder verstreichenden Stunde ein wenig gesünder und kräftiger auszusehen begann. Er tat eine diesbezügliche Äußerung zu Mrs Platt, die ihm beinahe erstaunt beipflichtete. »Natürlich geht es ihm besser«, sagte sie beinahe empört. »Maggie und ich kümmern uns schließlich um ihn!«

Am fünften Tag brach Wymond endlich sein Schweigen. Er fixierte Idris mit seinem matten, dennoch starren Blick und fragte: »Warum?«

Idris hob die Schultern. Die Anklage in Wymonds Blick schmerzte wie ein Schlag. »Ich konnte dich nicht sterben lassen«, sagte er wieder.

Wymond leckte sich kurz über die trockenen Lippen. »Meine Entscheidung«, flüsterte er.

»Deine Entscheidung, ja«, erwiderte Idris schroff. »Und ich bete zu Gott, dass einer von euch, sollte ich jemals diese Art von Entscheidung treffen, kommt und mich vor meiner Entscheidung rettet.«

Wymond wandte den Blick ab und wechselte in den nächsten Tagen kein Wort mehr mit Idris.

So geschah es, dass Idris der unangemeldete Besuch von Portia Redgrave am späten Freitag Mittag bereits in einem Zustand fortgeschrittener Trunkenheit überraschte.

Idris betrat den Salon, in dem sie wartete. Portia stand am Fenster und blickte in den kahlen Garten hinaus. Sie trug ein hochgeschlossenes Wollkleid in gedecktem Graublau, schmucklos und schlicht, und ihr Gesicht war so blass, dass die dunklen Ringe unter ihren Augen umso stärker hervorstachen. Sie hatte offensichtlich geweint, aber als sie ihn nun ansah, waren ihre Augen trocken. Ihr gesamter Ausdruck sprach von einer solchen Trostlosigkeit, dass Idris der Atem stockte. »Ist jemand gestorben?«, fragte er statt einer Begrüßung.

Die schlichte, wenn auch taktlose Frage reichte aus, um den Strom der Tränen hervorzurufen, der ganz offensichtlich dicht unter der Oberfläche darauf gewartet hatte, erneut auszubrechen. »Oh, Mylord«, schluchzte Portia, und es war deutlich, dass sie sich am liebsten in seine Arme geworfen hätte. »Auden! Die Verlobung ist gelöst!«

Idris benötigte in seinem alles andere als klaren Zustand einige Augenblicke, um die Verbindung herzustellen. »Ihre Verlobung, die mit meinem Bruder?«, fragte er vorsichtshalber und ging zum Tisch, um zwei Gläser Brandy einzuschenken, von denen er eines der weinenden Portia reichte.

Sie schluchzte laut und nickte, nahm das Glas und trank einen erstaunlich großen Schluck. Dann hustete sie, rieb sich die Augen und sank in einen Sessel. Idris ließ sich ihr gegenüber nieder, kippte den Inhalt seines Glases und füllte es wieder auf. »Wieso?«, fragte er grimmig. »Hat dieser verdammte, ehrlose Mistkerl es wirklich gewagt, Ihnen den Laufpass …«

»Nein, so ist es nicht.« Portia tupfte ihre Augen und die Wangen trocken und schnäuzte sich. »Nein, ich war es, die die Verlobung gelöst hat.«

»Sapperlot«, entfuhr es Idris. Er hob die Hand und rieb sich die Schläfe. »Sie? Aber warum, um Himmels Willen?« Und warum saß sie dann hier und flennte ihm die Ohren voll?

Portia hob gefasst das Kinn, obwohl es zitterte und immer noch Tränen in ihren Augen standen. »Er war eine Woche fort«, sagte sie mit leiser Stimme. »Zu Hause, sein Vater hatte einen … oh!« Sie schlug die Hand vor den Mund und starrte Idris mit aufgerissenen Augen an. »Oh, es tut mir so leid! Ich habe für einen Moment vollkommen vergessen, dass Seine Gnaden ja auch Ihr Vater ist, Eure Lordschaft!«

Idris winkte ungeduldig ab. »Und? Was hat der Schlaganfall meines Vaters mit der von Ihnen gelösten Verlobung zu tun?«

Sie presste die Lippen aufeinander. »Ich hatte Zeit nachzudenken«, sagte sie dann stockend. »Ich habe Ihnen davon erzählt. Er … Corin … er hat mir eine Ehe vorgeschlagen, die ich nicht … ich könnte so nicht leben, Auden. Nicht ohne Liebe.« Sie sah ihn trotzig an, als erwartete sie, dass er sie eine Närrin schimpfen und aus dem Haus jagen würde.

Idris murmelte einen Fluch und rieb sich über die Augen. »Ich verstehe Ihre Entscheidung, Portia«, sagte er langsam. »Ich kann nicht behaupten, dass Ihre Worte mich überraschen. Corin hat sich sehr verändert.« Er ließ die Hand sinken und musterte Portia fragend. »Warum sind Sie zu mir gekommen?«

Sie errötete noch tiefer als zuvor und nestelte an ihrem Taschentuch. »Mylord«, sagte sie mit einem tiefen Atemzug, der einem Seufzer glich, »ich erhoffte mir Ihren Rat und Ihre Hilfe.« Sie blickte auf ihre unruhigen Hände hinunter und legte sie flach in ihren Schoß. »Ich möchte nicht nach Hause zurückkehren«, sagte sie. »Nicht … so. Mein Vater hat mir prophezeit, dass ich scheitern werde, wenn ich nach den Sternen greife. Er hatte einen ordentlichen Ehemann für mich im Auge, eine gute Partie, den ehrenwerten Mr Bodham aus Ashford. Er ist Anwalt.«

»Ein Anwalt.« Idris nickte. »Das klingt doch recht erfreulich.«

Portia warf ihm einen flammenden Blick zu. »Er ist zwanzig Jahre älter als ich, er hat eine Glatze und einen Bauch.« Ihre Lippen zitterten. »Er ist ein liebenswerter Mann, den ich als einen Freund meines Vaters immer sehr geschätzt habe, aber doch nicht als Ehemann!« Die Tränen begannen erneut zu fließen. »Ich habe Corin geliebt«, schluchzte sie. »Ich liebe ihn immer noch … in gewisser Weise. Aber ich könnte es nicht ertragen, unter diesen Bedingungen mit ihm verheiratet zu sein.«

Idris schenkte sein Glas voll und trank in grimmigem Schweigen. »Gut«, sagte er und stellte das leere Glas mit einem dumpfen Geräusch ab. »Gut. Ich kann Ihnen anbieten, als Ihr Beschützer zu fungieren. Das Haus meiner verstorbenen Mätresse steht leer.

Sie können dort einziehen und ich setze Ihnen eine angemessene Apanage aus …«

Portias Aufschrei unterbrach seine Rede. Er sah sie fragend und ein wenig verstimmt an. »Ja?«

»Ich bin nicht …«, stotterte sie und wurde abwechselnd blass und rot. »Ich werde nicht, ich …« Sie rang nach Luft. »Ich werde nicht Ihre Geliebte!«

Idris winkte ab und wischte dabei fast das Glas vom Tisch. »Das müssen Sie auch nicht«, sagte er großzügig. »Sie können dort ohne eine Gegenleistung wohnen und nach Belieben verfahren. Nehmen Sie sich Liebhaber, empfangen Sie, wen Sie wollen. Sie haben freie Hand.«

Portia sprang auf, vor Empörung zitternd. »Sie sind wirklich so ein verworfenes, verkommenes Scheusal, wie alle sagen«, stieß sie hervor. Ihre Augen sprühten vor Ekel und Zorn. »Ich dachte, Sie wären ein Freund. Ich dachte, Sie würden mir einen Rat geben, wie ich … Ach, es ist abscheulich! Leben Sie wohl, Lord Auden!« Sie wandte sich heftig ab und ging zur Tür, ehe Idris, den der genossene Alkohol langsam machte, aus seinem Sessel aufgestanden war.

Portia riss die Tür auf und damit dem Mann aus der Hand, der draußen gerade die Klinke berührt hatte. Die beiden starrten sich aus kurzer Entfernung ins Gesicht, beide gleichermaßen verblüfft.

Idris war es gelungen, sich aufzurappeln. Er hielt sich an der Tischkante fest und fixierte seinen schwimmenden Blick mit Mühe auf die unerwartete Erscheinung, die den Türrahmen blockierte.

Ned Wymond, das braune Haar zottelig in die Stirn fallend, die Augen tief in ihren Höhlen, aber mit einem Funken Lebendigkeit und Feuer, den er all die Tage hatte vermissen lassen, stand nur in Hemd und Hose gekleidet, auf bloßen Füßen vor Portia Redgrave und sah sie so intensiv an, als hätte er eine Erscheinung.

Portia knickste verwirrt und bemühte sich, nicht auf des Fremden nackte Füße zu blicken, nicht auf das schlampig geschlossene Hemd, nicht auf seine aus den aufgekrempelten Ärmeln ragenden Handgelenke. Sie fixierte sein unrasiertes Kinn und lächelte starr. Überaus erregt und aufgewühlt nach dem unerfreulichen Gespräch mit Corins liederlichem, betrunkenem Bruder, wusste Portia nun wirklich für den Moment nicht, wie sie sich verhalten sollte. Der Mann, der ihr die Tür versperrte, war äußerst unangemessen gekleidet und nachlässig frisiert, genau genommen war er gar nicht frisiert. Sein braunes Haar hing ihm zottelig ins Gesicht, das eingefallen und bleich erschien, wie das eines Kranken. Die nussbraunen Augen lagen tief in ihren Höhlen und schimmerten in einem beinahe unirdischen Feuer, und sie waren von einem dichten Kranz Wimpern umgeben, um die Portia ihn beneidete.

Sie knickste verwirrt ein zweites Mal, da niemand Anstalten machte, sie einander entweder vorzustellen oder ihr wenigstens den Weg freizugeben. »Wenn ich bitten dürfte«, sagte sie und deutete auf die Tür. »Ich war gerade im Begriff zu gehen.«

»Nein«, rief Lord Auden von hinten. »Ned, bleib, wo du bist.«

»Ich möchte doch bitten!«, fuhr Portia empört auf. »Sie können mich nicht gegen meinen Willen hier festhalten, Mylord.« Sie hörte die Schritte, die sich ihr von hinten näherten und schauderte. Was würde dieser schreckliche Mensch nun anstellen? Würde er sie zu etwas zwingen, was sie noch mehr kompromittieren würde, als dies ihr Besuch hier bei ihm ohnehin schon getan hatte?

Eine Hand landete auf ihrem Arm, hielt sie fest. Sie schrie auf und schlug nach Lord Auden, der träge auswich. »Portia, Miss

Redgrave, beruhigen Sie sich«, sagte er schleppend. »Mein Vorschlag war unangemessen und überaus unfreundlich, wenn ich auch zu meiner Verteidigung sagen muss, dass ich Ihnen nichts Böses damit wollte. Lassen Sie uns in Ruhe über eine Lösung für Ihr Problem nachdenken.«

»Ich bin nicht mehr an Ihrem Rat interessiert«, fauchte Portia und zog an ihrem Arm. »Lassen Sie mich unverzüglich los!«

Der halb bekleidete Mann lehnte am Türrahmen und betrachtete das Spektakel mit amüsierter Miene. »Du scheinst dich arg daneben benommen zu haben, Auden«, sagte er mit einer warmen, dunklen Stimme, die Portia zu ihrem eigenen Erstaunen eine wohlige kleine Gänsehaut verursachte. Sie gab verwirrt ihren Widerstand auf und ließ sich zu einem Sessel führen und zum Sitzen nötigen. Lord Auden griff nach einem Klingelzug und bestellte bei dem herbeieilenden Diener Tee für alle. Er sank in den Sessel Portia gegenüber und grub die Finger in sein Haar. »Ich habe Sie zutiefst beleidigt«, sagte er mit dumpfer Stimme. »Wymond wird darauf achten, dass ich Ihnen kein Leid zufüge, Miss Redgrave. Sind Sie unter diesen Umständen bereit, unser Gespräch noch einmal aufzunehmen?«

Portia saß steif auf der Kante des Sessels und wechselte einen Blick mit dem ausgemergelt wirkenden Mann, der immer noch an der Tür stand. Das war Lord Edward Wymond? Wie konnte das sein? Sie hatte dieses berüchtigte Mitglied des liederlichen Freundesquartetts hin und wieder auf Gesellschaften gesehen, war ihm allerdings nie vorgestellt worden – Tante Nettie hätte bei diesem Gedanken sicher der Schlag getroffen. Aber vom Sehen kannte sie Lord Edward, und sie erinnerte sich, dass er von stattlicher Gestalt, ja sogar beinahe füllig gewesen war. Dies hier musste ein anderer Wymond sein, womöglich ein Verwandter. Aber er sah sie durchaus mitfühlend an und machte keinerlei Anstalten, sich ebenso ungebührlich gegen sie zu verhalten wie zuvor sein Freund.

»Nun«, sagte sie zögernd, »da meine Situation wirklich verzweifelt ist und ich nicht weiß, wohin ich mich sonst wenden könnte …« Sie seufzte und sank gegen die Lehne des Sessels zurück. Das Elend schlug wie eine schwere, dunkle Decke über ihr zusammen und drückte sie zu Boden. Sie saß teilnahmslos da und hörte, wie Lord Auden dem Freund sagte: »Miss Redgrave hat die Verlobung mit meinem Bruder gelöst.«

»Gut gemacht«, sagte der Mann im Brustton der Überzeugung. »Dein Bruder ist, mit Verlaub gesagt, ein widerlicher, scheinheiliger Mistkerl.«

»Amen«, murmelte Lord Auden.

Sie schwiegen, während ein Diener ein Tablett hereintrug und ihnen Tee und Sandwiches mit kaltem Braten, eingelegten Gurken und Senf servierte.

Das Essen weckte Portias Lebensgeister und schien Lord Auden etwas zu ernüchtern. Sein Freund hatte das Essen abgelehnt, trank aber mit Bedacht eine Tasse Tee mit Milch.

Portia stellte den Teller beiseite und klopfte einige Krümel von ihrem Kleid. »Ich sollte mich verabschieden«, sagte sie. »Lord Auden, ich vergebe Ihnen Ihren hässlichen Vorschlag, aber nun lassen Sie mich am Besten einfach gehen.«

Seine Lordschaft ruhte mit ausgestreckten Beinen in dem Lehnsessel, hatte die Ellbogen auf die Armlehnen aufgestellt und balancierte eine Tasse in den Fingerspitzen. Zwischen seinen dunklen Brauen stand eine steile Falte. Er sah müde aus. »Wir müssten einen passenden Ort finden, an dem Sie eine Weile unterschlüpfen können, bis die Wogen sich gelegt haben«, dachte er laut nach. »Es wird einen Skandal geben, aber die aufgelöste Verlobung des jüngeren Sohns eines Herzogs, der sich zudem nicht viel in Gesellschaft aufhält, ist kein dankbares Thema. Der Skandal wird schnell vorüber sein.«

»Spätestens, wenn Lady Forsythe der Meute ihren neuesten Liebhaber präsentiert«, warf sein Freund ein. Er stellte die Tasse auf den kleinen Tisch und zog fröstelnd eine nebenan auf der Chaiselongue liegende Decke über seine Beine. Trotz der Hitze, die vom Kaminfeuer ausstrahlte, sah er verfroren und elend aus.

»Du gehörst wieder ins Bett«, sagte Lord Auden mit einer Fürsorge, die Portia erstaunte. »Ich verstehe nicht, wieso Mrs Platt dich hat aufstehen lassen, Ned.«

»Ich habe ihr keine Wahl gelassen«, erwiderte der andere, dessen blasse Lippen beinahe bläulich wirkten. »Ich hatte das Gefühl, meine Beine sind so verkümmert vom Liegen, dass ich keinen Schritt mehr tun kann, ohne auf dem Boden zusammenzusacken, deshalb musste ich aufstehen und etwas herumlaufen.«

Lord Auden nickte, aber die Sorge in seinen Augen war nicht kleiner geworden. »Soll ich nach Wilby klingeln, damit er dir die Treppe hinauf hilft?«

»Lass mich noch ein paar Minuten hier sitzen, Auden«, bat sein Freund. Sein Blick flog zu Portia und verharrte auf ihrem Gesicht. »Ich genieße die Gesellschaft.« Ein winziges Lächeln bog seine ernsten Lippen nach oben. »Und außerdem möchte ich wissen, was dir zu ihrem Dilemma einfällt, alter Junge.«

Lord Auden lächelte nicht, er blickte ausgesprochen grimmig aus der Wäsche. »Ich werde Sie mitnehmen«, sagte er zu Portia, die erschrocken zusammenfuhr. »Nein, nicht als … nicht, was Sie jetzt denken. Ich werde in der nächsten Woche voraussichtlich nach Grenbury Hall reisen. Meine Schwester würde sich freuen, Sie als Gast und Freundin willkommen zu heißen.«

Portias Gesicht wurde heiß. »Nell ist wieder auf Grenbury Hall?«, fragte sie atemlos. »Ach, ich habe sie so lange nicht mehr gesehen und sie so sehr vermisst!«

Lord Auden nickte leicht und sagte zu Wymond: »Sie sind zusammen aufgewachsen, musst du wissen. Meine Schwester hat im Haushalt meiner Tante gelebt.«

»Ich bin immer noch in höchstem Maße darüber verblüfft, wie du es geschafft hast, mir die Existenz einer Schwester zu verheimlichen«, erwiderte Wymond. »Das wirst du mir erklären müssen, Auden.«

Portia blickte beinahe ängstlich von einem zum anderen. Sie wusste, warum Lady Elinor Hathaway den meisten Freunden der herzoglichen Familie nicht bekannt sein durfte. Nell war als Tochter der Schwägerin des Herzogs aufgezogen worden. Dass sie nun bei ihrem Vater lebte, war mehr als erstaunlich und freute sie über alles.

Dann zog ein Schatten über ihr Gemüt. »Aber ich kann nicht zu Besuch auf Grenbury Hall bleiben, auch nicht für kurze Zeit«, sagte sie bedrückt. »Corin wird dort sein.«

»Wird er nicht.« Lord Auden presste die Lippen aufeinander und seine grünen Augen glänzten in einem kalten Licht. »Machen Sie sich darüber keine Gedanken, Miss Portia. So lange ich auf unserem Familiensitz weile, wird Corin das Haus nicht betreten.«

Portia ließ sich mit einem kleinen Seufzer kurz in den Sessel zurücksinken. Sie bemerkte, dass ihre Hände zitterten. »Ich müsste Tante Nettie benachrichtigen«, sagte sie trostlos. »Ich bin einfach fortgelaufen und sie weiß nicht, wo ich bin. Ich werde mir und ihr ein Zimmer im Hotel …«

»Dummes Zeug«, unterbrach Lord Auden sie schroff. Er klingelte nach dem Diener. »Sie werden Ihrer Tante eine Nachricht schreiben. Sie soll alles einpacken, was Sie für ein paar Tage benötigen und mit Ihrer Zofe herkommen. Um Ihr restliches Gepäck kümmere ich mich. Bis wir nach Kent abreisen, bleiben Sie selbstverständlich als Gast hier in meinem Haus.« Er hob die Hand, als Portia entsetzt auffuhr. »Ihre Tante wird dafür Sorge tragen, dass der Anstand nicht verletzt wird. Im Hotel wären Sie der Aufmerksamkeit fremder Herren weit mehr ausgesetzt. Hier bürge ich für Ihre Sicherheit und Mrs Dormer für Ihren Ruf.«

Portia sah unschlüssig von ihm zu seinem kranken Freund. Wymond lächelte ihr matt zu. »Nehmen Sie an, Miss Redgrave«, sagte er weich. »Auden ist ein Ehrenmann, er würde niemals einer Frau etwas zuleide tun.« Er lachte auf. »Jedenfalls keiner ehrbaren Frau«, schränkte er ironisch ein.

»Wymond!«, mahnte der Marquess.

Der Diener trat ein, Auden bestellte Schreibzeug und gab Order, zwei Zimmer und eine Kammer für Portias Zofe herzurichten, und nahm ein Schreiben entgegen, das der Diener ihm reichte.

Portia fühlte sich ein wenig überrannt, aber in ihrer Erschöpfung und mangels einer besseren Alternative griff sie zur Feder und schrieb ihrer Tante.

»Brav«, sagte der Marquess müde und faltete das Schreiben wieder zusammen, das er gerade überflogen hatte. »Sehr brav. Wilby, sorgen Sie dafür, dass dieser Brief zugestellt wird. Der Bursche soll den Landauer nehmen und Mrs Dormer und das Gepäck gleich mit zurückbringen.« Er schloss die Augen und schien einzuschlafen.

Wymond beugte sich vor und sah Portia eindringlich an. »Er trinkt sonst nicht unmäßig«, sagte er leise. »Ganz im Gegenteil, er ist ein unerträglich fader Mensch mit über die Maßen langweiligen, mäßigen Gewohnheiten. Der haltlose Säufer, Spieler und Schürzenjäger in unserem Quartett bin ich, Miss Redgrave.«

»Mach mich nicht schlechter als ich bin, Wymond«, murmelte Lord Auden, ohne die Augen zu öffnen. »Portia, glauben Sie Lord Edward kein Wort. Ich bin zweifellos weder langweilig noch fade.«

Portia ertappte sich bei einem breiten Lächeln. Das scherzhafte Wortgefecht der beiden Freunde nahm ihr einen großen Teil der Anspannung, unter der sie gestanden hatte. Sie bemerkte das Zwinkern, mit dem Lord Edward sie ansah, und ihre Wangen wurden heiß.

»Ich … würde mich dann gerne zurückziehen«, sagte sie hastig und stand auf. Die beiden Männer sahen sich dadurch ebenfalls gezwungen, sich zu erheben. Lord Auden, der selbst nicht allzu sicher auf den Füßen stand, griff nach dem Arm seines Freundes und stützte ihn. »Darkin zeigt Ihnen Ihr Zimmer, Portia«, sagte Idris und wie auf ein geheimes Zeichen tauchte der grämlich dreinschauende Butler in der Tür auf. »Darkin, ist Miss Redgraves Zimmer fertig?«

»Sehr wohl, Mylord.« Der Butler hielt die Tür auf und neigte knapp den Kopf vor Portia. »Wenn Sie mir folgen möchten, Madam.«

Portia knickste verwirrt vor Lord Auden und erwiderte mit einem schnellen Senken ihrer Lider das Lächeln Lord Edwards. Dann folgte sie dem steifen Butler hinaus in die Halle.

»Sie ist entzückend«, sagte Wymond und stützte sich auf Idris' Arm. Er war blass und zitterte.

»Ich bringe dich hinauf«, sagte Idris und verstärkte den Griff um Wymonds Taille. »Du hast dich überanstrengt, Ned.« Er musterte seinen Freund besorgt. Vor ein paar Tagen war er noch mehr tot als lebendig gewesen, hatte mit mehr als einem Fuß im Grab gestanden, und heute flirtete er schon wieder auf Teufel komm raus mit Portia Redgrave. Ned Wymond war wirklich unverwüstlich.

»Warum ist sie mir vorher nie aufgefallen?« Ned Wymond blieb beharrlich beim Thema.

»Du meintest, sie sei eine unscheinbare Landpomeranze, aber mein Bruder habe auch nichts Besseres verdient.«

Wymond warf ihm einen empörten Blick zu. »*Das* soll ich gesagt haben? Das hast du doch jetzt einfach so erfunden.«

Idris öffnete die Tür zu Wymonds Zimmer und grinste. »Deine Worte, alter Freund. Ich habe sie mir gemerkt, um sie dir bei Gelegenheit mit Genuss unter die Nase zu reiben.«

Idris half ihm, sich auf dem Bett auszustrecken und sah auf ihn hinunter, unschlüssig, ob er gehen oder bleiben sollte. »Ich rufe Mrs Platt«, sagte er.

Ned Wymond lag mit geschlossenen Augen da, die Hände reglos auf dem Laken, das Haar ringelte sich in die schweißnasse Stirn und er atmete schnell und flach. »Nein«, sagte er. »Warte.«

Idris zog einen Stuhl heran und ließ sich darauf nieder. Diese Aussprache erwartete er schon, seit Wymond wieder bei klarem Bewusstsein war. Er hatte seinen Freund gegen seinen Willen aus Sofia Alexejewnas Haus entführt und hierher gebracht. Es war zu erwarten, dass Ned ihm grollte und er würde sich keinen Zwang antun, ihm das auch mitzuteilen.

Wymond drehte den Kopf und öffnete die Augen. Er musterte Idris lange und schweigend.

»Du bist seit einer Woche betrunken«, sagte er zu Idris' Überraschung. »Warum? Ist es, weil du mich beherbergen musst? Ist meine Gegenwart dir so widerlich, Auden?«

Idris verschlug es die Sprache. Er schnappte nach Luft und griff nach der Stuhllehne.

»Ned«, sagte er, »ich hatte erwartet, dass du mir Vorhaltungen machst, weil ich dich gegen deinen Willen hergebracht habe. Wie kommst du auf den wahnwitzigen Gedanken, du könntest mich anwidern?«

Wymond wich seinem Blick nicht aus. Er fuhr sich mit einer blassen Zungenspitze über die Lippen. »Ich bin, was ich bin«, sagte er resigniert. »Du hast mich gesehen, dort drinnen. Du hast die anderen gesehen, meine … meine Familie. Natürlich widere ich dich an.«

»Das tust du nicht!« Idris beugte sich vor und griff nach Neds Hand, hielt sie wie zum Beweis, dass er vor der Berührung nicht zurückscheute. »Ich konnte dich doch nicht dort sterben lassen, Ned. Das konnte ich nicht.«

Sein Freund ließ die Lider über die glühenden Augen sinken. Je dunkler es im Zimmer war, desto deutlicher wurde das Glimmen in seinen Augen. Es war ein kaltes Feuer, ein Funke, der Wymonds braune Augen blau erschienen ließ. »Danke«, sagte er so leise, dass Idris ihn kaum verstehen konnte. »Ich weiß, was du da drinnen für mich getan hast. Du hast mich nicht nur von dort weggebracht, Idris. Du hast mir alles gegeben, was du geben konntest.« Seine Augen öffneten sich einen Spalt breit, suchten Idris' Blick. »Wie schrecklich muss das für dich gewesen sein. Wenn ich bei Sinnen gewesen wäre, ich hätte dich daran gehindert.«

Idris drückte Wymonds Hand, die kühl und schlaff in seiner lag. »Ich habe dir nur das gegeben, was ich entbehren konnte«, sagte er mit einem Versuch, nicht allzu rührselig zu klingen. »Es tut mir leid, dass ich vorher nicht dafür gesorgt habe, den Cocktail mit ein wenig gutem Whisky anzureichern.«

»Ich brauche gleich wieder Nahrung«, sagte Ned mit schwerer Zunge. »Es ist noch lange nicht vorbei, Idris. Du wirst mich noch ein paar Tage beherbergen müssen.«

»Gerne, und so lange, wie es nötig ist.« Idris drückte Wymonds Hand noch einmal und ließ sie los.

Ein zittriges Lächeln ging über Wymonds Gesicht. »Sie wird also hier wohnen«, sagte er und ein Schatten seines alten Humors lag in seiner Stimme. »Tür an Tür mit einem ausgehungerten Vampir. Auden, du musst verrückt sein.«

»Finger weg von Portia Redgrave«, warnte Idris im gleichen Tonfall. »Du könntest ein paar Körperteile vermissen, wenn du es probierst.«

Wymond lachte ein wenig heiser. »Du hast also ein Auge auf die Verflossene deines Bruders geworfen«, spottete er. »Nun, sag es einfach. Ich wildere nicht in deinem Gehege.«

»Das ist nicht komisch.« Idris rieb sich mit den Knöcheln über die Wange. Er war so müde und so angewidert.

Wymonds schiefes Grinsen erstarb. Er fixierte Idris mit unangenehm klarer Schärfe im Blick. »Der Brief, den du bekommen hast«, sagte er nüchtern. »Was stand darin?«

Idris biss die Zähne zusammen. Seine Faust ballte sich um die Armlehne des Stuhls. »Wir wissen, wer hinter den Mordanschlägen auf mich steckt«, sagte er kurz. »Wir wollen ihm eine Falle stellen, zu diesem Zweck haben wir ihn herbeordert. Der Brief war die Antwort: Er kommt morgen.«

Wymond sah ihn fragend an und Idris reichte ihm als Antwort das knappe Schreiben. Wymond überflog es, und als er zur Unterschrift gelangte, rutschten seine Augenbrauen in die Höhe. »Oh, verflucht«, sagte er und sah Idris an. »Das muss wehtun. Ich weiß, dass ihr euch nicht sonderlich nah steht, aber das ist dann doch ein bisschen stark.«

»Du sagst es.« Idris steckte den Brief ein und sank in eine entspanntere Haltung, stemmte die Füße gegen das Bett und vergrub die Hände in den Taschen. »Ich bin wie vom Blitz getroffen, seit ich es weiß. Es tut nicht weh, nein. Es ist ein dumpfes Gefühl, als hätte jemand mir ein Körperteil amputiert und der Schmerz ist noch nicht im Bewusstsein angekommen.« Er senkte das Kinn auf die Brust. »Viel schlimmer noch: Ich werde es meinem Vater sagen müssen. Es wird ihn unendlich hart treffen, und das könnte bei seinem Gesundheitszustand das Todesurteil bedeuten.«

Ned Wymond schnalzte mit der Zunge. »Ich beneide dich nicht, alter Junge.«

Idris nickte knapp und stand auf, denn Molly Platt trat durch die Tür und sah ihn auffordernd an. »Mrs Platt«, sagte er und neigte den Kopf, »tun Sie Ihre Arbeit.«

19

»Heute Abend also.« Raventhorne las den Brief mit einem Kopfschütteln. »Dieser Idiot. Er müsste die Falle doch wittern.«

Idris knurrte tief in der Kehle wie ein Wolf. Lyall MacGillivray, der neben Lucien Cavanaugh am Tisch stand, riss den Kopf hoch und starrte Idris aus flammend gelben Augen an, ehe er sich entspannte und zu grinsen begann. Das wilde Gelb seiner Augen verdüsterte sich zum gewohnten kühlen Grau. Er senkte den Blick und las Cavanaugh, der gleichzeitig in einem Stapel Notizen blätterte, ein Dokument vor, das er in der Hand hielt.

»Hat Cavanaugh dir schon berichtet, was wir über Saint-Hilaire haben in Erfahrung bringen können?« Raventhorne blieb neben Idris stehen, stemmte einen Fuß gegen das Kamingitter und trommelte unruhig mit den Fingern auf das Sims.

Idris verschränkte die Arme und sah ihn abwartend an. »Dein französischer Spion?«

»Ein mutiger Mann«, gab Raventhorne zurück. »Er hat es geschafft, in den innersten Kreis von Bonapartes Vertrauten einzudringen. Und er hat uns Dinge zu berichten, die womöglich nicht nur Sidmouth in Alarmbereitschaft versetzen werden.« Er fuhr sich mit den Fingern ins Haar. »Cave arbeitet noch an der Entschlüsselung. Aber es sieht verflucht danach aus, dass hier im Lande Waffen für die Bonapartisten gefertigt werden.«

Idris starrte ihn an. »Du veräppelst mich«, sagte er dann. »Waffen aus England, die nach Frankreich geliefert werden? Wie soll das gehen?« Er lachte kurz auf. »Und wozu? Soweit ich weiß, sind die Preußen die führenden Waffenhersteller …«

»Nicht, was die neuen Entwicklungen angeht.« Raventhorne stieß sich vom Kaminsims ab und tigerte im Zimmer auf und ab. »Sieh dir die Zeichnungen dort auf dem Tisch an.«

Idris folgte der Aufforderung und sah ratlos auf die Konstruktionszeichnungen hinunter. »Flinten«, sagte er. »Karabiner, wie sie unsere Soldaten benutzen.«

»Nicht ganz so.« Raventhorne trat neben ihn und fuhr mit dem Finger über die Skizzen. »Siehst du, hier?«

Idris beugte sich vor und fischte ein Lorgnon aus der Tasche, in dem sich ein Vergrößerungsglas verbarg. Er starrte die Zeichnung an. »Das ist kein üblicher Vorderlader«, sagte er langsam.

»Nein, das ist es nicht.« Raventhorne klang müde. »Dieses Teufelswerkzeug kann vier- oder fünfmal schneller geladen werden als eine unserer Musketen. Noch dazu müssen die Musketiere sich dafür nicht exponieren, sie können in Deckung bleiben. Die Waffe ist augenblicklich wieder im Anschlag. Und – sie schießt dreimal so weit wie eine unserer Musketen und ist wesentlich zielgenauer.« Er stieß den Atem aus. »Wenn Napoleons Anhänger diese Waffen in die Hände bekommen, fällt Europa.«

»Wie will man genügend dieser Musketen produzieren und nach Frankreich schmuggeln?«, fragte Idris. »Noch dazu, ohne dass dies irgendjemandem auffällt?«

»Das ist gar nicht nötig.« Raventhorne ballte die Faust. »Hier werden nur die Teile hergestellt, mit deren Hilfe man die herkömmlichen Vorderlader in diese neue Variante umändern kann. Diese Transformationsverschlüsse sehen harmlos aus und sind handlich. Wahrscheinlich werden auf dem Kontinent zusätzlich aber auch neuartige Musketen gebaut.«

»Verflucht«, sagte Idris. »Hat Saint-Hilaire uns sagen können, wo diese geheime Manufaktur sich versteckt?«

Raventhorne schüttelte verbissen den Kopf und deutete auf Cavanaugh und MacGillivray. »Cave arbeitet daran.«

Als hätte er Raventhornes Worte gehört, hob Cavanaugh nun den Kopf und sah Idris an. Idris lief ein Schauder über den Rücken, denn Lucien Cavanaughs Augen richteten sich direkt und fokussiert auf den seinen, ihre Blicke trafen sich, und für die Zeitdauer eines Atemzuges sahen die beiden sich in die Augen. Dann schwenkte Cavanaughs Blick wie gewohnt zur Seite und er sagte: »Sie stellen Zündnadelgewehre her. Ich habe davon gelesen, wusste aber nicht, dass sie schon so weit entwickelt wurden, dass man sie für den Ernstfall produzieren kann.«

Er schob das Buch beiseite und entrollte eine Karte. »Die Teile müssen über den Kanal geschmuggelt werden«, sagte er. »Sidmouth muss unbedingt die bekannten Bonapartisten unter Beobachtung halten. Wir haben das Netzwerk noch nicht vollständig enttarnt. Aber sicherlich befindet sich hier im Land nur eine von mehreren Produktionsstätten.« Er ließ die Hand auf der Karte ruhen und blickte ins Weite. »Mit einer Wahrscheinlichkeit von 96% existieren wenigstens vier Manufakturen auf dem Kontinent, mit einer Wahrscheinlichkeit von 70% in Frankreich, mit einer Wahrscheinlichkeit von 45% entweder in Spanien oder in Nassau.« Er senkte den Kopf und studierte die Karte.

»Ist Sidmouth informiert?«, fragte Idris.

Raventhorne nickte und knetete seine Hände. »Er ist in höchstem Maße alarmiert und hat einige seiner besten Agenten losgeschickt, um die Häfen im Auge zu behalten. Cavanaugh befürchtet, dass Napoleon von Elba zurückkehren wird.«

»Ist«, warf Lucien ein. »Er ist wieder auf dem Kontinent. Mit einer Wa…«

»Wenn du noch einmal das Wort ›Wahrscheinlichkeit‹ in den Mund nimmst, schreie ich«, kündigte Raventhorne an.

Lucien Cavanaugh blickte auf und hob eine Braue. »Gehe ich dir auf die Nerven?«

»Ungeheuer, Cave«, bestätigte der Viscount, aber die Anspannung in seiner Miene löste sich.

Idris stellte sich zu MacGillivray an den Tisch und blickte ebenfalls auf die Karte nieder, die Englands Küste und den Kanal zeigte. »Kann ich heute Abend mit euch rechnen?«, fragte er leise.

Der Schotte sah ihn an und nickte knapp. »Ich komme mit Sir John zu Ihnen, wir bringen einen kräftigen Konstabler mit, falls es Ärger geben sollte.«

Idris nickte verkniffen. »Ich habe Gäste«, sagte er. »Zwei Damen und Lord Edward Wymond, der immer noch Schonung braucht.«

Das gelbe Licht glomm erneut in MacGillivrays Augen auf. »Der Vampir«, sagte er mit einem Klang von Widerwillen in der Stimme. »Ich werde mich fernhalten, Mylord.«

Idris packte seinen Arm und zwang ihn, seinem Blick standzuhalten. »Lyall«, sagte er eindringlich, »wenn Sie zu uns gehören wollen, müssen Sie die alten Feindschaften hinter sich lassen. Ich weiß, dass die Clans und die Vampirfamilien sich hassen, aber die Zeiten wandeln sich. Ihr Chief selbst hat mit Lord Edward an einem Tisch gespeist. Ist das nicht ein Zeichen?«

Der junge Wolf sah ihn mit geradem Rücken an. »Ich habe die Rüge vernommen, Mylord«, sagte er. »Verzeihen Sie mir meine Unbeherrschtheit.«

Idris drückte seinen Arm und ließ ihn los. »Sie sind ein guter Mann«, sagte er. »Ich bin froh, Sie an meiner Seite zu wissen, wenn wir meinen … den Verräter festsetzen.«

Cavanaugh rief nach MacGillivray und der Schotte entschuldigte sich.

Idris ging zum Fenster und blickte hinaus, ohne wirklich zu sehen, was sich seinen Augen darbot. Er starrte grübelnd auf den neblig trüben Park von Cavanaugh House.

Ein Glas Portwein schob sich in sein Blickfeld. »Ich sollte dich nicht auch noch animieren«, sagte Raventhorne leise, aber du siehst verflucht danach aus, als hättest du einen Schluck dringend nötig.«

Idris griff mit einem dankbaren Nicken nach dem Glas und trank. »Es geht mir an die Nieren«, sagte er in gedämpftem Ton. »Der Gesundheitszustand meines Vaters ist eine zusätzliche

Belastung. Ich müsste jetzt an seiner Seite sein, aber statt dessen …« Er spülte die bitteren Worte, die ihm auf der Zunge lagen, mit Cavanaughs exzellentem Portwein hinunter.

Der Viscount lehnte sich neben ihm gegen das Fensterbrett. Sein gutes Auge war starr auf Idris gerichtet. »Ich habe gehört, dass Lady Falconer wieder auf Reisen geht.«

Idris konnte das Zucken, das über sein Gesicht lief, nicht unterdrücken. »Du hast richtig gehört«, erwiderte er ausdruckslos.

»Die Lady ist unbeständig wie alle Frauen.« Raventhorne schlug ihm leicht auf die Schulter. »Kopf hoch. Du weißt, dass wir gut daran tun, unsere Herzen nicht an einen Weiberrock zu verlieren.«

Idris lehnte die Stirn an das Fensterglas und genoss die Abkühlung, die es ihm brachte. »Das ist deine Ansicht«, murmelte er. »Ich bin vollkommen anderer Meinung.«

Raventhorne schnalzte bedauernd mit der Zunge. »Ich hätte dich für klüger gehalten.« Er wandte sich ab und schritt zu Cavanaugh hinüber.

Idris stand noch eine Weile am Fenster, dann verabschiedete er sich von den anderen und machte sich auf den Heimweg. Er wollte sicher gehen, dass die Damen Redgrave und Dormer gut untergebracht waren und in ihren Zimmern bleiben würden, wenn der Abend kam. Die Verhaftung des Verräters würde eine gewisse Aufregung mit sich bringen und Idris wollte das Risiko nicht eingehen, dass Portia dadurch in noch größere Seelenpein gestürzt werden würde. Vielleicht konnte er Mrs Dormer dazu überreden, mit ihrem Schützling an diesem Abend eine Vorstellung im Theater oder in der Oper zu besuchen. Er musste Wilby beauftragen, Karten zu besorgen.

Der Abend kam schneller als gewünscht und Idris spürte, wie seine Nervosität mit jeder verstreichenden Stunde stieg.

Portia hatte angekündigt, mit Kopfschmerzen früh zu Bett zu gehen, was ihre Tante mit Erleichterung zur Kenntnis nahm. Die alte Dame sah reichlich mitgenommen aus, Idris konnte es ihr nicht verdenken.

So war die Bahn frei für den Konstabler, der am frühen Abend durch den Kücheneingang ins Haus kam, einen kräftigen Imbiss und einen Krug Bier vorgesetzt bekam und sodann in dem angrenzenden Zimmer des ausgewählten Salons in Position gebracht wurde.

Wenig später traf Sir John in Begleitung des ernst dreinblickenden Lyall MacGillivray ein. Die beiden Herren wurden in das Kabinett geführt und ebenfalls mit einem kalten Imbiss und einer ausreichenden Menge von Getränken versorgt.

Raventhorne folgte ihnen auf dem Fuße und vermeldete, dass Lucien Cavanaugh sich bereiterklärt hatte, den Protokollanten zu machen. Idris lächelte voller Erleichterung. Es war großartig, Sir John im Kabinett zu wissen, denn der Blinde verfügte über ein hervorragendes Gedächtnis und hatte vor allem ein Gehör für Stimmen, das exorbitant war. Eine Stimme, die er einmal gehört hatte, vermochte er mit absoluter Gewissheit und Präzision dem richtigen Besitzer zuzuordnen. Das war vor Gericht und auch sonst ein beweiskräftiges Mittel. Wenn hierzu noch Cavanaughs beinahe unheimliche Fähigkeit kam, sich alles Gehörte und Gelesene auf das Komma genau zu merken, waren damit zwei unerbittliche Zeugen vor Ort, die den Verräter von zwei Seiten festnageln konnten. Wenn er sich am heutigen Abend wirklich vor Idris zu seinen Taten bekannte, würde das sein Urteil besiegeln.

Idris ging ein letztes Mal durch den Salon und betrachtete prüfend die Szene. Die Tür zum Nebenraum war angelehnt. Eine flüchtige Überprüfung durch einen Blick nach nebenan würde ein leeres Zimmer offenbaren. Der Paravent am anderen Ende war in der Dunkelheit kaum zu sehen, der Konstabler, der sich dort versteckte, war unsichtbar.

Das Kabinett wiederum, in dem Sir John und der Schotte saßen, lag hinter einer Tapetentür, deren Bespannung jeden noch so winzigen Laut hindurchließ. Und Raventhorne und Cavanaugh hatten sich unter heftigem Gelächter in den leeren Wandschrank auf der anderen Seite des Zimmers gequetscht, um sicherzugehen, dass auch auf dieser Seite des Salons Ohren waren, die ein geflüstertes Wort auffangen konnten. Alles war bereit. Und Idris wünschte sich nichts sehnlicher, als volltrunken weit weg von hier mit dem Kopf unter einem Kissen zu liegen, während eine hübsche, junge Hure ihm …

»Mylord, wenn ich stören dürfte«, riss ihn der Butler aus seinen trüben Gedanken, und reichte ihm das Tablett mit der Visitenkarte seines so bang erwarteten Besuchers.

Der Butler führte ihn herein und Idris blickte gefasst in das vertraute Gesicht, aus dem ihn so feindselig die Augen der Hathaways ansahen.

»Auden«, sagte der Besucher kühl und blieb an der Tür stehen. »Hier bin ich. Was willst du mit mir besprechen?«

»Nimm Platz«, sagte Idris und wies auf eine Gruppe aus zierlichen Sesseln und einem niedrigen Tisch, die am Nachmittag in der Mitte zwischen Kabinett und Wandschrank platziert worden war. »Möchtest du eine Erfrischung? Einen Portwein, Brandy, ein Glas Wasser?«

»Hör bitte auf, unsere Zeit zu vergeuden.« Sein Gast nahm Platz und blieb steif auf der Kante des Sessels sitzen, wobei er Idris nicht aus den Augen ließ. »Reden wir Klartext. Du willst dich gütlich mit mir einigen. Wir wissen beide, dass das nicht möglich ist. Was also möchtest du mir anbieten?«

Idris schenkte sich ein Glas Portwein ein und nippte daran. Er ließ sein Gegenüber nicht aus den Augen. »Wie geht es Tante Elizabeth?«, fragte er. »Es betrübt mich, dass ich ihr Kummer bereiten muss.«

Oliver lachte verächtlich. »Womit, lieber Cousin? Damit, dass ich dich aus der Welt schaffe? Ich glaube, dass meine Familie mir dafür dankbar wäre. Dein Bruder mit Sicherheit, und dein Vater kann kaum anders empfinden. Du bist kein echter Hathaway.«

Idris zuckte kurz mit den Lidern. »Nun, du hast mich nicht aus der Welt geschafft«, sagte er sanft und nippte ein weiteres Mal. Der Portwein benetzte süß seine Zunge und vertrieb den bitteren Geschmack aus seinem Mund. »Aber sag mir doch bitte eins, denn es interessiert mich tatsächlich: Ich wusste, dass du mich hasst. Aber du bist ein Opportunist und warst es immer. Was bringt dir mein Tod? Du hast damit doch nichts gewonnen.«

Oliver Hathaway verschränkte die Arme vor der Brust, ohne seine steife Haltung aufzugeben. Sein verächtlicher Blick ging an Idris vorbei und streifte durch den Raum, um an der angelehnten Tür hängen zu bleiben. »Du hast natürlich jemanden dort versteckt«, sagte Oliver kühl. »Einen Zeugen oder einen Leibwächter. Was erwartest du von mir? Ich habe mir nichts zuschulden kommen lassen. Alles, was ich bisher gesagt habe, war rein spekulativ.«

»Nun, selbstverständlich.« Idris hob eine Braue. »Und natürlich habe ich dort Wilby postiert, meinen Diener. Nur, falls ich zu schreien gezwungen bin, weil du mit einem Messer auf mich losgehst.«

»Einen Domestiken?« Oliver Hathaways Miene wurde noch ausdrucksloser. »Du scheinst sehr überzeugt davon zu sein, dass ich nicht hergekommen bin, um dich zu erschießen. Es wird dir also nichts ausmachen, wenn ich mich vergewissere, dass dort niemand sonst lauscht?«

Idris vollführte eine matte Geste. »Bitte, fühle dich wie zu Hause.«

Sein Cousin stand auf und durchquerte den Salon, öffnete die Tür und blickte in das dunkle Nebenzimmer. Eine Gestalt stand von einem Stuhl auf und verbeugte sich knapp. »Mr Hathaway.«

»Wilby. Schön die Lauscher aufsperren, damit Ihnen nichts entgeht.« Oliver lachte und kehrte in den Salon zurück, wobei er die Tür offen ließ. »Du bist wirklich leichtsinnig und noch dazu ein Idiot«, sagte er beinahe vergnügt und sank in seinen Sessel. Er lehnte sich entspannt zurück und überkreuzte die Beine an den Knöcheln. »Dann nehme ich einen Brandy.«

Idris schenkte ein und reichte ihm das Glas. »Leichtsinnig – meinetwegen. Aber ein Idiot?«

Oliver trank und leckte sich anerkennend die Lippen. »Feiner Stoff.« Er wischte eine Fussel von seinem Hosenbein. »Natürlich bist du ein Idiot. Egal, was ich hier und heute sage, die Aussage deines Dieners wird keinen Penny wert sein. Ich bin ein Gentleman, er ist ein in deinen Diensten stehender Lakai. Seine Aussage würde von keinem Richter dieser Welt gehört werden, wenn ich alles bestreite und sage, dass er lügt.«

Idris nickte nachdenklich. »Da ist allerdings etwas dran, darüber habe ich nicht nachgedacht. Aber ich gebe zu, dass ich vor allem an seinen Fähigkeiten als Faustkämpfer interessiert war.«

Oliver lachte wieder und trank. »Wenn ich dir eine Kugel in den Kopf jage, wird dir das wenig nützen«, sagte er. »Vielleicht mache ich das sogar. Aber zuerst will ich wissen, was du mir anzubieten hast.«

Idris legte die Fingerspitzen zusammen. »Ich habe Beweise vorliegen, die dich des Hochverrats überführen können«, sagte er nüchtern.

Oliver riss die Augen auf und stellte sein Glas ab. »Du redest irre.«

»Nein, leider nicht.« Idris lehnte sich zurück und richtete seine Halsbinde. »Oliver, du bist die Pest. Ich kann dich genauso wenig leiden wie du mich. Aber ich muss auch an meine Familie denken, an deinen lieben Vater, an Tante Elizabeth. Mein Vater hatte einen Schlaganfall, wie du weißt. Wenn du wegen Hochverrats am Galgen endetest, wäre das sein Tod.«

Oliver war blass geworden. »Du bluffst«, sagte er nur.

Idris schluckte die Galle hinunter, die ihm in den Mund stieg. »Ich bluffe mitnichten«, sagte er schroff. »Aber wenn du es nach wie vor vorziehst, den Ehrenmann zu spielen, dann sieh dich vor. Du hast mit Olympias Butler und ihrer Zofe gesprochen. Nachbarn haben dich gesehen. Bei einer Gegenüberstellung werden sie dich identifizieren. Du siehst, dass ich wegen des Mordes nicht festgenommen worden bin, weil die Bow Street von meiner Schuld nicht überzeugt war.«

Olivers Blässe wich einem zornigen Rot. »Das ist die Unfähigkeit der Behörden«, spuckte er. »Diese Hampelmänner von der Bow Street! Haben den Mörder und lassen ihn frei herumlaufen!«

Idris verdrehte die Augen. »Oliver, mein Guter. Vor mir musst du diese Scharade nun wirklich nicht weiterspielen. Ich weiß immerhin am Besten, ob ich Olympia erwürgt habe oder nicht.« Er füllte ihre beiden Gläser nach. »Dann hat einer der Männer, die du mir auf den Hals gehetzt hat, noch deinen Namen gesagt. Und er hatte deine Karte in der Tasche. Ich habe sie verschwinden lassen, aber ich kann sie ebenso gut wieder hervorzaubern. Ich habe nach dem Überfall mit einem Fieber darniedergelegen, das könnte meine Erinnerung für ein paar Tage getrübt haben. Oh, sehen Sie nur, Sir John, das habe ich wiedergefunden und passt das nicht hervorragend zu den Aussagen der Bediensteten der ermordeten Miss Guimont?« Er beugte sich vor und musterte seinen Cousin scharf. »Es sollte mir letztlich gleichgültig sein, wegen welcher deiner Untaten du gehängt wirst, lieber Cousin. Du kannst es dir also aussuchen.«

Oliver hatte zu schwitzen begonnen. Er zog ein Taschentuch hervor und tupfte sich das Gesicht ab. »Was willst du?«, fragte er leise.

»Du könntest deinem Vaterland einen verspäteten Dienst erweisen und alles auspacken, was du über die Verschwörung weißt, in die du verwickelt bist.«

Oliver sprang auf und wandte sich zur Tür. »Eher fahre ich zur Hölle«, sagte er gepresst. »Und dich nehme ich mit.«

Idris hob die Hand. »Nun, das ist deine Entscheidung«, sagte er mild. »Aber verrate mir noch eins, mein Lieber. Stille meine Neugier. Warum willst du meinen Tod? Du hast nichts dadurch gewonnen.«

Oliver verharrte, seine Brust hob und senkte sich mit seinem heftigen Atem. Er ballte die Faust. »Du bist ein Wechselbalg«, sagte er gepresst. »Du wirst sehr bald den Titel erben, und das ist eine Schande, die ich nicht ertragen kann. Du trittst den Namen unserer Familie in den Schmutz. Sogar dein papistischer Bruder wäre ein würdigerer Herzog als du, ein Seelenloser!«

Idris neigte den Kopf. »Danke«, sagte er leise. »Ich wollte es nur wissen.« Er rieb sich die Augen. »Warum Olympia?«, fragte er leise. »Sie war eine so lebenslustige junge Frau. Was hat sie dir getan?«

Oliver sah ihn mit so unverhohlenem Hass an, dass Idris der Mund trocken wurde. Er zwang sich, den Blick seines Cousins mit neutraler Miene zu erwidern.

»Warum Olympia?« Oliver verzog angewiderte die Lippen. »Weil sie deine Mätresse war, Cousin. Sie hat sich von dir aushalten lassen und sie war dir freudig zu Willen. Ich habe ihr angeboten, sie könne statt dessen meine Geliebte werden, aber sie hat mich ausgelacht und mir die Tür gewiesen.« Sein Gesicht verzerrte sich, dann hatte er sich wieder in der Gewalt und legte die Hand auf die Türklinke. »Sie war ein billiges Flittchen und hat es nicht besser verdient«, sagte er gleichgültig. »Und nun lebe wohl, oder besser gesagt: Fahr zur Hölle.«

»Reicht das?«, fragte Idris halblaut.

Oliver Hathaway verharrte und sah ihn fragend an.

»Aye«, erklang die Stimme des jungen Schotten aus dem Kabinett. »Alles angekommen, klar und deutlich, Mylord.«

»Hier auch, Auden.« Raventhornes Stimme drang dumpf aus dem Wandschrank. »Wir würden uns dann gerne ausstrecken, wenn es jetzt passt.«

Oliver keuchte und rüttelte an der Türklinke, aber Darkin hatte die Tür weisungsgemäß von außen verschlossen. Oliver warf sich herum und rannte zum Nebenzimmer, wo Wilby und der Konstabler Seite an Seite auf ihn warteten und ihn in den Schwitzkasten nahmen.

»Haben ihn, Sir«, rief der Konstabler.

Oliver brüllte wie ein Stier, aber als der Konstabler und der breit grinsende Wilby ihn ins Zimmer zerrten, erstarben seine Flüche und er ließ alle Gegenwehr fahren. Sein Gesicht wurde weiß, als er den blinden Sir John erblickte, und neben ihm die drei Gentlemen, die sich außerdem im Zimmer verborgen hatten. »Du verdammter Hurensohn«, sagte Oliver Hathaway zu seinem Cousin und dann sagte er recht lange gar nichts mehr.

Sir John ignorierte den Gefangenen und wandte sich an Idris: »Lord Auden, ich denke, damit sind Sie von jedem Verdacht reingewaschen. Die Verhaftung Ihres Cousins und die nachfolgende Verurteilung …«

»Nein!«, brüllte Oliver und zappelte im Griff seiner Bewacher. »Nein, das können Sie nicht machen! Ich bin ein Gentleman, ich … ich …« Er verstummte und starrte Idris mit hervorquellenden Augen an. »Ich nehme dein Angebot an«, sagte er hastig. »Ich verlange, dass man die Anklage fallen lässt, dafür sage ich alles, was ich weiß.«

Idris wechselte einen kurzen Blick mit Raventhorne. Der Viscount verzog angewidert das Gesicht und sagte schroff: »Sir John, wir danken Ihnen für Ihre Mühe. Der Innenminister hat mich autorisiert, Mr Hathaway einen Gnadenerweis anzubieten, falls er uns in einer Sache von nationaler Bedeutung zu helfen gewillt ist. Wir haben seine Willensbekundung alle vernommen. Sollte Mr Hathaway sich im weiteren Verlauf dennoch unwillig zur Zusammenarbeit zeigen, wird er unverzüglich in Ihre Obhut übergeben.«

Sir John nickte mit unbewegter Miene. MacGillivray, der ihn zuvor umfassend informiert hatte, griff nach seinem Ellbogen und dirigierte ihn zur Tür. »Wir verabschieden uns, Gentlemen«, sagte er.

»Können Sie uns ihren Konstabler noch so lange ausleihen, bis wir Mr Hathaway an einen sicheren Ort verbracht haben?«, fragte Raventhorne.

»Verfügen Sie über ihn«, sagte der Blinde. »Danke, meine Herren, es war mir eine Ehre.« Er nickte und ließ sich zur Tür hinausgeleiten, die der aufmerksame Butler für ihn geöffnet hatte.

Raventhorne und der erstaunlich vergnügt dreinschauende Cavanaugh folgten dem Konstabler und seinem Gefangenen. Die Zeit drängte, die Informationen, über die Oliver Hathaway verfügte, waren von großer Wichtigkeit. Also würden sie jetzt wohl Lord Sidmouth aus der Gesellschaft zerren, die er gerade mit seiner Anwesenheit beehrte. Idris grinste. Das erklärte Cavanaughs gute Laune. Lucien liebte es, den Innenminister zu ärgern.

Als alle fort waren, sank Idris mit einem Stöhnen in den nächstbesten Sessel und vergrub das Gesicht in den Händen. Er fühlte sich zittrig und seine Nerven waren überreizt. Wie sehr wünschte er sich jetzt, in Isobels Armen für eine Nacht alles vergessen zu können.

Die Tür öffnete sich und Ned Wymond sah ihn an. Er trug immer noch Kleider, die Wilby aus Idris' Kleiderschrank gesucht hatte, und die ihm nicht sonderlich gut passten.

»Wir müssen deinen Schneider beauftragen«, sagte Idris und gähnte herzhaft. »Ich schicke morgen einen Burschen, der ihn herholt. Er soll dich vermessen und dir für den Übergang eine Ausstattung herstellen.«

Wymond lächelte. »Das ist es also, was dich vor allem beschäftigt?«, spottete er. »Erzähl schon, wie ist es gelaufen? Habt ihr deinen widerlichen Cousin geschnappt?«

»Alles nach Plan«, murmelte Idris und stemmte sich in die Höhe. »Ich nehme mir jetzt eine Flasche Brandy mit ans Bett und besaufe mich, bis ich nicht mehr stehen kann.«

Wymond berührte kurz seinen Arm, als Idris an ihm vorbeiging. »Das passt nicht zu dir«, sagte er ungewohnt ernst. »Wenn ich mich betrinke, gehe ich keinerlei gesundheitliches Risiko ein. Wenn du das tust, schadest du dir nur. Überleg dir, ob ein oder zwei Gläser nicht reichen. Lass dir von Wilby eine willige Hure besorgen. Lenk dich meinetwegen mit einem deiner Fußmärsche ab. Aber hör auf zu trinken, Auden.«

Idris lachte über seinen besorgten Freund. »Du bist nicht meine Mutter, Wymond«, sagte er. »Ich kann recht gut abschätzen, ob ich mir schade oder nicht. Und im Moment fühlt es sich hervorragend an, beduselt zu sein.«

Wymond hob die Schultern. »Dann komme ich mit dir«, sagte er resigniert. »Besaufen wir uns gemeinsam.«

20

Idris verzichtete darauf, den Verhören seines Cousins beizuwohnen. Er war dankbar dafür, dass Cavanaugh und Raventhorne sich darum kümmerten und auch Sidmouth Bericht erstatteten. Es bereitete ihm körperliche Übelkeit, seinen Cousin, so unangenehm dieser auch sein Leben lang gewesen sein mochte, in einer der Verhörzellen des Innenministeriums und seiner Geheimpolizei zu wissen. Sidmouth hatte ihm zugesichert, dass der Name der Familie vor allem Schmutz geschützt werden solle, der bei der Befragung ans Licht kam, aber Idris wusste um die Angewohnheit übler Gerüche, durch die kleinsten Ritzen nach draußen zu sickern. Der *ton* würde Witterung aufnehmen und die Familie Hathaway musste eng zusammenstehen, um den kommenden Sturm zu überstehen. Ein Hochverräter in ihren Reihen. Idris fand kein anderes Mittel, als seinen Ekel und seinen Zorn mit Brandy hinunterzuspülen.

Trotz seiner Proteste, weil ihm Ned Wymond noch lange nicht genesen erschien, hielt sein Freund wacker an seiner Seite aus und half ihm mit Witzen und auch mit Gesprächen ernsterer Natur durch die langen, finsteren Nächte der Woche nach Olivers Verhaftung.

Endlich kam die Nachricht über Raventhorne: Oliver war auf freiem Fuß. Er hatte sein Wort gehalten und durch seine Aussage waren Sidmouth und seine Polizei einer bis in höchste Kreise reichenden Verschwörung gegen seine heiligste Majestät George, den 27. Artus, auf der Spur.

»Warum sollte jemand dem armen, verrückten Kerl ans Leder wollen?«, murmelte Ned, der lässig in einem Sessel lümmelte. Er trug endlich wieder passende Kleidung und hatte sogar Strümpfe an den Füßen.

»Es geht noch weit darüber hinaus.« Idris lehnte ihm gegenüber im Sessel, hatte ein Bein über die Armlehne geschwungen und balancierte sein Glas auf der Brust. Er hatte Mühe, seinen Blick zu fokussieren. »Prinny steht ebenfalls auf der Abschussliste. Sie wollen William auf den Thron hieven.«

»Was spricht gegen Frederick?«

»Er ist Fürstbischof und hegt keinerlei Ambitionen auf den Thron, wie es heißt.« Idris trank und starrte an die Decke. »Jetzt ist nur die Frage: Wusste William von der Verschwörung gegen seinen Vater und seinen Bruder?«

»Aua«, sagte Ned. »Sidmouth, das arme Schwein. Die Befragung stelle ich mir schwierig vor.« Er lachte und stieß mit einem lauten Schlucken auf. »Um Vergebung, königliche Hoheit, aber planen Sie in naher Zukunft die Ermordung Ihnen nahestehender Familienmitglieder?«

Die beiden lachten immer noch laut und albern über diesen ziemlich platten Scherz, als Miss Redgrave eintrat.

»Oh«, sagte sie und wurde rot. Ihr Blick hing wie gebannt an Ned Wymonds bestrumpften Füßen. »Ich wusste nicht, dass Sie nicht allein sind, Idris. Eure Lordschaft.« Sie knickste.

»Miss Redgrave!« Beide Herren standen umständlich auf und vollführten eine nicht sonderlich standfeste Verbeugung. »Setzen Sie sich doch zu uns«, lud Wymond sie mit einer großartigen Geste ein, bei der er Idris fast eine Maulschelle versetzt hätte. »Hoppla, tut mir leid, Auden, aber du stehst da wirklich auch dumm im Weg.« Wymond rückte einen Sessel zurecht und starrte Portia beschwörend an.

Sie lächelte und folgte der Einladung. Indem sie die Füße kreuzte und die Hände im Schoß faltete, gab sie das Bild zurückhaltender Sittsamkeit ab, aber der neugierige und gar nicht zurückhaltende Blick, mit dem sie Wymond musterte, störte den Eindruck, wie Idris fand, auf eine sehr angenehme Weise.

»Lord Edward«, sagte sie, »ich sehe, Sie haben sich endlich ein paar passende Kleidungsstücke besorgt.« Ihre Augen funkelten vergnügt.

Wymond zupfte an der taubenblauen Weste und gab sich bescheiden. »Nun ja, Miss Redgrave«, gab er zurück, »da ich ja nun jemanden mit meinem eleganten Äußeren zu beeindrucken habe … Mrs Dormer ist eine überaus kritische Dame.«

»O ja«, sagte Portia sehr ernsthaft, »sie leidet keine Schlamperei, und jede Form von Bohème ist ihr zutiefst zuwider. Sie, lieber Wymond, hätten bei ihr schon jede Achtung verspielt, wenn ich allein Ihre Strümpfe in Betracht ziehe …«

»Oh, ihr Götter«, rief Wymond schmerzlich aus, und seine Augen funkelten nicht weniger als die Portias. »Weh mir, ich bin verloren. Was soll nun aus mir werden, da Mrs Dormer, die Göttliche, mir ihre Gunst entzieht?«

Idris lehnte sich tiefer in die Polster des Sessels und grinste. »Wymond, biete der Dame etwas zu trinken an«, sagte er träge. »Ich bin zu faul, mich zu erheben. Und du bist der Jüngere, du musst tun, was ich sage.« Das war ein uralter Scherz zwischen ihnen, denn ihre Geburtstage lagen einen knappen Monat auseinander.

Wymond ächzte theatralisch, aber er erhob sich durchaus nicht ungern und schenkte Portia ein Glas süßen Sherry ein. Ihre Finger berührten sich sacht, als er ihr das Glas reichte, und sie errötete erneut.

Portia nippte zierlich an ihrem Glas und schwieg eine Weile, in der ihr erkennbar etwas auf dem Herzen lag. »Idris«, sagte sie dann, »wann reisen wir ab? Ich denke, es wäre an der Zeit.«

Idris, die Wange müde in die Hand gestützt, seufzte und sah zu Ned. »Sie haben recht, Portia. Ich sollte es nicht länger vor mir herschieben. Wie schnell hat Ihr Mädchen gepackt?«

»Unverzüglich«, sagte sie und stellte ihr Glas ab. »Ich gebe ihr Bescheid …«

»Ho, nicht ganz so hastig«, hielt Idris sie auf. »Sie sehen, dass ich alles andere als reisefertig bin. Ich brauche außerdem einen Tag, um meine Angelegenheiten hier so weit zu regeln, wie es nötig ist. Wir werden sicherlich etwas länger fort sein.« Er schnitt eine Grimasse und sah wieder zu Ned. »Würdest du hier ein bisschen nach dem Rechten sehen, während ich fort bin? Es könnte sein, dass Sidmouth oder Cavanaugh etwas von mir wollen, du könntest mir ihre Schreiben und Anliegen weiterleiten.«

Ned nickte resigniert. »Ob ich hier oder in meiner Wohnung an Trübsal und Langeweile sterbe, ist mir wirklich gleichgültig. Miss Portia, wie können Sie mich nur so kaltherzig verlassen?«

In Portias Miene spiegelte sich echtes Bedauern, als sie erwiderte: »Ich verlasse Sie nicht im Mindesten kaltherzig, Lord Edward. Nicht im Mindesten.«

Idris kannte jeden Baum, jeden Stein auf dem Weg nach Kent. Er verzichtete darauf, aus dem Fenster zu blicken, und vertiefte sich lieber in Schriftstücke, die er mit in die Kutsche genommen hatte.

Portia Redgrave und ihre Anstandsdame saßen ihm gegenüber. Mrs Dormer schlief, seit sie die Stadt hinter sich gelassen hatten, und ihre leisen Schnarcher lieferten den rhythmischen Grundton zu all den Geräuschen, die eine fahrende Kutsche machte.

Es war ein ungewöhnlich milder Tag, leichter Regen lag in der Luft und das Land bereitete sich mit Macht auf den Frühling vor. Ein grüner Schimmer lag auf allem und die Luft roch frisch und saftig.

Idris entfaltete einen Brief von Raventhorne, der ihm noch als letzter in die Kutsche gereicht worden war, und überflog ihn. Er tat einen überraschten und ärgerlichen Ausruf.

»Schlechte Nachrichten?« Portia blickte von ihrer Lektüre auf. Idris bewunderte die Ruhe und Hartnäckigkeit, mit der sie während der rumpelnden, schwankenden Fahrt in ihrem Roman las. Er hatte bereits Kopfschmerzen von den Schreiben, die er mühsam entziffert hatte. Und natürlich davon, dass er bis auf die Knochen verkatert war.

Er legte den Brief auf die anderen und sah zum Fenster hinaus. »Schlechte Neuigkeiten, aber keine unerwarteten«, sagte er. »Napoleon ist in Frankreich gelandet und auf dem Weg nach Paris. Die Truppen laufen in Scharen zu Bonaparte über.« Er sah Portia an. »Das bedeutet, England befindet sich sehr wahrscheinlich bald wieder im Krieg.«

Portia wurde blass und ließ ihr Buch in den Schoß fallen. »Wie schrecklich«, sagte sie aus tiefstem Herzen. »Mein armer Bruder, er war so froh, dass er ein paar ruhige Monate in der Garnison genießen durfte.« Sie legte die Hand über die Augen und Idris sah, dass ihre Finger bebten.

Er beugte sich vor und berührte sanft ihr Handgelenk. »Er hat den Krieg auf der Halbinsel heil überstanden«, sagte er leise. »Ihr Bruder ist ein erfahrener Soldat. Er wird auch das, was auf uns zukommt, überleben.«

»Das hoffe ich«, flüsterte sie.

Idris pflichtete ihr im Stillen bei. Sie wusste nichts von den modernen Schusswaffen, die Napoleons Armee wahrscheinlich zur Verfügung standen. Wenn Bonapartes Soldaten mit Zündnadelgewehren gegen die unhandlichen, langsam nachzuladenden Musketen der Verbündeten antraten, dann sah es schwarz aus für die Truppen der Koalition. Er hoffte nur, dass Wellington rechtzeitig etwas einfiel, das diesen Vorteil aufwog.

Aber damit wollte und konnte er die Damen nicht belasten. Er klopfte gegen das Dach der Kutsche, und während sie die Fahrt verlangsamte, sagte er: »Wie wäre es mit einem kleinen Imbiss?«

Sie hielten am Fuße eines sanften Hügels mit lichtem Baumbestand. Die ersten grünen Knospen zeigten sich an den Zweigen der Buchen und eine Gruppe von sonnenbeschienenen Findlingen lud zum Picknick ein. Die Diener deckten einen flachen Stein mit einem sauberen Tischtuch und all den Leckereien, die die besorgte Köchin ihnen mitgegeben hatte. Sie war wohl in Sorge gewesen, dass ihr Herr und seine Gäste auf der doch recht kurzen Reise unter die Räuber fallen oder sich verirren und verhungern würde.

Portias Miene entspannte sich, als der warme Sonnenschein auf ihr Gesicht fiel.

»Achte auf deinen Hut, Kind«, mahnte ihre Tante und schob Portia so, dass ihr Gesicht im Schatten lag. »Du willst doch keine unschöne Bräune oder gar Sommersprossen.«

Portia seufzte, aber sie widersprach nicht, sondern ließ sich von Idris ein Sandwich mit Hühnchen und Salat reichen. Sie aßen und plauderten über allerlei Nichtigkeiten, bis Tante Nettie sich entschuldigte und auf ein Nickerchen in die Kutsche zurückzog.

Idris und Portia saßen nebeneinander, hielten beide ihre Gesichter in den Sonnenschein und genossen das so lange schmerzlich entbehrte Frühlingswetter.

»Ihr Freund«, begann Portia nach einer Weile zögernd, »Lord Edward … ist seine Erkrankung sehr schwerwiegend?«

Idris wusste nicht, was er darauf antworten sollte. »Das ist eine Frage, die Sie eigentlich ihm stellen müssten«, sagte er ausweichend. »Er ist für den Moment auf dem Weg der Besserung, das immerhin. Aber seine Krankheit ist nichts, was heilbar wäre.«

Portia nickte sehr ernst, als hätte er ihre geheimsten Befürchtungen bestätigt. »Er sagte einmal zu mir, es sei eine Krankheit des Blutes.« Sie knetete ihre Hände. »Mein Vater ist Arzt und ich verstehe ein wenig von Krankenpflege und weiß auch ein bisschen über Medizin, glaube ich. Zuerst nahm ich an, er wäre schwindsüchtig, aber seine schnelle Erholung widerspricht dem.« Sie sah Idris eindringlich an. »Dann habe ich über die Möglichkeit einer zehrenden Krankheit nachgedacht, wie sie durch Geschwulste hervorgerufen wird. Aber auch hier wäre seine Erholung, die auffällig schnell und umfassend verläuft, ungewöhnlich.« Sie blickte wieder auf ihre verschränkten Hände. »Dann die beiden Frauen, die sich um ihn kümmern. Es ist doch wohl nicht üblich, einen Gentleman von weiblichen Pflegern versorgen zu lassen.« Sie errötete sacht.

Idris musterte sie fasziniert. »Und, was schließen Sie aus alldem?«

Portia senkte den Kopf noch tiefer. »Ich habe von einer Blutkrankheit munkeln hören«, sagte sie sehr leise. »Sie ist nicht heilbar und wer sich mit ihr infiziert, der verliert alle lebendige Farbe aus seinem Gesicht, seine Augen scheinen bei bestimmter Beleuchtung in einem unnatürlichen Glanz und werden äußerst lichtempfindlich. Ich fand all diese Symptome bei Lord Edward.« Ihre Stimme verebbte in einem winzigen Schluchzen.

Idris musste an sich halten, sie nicht tröstend in den Arm zu nehmen. Portias Interesse an Ned war ganz offensichtlich nicht nur medizinischer Natur. »Wissen Sie denn auch, wie diese Krankheit verläuft und wie man sie nennt?«, fragte er so nüchtern wie möglich.

Portia schüttelte den Kopf und betupfte ihre Augen mit einem Tüchlein. »Nein«, erwiderte sie mit fester Stimme und hob den Kopf mit trockenen Augen und einem leichten Lächeln auf den Lippen. »Nein, man befand das Thema wohl für nicht geeignet für junge, unverheiratete Damen und ich konnte nichts weiter herausbringen. Ich werde meinen Vater fragen, er nimmt in der Regel keine Rücksicht auf zartere weibliche Gefühle, wenn es um sein Fachgebiet geht.«

»Fragen Sie ihn nicht«, sagte Idris sehr ernst. »Lassen Sie das Thema ruhen, Portia, in Ihrem eigenen Interesse. Es ist nicht schön, Sie werden nicht mögen, was Sie erfahren, und es könnte Ihnen Schlaf und Seelenruhe rauben. Ned Wymond trägt sein Schicksal so gelassen, wie er es vermag. Es würde ihn schmerzen, wenn er wüsste, dass Sie die Wahrheit über ihn kennen.«

»Oh, mein Gott«, flüsterte Portia, die Augen weit aufgerissen.

Idris tat es leid, sie gewarnt zu haben, aber was hätte er tun sollen? Er griff nach ihrer Hand und tätschelte sie besänftigend. »Denken Sie nicht weiter darüber nach«, empfahl er. »Ned Wymond ist nicht Ihr Verlobter und kein Familienmitglied. Überlassen Sie ihn seinem Schicksal und suchen Sie sich in angemessener Frist einen netten …«

»Bitte!« Portia entzog ihm erzürnt ihre Hand. »Sie reden genau wie Tante Nettie! Ich kann sehr gut alleine entscheiden, wie ich zu Lord Edward stehe oder zu stehen wünsche!« Mit diesen Worten stand sie auf und stakte zur Kutsche zurück, jeder Schritt ein Ausdruck der Empörung.

»Idiot«, murmelte Idris und erhob sich ebenfalls. »Das hat man davon, wenn man versucht, nüchtern zu bleiben.«

Sie übernachteten in einem respektablen Gasthaus und brachen nach einem kräftigen Frühstück am Vormittag auf, um die kurze letzte Etappe zu bewältigen. Wäre Idris allein und zu Pferd unterwegs gewesen, hätte er die Reise in einem Tag hinter sich gebracht, aber er wollte den Damen die Strapaze nicht antun. Seine große Reisekutsche war hervorragend gefedert und geräumig, aber dennoch klagten beide Damen über große Steifigkeit und schmerzende Glieder und bekundeten ihre Freude über ihr schönes Zimmer mit dem weichen Bett darin.

Gegen Mittag rollte die Kutsche über die Zufahrt auf das Portal von Grenbury Hall zu. Portia konnte sich nicht sattsehen. »Oh, wie sehr ich diesen wundervollen Park liebe!«, rief sie entzückt aus. »Dort hinten liegt der See, auf dem ich mit Nell gerudert bin. Und das Flüsschen mit der kleinen Brücke, ich erinnere mich daran! Dort war eine Laube und hinter dem Wäldchen der kleine Tempel. Und ach, sehe ich dort wahrhaftig die Pfauen? Ich liebe sie, ich liebe sie!«

Ihr aufgeregtes Plappern entlockte Idris ein wehmütiges Lächeln. Sein Herz lag schwer in der Brust und jeder Atemzug schien zu schmerzen. Er hatte es vermieden, allzu oft an sein Elternhaus zu denken, und hatte sich so gut wie jeden Gedanken an seine Schwester verboten. Es tat zu weh. Er war hier geboren worden und aufgewachsen, er kannte jeden Baum, jeden Hügel, jeden Abschnitt des kleinen Flusses, jedes Wäldchen und jeden Stein darin. Die Jägerhütte im Wald war der Ort seiner Entjungferung gewesen – mit einer drallen, beinahe zehn Jahre älteren Magd.

Idris ballte die Faust. Er war ein Fremdkörper an diesem idyllisch erscheinenden Ort. Er war der Störenfried, der Wechselbalg. Sein Vater verstand nicht, was das für Idris bedeutete, oder er wollte es nicht verstehen. Und jetzt wurde ihnen beiden die Zeit genommen, sich langsam und vorsichtig anzunähern und zu versöhnen. Nun geschah dies unter dem Druck einer tödlichen Krankheit, die den alten Herzog jederzeit aus dem Leben reißen konnte.

Er schrak auf, denn Portia jubelte und winkte heftig zum Haus hin, das jetzt in majestätischer Pracht zwischen den Bäumen auftauchte. Gelblicher Stein leuchtete warm in der Sonne, und das Licht spiegelte sich in Hunderten von Fensterscheiben.

Vor dem Portal stand eine schmale Frauengestalt in einem hellgrünen Kleid und blickte der Kutsche entgegen. Als hätte sie Portias Rufe gehört, hob sie die Hand und winkte.

»Nell«, jubelte Portia, und kaum war die Kutsche ausgerollt, hatten die Diener die Treppe herausgeklappt und die Tür geöffnet, flog sie schon auf ihre Freundin zu und die beiden Mädchen fielen sich in die Arme.

Idris half Mrs Dormer aus der Kutsche und wartete dann mit unbehaglich verschränkten Armen, dass seine Schwester von ihm Notiz nahm. Das geschah, als Portias Plappern verstummte, sie ihre Augen wischte und einen Schritt zurück machte. »Vergeben Sie mir, Lord Auden«, sagte sie. »Ich habe mich vorgedrängt.«

Idris sah in die goldbraunen Augen seiner Schwester und schluckte einen großen Kloß Rührung hinunter. Fast drei Jahre hatte er Elinor nicht gesehen, und sie war in dieser Zeit von einem schlaksigen jungen Mädchen zu einer schönen jungen Frau erblüht. Ihr rötlich-braunes Haar ringelte sich in ihren Nacken, von einer breiten Schleife festgehalten, und ihre grazile Figur umschmeichelte ein weich fließendes Kleid, über dem sie wegen des noch frischen Windes eine warme Stola trug. Sie streckte ihm beide Hände entgegen und lächelte so herzlich und liebevoll, dass der Kloß in seinem Hals noch fester wurde. »Nell«, sagte er erstickt und nahm sie in die Arme. »Meine kleine Nell. Du bist so erwachsen geworden!«

Sie drückte ihn fest an sich und ließ ihn dann los, gab ihm einen zärtlichen Klaps auf die Wange und lächelte ihn mit Augen an, in denen Tränen standen. Er nahm ihre Hand und hielt sie fest. »Wie geht es Vater?«, fragte er.

Sie nickte mehrmals, machte ein Zeichen, das seine Sorgen besänftigte. Gut. Gut. Sie vollführte eine etwas kompliziertere Geste, die Idris mit »er möchte dich gleich sehen« übersetzte.

Inzwischen war auch Tante Nettie aus der Kutsche gestiegen und begrüßte Idris' Schwester herzlich, wenn auch etwas zurückhaltender als ihre Nichte. Elinor küsste sie auf die Wange und deutete lächelnd zum Eingang.

Hinter ihnen wurde die Kutsche entladen. Der Landauer mit Portias Zofe und Wilby war bereits am Abend zuvor angekommen, und beide warteten schon auf ihre Herrschaft.

»Wir machen uns ein wenig frisch«, sagte Idris und sah sich einen Moment lang gedankenverloren in der riesigen, mit Säulen gestützten Halle um. Alles war noch genauso, wie er es in

Erinnerung hatte, die geschnitzten Kapitelle, die Bilder an den Wänden und der gemusterte Marmorboden, die Leuchter und Teppiche, der Geruch nach Holz und der Kräutermischung, die dem Wischwasser beigegeben wurde. Er wusste, wenn er durch die hohen Flügeltüren zu seiner Linken trat, würde ihn das Dämmerlicht der Bibliothek empfangen, in der sicherlich der Kamin brannte und der Geruch nach Leder und altem Papier Erinnerungen an all die Stunden heraufriefen, die er mit einem Buch auf den Knien und weit offenen Auges träumend in dem großen Lehnsessel am Feuer verbracht hatte, während zu seinen Füßen einer der Hunde seines Vaters schnarchte.

Idris seufzte leise und wandte sich zur Treppe. »Mein altes Zimmer?«, fragte er Phelps, den Majordomo seines Vaters, den er schon sein Leben lang kannte.

»Es ist alles bereit, Sir«, erwiderte der grauhaarige Mann und verneigte sich.

»Danke, Phelps.« Er legte die Hand auf den seidenglatten Handlauf der Treppe. »Bitte sagen Sie Seiner Gnaden, dass er mich in einer halben Stunde erwarten kann.«

21

Elinor wartete im Gang auf ihn. Sie saß in einer der Fensternischen auf einer gepolsterten Bank, hatte die Hände im Schoß über ihrer Schiefertafel gefaltet und blickte sinnend in den Garten. Als sie seine Schritte herannahen hörte, wandte sie den Kopf und sah ihn an.

Idris erschrak, denn alles Lächeln war aus ihrer Miene gewichen, sie sah streng und ein wenig müde aus. Ihre verschatteten Augen ruhten ohne ein Zeichen des Erkennens auf ihm. Er verlangsamte seinen Schritt, zögerte, aber da schwand der Schatten aus ihrer Miene, ihre Augen begannen zu strahlen und sie lächelte voller Freude.

»Nell«, sagte er, heiser vor Rührung. »Wie schön, ich hatte mir gewünscht, noch mit dir zu sprechen, ehe ich Seine Gnaden aufsuche.«

Sie klopfte neben sich auf die Polsterbank und fischte ihren Griffel aus der Tasche. Ihr Blick liebkoste sein Gesicht.

»Wie geht es unserem Vater?«, fragte Idris das, was ihm am meisten auf dem Herzen brannte. »Hat sein Zustand sich verschlechtert?«

Nell schüttelte heftig den Kopf und warf einige Worte in ihrer schönen Handschrift auf die Tafel, die sie Idris reichte.

»Er hat sich gut erholt«, las Idris zu seiner Erleichterung. »Dr. Henderson ist sehr zufrieden mit ihm.«

»Das ist gut zu hören.« Idris wischte in alter Gewohnheit die Tafel ab, ehe er sie seiner Schwester zurückgab. »Warum siehst du dann so bedrückt aus, Nell? Ich dachte, du freust dich, mich wiederzusehen.«

Sie lachte und drückte seine Hand. Ihr Lachen war so schön und melodisch wie der Gesang eines Vogels. Wenn er ihr Lachen hörte, dann erinnerte er sich an den Klang ihrer Stimme, der ebenso melodisch gewesen war, und er erinnerte sich an den Tag, an dem Elinor aufgehört hatte zu sprechen. Er atmete tief ein und wieder aus und zwang das Lächeln in sein Gesicht zurück. »Was bedrückt dich?«, fragte er sanft.

Elinor runzelte die Stirn und eine Falte erschien zwischen ihren Brauen. Sie schrieb einige wütende Worte, wie er an ihren heftigen Handbewegungen erkennen konnte, und reichte ihm die Tafel.

»Corin. Die Verlobung. Vater macht sich Sorgen. Corin geht seltsame Wege.«

Seltsame Wege. Für seine sanftmütige Schwester war dies ein scharfer Ausdruck von Missbilligung. Idris wischte die Worte aus und hielt die Tafel nachdenklich in der Hand.

»Ich habe ihn in London getroffen, vor einigen Wochen«, sagte er. »Er begegnete mir feindselig und kalt.«

Elinor hob die Schultern und ließ ihre ausdrucksstarken Hände flattern. Idris las mühelos heraus, was sie sagen wollte: Corin hatte sich verändert, und das nicht zu seinen Gunsten.

»Das ist wohl wahr.« Idris reichte ihr die Tafel und streichelte ihre Hand. »Portia tut mir leid. Sie war am Boden zerstört. Aber ich glaube, sie hat recht daran getan, die Verlobung zu lösen.«

Elinor nickte heftig, und ihre Augen blitzten vor Zorn.

»Nun gut.« Idris rieb sich über die Augen. »Vielleicht ist es wirklich an der Zeit, dass der verlorene Sohn zurückkehrt und sich mit seinem Vater aussöhnt.«

Elinor presste die Lippen zusammen und sah ihn finster an. »Höchste Zeit«, schrieb sie. »Du hättest nicht so lange fortbleiben dürfen. Dickkopf.« Sie zögerte und setzte hinzu: »Du und Vater. Dickköpfe.«

Idris lächelte.

Schnelle Schritte näherten sich, Phelps eilte herbei. »Mylord«, sagte er, »Lady Elinor. Seine Gnaden erwartet Sie im Arbeitszimmer Seiner Gnaden.«

Idris bedankte sich und sah Elinor fragend an. »Er hütet nicht mehr das Bett?«

Sie hob die Schultern, legte den Kopf auf die Seite und bewegte ihre Hände.

Idris nickte und nahm ihren Arm. »Doktor Henderson ist damit einverstanden?«

Sie nickte.

Der Majordomo eilte ihnen voran und öffnete die schwere Tür zum herzoglichen Arbeitszimmer im ersten Stock. Idris trat mit einem Gefühl großer Beklommenheit ein.

Die Vorhänge vor den Türen zum Garten waren aufgezogen, helles Licht flutete in den Raum und erhellte ihn bis in die entfernteste Ecke. Die schweren, dunklen Möbel und der dicke Teppich, die Bücherregale, die auch hier die Wände bedeckten und die Sitzecke am Kamin verströmten den Eindruck von Ernst und Zuverlässigkeit, zwei Eigenschaften, die auch den Duke of Grenville charakterisierten. Der Herzog stand an seinem großen Schreibtisch, der wie immer mit Papieren übersät war, und hatte die Hände um seine Kante gelegt, als müsste er sich an ihm festhalten.

Idris bewahrte eine freundliche, neutrale Miene, als er auf seinen Vater zuging, obwohl er sich bis ins Inneres erschüttert fühlte. Der Herzog war immer ein stattlicher Mann von imposanter Erscheinung und jugendlich anmutender Kraft gewesen. Aber in der Zeit, die Idris ihn nicht gesehen hatte, war er erschreckend gealtert, sein vormals dunkelbraunes Haar war eisengrau geworden und tiefe Furchen zogen sich durch sein Gesicht. Die breiten, geraden Schultern begannen sich zu runden, und darüber hinaus hatte der Schlaganfall seinen Tribut gefordert – die linke Gesichtshälfte des Herzogs war schlaff, sein Mundwinkel sank herab, und auch seine Körperhaltung deutete auf eine Beeinträchtigung durch den Schlag hin.

»Eure Gnaden«, sagte Idris förmlich und neigte den Kopf.

»Auden«, nuschelte sein Vater und machte einen, dann noch einen Schritt auf ihn zu, um ihn fest in seine Arme zu ziehen. »Mein Junge. Wie habe ich dich vermisst.«

»Ich auch, Vater«, sagte Idris leise und zögerte kurz, ehe er ebenfalls seine Arme um den Herzog legte. Es war eine ungewohnte, beinahe peinlich intime Berührung. Sie hatten sich, so weit er sich zurückerinnern konnte, niemals umarmt oder ähnlich sentimentale Gesten ausgetauscht, der Herzog war immer eher distanziert und auf Form bedacht gewesen, was den Umgang mit seinen Söhnen betraf. Aber wer dem Tod ins Auge geblickt hatte, wie sein Vater das wohl getan haben musste, der mochte anders darüber denken.

Der Duke ließ ihn los und wandte sich ab, um sich verstohlen über die Augen zu wischen. »Nell, mein Liebes«, sagte er zu Idris' Schwester, die still an der Tür gewartet hatte, »du bist mir nicht böse, wenn ich mit deinem Bruder einige Worte unter vier Augen sprechen möchte?«

Nell lächelte, deutete einen Knicks an und schloss die Tür hinter sich.

Der Herzog griff nach dem Gehstock, der am Schreibtisch lehnte. »Gehen wir ein wenig an die frische Luft«, sagte er. »Doktor Henderson besteht darauf, dass ich bei gutem Wetter jeden Tag eine halbe Stunde spazierengehe, ob ich nun will oder nicht.« Er betupfte mit einen Taschentuch seinen herabhängenden Mundwinkel. Idris bemerkte betroffen, dass sein Vater stockend sprach, immer wieder nach Worten suchte, und er musste sich anstrengen, um den Duke zu verstehen.

»Gerne«, sagte er und reichte seinem Vater den Arm zur Stütze. »Ich bin ganz steif von der Kutschfahrt.«

Sein Vater nahm den stützenden Arm ohne zu zögern an, was Idris beinahe noch mehr erschütterte als alles andere. Sie gingen langsam durch die Terrassentür und blieben eine Weile an einem windgeschützten Platz in der Sonne stehen. »Läufst du immer noch jeden Tag durch die Gegend?«, fragte der Duke.

»Jeden Tag, wenn die Umstände es erlauben«, erwiderte Idris lächelnd. »Aber es ist nicht dasselbe. London ist schmutzig und die Luft riecht oft sehr schlecht.«

Sein Vater nickte langsam. »Du müsstest die Pfade kennen«, sagte er mit Sehnsucht in der Stimme. Idris wusste nicht, was er meinte, und als sein Vater diese Worte nicht näher erläuterte, dachte er, sich verhört zu haben. Es war mühsam, der nuschelnden Sprache des kranken Mannes zu folgen.

Sie gingen langsam über die Terrasse und in den Park hinein. Idris bemerkte, welche Mühe es seinen Vater kostete, Fuß vor Fuß zu setzen, aber der Duke beklagte sich nicht und kämpfte sich tapfer voran. Sie schwiegen, während sie zwischen hohen Ligusterhecken auf den kleinen Pavillon zugingen, in dem im Sommer seine Schwester immer gesessen und gestickt oder gelesen hatte.

»Setzen wir uns einen Moment.« Der Duke atmete schwer. Idris stützte ihn, während sein Vater sich auf der Bank niederließ, die Hände auf dem Knauf seines Stockes faltete und seufzend den Atem ausstieß. »Es ist nicht mehr viel Staat mit mir zu machen«, sagte er mit einem kleinen Lachen. »Bist du sehr schockiert, mein Sohn?«

Idris legte kurz und wortlos seine Hand auf die seines Vaters. So saßen sie, bis der Duke wieder bei Atem war und mit einem Ächzen seine Schultern dehnte. »Es ist ein hassenswerter Zustand, in dem ich mich befinde«, sagte er. »Ich könnte aus der Haut fahren, wenn meine Glieder mir den Dienst versagen und mein Kopf sich weigert, die Worte zu liefern, die ich suche.« Er zog sein Taschentuch hervor und tupfte seinen Mundwinkel ab. »Und ich tauge nur noch dazu, hübsche Frauen zu Tode zu erschrecken. Man sollte mich von meinem Elend erlösen, Auden.«

»Duke«, fragte Idris, »was sagt der Arzt?«

Der Herzog zuckte mit den Schultern. »Henderson meint, ich sollte zufrieden sein. Ich laufe, ich spreche, ich bin nicht verwirrter als sonst … und so kann es noch ein paar Jahre weitergehen. Deine Schwester hat mir versichert, dass ich nicht am Rande des Grabes stünde.« Er lächelte verzerrt. »Sie hat immer ein sehr gutes Gespür für solche Dinge, was ihre Lieben betrifft. Also denke ich, ich mache es noch eine Weile.«

Er sah Idris eindringlich an. Der Blick seiner Augen, die dunkelgrün waren wie Moos, erstrahlte noch genauso stark und jung wie vor zwanzig Jahren, als Idris seinen Vater geradezu vergöttert hatte. »Wir wollen uns nicht wieder streiten«, sagte der Duke. »Ich habe es sehr bedauert, dass du uns so vollständig den Rücken gekehrt hast. Du bist mein Erbe, Auden.«

Idris zuckte mit den Lidern. »Das bin ich wohl«, bestätigte er bitter. »Ich verstehe dich immer noch nicht, aber ich habe zumindest begriffen, dass du in dieser Sache stur bleiben wirst.«

Sein Vater lachte und lehnte sich zurück. »Mein Junge«, sagte er, immer noch lachend, »ich habe wohl kaum eine Wahl. Du bist mein ältester Sohn. Damit erbst du den Titel und alles, was damit zusammenhängt. Ich verstehe immer noch nicht, warum du dich so sehr dagegen sträubst.«

Idris knetete seine Hände. »Ich bin nicht dein ältester Sohn«, sagte er gepresst. »Das ist und bleibt Idwal.«

Sein Vater stemmte sich auf die Füße. »Nun, Idwal ist nicht hier«, sagte er mit solcher Gleichgültigkeit, dass Idris am liebsten aufgeschrien hätte.

Sie gingen durch den kahlen Rosengarten und folgten dem Weg zum See. Der Duke schritt nun etwas kräftiger aus, die Bewegung schien ihm tatsächlich gut zu tun.

»Ich wollte mit dir sprechen«, sagte er, als sie das Ufer erreichten, und blieb stehen, um sich den Mund abzutupfen. »Der Schlag, der mich niedergestreckt hat, hat mir klar gemacht, dass ich nicht mehr ewig leben werde. Von meiner Seite aus wurde alles geregelt und schriftlich niedergelegt, was das Erbe betrifft. Aber das reicht nicht. Ich möchte meinen Nachfolger – dich – bis zu meinem Tode hier auf unseren Liegenschaften wissen. Du musst dich einarbeiten, Auden. Es ist eine große Verantwortung, die du mit dem Herzogtum übernimmst.« Er pausierte, sah Idris erwartungsvoll an, aber sein Sohn blickte starr und schweigend über den See.

Nach einer kurzen Pause fuhr der Duke fort: »Dein Onkel hat mir allerlei über dich berichtet. Du hast einen gewissen Ruf in der Hauptstadt.«

Idris presste die Lippen zusammen und schwieg beharrlich.

Sein Vater seufzte leicht und legte seine Hand kurz auf Idris' Arm. »Ich rüge dich nicht«, sagte er. »Du bist jung und musst dir die Hörner abstoßen. Ich war auch kein sonderlich braver junger Mann, als ich in deinem Alter war.« Er lächelte schwach. »Aber ich bin einigermaßen überzeugt, dass Rowland mir deine schlimmsten Eskapaden verschwiegen hat. Ich weiß von der Französin, die deine Mätresse ist, ich weiß von den jungen Männern, mit denen du herumziehst. Ich weiß, dass man allgemein der Meinung ist, du seist ein Wüstling und Trunkenbold …« Er unterbrach sich und hustete rau. »Es ist mir gleichgültig, was du getrieben hast, während du von zu Hause fort warst. Aber mit diesem lockeren Lebenswandel muss jetzt Schluss sein, Auden. Ausschweifungen sind bei einem jungen Gentleman für eine kurze Zeit durchaus tolerierbar, aber irgendwann muss der Ernst des Lebens Einkehr halten. Du musst an deine Stellung denken, an die Aufgaben, die auf dich warten.« Er steckte sein Taschentuch ein und umfasste den Stock fester. »Ich wünsche, dass du bis zum Sommer heiratest. Es gibt ein halbes Dutzend

Debütantinnen aus bestem Hause, die als zukünftige Herzogin von Grenville eine gute Figur machen würden. Wenn du willst, werde ich …«

»Nein.« Idris wandte sich heftig ab. »Vater, ich bitte dich. Ich werde dir hier zur Verfügung stehen, ich werde den braven Sohn geben und mich in meine Pflichten einarbeiten – aber ich lasse mich nicht verkuppeln.«

»Den braven Sohn geben«, wiederholte der Duke seufzend. »Auden, du betrübst mich zutiefst.« Er setzte seinen Weg am Seeufer entlang fort, und Idris folgte ihm notgedrungen. »Ich bin in jeder Hinsicht sehr enttäuscht von dir«, fuhr der Duke mit Stahl in seiner nuschelnden Stimme fort. »Du vergeudest deine Zeit mit irgendwelchen Tunichtguten, mit Dirnen, Kartenspiel und Alkohol. Ich hatte mir mehr von dir erhofft, Auden. Sehr viel mehr. Du warst immer so ein stiller, ernster Junge. Was ist geschehen?«

»Was geschehen ist?« Idris schrie fast. Er erwiderte den mahnenden Blick seines Vaters und neigte den Kopf. »Ich bitte um Vergebung. Es steht mir nicht zu, laut zu werden, Euer Gnaden.«

Der Herzog nickte knapp. Wieder liefen sie eine Weile, ohne zu sprechen, dann holte Idris tief Luft und sagte: »Es ist nicht alles so, wie es den Anschein hat, Duke. Ich habe meine Zeit nicht sinnlos vertan, und auch meine Freunde sind weniger liederlich, als ihr Ruf behauptet. Ich kann und darf über meine Arbeit nicht sprechen, aber ich versichere dir, dass sie dich nicht beschämen würde.«

Der Herzog warf ihm einen verwunderten Blick zu, aber er nickte, ohne weiter in Idris zu dringen.

»Nun gut«, sagte er nach einigen Minuten und blieb stehen, um sich umzublicken. »Ich denke, wir sollten den Rückweg antreten, meine Kräfte lassen nach. Reden wir über die junge Miss Redgrave, die so plötzlich nicht mehr zur Familie gehören soll. Was ist geschehen? Hast du sie entehrt?«

»Ich habe nichts dergleichen getan«, erwiderte Idris grimmig. »Es verhält sich vielmehr so, dass Corin sie schändlich behandelt hat.« Er fasste in knappen Worten zusammen, was Portia ihm erzählt hatte.

Sein Vater wurde womöglich noch blasser und seine Miene noch strenger. Er umklammerte den Griff seines Stockes so fest, dass die Knöchel weiß hervortraten.

»Ich verstehe nicht, was Corin umtreibt«, sagte er, als Idris geendet hatte. »Erst zieht er gegen meinen Willen in den Krieg, dann läuft er zu den Papisten über und jetzt das.« Er funkelte Idris an. »Was hat er zu seiner Verteidigung gesagt?«

»Er weigert sich, mit mir zu sprechen«, sagte Idris. »Er hat mir sehr deutlich zu verstehen gegeben, dass er mich hasst und die Welt ein besserer Ort für ihn wäre, wenn ich und andere Seelenlose von ihrem Antlitz verschwunden wären.«

Sein Vater sah ihn einen Moment lang reglos an, erstarrt in Miene und Gestik. Idris begann zu befürchten, dass ein neuerlicher Schlag ihn ereilt hätte, als der Duke ihn damit schockierte, dass er zu lachen begann.

Er erklärte seinen Heiterkeitsausbruch nicht, sondern sagte nur, als sie das Haus betraten: »Wir sehen uns beim Tee. Es werden keine Gäste erwartet, wir sind unter uns.« Mit diesen Worten entschwand er in der Bibliothek und schloss die Tür hinter sich.

Idris stand unschlüssig in der Halle, dann machte er sich auf die Suche nach seiner Schwester. Sie hatten einige Jahre aufzuholen, obwohl sie in regelmäßigem Briefkontakt gestanden hatten.

Er fand Elinor mit Portia zusammen im Gelben Salon, der um diese Tageszeit so lichtdurchflutet war wie der Park. Die beiden hatten die Köpfe zusammengesteckt und lachten, Portia sprach schnell und aufgeregt und Nell kritzelte auf ihrer Schiefertafel herum. Idris blieb an der Tür stehen und nahm das Bild in sich auf. Seine Schwester und Portia waren mehr oder weniger gemeinsam aufgewachsen, weil Nell einen großen Teil ihrer Kindheit und Jugend in der Familie ihrer Tante gelebt hatte. Der Duke war nach dem Tod seiner Frau zu der Ansicht gelangt, dass ein Haushalt, der nur aus Männern bestand, nicht die rechte Umgebung für seine kleine Tochter darstellte. Idris hatte das überaus bedauert, und Nell hatte herzzerreißend geweint, als sie fortgehen musste. Er hatte dies seinem Vater lange verübelt, aber nun, wo Idris Nell und Portia zusammen sah, begann er zu zweifeln, ob sein Groll wirklich berechtigt gewesen war. Es war ein strenger, disziplinierter Haushalt, in dem Idris und Corin aufgewachsen waren, ein Haus ohne Frauen und ihren milden, sanften Einfluss. Vielleicht war Elinor so im Endeffekt wirklich glücklicher gewesen.

Als hätte er ihren Namen gerufen, blickte sie auf und sah ihn an. Ihr Lächeln wärmte sein Gemüt, wie es das immer tat.

»Störe ich euch?«, fragte er und trat zu den jungen Frauen.

»Wie könnten Sie das?«, fragte Portia und lächelte beinahe ebenso zärtlich wie seine Schwester. Idris rief sich in Erinnerung, dass Miss Redgrave noch unter der Trennung von Corin litt und sich außerdem deutlich von Ned Wymond angezogen gezeigt hatte, und lächelte zurück.

Sie plauderten und schließlich saßen beide Frauen mit ihren Stickrahmen nebeneinander auf dem Sofa, während Idris ihnen Gedichte vorlas. Er lächelte über sich selbst, weil er diese beschauliche häusliche Szene ganz und gar angenehm und friedlich fand. Für eine kurze Zeit könnte es erfreulich sein, so zu leben und sich vielleicht sogar der Illusion hinzugeben, es könnte immer so bleiben.

Den Tee nahmen sie im großen Salon ein. Der Tisch war mit weißem Damast und dem Familiensilber gedeckt, Kristall funkelte in der Sonne, die vierstöckige Etagere war beladen mit den feinsten Delikatessen. Idris sah seine Schwester an und schüttelte den Kopf. »Der verlorene Sohn kehrt heim, hm?«

Sie lachte und nickte und bat mit einem Klatschen der Hände darum, bereits Platz zu nehmen, während sie nach dem Duke sehen wollte.

Sie kehrte mit ihrem Vater am Arm zurück, half ihm, auf seinem Stuhl Platz zu nehmen und setzte sich dann an seine linke Seite, um ihm geschickt und unauffällig zur Hand zu sein, wenn seine beeinträchtigte Hand etwas nicht greifen wollte. Idris beobachte den vertrauten Umgang der beiden und fühlte sich einen Moment lang ausgeschlossen. Er hatte seiner Familie den Rücken gekehrt und musste nun erkennen, wie sehr ihn dieser Umstand schmerzte.

Dann blickte der Herzog auf, sah zu Nell und dann in Idris' Gesicht, und in seinen Augen leuchtete solch unumschränkte Zuneigung, dass Idris der Atem stockte.

Der Moment ging vorüber, sie aßen und tranken ihren Tee, plauderten, lachten, ließen sich Geschichten aus London erzählen und erzählten Geschichten vom Landleben und umschifften sorgsam alle Themen, die schmerzlich waren. Statt dessen berichtete Idris seiner Schwester, was die Damen in London in dieser Saison trugen, und Portia assistierte ihn dabei, während sie über seine scharfzüngigen Karikaturen der extravagantesten Erscheinungen des *ton* lachte.

Dann brachen die Damen zu einem Spaziergang auf und Idris folgte der Aufforderung seines Vaters, ihn in der Bibliothek aufzusuchen.

Der Duke schenkte ihnen Portwein ein und lächelte sein erbarmungswürdig schiefes Lächeln. »Doktor Henderson hat es verboten«, sagte er. »Ich darf nichts mehr von dem tun, was mir Vergnügen bereitet hat. Das hier gönne ich mir sehr selten, aber es wäre reizend von dir, wenn du mich nicht verraten würdest.« Er ließ sich langsam und vorsichtig im Sessel nieder. »Du darfst dir gerne eine Zigarre anstecken«, sagte er und klang sehnsüchtig. »Ich würde mich freuen. Dann rieche ich es wenigstens.«

Idris nahm einen Stumpen aus der Kiste auf dem Tisch und entzündete ihn. Er entließ einen Rauchfaden und wedelte ihn zu seinem Vater hinüber. Der nickte und lehnte sich zurück. »Reden wir«, sagte er, und seine Stimme klang bis auf das Nuscheln so kühl und geschäftsmäßig wie immer. »Wir haben eine Menge zu regeln, bis du fest im Sattel sitzt. Kannst du bleiben?«

Idris betrachtete seine Zigarre. »Nein«, sagte er und hob die Hand, als der Herzog sich aufrichtete, »jedenfalls nicht unverzüglich. Ich muss meine Angelegenheiten in London regeln ...«

»Was muss denn an einem Lotterleben geregelt werden?« Die Augen des Dukes warfen Blitze. »Schreib ein paar Briefe, sag deinen Saufkumpanen und den Huren, dass du dich entschieden hast, erwachsen zu werden und verabschiede dich von ihnen.«

Idris blies einen Rauchring zur Decke und bezwang die aufkeimende Wut. Er hatte es selbst darauf angelegt, dass sein Vater ebenso schlecht von ihm dachte, wie alle Welt das tat. Es wäre ungerecht, ihm deshalb jetzt zu zürnen.

»Duke«, sagte er langsam, »ich glaube, ich muss dir etwas beichten.« Er sah seinem Vater gerade in die Augen. »Ich bin mir nicht sicher, ob du darüber erfreut sein wirst.«

Der Herzog stellte sehr langsam das Portweinglas ab, an dem er nur genippt hatte, und betupfte seine Mundwinkel. Seine wachen, strahlenden Augen blieben starr auf seinen Sohn gerichtet, er erwartete offensichtlich etwas Schockierendes, schlimmer noch als alles andere, was er über Idris gehört hatte.

»Rede«, sagte er leise.

»Ich arbeite für Lord Sidmouth.«

Einen Augenblick lang blieb das gefurchte Gesicht seines Vaters vollkommen leer. Was auch immer er erwartet hatte, das war es sicherlich nicht.

»Für den Innenminister«, vergewisserte er sich.

»So ist es.«

Sein Vater legte die Hände um die Sessellehnen. »Was soll das heißen – du arbeitest für ihn?«

Idris faltete die Hände vor dem Mund. Seine Zigarre verglomm unbeachtet im Aschenbecher neben seinem Ellbogen. »Ich bin seit zwei, nein seit fast drei Jahren als Agent für Lord Sidmouth tätig. Wir haben einen Anschlag auf das Parlament verhindert, einen Schmugglerring ausgehoben und dafür gesorgt, dass die Diplomaten, die zum Kongress in Wien gereist sind, dort auch sicher und ohne Beeinflussung durch andere Interessengruppen angekommen sind.«

Das war nur ein winziger Teil dessen, was Idris und seine Freunde getan hatten, aber dies waren die erfolgreichen Geschichten. Die Fehlschläge füllten eine etwas längere Liste. Idris dachte mit Schaudern an die vollkommen aus dem Ruder gelaufene Schottland-Mission, die Ned beinahe das Leben gekostet hätte.

»Agent«, sagte sein Vater mit schwacher Stimme. »Mein Sohn. Mein Erbe. Der zukünftige Duke of Grenville – ein Laufbursche des Innenministeriums?«

»Nun, das trifft es doch nicht ganz«, protestierte Idris. »Wir sind keine Handlanger, wir tun eine Arbeit, die von nationaler Wichtigkeit …«

»Ach, Papperlapapp.« Der Duke fuhr mit seiner gesunden Hand durch die Luft. »Agenten und Konstabler wühlen gegen Entlohnung im Dreck. Solche Aufgaben sollte man denen überlassen, die Geld nötiger haben als du.« Seine Brauen waren finster zusammengezogen und sein Kinn spannte sich an.

»Wir werden nicht bezahlt«, entgegnete Idris mit sanftem Spott. »Ich dachte, du bist erfreut darüber, dass dein Sohn und Erbe kein gar so liederlicher, verkommener Wüstling ist, aber nun erkenne ich, dass du dich wohl eher damit hättest arrangieren können. Ich werde das für meinen weiteren Lebenslauf zu berücksichtigen wissen.«

Sein Vater starrte ihn weiter an, und in seinem Gesicht rangen Empörung und Erheiterung miteinander. Dann entspannte er sich, lachte und griff wieder nach seinem Portweinglas. »Du machst ja ohnehin, was du willst«, sagte er. »Aber wenn du wieder nach Hause kommst, wirst du dich fügen müssen, Auden. Du kannst über alles bestimmen, alles umwerfen und alles neu organisieren, wenn ich erst einmal unter der Erde bin. Aber bis dahin erwarte ich von dir den Gehorsam, den ein Sohn seinem Vater zollen sollte.«

Idris nickte knapp. »Ich habe dich verstanden, Duke. Dein Wunsch ist mir Befehl.«

»Gut.« Der Duke leerte mit zorniger Miene sein Glas. »Wenn das geklärt ist, dann meinetwegen – kehr zurück in die Hauptstadt und regele, was zu regeln ist. Aber dann will ich dich unverzüglich hier sehen und verlange, dass du bleibst, bis ich tot bin.«

Die unverblümten Worte schmerzten Idris unerwartet tief. Er beugte sich impulsiv vor und nahm seines Vaters Hand. »Duke«, sagte er, »du wirst noch lange leben. Und ich verspreche dir, ich werde so viel und so lange an deiner Seite sein, wie meine Aufgaben es zulassen.«

Der Herzog knurrte und zog seine Hand weg, aber er tätschelte Idris' Arm, bevor er das tat. »Nun, mehr werde ich von dir wohl nicht bekommen«, sagte er. »Ich sollte froh sein über die Brosamen, denke ich.«

»Es wird mehr sein als das.« Idris nahm den Stumpen auf und entzündete ihn neu. »Ich werde meine Verpflichtungen so weit wie möglich reduzieren.«

Der Duke nahm das mit einem Kopfnicken zur Kenntnis.

Sie schwiegen, Idris rauchte und dachte nach. Er hatte nicht beabsichtigt, sich so kampflos als seines Vaters Erbe einvernehmen zu lassen, aber der elende Zustand des Herzogs hatte ihn überrumpelt. Und nun hatte er seinem Vater mehr oder weniger versprochen, seinen Willen auszuführen. Er seufzte leise. »Ich bin ein Changeling«, sagte er. »Wie kannst du das verantworten?«

Der Duke hob den Kopf und sah ihn aus verengten Augen an. »Du bist ein Schwachkopf, kein Wechselbalg«, sagte er scharf.

»Danke«, erwiderte Idris. Er stieß eine Rauchwolke aus, hinter der er sein Gesicht verbarg. »Du machst es dir leicht, Duke.«

»Ich mache es mir leicht?« Sein Vater richtete sich auf. »Ich habe keine Ahnung, wer dir diesen Blödsinn eingeflüstert hat. Aber es ist wirklich armselig, dass du darauf bestehst, dieser jämmerlichen Einbildung auch als erwachsener Mann immer noch anzuhängen. Du bist kein Wechselbalg, du bist mein Sohn!«

Idris ballte die Faust und schlug damit auf seine Armlehne. Er war so aufgewühlt, dass er den Zorn wie ein glühend heißes Eisenband um seine Brust zu spüren glaubte. »Duke«, sagte er gepresst, »ich weiß, was ich bin. Ich bin nicht nur einmal auf der anderen Seite der Hecke gewesen und habe mit den Schönen gesprochen. Ich habe Idwal gesehen – deinen wahren Sohn und Erben!«

Es war sicherlich das tanzende Licht des Kaminfeuers, das ihm vorgaukelte, sein Vater habe Tränen in den Augen. Die Stimme des Dukes klang kalt und nüchtern wie zuvor: »Du hast deinen Bruder gesehen, Auden. Ich gebe zu, dass er dein älterer Bruder ist und damit mein Erbe wäre. Aber er ist nur zehn Minuten vor dir auf die Welt gekommen, deshalb halte ich das für unwesentlich.«

Idris verstand nichts mehr. Er sah, wie sich der schiefhängende Mund seines Vaters bewegte, er hörte die nuscheligen Worte, die von den Lippen geformt wurden, sein Gehirn arbeitete daran, die Botschaft in etwas zu übersetzen, was er zu verstehen in der Lage war … aber er scheiterte kläglich.

»Was versuchst du mir zu sagen?«, fragte er.

»Hörst du nicht zu?« Sein Vater war zornig, aber das war es nicht allein. Er wirkte seltsam schuldbewusst. »Du bist mein

Sohn. Du bist Idwals Bruder, ihr beide seid am selben Tag, zur selben Stunde geboren worden.«

Idris schüttelte den Kopf. »Nein, nein«, sagte er. »Idwal ist dein Sohn. Er wurde in der Wiege vertauscht, gegen mich ausgewechselt. Ich bin ein Kind der Sidhe, Duke.« Daran hielt er sich fest, das war die Wahrheit, die er kannte. Es stimmte. Er konnte in die Anderwelt reisen, er sprach mit dem König der Sidhe, die Sidhe-Lords verachteten ihn, aber sie akzeptierten ihn als einen der ihren, wenn auch als einen minderwertigen, nicht ganz dazugehörigen Angehörigen des Schönen Volkes …

Der Duke senkte die Lider und begann, seine Hände zu kneten. »Auden«, sagte er leise, »ich habe nie begriffen, wie sehr du dich quälst. Du hast wirklich geglaubt, du seist nicht unser Kind?«

Idris schüttelte nur stumm und fassungslos den Kopf.

Sein Vater betupfte seinen Mund mit dem Taschentuch und dann seine Augen. Er sah alt und krank aus, jede Kraft schien aus seinen Gliedern gewichen zu sein. »Du hast es wirklich geglaubt. Ich dachte … ich dachte, du verstehst.«

»Ich verstehe was?« Idris musste an sich halten, nicht zu schreien. Nicht aufzuspringen und seinen Vater zu schütteln. »Alle wissen, was ich bin, Duke! Niemand hat je etwas anderes zu mir gesagt, ich werde deswegen geschnitten. Die Duchess ist vor Gram darüber gestorben …«

Sein Vater legte die Hand vor die Augen. »Auden«, sagte er heiser, »beim barmherzigen Gott, Auden! Ich ahnte ja nicht, dass du diese Geschichte wirklich glaubst.«

Idris sank in seinen Sessel zurück und seine Gedanken rasten umeinander wie ein Schwarm aufgescheuchter Dohlen. »Was?«, begann er, stockte, weil ihm die Stimme versagte und räusperte sich rau. »Was willst du damit sagen, Vater?«

Der Herzog ließ die Hand sinken, sein Ausdruck war voller Schmerz. »Du und Idwal, ich, deine Schwester, Corin«, sagte er und vollführte eine hilflose Geste, »wir alle sind eine Familie.«

Er schüttelte den Kopf, offensichtlich ärgerlich über sich selbst und seine Unfähigkeit, in Worte zu fassen, was er zu sagen hatte.

»Eine Familie«, wiederholte er und knetete erneut seine Hände. »Deine Großmutter«, sagte er und stockte.

»Meine Großmutter?« Idris verstand immer weniger. Sein Großvater hatte eine wunderschöne walisische Maid geheiratet, so hieß es jedenfalls in der Familie. Ein Mädchen ohne Familie, nicht von Stand, aber sein Großvater hatte sich unsterblich verliebt und sogar den Bruch mit seinem eigenen Vater riskiert, um sie als seine Frau nach Hause zu führen. Auf einem Ritt durch die Wildnis war er auf sie gestoßen, hieß es. Sie war wie ein Waldgeist zwischen den Bäumen eines Buchenwaldes erschienen und Großvater, der damals noch ein junger Mann war und der zweite in der Erbfolge nach seinem älteren Bruder, hatte sie vor sich in den Sattel gehoben und sich danach bis zu ihrem Tode nicht wieder von ihr getrennt. Sie hatte ihm nur zwei Kinder geboren, eins davon war der jetzige Duke of Grenville, Idris' Vater.

»Maeve hieß sie«, sagte sein Vater versonnen. »Meine Mutter war die schönste Frau der Welt. Sie wurde nicht älter, weißt du? Sie blieb, so lange sie bei uns war, so jung wie an dem Tag, als mein Vater sie im Wald gefunden hat. Oder sie ihn …« Er lächelte, in Gedanken versunken.

Idris runzelte die Stirn. Er hatte seine Großmutter nicht gekannt. Maeve war eines Tages verschwunden, es hieß, sie wäre hier im Schwanenteich ertrunken. Sein Großvater war ihm als schweigsamer und abweisender Mann in Erinnerung, der seinen Enkel zu verabscheuen schien.

»Er hat mich gehasst«, sagte Idris.

Sein Vater blickte auf, blankes Erstaunen im Blick. »Er hat dich vergöttert«, sagte er. »Du hast ihn so sehr an seine Maeve erinnert. Er war ein trauriger Mann. Er hat bis zu seinem letzten Atemzug um sie getrauert.« Sein Gesicht verzerrte sich in einer

Aufwallung von Schmerz. »Ich habe es erst begriffen, als er es mir auf dem Totenbett erzählte. Lady Maeve ist nicht ertrunken.«

»Wie starb sie dann?«

Der Blick seines Vaters grub sich tief in sein Inneres. »Sie starb gar nicht«, sagte der Duke leise. »Sie lebt. Sie wird uns alle überleben, Auden. Wir sind nur von gemischtem Blut, uns fehlt die Langlebigkeit der Sidhe …«

Idris hob abwehrend die Hand. Der Schlaganfall musste seines Vaters Verstand verwirrt haben. Er fröstelte. »Ich glaube, du brauchst Ruhe«, sagte er und erhob sich. »Ich rufe …«

»Setz dich, verdammt noch mal, hin!« Die Stimme des Dukes knallte wie eine Peitsche. »Hör auf, dich zu betragen wie ein verzogenes kleines Kind und hör zu! Ich habe all dies erst erfahren, als mein Vater im Sterben lag. Du sollst es jetzt von mir zu hören bekommen und ich hoffe, dass du dann damit Schluss machst, dich wie ein Opferlamm zu betragen. Unsere Familie hat dank der unbesonnenen Brautwahl deines Großvaters Sidheblut in den Adern. Was glaubst du, was Seine Majestät dazu sagen würde, wenn er dies erführe? Eine der mächtigsten Familien im Lande ist von gemischtem Blut? Noch schlimmer: Wir sind dem Gesetz nach Sidhe. Wir gehören vor Gott und den Menschen zum Schönen Volk.« Er atmete schwer, seine Faust ballte und öffnete sich krampfhaft. »Die Dukes of Grenville leben seit dem zwölften Jahrhundert auf diesem Land und dienen ebenso lange treu dem Artus. Ich konnte doch nicht zulassen, dass wegen der unüberlegten Tat eines einzelnen Grenville der Name der gesamten Familie in den Schmutz gezogen wird. Auden, du hättest schwerlich anders gehandelt als ich!«

Idris hatte eiskalte Hände und Füße und ein Gefühl der Taubheit ließ seine Lippen summen. »Du hast das Gerücht selbst gestreut«, sagte er tonlos. »Dass ich ein Wechselbalg sei, dein wahrer Sohn von den Sidhe geraubt und ausgetauscht …«

»Natürlich habe ich das!« Der alte Mann beugte sich wie von einem Schmerzanfall geschüttelt vor. »Sie haben deinen Bruder gefordert. Ich musste ihn nach dem Willen des Schönen Volkes fortgeben. Ihr wart eine Zwillingsgeburt. Ein Zwilling gehört den Sidhe, der andere den Menschen. Das ist immer so! Mein eigener Zwillingsbruder …« Er schwieg und senkte den Kopf.

Idris lehnte sich schwer zurück und schlug die Hände vors Gesicht. »Und die Duchess?«, fragte er dumpf.

»Sie hat mich deswegen gehasst.« Unvergossene Tränen machten die Stimme des Herzogs rau. »Sie hat danach drei Jahre lang nicht mehr als das Notwendigste mit mir gesprochen. Sie gab mir die Schuld und natürlich hatte sie recht. Ich war ja schuld daran. Ich habe Idwal aus der Wiege genommen und dem Sendboten der Lady in die Arme gelegt.«

»Grundgütiger Himmel«, sagte Idris benommen. »Weiß Corin davon? Und Nell?«

Corin, der ihn mit fanatischem Hass verfolgte, weil er ein Seelenloser war? Corin, der Papist und Eiferer? Idris hätte fast gelacht, wenn ihm nicht gleichzeitig von der Eröffnung seines Vaters so übel gewesen wäre.

»Corin?« Der Duke seufzte leise. »Nein, natürlich befindet er sich nicht im Bilde. Und Elinor blickt wahrhaftig tiefer als wir alle.« Er schwieg und lehnte matt den Kopf an die Rücklehne. Sein Gesicht hatte die Farbe von Kitt angenommen, tiefe Schatten lagen unter seinen geschlossenen Augen und seine schwache Hand zitterte leicht.

Idris stand auf und sah sich um. Er nahm eine karierte Decke vom Sofa und breitete sie über seines Vaters Knie. »Soll ich deinen Kammerdiener rufen, damit er dich in dein Schlafzimmer bringt?«

Der Duke schüttelte schwach den Kopf. »Ich möchte nur eine Weile hier sitzen und ausruhen. Geh, Auden. Wir sehen uns beim Dinner.«

Idris lief zwei Stunden über Stock und Stein, bis er erschöpft und nassgeschwitzt war und die Sonne hinter den Hügeln verschwand. Dann kehrte er nach Hause zurück, wusch sich und kleidete sich zum Dinner um. Nun galt es, ein paar Stunden gesellig zu sein und sich vor Portia Redgrave nichts anmerken zu lassen.

Er ließ sich von Wilby die Krawatte binden und starrte dabei grübelnd in den Spiegel. Der Impuls, in sein gewohntes Leben nach London zurückzukehren und nie wieder einen Fuß in sein Vaterhaus zu setzen, war beinahe übermächtig. Aber er bezwang den Trieb, den er als kindische Aufwallung von Trotz erkannte, und schlüpfte in den von seinem Kammerdiener gehaltenen mitternachtsblauen Frack. Er warf noch einen Blick in den Spiegel, fand sein Haar zu lang und zu wild und strich sich über die glattrasierten Wangen. Dann nickte er Wilby dankbar zu und gesellte sich zu den Damen im Salon, die bereits angeregt mit Sir Reginald plauderten, einem älteren Herrn und Freund und Schachpartner des Herzogs.

Während des opulenten Mahls konnte er seinen Blick kaum von seiner Schwester wenden. Was hatte sein Vater damit gemeint, dass Nell tiefer blickte als sie alle? Er wünschte sich nichts mehr, als mit ihr über das sprechen zu können, was der Herzog ihm am Nachmittag eröffnet hatte, aber das Dinner war weder der passende Ort noch der rechte Zeitpunkt.

Und während sie aßen und plauderten, dann im Salon Sherry und Portwein nahmen, und Idris sich alle Mühe gab, nicht schroff und einsilbig zu sein, löste sich ein Schatten von seinem Gemüt. Sein Vater war schwer krank, der Schlaganfall hatte sein Gehirn beeinträchtigt und das gaukelte ihm nun eine Geschichte vor, die ihn den Verlust seines Sohnes Idwal leichter ertragen ließ. Nur so war diese wahnwitzige Geschichte zu erklären, die der Duke ihm erzählt hatte. Idris lächelte erleichtert, entzündete eine Zigarre und begann ein gutgelauntes Streitgespräch mit Sir Reginald über Politik und die ständig steigenden Preise.

Der Abend ging so angenehm zu Ende, wie er begonnen hatte. Idris hätte gerne noch unter vier Augen mit seiner Schwester gesprochen, aber die entschuldigte sich damit, dass sie ihrem Vater vor dem Zubettgehen noch Gesellschaft zu leisten pflegte. Sie deutete auf das Schachbrett, das am Fenster stand und hob anmutig die Schultern.

Idris beugte sich zu ihr, gab ihr einen Kuss auf die Stirn und wünschte ihr und Miss Redgrave eine gute Nacht.

Er schlief unruhig und erwachte in der Morgendämmerung. Eine Weile saß er am Fenster und sah zu, wie das Licht durch den Morgennebel drang und den Park und die Seitenflügel des Hauses mit seinem rosigen Schein übergoss. Dann zog er sich an und ging in den Frühstückssalon hinunter.

Er war allein, die Damen schienen noch zu schlafen. Er genoss die Ruhe, las in der Zeitung vom gestrigen Tag und ließ den Morgen vorübergehen. Endlich kam Nell, küsste ihn auf die Wange und füllte einen Teller mit Rührei und Toast, den sie mit herzhaftem Appetit leerte. Idris ließ sie in Ruhe essen und las weiter.

Nell goss Tee in ihren Becher und klopfte zart mit dem Löffel gegen das Porzellan. Idris blickte auf und sah, dass sie ihm ihre Schiefertafel hinhielt. Er nahm sie und las: »Er hat dir die Wahrheit erzählt.«

Idris starrte auf die Worte, dann sah er seine Schwester an, die ihn mitfühlend musterte. Sie streckte die Hand aus und nahm ihm die Tafel ab, wischte sie aus und schrieb: »Hast du mich jemals weinen sehen?«

Idris las und blickte verständnislos auf. »Nein«, sagte er zögernd. »Nein, nicht mehr seit Mutter gestorben ist.«

Nell nickte bekräftigend, als hätte das irgendeine Beweiskraft für ein wirklich schwerwiegendes Argument. Sie wischte die Tafel sauber ab und stand auf.

Idris wollte ihr folgen, aber in der Halle trat ihm ein Diener in den Weg und reichte ihm seine Post.

Idris hob die Brauen. Er war so kurz hier und schon hatte sein Butler es für nötig befunden, ihm seine Post nachzusenden? Der Umschlag trug eine bekannte Handschrift, der Brief kam von Cavanaugh. Es war typisch für den Earl, dass er nicht warten konnte, um Idris etwas mitzuteilen, was dieser seiner Meinung nach unbedingt wissen sollte. Idris hegte schon länger den Verdacht, dass es Lucien Cavanaugh um den Schlaf brachte, wenn er eine Information nicht unverzüglich an den für sie bestimmten Empfänger weitergeben konnte.

Noch in der Halle öffnete er den Umschlag und überflog das knappe Schreiben. Er runzelte die Stirn und las es ein zweites Mal, ehe er einen Fluch ausstieß.

»Auden«, stand dort in der akkuraten, wie gestochen wirkenden Handschrift des Earls, »wir brauchen dich hier in London, bitte kehre unverzüglich zurück. Dein Cousin hat uns Informationen geben können, die wir gerne weiter vertiefen würden. Du musst uns dabei helfen. Ich erwarte dich morgen um Zwei zur Besprechung in meinem Büro.«

Idris stopfte den Brief zurück in seinen Umschlag und lief die Treppen zu seinen Räumen hinauf. In Cavanaughs Büro – das bedeutete, dass sie sich in Whitehall in den Räumen des Innenministers trafen. Was auch immer Olivers Befragung ergeben hatte, es schien brisant genug zu sein, dass man ihn zurückbeorderte.

»Packen, wir reisen ab«, rief er seinem Kammerdiener zu und setzte sich an seinen Schreibtisch. Er warf einige Zeilen für Cavanaugh aufs Papier und schrieb dann seiner Schwester einen längeren Brief, in dem er sie bat, ihrem Vater alles zu erklären und ihm zu versichern, dass Idris so schnell wie möglich nach Grenville Hall zurückkehren würde. Er versiegelte den Brief und klingelte nach dem Diener, dem er ebenfalls die Anweisung gab, ihm ein Pferd zu satteln und die Kutsche für Wilby und das Gepäck bereitzustellen.

Dann setzte er sich noch einmal an seinen Tisch und schrieb ein Billett an Miss Redgrave. Er versicherte ihr seine Freundschaft und gab der Hoffnung Ausdruck, sie noch in Grenville Hall anzutreffen, wenn er zurückkehrte.

Eine halbe Stunde später saß er im Sattel und ritt zurück nach London. Und während der langen Stunden, in denen die Straße unter den Hufen seines Pferdes dahinflog, hatte er genügend Zeit, sich zu fragen, ob sein überstürzter Aufbruch nicht so etwas wie eine Flucht gewesen war.

22

Er fand sein Haus leer vor, Ned Wymond war in sein eigenes Domizil zurückgekehrt und hatte nur den Geruch seiner Zigarren zurückgelassen.

Idris war nicht böse darüber, er stand nach dem scharfen Ritt der Sinn nach nichts weiter als einem heißen Bad, einem Imbiss und einem weichen Bett.

Er schlief wie ein Stein bis in den frühen Mittag, so dass ihm gerade noch Zeit genug blieb, ein hastiges Frühstück zu sich zu nehmen und nach Whitehall zu fahren.

Er hatte erwartet, Lord Sidmouth zu begegnen, aber der ließ sich entschuldigen – Neuigkeiten vom Kontinent berichteten vom triumphalen Einzug Napoleons und seiner Truppen in Paris und von der Flucht Ludwigs aus den Tuilerien.

»Ludwig wird wahrscheinlich wieder nach Gent gehen«, sagte Raventhorne, der übernächtigt aussah. »Es wird Krieg geben, Auden.«

»Das ist wohl unausweichlich.« Idris setzte sich und sah sich um. »Warum treffen wir uns hier?«

»Cavanaugh stößt gleich zu uns, er wird dir alles erklären. Ah, Wymond.«

Idris drehte sich erstaunt zur Tür und wirklich stand Ned Wymond dort und nickte ihm lächelnd zu. Er sah recht erholt aus, wenn auch immer noch sehr blass und dünn. Idris fragte sich, womit er sich beim Prinzregenten entschuldigt haben mochte, und drängte den Gedanken gleich wieder als irrelevant beiseite.

»Also geht es wieder gegen den verfluchten Korsen«, sagte Wymond und zog seinen Stuhl neben den von Idris. »Was für ein Schlamassel.« Er sah Idris fragend und ein wenig besorgt an. »Wie geht es deinem Vater?«

»Den Umständen entsprechend«, erwiderte Idris knapp. »Ich hoffe, ihr habt mich nicht nur aus Langeweile zurückgeholt. Ich habe einen Packen Verpflichtungen, jetzt, wo der Duke auf dem Krankenlager liegt.«

Raventhorne schnalzte mit der Zunge. »Das hatten wir befürchtet«, sagte er bedauernd. »Es ist dennoch unumgänglich, dass wir diese Mission gemeinsam durchführen. Bonaparte gönnt uns keine Atempause.«

Er unterbrach sich, weil nun auch endlich Lucien Cavanaugh durch die Tür trat. Der Earl sah ebenso erschöpft aus wie Raventhorne, und er nickte Idris nur knapp zu, bevor er sich hinter den schützenden Schreibtisch zurückzog.

Dieser kleine Raum im Home Office war Cavanaughs »Büro«. Hier besprach sich der Innenminister mit seinen Agenten, von deren Existenz nur ein exklusiver Kreis seiner engsten Mitarbeiter wusste. Natürlich beschäftigte das Home Office eine wahre Armee von Agenten und Geheimpolizisten, aber diese vier, die hier versammelt waren, bezeichnete Lord Sidmouth als seine ›Geheimwaffe‹, die er ausschließlich für die verzwicktesten, heikelsten und delikatesten Missionen einsetzte. Idris knetete unbehaglich seine Hände. Er würde Sidmouth besser früher als später um seine Demission aus den Diensten des Innenministeriums bitten. Es tat ihm leid, seine Freunde im Stich zu lassen, aber vielleicht wäre der junge MacGillivray ein guter Ersatz und würde die Lücke ausfüllen können, die Idris hinterließ.

Cavanaugh, der stumm in Papieren geblättert hatte, blickte auf und sah haarscharf an Idris Ohr vorbei. »Auden, wir müssen dich einschleusen.«

Idris blinzelte mehrmals. Falls er erwartet hatte, dass eine Erklärung folgen würde, wurde er enttäuscht. Cavanaugh hatte wie rasend begonnen, etwas auf einen Stapel kleiner Karten zu notieren.

»Cave«, sagte Idris, nachdem er Raventhorne und Wymond fragend angesehen hatte, die sich beide um eine ausdruckslose Miene bemühten. Sie wussten, was Cavanaugh von ihm wollte, aber sie wollten es ihm nicht sagen müssen. Das erschreckte Idris.

»Cave«, wiederholte er etwas lauter und schärfer. »Raus mit der Sprache. Was soll das bedeuten: ›wir müssen dich einschleusen‹?«

Cavanaugh warf die Feder hin, dass schwarze Tintenspritzer die makellose Schreibunterlage befleckten, und fuhr sich mit beiden Händen in die Haare. »Ich habe hin und her überlegt«, sagte er. »Ich habe zwei Nächte und einen Tag lang nach einer anderen Lösung gesucht. Exakt 31,5 Stunden«, präzisierte er und fuhr fort, obwohl Idris Anstalten machte, ihn zu unterbrechen: »Natürlich wäre dein Bruder noch in Frage gekommen. Ihr seht euch hinreichend ähnlich, wenn auch nicht so frappant wie du und Oliver Hathaway. Aber es hätte gereicht. Sidmouth hat mir jedoch verraten, dass Lord Corin Hathaway auf der Liste verdächtiger Subjekte ziemlich weit oben steht, seit er mit den Papisten verbandelt ist. Er scheint in staatsfeindliche Umtriebe verwickelt zu sein, also kommt er für eine solche Mission nicht in Frage.«

»Moment«, unterbrach Idris ihn, dem es eiskalt den Rücken hinunterlief. »Mein Bruder steht auf der Blauen Liste?«

Cavanaugh sah ihn ein wenig genervt an. »Das habe ich doch gerade gesagt. Unterbrich mich nicht, Auden.«

»Großer Gott, ich muss mit Sidmouth sprechen!«

»Auden!« Cavanaugh wurde niemals laut, aber der scharfe Ausruf ließ Idris innehalten. Er sank zurück in seinen Sessel und vollführte eine resignierte Geste. Cavanaugh ließ sich weder hetzen noch unterbrechen, und jeder Versuch, eins von beiden zu tun, würde die Prozedur nur verlängern. »Einschleusen«, sagte er, um seinen Freund sanft auf den richtigen Pfad zu lenken.

»Einschleusen.« Cavanaugh lehnte sich zurück und faltete die Hände vor dem Mund zu einem Spitzdach. »Dein Cousin ist ein verdammter Idiot und ein Verschwörer, aber er war wenigstens schlau genug, uns alles, aber auch alles zu sagen, was er wusste. Wir kennen jetzt also zumindest den äußeren Kreis dieser Verschwörung und wissen ungefähr, was geplant ist.«

»Die Ermordung des Prinzregenten«, sagte Idris, den dieser Gedanke zutiefst abstieß.

»Zuerst er, dann der Artus«, bestätigte Cavanaugh. »Es ist noch unklar, inwieweit der vorgesehene Nachfolger des Prinzregenten in die Verschwörung gegen seinen Vater und seinen Bruder involviert ist ...«

Idris schüttelte wortlos und entsetzt den Kopf.

»Wir haben darüber nachgedacht, einen von uns als Verräter zu positionieren«, fuhr Cavanaugh fort. »Raventhorne oder Wymond. Aber Wymond ist ein enger Freund des Prinzregenten, niemand würde ihm das abkaufen. Und Raventhornes politische Ansichten machen ein Liebäugeln mit diesem Umsturz unwahrscheinlich, er gilt noch dazu als Spötter, Freigeist und Liberaler, also als unberechenbar. Entschuldige, Raven.«

Der Viscount zuckte nonchalant mit den Schultern. »Kein Grund, dich zu entschuldigen, Cave. Meine Sympathie für die Whigs ist allgemein bekannt.«

»Also gut«, warf Idris ungeduldig ein. »Komm bitte zum Punkt, Cavanaugh. Was soll meine Aufgabe sein?« Es schwante ihm, was Cavanaugh antworten würde, und es schmeckte ihm nicht im mindesten.

Cavanaugh fuhr unbeirrt fort: »Zudem hätten wir nichts dadurch gewonnen. Wer von uns jetzt neu hinzustieße, würde auf absehbare Zeit nicht in die Nähe relevanter Informationen kommen. Und wir haben keine Zeit mehr. Bonapartes Rückkehr verschärft die Situation nur noch weiter.

Die Verhaftung Oliver Hathaways ist bisher unbemerkt geblieben, er weilt offiziell wegen eines Fiebers in seinem Haus in Chislehurst. Dieser Zustand ist aber nicht von Dauer, und uns läuft die Zeit davon. Wenn etwas davon durchsickert, ist er für uns nutzlos.«

Idris nickte langsam. »Ich verstehe. Ich soll also Olivers Platz im Kreis der Verschwörer einnehmen und Sidmouth die Informationen beschaffen, die er benötigt, um die Gruppe auszuheben.«

»Bis auf den letzten Mann, exakt.« Cavanaugh lächelte sein strahlendes, engelhaftes Lächeln. »Ich wusste, dass du begreifst, Auden. Gut, dann bekommst du jetzt deine Instruktionen …«

Idris hob die Hand. »Warte, warte! Ich habe nicht gesagt, dass ich diesem hirnverbrannten Plan zustimme!«

Cavanaugh runzelte verständnislos die Stirn. »Aber es gibt keinen anderen Weg.«

Idris sah zu Raventhorne, der nur die Schultern hob. Wymond sah ihn unverhohlen mitfühlend an, schüttelte nur den Kopf. »Es scheint, du bist geliefert, alter Junge«, sagte er.

Idris atmete tief durch. »Cave, ich kann das nicht tun«, sagte er. »Ich habe eine Verantwortung dem Herzogtum gegenüber. Wenn mir etwas zustößt …«

»Nun, da wäre immer noch dein Bruder«, sagte Cavanaugh.

»Der auf Sidmouths Blauer Liste steht!«

»Sollte Lord Corin Hathaway als Verräter gehängt werden, fällt der Titel an deinen Onkel«, sagte Cavanaugh und blickte gleichgültig auf seine Notizen. »Sein Sohn dürfte als dessen Erbe natürlich ausfallen, man wird ihm nahelegen, in die Kolonien auszuwandern. Aber dein Cousin hat einen Sohn …«

»Verflucht, Cavanaugh!« Idris stockte vor seines Freundes Gefühllosigkeit der Atem.

Der Earl hielt inne und sah erstaunt auf. »Du hast gefragt, was sein wird, wenn dir etwas zustößt. Du siehst, dass die Erbfolge gesichert ist. Nun lass uns nicht weiter kostbare Zeit vergeuden.

Wir haben Kleidungsstücke aus Oliver Hathaways Bestand holen lassen. Sie dürften dir passen, auch wenn er etwas stärker um die Mitte ist als du und einige Zentimeter kleiner. Das gleichen wir aus. Halte dich etwas weniger gerade, Auden, dein Cousin hat ohnehin eine schlechte Haltung. Du müsstest dir angewöhnen, etwas durch die Nase zu sprechen. Du bekommst noch einen Haarschnitt, dein Haar ist zu lang, und du solltest dich daran gewöhnen, diesen parfümierten Schnupftabak zu benutzen.« Er schob Idris wahrhaftig ein silbernes Döschen hin, das das Wappen der Hathaways zierte. Wie affig.

Idris stöhnte und vergrub das Gesicht in den Händen.

»In zwei Wochen spätestens hast du die Angelegenheit erledigt«, erklang Raventhornes tiefe Stimme. »Dann kehrst du nach Kent zurück und hältst deinem Vater das Händchen.« Der Spott riss Idris aus seinem Jammer. Er richtete sich auf und straffte die Schultern. »Gut, gehen wir es an«, sagte er. »Instruiere mich, Cavanaugh. Welche Aufgaben habt ihr?«

Nach drei Stunden, in denen die Köpfe rauchten, Notizen hin- und hergereicht wurden, Tabakrauch die Luft blau färbte und Cavanaugh sich beinahe heiser redete, schlossen sie erschöpft die Tür hinter sich. »Ich gehe zu White's«, sagte Raventhorne. »Auden?«

Idris schüttelte den Kopf. »Ich muss diese Unterlagen noch durchgehen«, sagte er und hob den Aktenordner, den Cavanaugh ihm als letztes noch in die Hand gedrückt hatte. »Trinkt ein Glas für mich mit. Ab morgen heiße ich Oliver.« Er schnitt eine Grimasse.

»Willst du deinen Cousin nicht noch selbst befragen?« Raventhorne sah ihn neugierig an.

»Das erledige ich morgen.« Idris verspürte wenig Lust, seinem verhassten Verwandten gegenüberzutreten, aber die Vernunft gebot, dass er sich Olivers Stimme, Redeweise und Gestik noch einmal gut einprägte. Er seufzte und rieb sich über die Augen. »Ich könnte euch erwürgen«, murmelte er.

Ned Wymond legte tröstend eine Hand auf seine Schulter. »Du bist der beste Mann für den Job«, sagte er. »Ich hätte dich dafür ausgesucht, auch wenn keinerlei Ähnlichkeit zwischen dir und deinem Cousin bestanden hätte.«

»Soll ich mich dafür jetzt noch bedanken?« Idris funkelte ihn an, aber Neds Miene brachte ihn zum Lächeln. »Na gut, geht, betrinkt euch und habt Spaß, während ich büffele. Haut schon ab.« Die drei Freunde würden in der nächsten Zeit seine Rückendeckung sein. Heute konnten sie alle noch einmal über die Stränge schlagen, aber ab morgen musste er sich darauf verlassen, dass sie nüchtern und zu jedem Kampf bereit in seiner Nähe waren. Und er wusste, dass er sich auf sie verlassen konnte.

Er war in Gedanken, als er aus der Kutsche stieg und zu seiner Tür hinaufging. Der Butler öffnete ihm und nahm seinen Mantel und Hut.

Idris legte den Aktenordner nicht ab, er ging damit in sein Arbeitszimmer und deponierte die Unterlagen auf seinem Schreibtisch. Dann rief er nach Wilby und orderte ein kleines Abendessen und einen großen Whisky.

Damit zog er sich an seinen Kamin zurück, stemmte die Füße gegen das Gitter und begann zu lesen.

Es wurde Abend, dann Nacht. Idris streckte seine Glieder und entschied sich, ein paar Schritte zu laufen, damit sein Kopf wieder klar wurde, und danach alles noch einmal zu rekapitulieren, was er gelesen hatte.

Er stand auf, ächzte, weil sein Nacken knirschende Geräusche von sich gab, und griff nach der Jacke, die er achtlos über die Lehne des Sessels geworfen hatte. Er wollte weder Wilby noch sonst einen der Diener aufscheuchen, nur schnell seinen Mantel holen und durch den Kücheneingang hinaushuschen.

Es war neblig und feucht, aber dennoch erfrischte die kühle Luft seinen brummenden Schädel. Er schritt lang aus und zwang sich, zurückzukehren, bevor er müde wurde. Noch war keine Zeit, schlafen zu gehen, er musste sich ein paar der Daten noch einprägen, damit er morgen seinen ersten Schritt auf dem glatten Eis der Verschwörung tun konnte. Sir Michael Kearsey, ein entfernter Bekannter, war die logische erste Anlaufstelle. An ihm konnte Idris ausprobieren, ob die Verschwörer seine falsche Identität schlucken würden. Falls er aufflog, würde Raventhorne Sir Michael aus dem Weg räumen. Er war ein kleines Rad, keine wichtige Figur im Spiel, und somit für beide Seiten entbehrlich.

Idris dachte über etwas nach, was er in den Unterlagen gelesen hatte. Oliver hatte während der langen Verhöre in einem der nahezu vertraulichen Gespräche zu Cavanaugh gesagt: »Ich war ja immer gegen den Plan, den Artus zu töten. Für mich gilt: Lang lebe der König, auch wenn er hoffnungslos verrückt ist, denn wenn erst der Prinzregent an die Macht kommt, werden die Engländer sich einen Napoleon Bonaparte wünschen, der sie befreit.«

Idris schauderte. Cavanaughs Ruf als Exzentriker und seine Art, mit der er eine Unterhaltung führte, ließen Menschen, die ihn nicht kannten, beinahe jedes Mal vergessen, dass sie zu jemandem sprachen, der sich ihre Worte Silbe für Silbe zu merken in der Lage war. Unfehlbar kam während langer Verhöre der Punkt, an denen die Vernommenen zu plaudern begannen, als führten sie Selbstgespräche. Und Cavanaugh, der niemandem in die Augen sah und kein überflüssiges Wort zu sagen pflegte, wenn er jemanden verhörte, hörte all das Geschwätz und notierte es später akribisch bis auf den letzten Punkt.

Idris stieß den Atem aus und beschleunigte seine Schritte. Er war müde und besorgt. Die Aufgabe, die vor ihm lag, barg unkalkulierbare Gefahren und würde seine gesamte Kraft und

Konzentration fordern. Sobald dies hinter ihm lag – und er hoffte, die Mission mit heiler Haut zu überstehen – würde er sich nur noch um seine Familie kümmern. Und darum, Portia Redgrave einen angesehenen und standesgemäßen Ehemann zu …

Er fiel, ehe er bemerkte, dass etwas ihn zu Fall gebracht hatte. Mit den katzengleichen Reflexen der Sidhe zog er den Kopf ein und rollte sich ab, kam auf die Beine und rammte dem Angreifer die Schulter in den Bauch. Der keuchte, taumelte zurück, blieb aber auf den Beinen und machte blitzschnell einen Ausfall. Idris sah etwas blitzen und tänzelte zur Seite. Der Stahl schnitt durch seinen Mantel und zerschlitzte die Hose über seiner Hüfte.

Idris verfluchte seinen Leichtsinn, unbewaffnet und allein durch die Straßen gelaufen zu sein. Er wusste doch, dass immer noch ein Mörder auf seinen Fersen war! Keuchend, vornübergebeugt, mit ausgestreckten Armen erwartete er den nächsten Angriff.

Der Maskierte hielt inne und deutete eine spöttische Verbeugung an. »Sind Sie bereit, Mylord?« Das heisere Flüstern ließ Idris erschaudern.

»Hawk, nehme ich an?«, fragte er und blieb in der Haltung, stehen, abwehrbereit, fluchtbereit. »Sie haben mich vor einem Hinterhalt gerettet und trachten mir nun selbst nach dem Leben? Das erscheint mir widersinnig.«

Der Angreifer lachte leise. »Sagen wir, es ging gegen meine Ehre, Sie diesen Stümpern zu überlassen, Mylord. Und natürlich wünsche ich mein Honorar zu kassieren, und das kann ich schlecht tun, wenn jemand anderes die Arbeit für mich gemacht hat.« Mit diesen Worten unternahm er unvermittelt einen Angriff, der Idris beinahe, aber nur beinahe überrumpelt hätte.

Idris sprang zur Seite und packte das Handgelenk des Mörders. Er verdrehte es, wollte Hawk zwingen, das Messer fallen zu lassen. Hawk folgte geschmeidig wie ein Akrobat der Bewegung, bis sie sich Schulter an Schulter, Brust an Brust befanden. Idris spürte Hawks Atem an seiner Wange, die Augen hinter der Maske, silbergrau und kühl, glitzerten wie Eis. »Es tut mir wirklich leid«, sagte Hawk. »Nimm es nicht persönlich, Auden.«

Während der Schock des Erkennens Idris für einige Sekundenbruchteile lähmte, stach seine Mörderin ihm das zweite Messer, das sie in der Linken gehalten hatte, tief in die Seite.

Idris schwankte, gehalten von dem festen Griff um seine Schulter, während das Messer immer tiefer eindrang, Fleisch und Sehnen zerteilte, an Knochen vorbeischrammte und Blutgefäße zerschnitt.

Idris keuchte, sank in die Knie. Seine Hand tastete nach dem Messer, wurde nass von Blut. Der behandschuhte Griff lockerte sich nicht, hielt das Messer fest, das tief in Idris' Seite steckte. »Lass es dort«, sagte Hawk. »Wenn du es herausziehst, verblutest du schneller.«

Idris fand sich auf dem Boden liegend, das Gesicht dem trüben Londoner Nachthimmel zugewandt. Das maskierte Gesicht beugte sich über ihn. Eine Hand strich ihm das Haar aus der Stirn. »Lieg ganz still«, sagte Hawk sanft. »Lieg still. Vielleicht hast du Glück und jemand findet dich rechtzeitig genug. Ich brauche noch etwas von dir, als Zeichen, dass ich meinen Auftrag erledigt habe.« Das Gesicht verschwand. Idris konnte nichts tun, der Schmerz war zu groß, die Schwäche, die ihn ergriffen hatte, zu übermächtig. Er spürte seine Glieder nicht mehr, sein Gesicht wurde taub, eine große Kälte umfing ihn und Dunkelheit senkte sich über ihn.

Dann riss ihn ein blendender, heißer Schmerz aus der beginnenden Ohnmacht. Er wollte schreien, aber Blut war auf seiner Zunge. Seine Hand, seine Hand stand in Flammen!

»Es tut mir leid. Es tut mir wirklich leid.« Die Stimme, kein tonloses Flüstern mehr, sondern der ein wenig heisere Alt, den er sofort erkannt hatte, durchdrang die Agonie. Idris wandte mühsam den Kopf und sah, wie Hawk den Finger samt Siegelring, den sie ihm abgeschnitten hatte, in ihrer Tasche verwahrte. Sie hob den Kopf, sah ihn an.

»Dein … Gesicht …«, brachte Idris heraus. »Noch … einmal …«

Hawk wollte sich abwenden, vollführte eine unwillige Geste. Dann wurde der Blick der grauen Augen weich. Die behandschuhte Hand griff nach oben, streifte die Maske ab. Aschblondes Haar, etwas zu kurz für eine wirklich elegante Frisur. Ein Mund, dessen Lippen er geküsst hatte …

Sie beugte sich über ihn und streifte seine Lippen mit ihren. »Leb wohl«, sagte sie und stand auf. Eine schnelle Bewegung und sie verschmolz mit der Dunkelheit.

»Isobel …«, wisperte Idris. »Iso…«

23

Er lag auf weichem Untergrund. Sanftes, warmes Licht badete sein Gesicht, linderte den Schmerz, der in seinem Körper und seinem Kopf tobte. Durch halbgeschlossene Lider blickte er in ein grüngolden flimmerndes Etwas über seinem Kopf, er hörte das Rauschen von Laub, Wind fächelte seinen fiebrigen Leib, Wasser plätscherte und in der Nähe zwitscherte ein Rotkehlchen, verstummte wieder.

Seine Lider sanken herab, schlossen alles aus, Dunkelheit hüllte ihn erneut ein.

Lange, lange lag er in tiefer Stille, schaukelnd auf einem Meer von Schmerzen.

Kühles Wasser netzte seine Lippen, er trank. Süßer Brei berührte seine Zunge, er schluckte.

Seine Hände strichen über feines Leinen und Moos, sein fiebernder Körper ruhte auf dicken, weichen, kühlen Polstern, die nach Erde und Wachstum rochen.

Nacht und Tag wechselten sich unmerklich ab. In der Nacht war die Luft so lind und süß wie das Streicheln einer geliebten Hand. Sterne schimmerten durch das Laubwerk, Nachtigallen sangen sein Schlaflied. In der Nacht kamen die Schmerzen und rissen an ihm, aber da waren sanfte Hände, flüsternde Stimmen, beruhigende Laute, die ihn umhüllten und wieder in den Schlaf sinken ließen.

Der Tag brachte wärmenden Sonnenschein und den Geruch von Wald. Die Schmerzen waren seine ständigen Begleiter, pochten und bissen, aber das Licht und die Geräusche eines Ortes voller Leben halfen ihm, nicht daran zu denken. Er lag mit geschlossenen Augen, denn selbst das durch das Blätterdach gefilterte Licht schmerzte in seinem Kopf, aber er lauschte, folgte den Trippelschritten kleiner Lebewesen in seiner Nähe, dem krächzenden Ruf der kleinen, sandfarbenen Tauben, dem Gesang der Vögel. Er vertiefte sich in das murmelnde Rauschen eines nahen Wassers und den steten Klang des Windes, der durch Geäst strich.

Sanfte Stimmen und die zarte Berührung von Händen erschienen ihm ebenso Teil dieser natürlichen Erscheinungen. Er war allein, ein Mensch, der fiebernd und sterbend in einem paradiesisch anmutenden Wäldchen lag, auf weichen Grund gebettet und von allem, was ihn umgab, freundlich berührt.

Dann kam der Morgen, an dem er seine Augen öffnete und in Augen blickte, die er aus dem Spiegel zu kennen glaubte. Seine Lippen waren trocken und das Sprechen nicht mehr gewöhnt, sein Hals war rau. Er war nicht imstande, seine Hand zu heben, um das Gesicht zu berühren, das sich mit fragender Liebe über ihn beugte.

»Id…«, versuchte er einen Namen zu sprechen, »Id…«

»Still«, sagte der andere mit seiner Stimme. »Still. Du wirst gesund, Idris. Aber noch musst du schlafen.« Die Hand berührte seine Augen, schloss seine Lider. Idris schlief.

Ein Eichhörnchen biss ihn zart in die Nase. Sein buschiger Schwanz legte sich über seinen Mund, kitzelte seine Nasenlöcher. Idris nieste und erwachte. Er stützte sich auf die Ellbogen und sah sich um, desorientiert und einen Moment lang von Panik geschüttelt. Das Eichhörnchen hockte ein paar Schritte entfernt und sah ihn aus schwarzen Knopfaugen wachsam an. Dann rannte es davon, ein roter Schatten auf dunkelgrünem Moos, flitzte an einem Baum hoch und verschwand im Geäst. Wenig später brach ein Chor von schimpfenden, keckernden Lauten aus dem Laub.

Idris richtete sich zum Sitzen auf und lehnte sich ermattet gegen den Stamm des Baumes, unter dem er gelegen hatte. Die glatte Rinde streichelte seine Haut. Er blickte an sich hinab und erkannte, dass er nur mit einem Laken aus feinem Leinen bedeckt gewesen war, das nun in weichen Falten über seinen Schoß fiel. Er wusste nicht, wo er war und wie er hierher gekommen war. Er erinnerte sich nicht, was vorgefallen war, nur ein dumpfes Gefühl von Todesangst und qualvoller Pein lastete wie ein hartnäckiger Schatten auf seinem Gemüt. »Was ist geschehen?«, fragte er unwillkürlich laut und erschrak über den rauen, heiseren Klang seiner Stimme.

Leichte Schritte flüsterten über den Boden, ein Schatten fiel auf ihn, dann kniete Idwal an seiner Seite, berührte seine Schulter und lächelte ihn an. Idris schnappte nach Luft und griff nach dem Handgelenk seines Bruders, das warm und fest in seinem Griff lag. »Idwal«, sagte Idris, unsicher, ob er schlief und träumte.

»Idris. Du bist wach, das ist gut.« Sein Bruder trug weiche, locker fallende Kleider in Grün- und Goldtönen, die ihn beinahe mit seiner Umgebung verschmelzen ließen. In seiner Hand hielt er einen Napf, in dem eine kräftige Brühe schwappte, dem Geruch nach zu urteilen, der dem Gefäß entstieg. Idris' Magen begann zu knurren.

Idwal lachte und holte einen geschnitzten Löffel und ein Stück Brot aus der Tasche. Er brockte das Brot in die Suppe und begann Idris zu füttern. Der protestierte schwach und wollte den Löffel selbst nehmen, aber seine Hand zitterte und drohte, die Brühe zu verschütten.

Also gab er nach und ließ sich füttern, während Idwal leise zu ihm sprach wie eine Mutter, die ihr krankes Kind beruhigte.

Sein Bruder. Sein Zwilling. Idris spürte ein schmerzhaftes Ziehen, das seine Brust eng machte. Er hatte seinem Vater nicht geglaubt, nicht glauben wollen, aber jetzt, da er Idwal ins Gesicht sah, wusste er, dass der Duke die Wahrheit gesprochen hatte.

Er wollte Idwal alles erzählen, ihm sein Herz ausschütten, ihn mit Fragen bestürmen, aber die unendliche Mattigkeit, die seine Glieder und sein Bewusstsein erfüllte, ließ nur zu, dass er einen Dank murmelte und sich in das weiche Moos zurücksinken ließ. Er schloss die Augen und schlief ein.

Als er das nächste Mal erwachte, war sein Kopf klar, auch wenn sein Körper immer noch schwach und zittrig war. Er setzte sich auf und schlang das dünne Laken um seine Hüften. Unwillkürlich berührte er eine Stelle in seiner Seite, befühlte sie, suchte nach einem Makel, einer Wunde, aus der sein Lebenssaft rann. Aber er fand nur eine dünne Narbe, die alt aussah, obwohl er wusste, dass er dort niemals zuvor eine Narbe gehabt hatte. Mit einem Gefühl, als wäre er vom Tode begnadigt worden, kam er auf die Knie und mit Hilfe des Baumstammes, an dem er sich abstützte, zum Stehen. Er wartete, bis der Schwindel verging, und sah sich um. Das Murmeln eines fließenden Gewässers lockte ihn an wie Honigduft die Biene.

Nach wenigen Schritten stand er am Ufer eines Bachs, der über große, blanke Steine sprudelte und sich in einem stillen Teich sammelte. Dort kniete Idris nieder, um sich zu waschen. Er begegnete seinem Spiegelbild im Wasser und erschrak. Aus der grünlichen Tiefe sah ihm ein Gespenst entgegen, hohläugig, mit eingefallenen Wangen und einem dichten Bart.

Er sank zurück auf seine Fersen und berührte sein Gesicht. Der Bart war mehr als nur ein paar Tage alt. Hier im Land der Sidhe verging die Zeit anders als auf der Seite der Menschen. Wie lang war er hier? Wieviel Zeit war draußen vergangen? Einen Moment lang packte ihn die irrationale Angst, nach London zurückzukehren und alle, die er kannte, längst gestorben und begraben zu finden.

Idris zwang das Zittern nieder, das ihn gepackt hatte, und legte beide Hände auf seine Knie. Die Berührung war merkwürdig, fühlte sich schief und falsch an. Er senkte den Blick und betrachtete seine Hände, begriff nicht, was er dort erblickte.

Er hob die Hände vor seine Augen, fuhr ihre Konturen mit dem Blick nach, schüttelte die Beklemmung ab, die ihn packte, zählte seine Finger.

»Neun«, sagte er halblaut und berührte seine Finger der linken Hand nacheinander mit dem Daumen. Der kleine Finger fehlte, an seiner Stelle war nichts als glatte Haut über dem Knöchel. Dies war der Finger, an dem er den Siegelring mit dem Wappen der Familie zu tragen pflegte.

Er strich betäubt über den Stumpf, fühlte die glatte Haut, die Wärme, fragte sich, ob er sich irrte, ob er diesen Finger jemals wirklich an seiner Hand gehabt hatte. Dies war keine frische Verletzung, keine neue Narbe. Es war wie die Narbe an seiner Seite ein Stück seines Körpers, das gleichzeitig erschreckend vertraut und vollkommen fremd erschien.

Er hockte lange dort und starrte auf seine Hände, zermartete sein Gehirn nach irgendeiner Erinnerung an das Ereignis, das ihn hierher gebracht hatte.

Ein Schatten fiel über ihn. Idris blickte nicht auf, streckte nur seine verstümmelte Hand aus und sagte: »Idwal, schau. Wann ist das passiert?«

Sein Bruder antwortete nicht, und Idris wandte den Kopf, sah zu ihm hin.

Lady Maeve stand vor ihm, sah ihn mit einem merkwürdig traurigen Lächeln in den Augen an.

»Mylady«, stieß er hervor und kam taumelnd auf die Füße, um sich tief zu verneigen. »Ich hatte nicht gewagt zu hoffen …« Die Verneigung machte ihn schwindelig und er taumelte. Eine schmale, erstaunlich starke Hand griff nach seinem Arm, half Idris, sich niederzusetzen.

Die Königin der Sidhe ließ sich anmutig neben ihm auf den Boden sinken, faltete die Hände im Schoß und sah ihn an. »Sir Idris«, sagte sie mit ihrer süßen, melodischen Stimme. »Ich bin so froh, Euch wohlauf zu sehen. Wir hätten Euch beinahe verloren. Idwal hat Tag und Nacht an Eurem Lager gewacht.«

»Mylady«, stammelte Idris, »ich bitte um Vergebung. Wie bin ich hierhergelangt? Was ist mit mir geschehen?« Und – wie lange bin ich schon hier? Die letzte Frage wagte er nicht zu stellen, aus Angst vor der Antwort.

Lady Maeve sah ihn eindringlich an. Wie sie da saß, den Kopf neigte und ihn aus grünen Katzenaugen betrachtete, erinnerte sie ihn in allem an Idwal, als wären sie und er Geschwister, einem Schoß entsprungen.

Idris schwindelte es. Er schloss die Augen und strich mit bebenden Fingern über seine Stirn und Wangen. »Lady«, sagte er heiser, »ich glaube, Ihr müsst mir ein paar Dinge erklären.«

Sie lachte leise und griff nach seiner Hand mit dem fehlenden Finger. Sie streichelte sacht über den Stumpf und sagte: »Das ist nicht unsere Art, Sir Idris. Wenn Ihr Erklärungen sucht, dann geht zurück zu den Menschen. Sie lieben es, Begründungen für alles zu finden, was sie tun. Wir sind Sidhe, Sir Idwal. Wir leben und wir handeln. Ohne Begründungen, ohne Ausflüchte, ohne Vorwände.«

Idris schüttelte den Kopf. »Aber nicht ohne Ziele oder Hintergedanken«, sagte er mit leisem Groll. »Ich möchte Euch bitten, Mylady, mir diese zu nennen, damit ich verstehe.«

»Was wollt Ihr verstehen?« Ihr Blick ließ ihn nicht los, die Berührung ihrer Finger war kühl und besänftigend. »Ich denke, Ihr habt längst begriffen, nur Euer Stolz hindert Euch daran, es zu akzeptieren. Aber bedenkt, Sir Idwal, Ihr seid aus königlichem Blut. Ihr werdet euch mit dem arrangieren, was Ihr nun über Euch und Eure Familie wisst.«

Idris presste die Lippen zusammen. Ehe er antworten konnte, tauchte Idwal zwischen den Bäumen auf und kam auf sie zu. Lady Maeves Gesicht leuchtete auf.

»Mein Enkelsohn«, sagte sie und streckte ihre freie Hand nach ihm aus. Idwal eilte zu ihr und beugte sich zu einem Handkuss über ihre Hand. »Lady Mab«, sagte er und ließ ihre Hand los. »Idris. Wie schön, dich auf den Beinen zu sehen.« Er ließ sich zwischen Idris und der Sidhe-Königin in die Hocke fallen und faltete die Hände um die Knie.

»Erzähl du es mir«, forderte Idris ihn auf. »Seit wann bin ich hier und was ist geschehen?«

Idwal ließ seine Hand über das schwellende Moos wandern. »Du warst dabei, zu verbluten«, sagte er unkonzentriert. »Wenn die Lady dich nicht herübergeholt hätte, wärst du wohl gestorben, obwohl ich hier bin.« Er runzelte schwach die Stirn. »Ich dachte, du wärst vollkommen sicher, solange ich dich hier verankere, aber da steckte ein Dolch in der Wunde.« Er schauderte. »Kaltes, kaltes Eisen. Und dein Finger fehlte. Wenn ein Glied fehlt, läuft das Blut ungehindert aus. Dagegen hilft nur die Quelle und das heilende Kraut. Und die Zeit, denn die Zeit heilt alle Wunden.«

Idris versuchte, dem Geplauder zu folgen, das ebenso wie das Wasser des Bächleins munter über Steine und Kiesel hüpfte und wenig Zusammenhang und kaum Erhellung bot.

»Ich bin niedergestochen worden«, fing er den Faden ein, den er mit Geduld zu entwirren gedachte. Eine Erinnerung blitzte auf. Drei Männer in einem dunklen Durchgang, Messer, Schmerz, ein Maskierter, der ihm zur Hilfe eilte.

Er schüttelte den Kopf. Das war die falsche Erinnerung. Er war danach ins Haus gegangen, hatte geschlafen, später ein Fieber bekommen, das aber vorüberging. Ned Wymond hatte bei ihm gewohnt und Isobel Falconer sich verabschiedet …

Mit einem Laut reinsten Entsetzens richtete er sich auf und packte Idwals Schulter. »Sie hat mich niedergestochen«, sagte er, um Fassung ringend wie ein Ertrinkender um Atemluft. »Sie hat … sie hat mich geküsst und in meinem Blut liegengelassen!«

Idwal sah ihn freundlich und vollkommen verständnislos an. »Eine Frau?«, fragte er. »Böses Weib. Du wärst beinahe gestorben.«

Idris konnte nicht darauf antworten. Seine Seite brannte wie Feuer, er rang nach Luft und krümmte sich. Die Erinnerungen überfluteten seinen Geist, drückten ihn zu Boden. Er durchlebte den Schrecken, die Angst, die Qual und die Todesfurcht erneut, spürte, wie sein Finger abgetrennt wurde und ihm wurde schwarz vor Augen.

Das leise Plätschern von Wasser und Vogelgezwitscher begrüßten ihn, als er die Augen aufschlug. Sein Kopf ruhte im Schoß der Königin, die mit kühlen, sanften Fingern seine Schläfen und seine Stirn streichelte. Ihr Blick lag auf dem Teich, in dem Idwal schwamm.

»Da seid Ihr wieder, Sir Idris«, sagte sie, ohne ihn anzusehen. »Ihr werdet stärker. Als eure Erinnerungen das erste Mal wiederkehrten, mussten wir Euch fesseln, so sehr habt ihr getobt und geschrien.«

Idris bedachte ihre Worte und fand sich damit ab. Er war so matt, dass ihn nichts mehr erschrecken konnte. »Warum nennt Ihr mich ›Sir Idris‹?«, fragte er gedankenverloren. Er sah seinem Bruder zu, der mit kräftigen Armzügen durch das Wasser pflügte. »Ihr seid doch meine Großmutter, Mylady.«

Sie lachte leise und kraulte seine Wangen. »Bart«, sagte sie und klang vergnügt. »Euer Großvater trug ebenfalls einen Bart. Ihr seht ihm sehr ähnlich, Sir Idris. Er war ein schöner Mann.« Ihre kraulenden, neckenden Finger streichelten sein Ohr. »Wie geht es meinem Sohn, Eurem Vater, Sir Idris?«

»Er wird sterben.« Idris fühlte Zorn in sich aufsteigen. »Er hat immer von Euch gesprochen, Mylady. Er hat euch unendlich betrauert, ebenso sein Vater. Warum habt ihr sie verlassen?«

Zum ersten Mal senkte die Königin ihren Blick auf sein Gesicht. Ihre Augen waren wie weit entfernte Sterne, klar und kühl. »Ich bin kein Mensch, Sir Idris«, sagte sie. »Menschendinge sind uns fremd. Ihr solltet lernen, solche Aufwallungen hinter Euch zu lassen. Ihr seid einer von uns, Euer Blut ist das von Königen.« Sie hob stolz das Kinn. »Einer Menschenfrau ist es beinahe gelungen, Euch zu töten. Seid Ihr so schwach, Sir Idris?«

Er senkte den Blick und kämpfte den Schmerz nieder. »Ich habe sie geliebt«, sagte er, niedergeschmettert von der plötzlichen Erkenntnis. »Das habe ich erst erkannt, als sie mich zum Abschied küsste. Sie gibt keinen Deut auf mich, aber ich habe sie geliebt.«

Die Königin schnalzte mit der Zunge. »Liebe«, sagte sie. »Was für eine putzige Sache das doch ist.« Sie tippte auf seine Schulter. »Steht jetzt auf. Wascht euch, Ihr riecht nach Mensch. Dann solltet Ihr etwas essen, euch präsentabel herrichten und Lord Eógan Eure Aufwartung machen. Er wird bereits ungeduldig.«

Idris sah ihr betäubt hinterher, als sie zwischen den Bäumen verschwand.

Idwal, nackt und vor Nässe glänzend wie ein Otter, begleitete ihn durch den Wald. Idris hatte das Leintuch um sich geschlungen wie eine Toga und fuhr gedankenverloren mit den Fingern durch seinen kurzen Bart. Sein Haar war feucht und ringelte sich auf seinen Schultern.

»Wie lange bin ich schon hier?«, fragte er seinen Bruder. Idwal richtete den Blick zum Himmel und bewegte die Lippen. »Sechs von euren Wochen, denke ich«, sagte er.

Idris blieb stehen und rieb sich über die Lippen. »So lange!«, sagte er erschüttert. Dann stieß er den Atem aus und setzte seinen Weg fort. »Die Zeit vergeht hier anders«, sagte er. »Ich werde zurückkehren und bin nicht länger fort gewesen als …«

»Sechs von euren Wochen«, ergänzte Idwal seinen Satz. Er sprang über einen im Weg liegenden Ast und fuhr fort: »Dein

Finger, weißt du? Ein Teil von dir ist immer noch dort in der Welt der Stinker.«

Idris wurde es übel. Er beugte sich vornüber und stützte die Hände auf die Knie. »Der Duke«, sagte er und kämpfte mit den heranbrandenden Wellen, die ihn in die Bewusstlosigkeit ziehen wollten. »Nell. Meine Freunde. Die Mission, auf die ich gehen sollte …« Er stöhnte.

Idwals Hand legte sich beruhigend auf seine Schulter. »Elinor und dein Vater wissen, dass du lebst«, sagte er.

Idris stöhnte wieder und lachte gleichzeitig. »Unser Vater«, sagte er und richtete sich auf. »Der Duke ist auch dein Vater, Idwal. Wir sind Zwillinge. Wusstest du das?«

Idwal sah ihn reglos an, seine Augen glichen undurchsichtigen Glasscherben. Er antwortete nicht.

Idris schüttelte den Kopf. »Woher sollten sie wissen, dass ich lebe?«, fragte er bitter. »Ich bin vor sechs Wochen spurlos verschwunden, habe kein Lebenszeichen von mir gegeben, nicht geschrieben …«

»Elinor hat nicht geweint«, sagte Idwal. Wieder einer dieser kryptischen Sätze, die sein Bruder ständig produzierte. Idris gab es auf, ihn verstehen zu wollen.

»Hoffen wir es«, sagte er. »Ich hasse den Gedanken, Nell zum Weinen gebracht zu haben.«

Sie gelangten an ein von Buchsbäumen umgebenes Rondell. Die Sonne erhitzte das Laub und die Büsche sandten einen durchdringend aromatischen Duft aus. In der Mitte des Rondells thronte Lord Eógan auf einem Sitz aus lebendem Weidengeflecht. Er stützte den Kopf in die Hand und blickte sinnend auf ein Spielbrett hinunter, das neben seinem Knie auf einem Stein lag.

Erst als sie den schmalen Durchgang ins Innere des Rondells vollständig passiert hatten, sah Idris den Spielpartner des Königs. Eine hochgewachsene, in fließende weiße Gewänder gehüllte Frau hob gerade die Hand, um einen Spielstein über das Brett zu ziehen. Ihre Haut war ebenso dunkel wie die Lord Eógans, ihr schneeweißes Haar fiel wie ein schimmernder Eisregen weit über ihren Rücken und verschmolz mit dem glänzend weißen Stoff ihres Gewandes.

Beide blickten auf und sahen Idris aus identisch geformten Katzenaugen an. Die Frau war wie alle Mitglieder des Schönen Volkes von unbestimmbarem Alter, aber etwas an ihr ließ Idris vermuten, dass sie weitaus älter war als jeder Sidhe, dem er bisher begegnet war.

Lord Eógan musterte Idris eindringlich. »Sir Idris«, sagte er und richtete sich auf. »Ihr habt es tatsächlich überlebt. Ich bin erstaunt.«

»Ich auch«, sagte Idris, dem jeder Sinn für höfische Etikette abhanden gekommen war. »Mylord, ich danke Euch für die aufopfernde Pflege. Ohne Euch wäre ich tot.«

»Das entspricht der Wahrheit.« Der König zog die Brauen zusammen und warf der Frau an seiner Seite einen Blick zu. »Aber Lady Gwenllian hat nicht um dich geweint.«

Idris warf unwillkürlich seinem Bruder einen Blick zu. Schon wieder hatte jemand ›nicht geweint‹. Was hatte das zu bedeuten?

»Komm her, mein Kind.« Die leise, singende Stimme ließ Idris zusammenfahren. Lady Gwenllian streckte eine lange, schmale Hand mit erstaunlich spitzen Nägeln aus und wartete geduldig, bis Idris sich in Bewegung setzte und vor ihr niederkniete. Sie legte ihre Hand auf seine Schulter um umfasste mit der anderen sein Kinn, um es anzuheben. Sie verzog amüsiert die Lippen und kraulte wie vorher Lady Maeve seinen Bart. Dieser Gesichtsbewuchs schien die Frauen der Sidhe zu faszinieren.

Lady Gwenllians klarer, tiefer Blick begegnete Idris' Blick und bohrte sich tief in sein Inneres. Es war, als berührte eine sachte Hand seine Erinnerungen und Gedanken, sortierte sie ohne Hast in Wichtige und Unwesentliche und streckte sich dann aus, um seine Seele zu umfassen. Idris verharrte reglos und hielt die Berührung aus. Das alterslose Gesicht der Sidhe war ohne Ausdruck, der Blick ihrer Augen fern und starr.

So saßen sie lange, bis ein tiefer Atemzug die Spannung löste und die Sidhe ihre Hände im Schoß faltete. Ihr Blick lag immer noch auf Idris' Gesicht und sie lächelte. »Deine Zeit ist noch nicht gekommen«, sagte sie mit dieser leisen, fernen Stimme. »Ich werde einst um dich weinen, mein Kind, aber noch sollst du im Lichte wandeln.«

»Ich danke Euch, Mylady«, sagte Idris, ohne zu wissen, wofür er sich bedankte. Die alte Sidhe lächelte ein Lächeln voller Sanftmut und Wärme. Ihre Hand berührte seine Stirn und zeichnete ein verschlungenes Zeichen darauf. »Geh mit den Alten«, flüsterte sie. »Mögest du den Gesang der Bean-Sidhe noch nicht vernehmen.«

Idris verneigte sich stumm und warf Lord Eógan einen fragenden Blick zu. Der König schien tief in Gedanken versunken und beachtete ihn nicht.

Idwal zupfte an Idris' Toga. »Komm, Bruder«, sagte er halblaut. »Lass uns gehen.«

Idris folgte ihm. Er war müde an Körper und Geist und schritt hinter Idwal her durch den langsam dämmernden Wald, ohne nach dem Wohin zu fragen.

Sie gelangten an eine Lichtung mit mehreren großen Findlingen, die halb überwuchert und in den Boden gesunken dort lagen, als hätten Riesen ihr Spielzeug vergessen. Idwal blieb stehen, legte den Finger nachdenklich an die Lippen und lächelte plötzlich. »Hier«, sagte er triumphierend, beugte sich zwischen zwei der flechtenbewachsenen Steine und holte ein Bündel Kleider aus dem Spalt hervor. »Deine Kleider, Bruder.«

Idris nahm sie entgegen, erwartete, vor Blut steifen, zerfetzten Stoff zu berühren, aber die Kleidungsstücke waren von einfacher Machart, aber sauber und neu. Er blickte auf. »Wo sind die Kleider, die ich am Leib hatte?«

Idwal, immer noch splitterfasernackt, hockte auf einem Findling und baumelte mit den Beinen. Seine Haut war goldbraun, im Haar schimmerten rötliche Reflexe. Er betrachtete Idris mit schiefgelegtem Kopf wie etwas, das er nicht recht einzuordnen wusste. »Deine Kleider?«, fragte er geistesabwesend. »Die waren kaputt und voller Blut und stinkendem Menschenschmutz. Wir haben sie dort gelassen.«

Idris nickte stumm und begann sich anzukleiden. Der grobe Stoff der Unterwäsche und die derben Kleider lagen ungewohnt auf seiner Haut. Er drehte unbehaglich den Kopf und versuchte, die Halsbinde, die nichts als ein langer, schmaler Streifen ungesäumter Stoff war, einigermaßen gefällig zu binden, während Idwal ihm interessiert und voller Amüsement zusah.

»Ist das alles nicht entsetzlich umständlich und unbequem?«, fragte er und streckte sich auf dem Findling aus. Er rekelte sich und stützte das Kinn in die Hände. »All diese Lagen kratziger Stoff. Die steife Weste und diese furchtbar festen Stiefel.« Er schauderte.

Idris blickte auf und musste lachen. »So, wie du hier herumläufst, würde man dich einsperren«, sagte er. »Oder du würdest dir deine edlen Teile abfrieren.«

Idwal lachte mit ihm.

»Komm mit«, sagte Idris gedankenlos. »Ich zeige dir meine Seite von London …«

Idwals Lächeln verging. Er richtete sich auf und strich die Haarsträhnen aus seinem Gesicht. »Nein«, sagte er leise. »Du weißt, dass ich nicht mit dir kommen kann. Ich gehöre hierher.«

»Du bist der wahre Erbe des Titels«, entgegnete Idris heftig. »Ich bin der Jüngere von uns beiden. Ich sollte hier sein und du dort bei unserem Vater.«

Das Lächeln, das Idwals Gesicht erhellte, schmerzte Idris mehr, als ein trauriger Blick es gekonnt hätte. »Ich bin sehr glücklich hier«, antwortete Idwal und breitete die Arme aus. »Was soll ich bei den Stinkern, Bruder? Ich müsste solche Kleider tragen und tun, was man mir sagt. Es ist schön hier. Ich habe meine Freunde und die Lady und alles, was ich brauche.«

Idris nickte resigniert. »Du vermisst deine Familie wirklich nicht«, sagte er.

»Nein.« Idwal sprang von seinem Stein, zupfte an Idris' derber Jacke und schüttelte sich. »Komm«, sagte er und nahm wie selbstverständlich Idris' Hand. »Ich bringe dich nach Hause.«

24

Er stolperte über einen Rinnstein und wäre beinahe gefallen. Der Übergang vom weichen Waldboden zu hartem Pflaster geschah abrupt. Die milde, beinahe sommerliche Luft des Hains war der feuchten, kühlen und nach Unrat riechenden Stadtluft gewichen. Idris, dessen nahezu entwöhnt, musste husten und lehnte sich kurz an die schmutzige Wand des Hauses, vor dem er stand. Seine Augen tränten und er wischte mit dem rauen Stoff seines Ärmels darüber.

Als er wieder klar sehen konnte, orientierte er sich kurz. Er kannte sich in Londons Straßen recht gut aus und wusste deshalb, dass er sich in der Nähe des Embankments befinden musste. Zum ersten Mal, seit er die kratzige Unterwäsche angezogen hatte, war er glücklich darüber, unauffällig wie ein Bediensteter oder Schiffer gekleidet zu sein. Er zog den Kopf zwischen die Schultern und die Mütze tief in die Stirn, steckte die Hände in die Taschen seiner Jacke und machte sich auf den langen Fußmarsch nach Hause.

Je näher er den besseren Wohngegenden kam, desto mehr achtete er darauf, sich im Dunkeln zu halten und niemanden anzublicken. Er war ein Bursche, der sich auf dem Weg zu seiner Herrschaft befand. Niemand musste ihn aufhalten. Er arbeitete in einem der Ställe, er war spät unterwegs, aber er durfte sich hier aufhalten.

In der St. James's Street gab er besonders acht. Hier war White's, sein Club, und er verspürte keinerlei Ambition, sich in diesem Aufzug von einem seiner Bekannten erwischen zu lassen. Er drückte sich dicht an die Hauswände und ließ wachsam im Schutz seiner tiefgezogenen Kappe den Blick schweifen.

Vor dem White's stand eine Kutsche, die auf ihren Fahrgast wartete. Idris erkannte das Wappen auf der Tür und verlangsamte seine Schritte. Das war Raventhornes Kutsche.

Er kämpfte einen kurzen Kampf mit sich selbst und entschied, zu warten. Schlimmstenfalls würde man ihn verjagen, dann musste er eben den Rest noch laufen. Aber er war müde und seine Füße schmerzten in dem ungewohnten, klobigen Schuhwerk, er hatte Hunger und war insgesamt eher schlecht gelaunt. Raven konnte ihn nach Hause fahren und ihm auf dem Weg berichten, was sich in den letzten Wochen getan hatte.

Idris lehnte sich neben der Kutsche an einen Laternenmast und verschränkte die Arme. Das unstete Licht der Gaslampe verlieh der dunstigen Luft einen goldenen Schimmer.

»He, du«, rief jemand, aber Idris tat so, als hörte er nicht. Er betrachtete seine Fingernägel und pfiff ein Liedchen.

»He, Bursche. Was lungerst du da herum?« Ein livrierter Lakai kam mit langen Schritten auf ihn zu. Idris senkte den Kopf und funkelte den Mann kampflustig an.

»Ich hab das Recht, hier zu stehen«, sagte er und gab seiner Stimme einen rauen, drohenden Klang. »Warte auf meinen Herrn.«

Der Lakai rümpfte die lange Nase. »Ja, sicher«, sagte er ironisch. »So einer wie du hat einen Herrn, der hier verkehrt, aber klar doch. Und wer sollte das sein, hm?«

»Der Viscount Raventhorne«, erwiderte Idris und grinste frech.

Der Lakai stieß ein wieherndes Lachen aus und wandte sich mit großer Geste um. »Na, dann wirst du ja froh sein, deinen Herrn zu sehen, Bursche. Und ich werde jetzt das Schauspiel genießen, wie er dich von seinem Kutscher mit Peitschenhieben davonjagen lässt.«

Erleichtert sah Idris, dass Raventhorne und an seiner Seite Ned Wymond das White's verließen und auf die Kutsche zukamen.

Die beiden rauchten Zigarren und lachten über irgendeinen Scherz, als der Lakai ihnen in den Weg trat, leise etwas sagte und auf Idris zeigte. Raventhorne drehte den Kopf und sah ihn finster an. »Was willst du, Kerl?«, fragte er laut.

Ned Wymond ging weiter zur Kutsche und wechselte ein paar Worte mit dem Kutscher. Ihn schien das Geschehen in seinem Rücken nicht zu interessieren.

Idris trat einen Schritt vor, so dass sein Gesicht von der Laterne beschienen wurde, und sah Raventhorne ins Auge. »Eure Lordschaft«, sagte er mit dem schweren Zungenschlag eines Mannes aus dem Norden, »dürfte ich einen Moment unter drei Augen mit Euch sprechen?«

»Kerl, was erlaubst du dir!«, fuhr der Lakai auf und wollte nach seinem Arm greifen, aber Raventhorne, dessen Miene äußersten Unglauben ausdrückte, hielt ihn zurück. »Danke, Jones«, sagte er. »Gehen Sie ins Haus zurück. Ich weiß, wer dieser Mann ist. Ich glaube es zumindest. Er will zu mir.« Mit diesen Worten trat er dicht an Idris heran und starrte ihm aus nächster Nähe ins Gesicht. »Mein Gott, Auden«, sagte er so leise, dass niemand außer ihnen beiden es hören könnte, »du bist es wirklich. Und du lebst!« Er packte Idris' Hand und hielt sie so fest umklammert, dass dieser meinte, seine Knochen übereinander schaben zu fühlen. »Du lebst.«

»Ich lebe«, bestätigte Idris. »Sei so gut, Raven, fahr mich nach Hause. Ich bin schrecklich müde.« Mit diesen Worten verließen ihn auf einen Schlag seine Kräfte, er schwankte und sank gegen den Freund, der ihn stützend umfing.

Ned Wymond, der neben der Kutsche gewartet und seine Zigarre geraucht hatte, ließ den Stumpen fallen und war mit zwei Sätzen bei ihnen. »Raventhorne, was ist? Wer ist der Mann?«

Der Viscount rief nur ein halblautes Kommando, das seinen Kutscher heraneilen ließ. »Helfen Sie ihm in die Kutsche«, befahl Raventhorne, ohne Idris loszulassen. »Schnell und ohne Aufsehen.«

Der Kutscher, ein vierschrötiger Bär von Mann, packte ohne zu zögern zu und hievte Idris mit einem kräftigen Ruck ins Innere der Kutsche. Raventhorne kletterte hinterher, Wymond folgte. »Nach Hause«, befahl Raventhorne laut und setzte leiser hinzu: »Es gibt weniger Aufsehen, wenn wir dich erst einmal in anständige Kleider stecken, alter Junge. Brauchst du ein Bad, etwas zu essen?«

Idris schüttelte den Kopf, er hatte Mühe, die Augen aufzuhalten.

Ned Wymond, der sich ihm gegenüber auf die Bank hatte fallen lassen, stieß einen lästerlichen Fluch aus. »Auden!«, rief er. »Bist du das wahrhaftig unter all den Haaren? Mann, du solltest eigentlich tot sein!«

Idris öffnete die Augen einen Spalt breit und zwang ein Lächeln auf sein Gesicht. »Die diesbezüglichen Gerüchte waren wohl übertrieben.«

»Gerüchte?« Wymonds Stimme überschlug sich. »Verdammt, Mann, wir haben deine zerfetzten Kleider in einer Lache aus mehreren Litern Blut gefunden. Erzähl mir nicht, dass du aus dem Grab wiederauferstanden oder gar ein herumspukender Geist bist, ich springe sonst schreiend aus der Kutsche.«

»Bin ich nicht«, murmelte Idris. »Ich war nur … anderswo.«

»Lass ihn in Ruhe, bis wir zu Hause sind«, mahnte Raventhorne. Idris spürte seinen sorgenvollen Blick. »Er ist vollkommen erledigt.«

Idris sank in einen Halbschlaf, in dem das Rollen der Räder und den Klang der Hufschläge, die leisen Stimmen der beiden Männer und die Geräusche der nächtlich belebten Straßen zu einem beruhigenden Wiegenlied wurden. Er entspannte seine Glieder und gestattete es sich, tiefer in den Schlaf zu sinken. Er war in Sicherheit. Niemand würde versuchen, ihn zu töten. Nicht jetzt, nicht hier.

Sie erreichten ihr Ziel und seine Freunde schleppten ihn an Raventhornes verblüfftem Butler vorbei, der bei aller Ausdruckslosigkeit seiner Miene deutlich die Frage erkennen ließ, warum sein Herr und Lord Edward Wymond einen offensichtlich betrunkenen Mann der untersten Stände ins Haus schleppten.

Kaum hatten sie die Halle betreten, begann Raventhorne zu kommandieren. Er ging auf die Treppe zu, während er in schneller Folge Befehle abfeuerte. »Henderson, geben Sie der Küche Bescheid, einen kräftigen Imbiss und Kaffee für drei heraufzuschicken. Außerdem soll man Wasser für ein Bad erhitzen. Ich brauche eins der Gästezimmer, lassen Sie einheizen und das Bad dort vorbereiten. Dann schicken Sie einen Burschen zu Lord Audens Kammerdiener Wilby, er möge sich mit einer kompletten Garnitur hier einfinden. Nachtkleidung, Unterwäsche, ein Tagesanzug. Rasierzeug. Dann kommen Sie für weitere Instruktionen in mein Arbeitszimmer.«

Der Butler verneigte sich, immer noch diesen verwunderten Nicht-Ausdruck im Gesicht, und verließ die Halle.

Raventhorne half Idris, die Treppe zu erklimmen, und Wymond blieb dicht hinter ihm, als müsste er ihn gegen einen Angriff von unten abschirmen. Idris konnte all die Fragen, mit denen Ned ihn am liebsten bestürmt hätte, förmlich spüren. Sie waren wie Nadelstiche auf seiner Haut, die sich pergamentdünn und empfindlich anfühlte.

Raventhorne schob ihn wortlos ins Arbeitszimmer, bugsierte ihn in den tiefsten, bequemsten Sessel und drückte ihm als erstes ein gut gefülltes Glas Brandy in die Finger.

Dann ließen sich er und Wymond, der dreinschaute, als hätte ihn der Blitz getroffen, in den Sesseln gegenüber nieder, falteten in beinahe identischer Haltung die Hände um ihr Glas und sahen ihn an. Wymond schüttelte stumm und fassungslos den Kopf, Raventhorne musterte ihn so eindringlich mit finsterer Miene, dass Idris unwillkürlich lächeln musste. »Macht den Mund zu«, sagte er müde und nippte nur an seinem Glas, ehe er es wegstellte. Allein der Geruch des Alkohols machte ihn benommen.

»Auden«, sagte Raventhorne mit mühsam gezügeltem Zorn, »hättest du die Güte, uns zu erklären, wo du herkommst? Wo du dich all die Wochen versteckt gehalten hast? Warum du diese Farce mit den blutgetränkten Kleidern aufgeführt hast, obwohl du doch hättest wissen müssen, wie sehr deine Familie und deine Freunde unter dem Gedanken leiden würden, dass du ermordet worden bist? Wir haben ganz London und die halbe Themse nach deiner Leiche abgesucht, Mann!« Seine Stimme war laut geworden, die Sehnen an seinem Hals traten hervor und er ballte die Faust.

Wymond war still und verstört. Er kippte seinen Brandy und schenkte sich nach. Idris sah in an und erkannte erleichtert, dass sein Freund sich von der schrecklichen Auszehrung, die ihn befallen hatte, beinahe vollständig genesen zu sein schien. Er war immer noch etwas zu dünn und etwas zu blass, aber seine Bewegungen waren lebhaft, der Ausdruck seiner Augen hatte das Stumpfe, Tote verloren, das ihn so sehr erschreckt hatte.

Idris rieb sich über die Augen und hob den Kopf. »Hawk hat mich erwischt«, sagte er. »Ich lag einige Wochen im Fieber und konnte euch keine Nachricht schicken.«

Seinen Worten folgte ein Schweigen, das voller unausgesprochener Worte steckte. Wymond fasste sich dieses Mal als Erster. »Hawk?«, fragte er. »Und das hast du überlebt? Wie?«

Idris merkte, wie sich sein Körper anspannte. Die Narbe in seiner Flanke pochte, der abgeschnittene Finger schmerzte von der Wurzel bis zum Nagel wie Feuer. Er war versucht, ihn zu reiben, aber das würde wenig nützen – der Finger war schließlich amputiert worden. Aber am meisten schmerzte die Erinnerung an Isobel Falconer, ihre Lippen, ihren Körper, ihre ein wenig raue Stimme, die Berührungen, ihre eisgrauen Augen, das weiche, aschblonde Haar, das wie Flaum und Seidenfransen durch seine Finger glitt …

Er bemerkte, dass seine Freunde ihn mit dem Ausdruck äußerster Besorgnis ansahen, und streckte die Hand nach seinem Glas aus. »Er hat mich für tot gehalten«, sagte er schroff. »Oder zumindest geglaubt, dass ich im Sterben läge. Das habe ich auch geglaubt.«

»Allmächtiger«, stieß Ned Wymond hervor und füllte sein Glas erneut. »Ich habe noch nie gehört, dass Hawk einen Auftrag nicht durchgeführt hätte. Er ist wahrscheinlich von demjenigen gestört worden, der dich gerettet hat?«

Idris senkte die Lider. Es widerstrebte ihm, selbst seinen engsten Freunden von Isobels Verrat und ihrem Doppelleben zu erzählen, und noch mehr widerstrebte es ihm, seine Verbindung zur Anderwelt zu offenbaren, obwohl dies doch ein Geheimnis war, über das der *ton* sich seit Jahren das Maul zerriss. »Ja«, erwiderte er knapp und hob das Glas an die Lippen.

»Ja … und weiter?« Raventhorne klang ungeduldig. »Was hat diesen Menschen davon abgehalten, zumindest deine Familie zu benachrichtigen? Wieso hat er dich nicht zu Hause abgeliefert – deine Kleider lagen keine zwanzig Schritte von deiner Haustür entfernt. Und warum, bei allen Heiligen, hat er dich komplett entkleidet, bevor er dich fortgeschafft hat?«

Das waren gute Fragen, wie Idris seufzend eingestehen musste. Er stellte das Glas fort, an dem er wieder nur genippt hatte, und wollte etwas Ausweichendes bemerken, als Ned Wymond ihn mit einem Aufschrei daran hinderte: »Deine Hand, Auden! Dein Finger!«

Idris bezwang den Impuls, die Hand zur Faust zu ballen oder in seinen Kleidern zu verbergen. Er streckte sie stattdessen aus und musterte sie. Der Anblick stieß ihn immer noch ab. Das war nicht mehr seine Hand, sondern etwas Unvollständiges,

Zerstörtes. »Ja«, sagte er leise. »Meine Hand. Hawk hat meinen Siegelring genommen.«

»Samt dem Finger«, flüsterte Wymond. »Was für ein kranker Bastard!«

Natürlich war es Raventhorne, der den wesentlichen Punkt benannte. Er beugte sich vor, berührte mit der Fingerspitze die Wurzel des amputierten Fingers und sagte nüchtern: »Wie kann das in nur sechs Wochen derart verheilt sein? Du müsstest eine hässliche Narbe dort haben, keine glatte Haut.«

Idris schluckte eine Mundvoll Brandy, hustete und zog seine Hand zurück. »Ich war bei meinen Verwandten«, sagte er. »Sie haben mich geheilt.«

»Verwandte«, sagte Wymond verständnislos. Dann dämmerte es ihm und er warf Raventhorne einen Blick zu, der Bände sprach. »Ah. *Diese* Verwandten!«

Der grimmige Blick des Viscounts wurde noch eine Nuance kälter. »Die Sidhe haben dich also festgehalten«, sagte er.

»Nein«, protestierte Idris. »Nein, sie haben mir das Leben gerettet. Mein Bruder hat sich um mich gekümmert. Meine … verdammt, Raven, ob es mir nun passt oder nicht, sie sind ebenso meine Familie wie der Duke und meine Geschwister!«

Seine beiden Freunde wechselten einen peinlich berührten Blick. Idris konnte sich vorstellen, was sie gerade dachten, und sprach es laut aus: »All die Jahre habe ich mich gegen meine Verbindung zu den Sidhe mit Händen und Füßen gewehrt und jetzt bezeichne ich sie als meine Verwandten? Das ist es doch, was ihr denkt.«

Wymond räusperte sich unbehaglich. »Auden, du hast zwei deiner Duelle nur deshalb ausgetragen, weil dein Gegner dich einen Wechselbalg geschimpft hat. Du musst uns schon verzeihen, dass wir deinen plötzlichen Sinneswandel einer vorübergehenden geistigen Verwirrung zuschreiben, hervorgerufen durch den beinahe geglückten Anschlag auf dein Leben. Du bist noch nicht vollständig genesen, deine Verwirrung ist also …«

»Ich. Bin. Nicht. Verwirrt!«, brüllte Idris.

Wieder wechselten die beiden anderen einen Blick. Dann seufzte Raventhorne ungeduldig und legte die Fingerspitzen aneinander. »Lassen wir das«, sagte er. »Wir sollten dich hier und jetzt nicht einem Verhör unterziehen, statt uns einfach darüber zu freuen, dass du wieder bei uns bist.« Darin klang unausgesprochen mit, dass dieses Verhör folgen würde, wenn auch zu einem anderen Zeitpunkt.

Idris sammelte seine Gedanken. »Bringt mich kurz auf den Stand der Dinge«, sagte er. »Was ist mit der Mission, auf die ich geschickt werden sollte? Hat Sidmouth sie abblasen müssen?«

Wieder dieser Blickwechsel, dann grinste Wymond und lehnte sich zurück. »Eigentlich sollten wir dir dankbar sein«, sagte er im Plauderton. »Sidmouth hat uns beide beurlaubt. Er schien der Auffassung zu sein, dass wir nach deinem Verschwinden ein Sicherheitsrisiko darstellen könnten.«

Idris schwindelte es. »Sicherheitsrisiko?«

Raventhorne zuckte mit den Schultern. »Du kennst ihn. Er wittert Verrat und Agenten unter jedem Bett.« Er lächelte humorlos. »Immerhin hält er Cavanaugh noch für vertrauenswürdig, und Cave hat uns natürlich weiter informiert. Die Mission fand ohne dich statt.«

»Ohne mich«, sagte Idris verständnislos. »Aber wie?«

Wymonds Grinsen wurde noch breiter. »Dein ekelhafter Cousin. Sidmouth hat ihn mit Zuckerbrot und Peitsche dazu gebracht, sich umdrehen zu lassen. Alle Anklagen gegen ihn wurden fallengelassen, er ist wie wir für den Dienst an Krone und Vaterland vereidigt worden und darf, wenn er den Auftrag nicht vergeigt und ihn überlebt, wieder zu Frau und Kind zurückkehren. Keine Verbannung, keine Hinrichtung, alles vergeben und vergessen.«

Idris hatte einen bitteren Geschmack im Mund. »Auch der Mord an Olympia und das Attentat auf mich.«

»Alles.«

Idris fluchte halblaut.

Es klopfte, der Butler trat ein, gefolgt von einem Diener, der den Imbiss brachte. Raventhorne winkte Henderson zu sich und besprach sich leise mit ihm, während Idris sich auf das krustige Brot, den kalten Braten und die eingelegten Zwiebeln und den blaugeäderten Stilton stürzte. Die Küche hatte entschieden, dass Bier besser zum Essen passte, und Idris genoss jeden herben Schluck davon, und jeden Bissen des einfachen Mahls, als hätte er seit Wochen weder getrunken noch gegessen.

»Dein Kammerdiener ist auf dem Weg hierher«, sagte Raventhorne laut. »Willst du einen meiner Burschen mit einer Nachricht zu deinem Vater schicken, damit er weiß, dass du lebst?«

Idris nickte und wischte sich den Mund ab. »Danke, dass du daran denkst«, sagte er zerknirscht. Idwal hatte ihm versichert, dass seine Familie nicht in dem Glauben lebte, er sei tot, aber dennoch mussten sie sich um seinen Verbleib sorgen.

»Ich lasse dir Schreibzeug auf dein Zimmer bringen. Das Bad wird auch gerade vorbereitet.« Raventhorne musterte ihn mit zusammengekniffenem Auge. »Ich hoffe, du kannst dich dazu durchringen, diesen Urwald in deinem Gesicht zu roden. Der Anblick macht mich schaudern.«

Idris genoss den Spott, er bewies ihm, dass er wieder ganz und gar zu Hause war. »Erzählt mir morgen alles, was ich wissen muss«, sagte er und trank den letzten Schluck aus seinem Becher. »Ich bin todmüde. Darf ich mich zurückziehen?«

»Tu das.« Raventhorne erhob sich und geleitete ihn zur Tür. Er legte leicht eine Hand auf Idris' Schulter. »Gut, dass du wieder unter den Lebenden weilst«, sagte er leise. »Es ist nicht dasselbe ohne dich.«

Idris nickte wortlos und folgte Henderson.

»Warte«, rief Ned Wymond. »Ich komme mit. So lange dein Kammerdiener noch nicht hier ist, kann ich einspringen. Ich verstehe mich hervorragend auf das Führen des Rasiermessers.«

»Um Himmels Willen«, murmelte Raventhorne. »Kaum ist er von einem Mordanschlag genesen, folgt der nächste auf dem Fuße.«

Wymond sagte kein Wort, während Idris sich aus seinen ungewohnten Kleidern schälte. Sein Blick fuhr über Idris' Körper und blieb an der Narbe hängen. »Das ist vor sechs Wochen passiert?«, fragte er und machte einen Schritt auf Idris zu. Er streckte die Hand aus und berührte die dünne, wulstige Linie.

»Dort hat Hawk sein Messer stecken lassen«, bestätigte Idris grimmig. Er tauchte in das angenehm heiße Wasser des Badezubers. »Ich habe geblutet wie ein abgestochenes Schwein.«

Wymond hockte sich neben den Zuber und stützte das Kinn in die Hand. Sein Blick war verschattet. »Hat er dir gesagt, wer sein Auftraggeber ist?«, fragte er.

Idris tauchte den Kopf unter und kam wieder hoch, prustete und schüttelte das Wasser aus den Augen. Er griff nach Seife und Bürste. »Nein«, sagte er und begann sich abzuschrubben. »Er hat mich niedergestochen und mir den Finger amputiert.« Und dann hat Hawk mich geküsst und mir versichert, dass es nichts Persönliches sei … Idris rubbelte mit zorniger Heftigkeit über seine Brust. Er verstand sich selbst nicht. Warum verriet er seinen Freunden nicht, wer sich hinter Hawks Maske verbarg? Wahrscheinlich war er der einzige Mensch auf der Welt, der von Isobel Falconers zweitem Leben wusste. Oder wahrscheinlich fast der einzige. Er wollte nicht mehr Hathaway heißen, wenn dieser windige Dottore nicht genauestens über Isobel Bescheid wusste. Sicherlich war er ihr Helfershelfer. Ihr Liebhaber. Ihr Bruder im Verbrechen …

»Was denkst du?«, unterbrach Wymond seine fruchtlosen Grübeleien. Er stand auf, ging zum Tisch am Fenster und schenkte sich einen großen Brandy ein. Er sah Idris fragend an und schwenkte das Glas in seine Richtung. Idris schüttelte den Kopf. »Ich dachte, du hättest damit aufgehört«, sagte er und begann sich die Haare zu waschen.

»Aufgehört?« Wymond klang geradezu entsetzt. »Machst du Witze?« Er setzte das Glas an die Lippen. »Soll ich dich rasieren? Es wäre mir ein Vergnügen.«

Idris schüttete Wasser über seinen Kopf und spülte die Seife fort. Er blinzelte das Wasser aus seinen Wimpern und sah Ned Wymond misstrauisch an. »Streck deine Hände aus«, befahl er.

Wymond gehorchte grinsend. »Siehst du? Ganz ruhig.«

Idris lehnte sich zurück und legte die Arme über den Wannenrand. »Ich riskiere es.«

»Ich habe dich schon oft genug rasiert«, beschwerte Wymond sich. »Erinnerst du dich an die Prügelei mit Henson und seinem Pickel von Bruder? Dein verstauchtes Handgelenk?«

Idris stöhnte und verdrehte die Augen. »Wymond, das ist schon ewig her! Was ich damals im Gesicht hatte, kannst du nicht ernsthaft als Bartwuchs bezeichnen.«

»Hör auf zu jammern«, befahl Wymond und griff nach dem Rasierzeug. »Halt jetzt den Mund, ehe ich dir die Nase abschneide.«

Idris schloss die Augen und genoss es, sich rasieren zu lassen. Wymond stellte sich kein bisschen ungeschickter an als Wilby, und Idris ließ zu, dass sich seine Spannung löste.

»Wie ist es da drüben?«, hörte er Wymonds leise Frage. »Ist es schön in der Anderwelt?«

»Wunderschön«, murmelte Idris. »Ruhig und friedlich. Niemand, der dich mit Fragen löchert und versucht, dir die Kehle aufzuschlitzen. Pass auf, was du tust, Wymond!«

Ned Wymond lachte und rasierte schweigend weiter, und Idris sank in einen sanften Dämmerzustand.

Das Wasser, in dem er hockte, wurde kalt. Jemand legte ihm ein Handtuch um die Schultern und machte sich mit einer Schere an seinem Haar zu schaffen. Idris hob träge die Hand und packte das Handgelenk des Mannes. »Habe ich dir erlaubt, mich kahlzuscheren, Wymond?«

»Ich bitte um Vergebung, Sir«, erwiderte sein Kammerdiener stoisch. »Ihr Anblick ließ mich vermuten, dass Sie einen Haarschnitt wünschen.«

»Ah, Wilby, meine Stütze, mein Halt und meine Rettung vor dem wildgewordenen Lord Edward.« Idris öffnete die Augen und blickte in das gleichmütige Gesicht seines Dieners. »Ich habe Sie vermisst.«

Wilby nickte. »Ich Sie auch, Sir.« Das Licht musste Idris täuschen, denn er glaubte, einen Schimmer von Feuchtigkeit in Wilbys hellen Augen zu erkennen, und das war ganz und gar undenkbar. Wilby war einer der unerschütterlichsten Menschen, die Idris kannte.

»Machen Sie weiter«, sagte er und lehnte sich wieder zurück.

Während Idris vor dem Kamin saß und mit langsamen Schlucken eine Tasse Tee mit einem Schuss Brandy trank, räumte Wilby die mitgebrachte Kleidung in den Schrank, legte ein Hemd hinaus, das er noch einmal bügeln wollte und bereitete das Bett mit zwei warmen Decken und einem heißen Stein vor. Idris warf ihm einen lächelnden Blick zu. »Sehe ich so verfroren aus, Wilby?«

Der Kammerdiener strich die Bettdecke glatt, warf noch einen prüfenden Blick rundum und erwiderte: »Mit Verlaub, Sir, Sie sehen aus wie etwas, das die Katze hereingeholt hat, bei allem schuldigen Respekt.«

Idris lachte laut heraus und leerte den Becher. »Dann bringen wir das zerrupfte Ding mal ins Bett, oder?«

Er schlief, kaum, dass sein Kopf das weiche Kissen berührt hatte.

»Ah, endlich wieder ein Mensch«, empfing ihn Raventhornes sonorer Bariton, als er den Fuß über die Schwelle des Frühstückszimmers setzte. »Komm her, Auden, lass dich füttern. Du und Wymond, ihr streitet euch um den Titel ›schönstes Knochengestell des Empires‹, richtig?«

Idris machte eine unfeine Geste und ließ sich auf dem Stuhl nieder, den der Diener für ihn herauszog. »Ich habe tatsächlich Hunger«, sagte er. »Was auch immer die Sidhe mit mir angestellt haben, viel zu Essen war anscheinend nicht dabei.«

Raventhorne grinste und hob seine Zeitung. Wymond lungerte auf seinem Stuhl, pickte in einem Teller mit Rührei und Brathering herum und nickte nur wortlos. Seine Augen waren blutunterlaufen.

Idris widmete sich seinem Frühstück und fragte zwischendurch nach den Geschehnissen der letzten Wochen. Es beruhigte ihn zu hören, dass es keine brisanten Neuigkeiten politischer oder privater Natur gab. Napoleon saß, wie es schien, in Paris wieder fest im Sattel, der Wiener Kongress hatte ihn zum Geächteten erklärt und die Aliierten berieten nun über einen neuen Koalitionsvertrag. Es würde also wieder Krieg geben, wie erwartet.

Lord Sidmouths Ermittlungen gegen die Verschwörer verliefen anscheinend ebenfalls ohne bahnbrechende Fortschritte. Immerhin war bislang kein Attentat auf den Prinzregenten oder die Regierung versucht worden. Cavanaugh nahm an, dass die Verschwörer abwarten wollten, wie die Lage auf dem Kontinent sich entwickelte. Befand sich England erst einmal im Krieg, würde eine innenpolitische Erschütterung die Regierung sehr schnell zu Fall bringen.

»Gibt es Neuigkeiten von meinem Vater?«, fragte Idris ohne große Hoffnung. Weder der Duke noch Elinor hatten Veranlassung, sich mit seinen Freunden auszutauschen.

»Es geht ihm den Umständen entsprechend gut«, erwiderte Wymond zu seiner Überraschung. »Er hat sich erholt, der Arzt ist zufrieden, allerdings hat ihn deine vermeintliche Ermordung reichlich mitgenommen, wie du dir denken kannst. Nell hat ihn aber beruhigen können.«

Idris starrte ihn groß an. »Woher weißt du all das?«

Raventhorne raschelte mit der Zeitung. Idris hörte ihn unterdrückt lachen.

»Mylord, die Damen wünschen nicht im Salon zu warten.« Ein Diener stand an der Tür und hinter ihm drängelte sich Portia Redgrave in den Raum. Sie sah Idris und ihr Gesicht strahlte auf. »Auden«, rief sie und kam mit ausgestreckten Händen auf ihn zu. »Ich hatte es im Gefühl, heute früh habe ich zu Ariana gesagt, ›Ariana, ich hab so ein Gefühl. Lord Auden ist zurück‹. Nicht wahr, Ariana?«

»Das hat sie gesagt«, bestätigte die zweite junge Dame, die sich nun ebenfalls an dem resigniert dreinschauenden Diener vorbeischlängelte.

Idris ließ zu, dass Portia ihn umarmte und rechts und links auf die Wangen küsste. »Wie wunderbar«, sagte sie mit Tränen in den Augen. »Wie wunderbar. Ich muss sofort eine Nachricht an Nell schicken.«

»Das wurde gestern Abend bereit erledigt, Miss Redgrave«, warf Raventhorne trocken ein. »Aber da Sie nun einmal hier sind: Nehmen Sie Platz und frühstücken Sie mit uns.« Er faltete die Zeitung zusammen und schob sie Idris hin.

»Warum sind Sie in London?«, fragte Idris, der sich langsam von seiner Verblüffung erholte. »Ich wähnte Sie immer noch in Grenville Hall, Miss Portia.«

Portia breitete die Serviette auf ihrem Schoß aus und dankte dem Diener, der ihr Kaffee einschenkte, mit einem Lächeln. »Nein, ich wollte Ihrer Familie nicht länger zur Last fallen«, sagte sie. »Nach Ihrem … also, nach der Nachricht, dass Sie verschwunden seien und nur ihre blutigen Kleider gefunden worden sind, war Seine Gnaden natürlich sehr aufgewühlt, und Nell hat sich um ihn kümmern müssen. Ich wollte ihr beistehen, aber ich hatte den Eindruck, dass es leichter für sie sein würde, wenn nicht auch noch Gäste im Haus sind, um die sie sich bemühen muss.« Sie trank und tupfte ihre Lippen ab. »Meine Tante wollte auch endlich wieder nach Hause. Da habe ich Ariana gefragt, ob sie mich eine Zeitlang ertragen könnte …« Sie warf ihrer Freundin einen liebevollen Blick zu.

Die goldblonde Miss Seabright, die bis dahin geschwiegen und allem Anschein nach den Viscount Raventhorne angehimmelt hatte, wandte den Kopf und erwiderte das Lächeln. »Ich war darüber sehr froh«, sagte sie. »Deine Abreise war so überstürzt und ich hatte mich doch so auf die Saison mit dir gefreut.«

»Dann ist ja alles gut«, sagte Idris und musterte verstohlen seinen verkaterten Freund Ned. Durch Wymond war beim Eintreten der Damen ein ordentlicher Ruck gegangen, er hatte sich aufgerichtet und bemühte sich um eine möglichst wache und nüchterne Ausstrahlung. Und Portia wiederum gab sich alle Mühe, ihn nicht anzusehen, sondern mit Idris zu plaudern und zierlich an einer Scheibe Toast zu knabbern.

Idris' Gedanken begannen zu wandern. Immer wieder tauchte Isobels klares, kühles Gesicht vor seinem inneren Auge auf. Kühl auf den ersten Blick, aber wenn man sie näher betrachtete, war die Glut unter der beherrschten Oberfläche so deutlich zu sehen wie das Licht des Tages. Hitze, die sich wie Sonnensprenkel in ihren eisgrauen Augen spiegelte. Wärme, die von ihrer Haut ausstrahlte. Leidenschaft, die aus jeder Geste, jeder Kopfbewegung, jedem Lächeln sprang wie Lichtblitze aus einer abgedunkelten Laterne. Warum hatte er nicht bemerkt, dass sie ihn observierte? War er vor Leidenschaft so vernarrt und blind gewesen, dass ihm alle Zeichen verborgen blieben? Oder war sie wirklich solch eine Meisterin der Verstellung und Täuschung?

Er zerkrümelte das Stück Toast auf seinem Teller, ohne auf seine Umgebung zu achten.

»Was soll uns dein finsteres Brüten mitteilen, Auden?«, riss ihn Raventhornes ironische Frage aus seinen fruchtlosen Grübeleien. »Planst du Rache? Die Gewitterwolken, die auf deiner Stirn dräuen, lassen mich das Schlimmste für den bewussten vermummten Assassinen fürchten.«

Idris blickte auf und begegnete Raventhornes entgegen allen Spott erstaunlich mitfühlendem Blick. Eine unvermittelte Klarheit aller Gedanken und Empfindungen überkam ihn und ließ alles Grübeln zur Ruhe kommen. »Ja«, sagte er laut und lachte erleichtert. »Ja, Raven, du hast es getroffen. Ich werde diesen Hawk aufstöbern und zur Strecke bringen!«

Epilog

»Lass uns nach Hause fahren, Bella.« Der massige Mann lehnte am Türrahmen, in Hemdsärmeln und einer offenen Weste, das dunkle Haar glänzend vor Nässe. Seine tiefliegenden, schwarzen Augen blickten flehend zu der Frau, die am Schreibtisch stand, eine Zigarre rauchte und unkonzentriert in Papieren blätterte. Ihr aschblondes Haar schimmerte wie gesponnenes Silber im hellen Licht des Frühlingstages. Sie blätterte und las, mit ihrem Ausatmen umgab bläulicher Qualm ihre Silhouette, Sonnenstäubchen tanzten darin. Sie gab mit keinem Zeichen zu verstehen, dass sie seine Worte gehört hatte.

»Bella.« Der Mann trat näher, griff nach ihren Schultern, zog sie an sich und verschränkte seine Hände unter ihren Brüsten. Sie lächelte, legte den Stumpen ab und ließ ihren Kopf gegen seine Schulter sinken. »Sei nicht lästig, Nico«, sagte sie und hob die Hand, um sein Haar zu zausen. »Wir haben hier immer noch Geschäfte.«

»Ich hasse dieses Land.« Sein schwermütiger Blick flog zum Fenster. »Es ist kalt und neblig und die Menschen sind hochnäsig und halten sich für den Nabel der Welt. Und dieses Essen!« Er rümpfte die Nase.

Sie kniff ihn in die Wange und wand sich aus seiner Umarmung, um erneut eins der Schreiben zu überfliegen, das sie in der Hand hielt. Ihr Morgenrock aus leichter Seide klaffte auf und ließ lange, muskulöse Beine und einen schlanken Körper sehen, der in zarter Wäsche steckte. »Schau, Nico«, sagte sie und reichte ihm einen Briefbogen, »wir warten immer noch auf die Bezahlung. Unser Kunde hält uns hin. Du weißt, dass ich das nicht dulden kann. Wir haben einen Ruf zu verlieren.« Sie hob den Blick und sah ihn scharf an. »Wenn es sich herumspricht, dass Hawk schlampig wird, seine Aufträge verpatzt und man ihn ungestraft um sein Honorar betrügen kann, dann können wir einpacken.«

Niccolo seufzte tief und ließ sich in einen Sessel fallen. Er rieb seine Hände und beugte und streckte die Finger. »Du hättest dich vergewissern müssen, dass er wirklich tot ist«, sagte er düster. »Bella, bist du sicher, dass du nicht nachlässt? Das ist schon der zweite Fall, wo du einem unserer Ziele gegenüber die Distanz verlierst. Das macht dich verwundbar und verleitet dich zu Fehlern.«

Isobel hockte sich auf die Armlehne seines Sessels und legte ihre Arme um ihn. »Ich weiß«, sagte sie. »Du hast jedes Recht, mich zu schelten. Es kommt nicht wieder vor, Nico. Ich verspreche es dir.«

Er brummte nur und rieb ihr mit seiner großen Hand über die Schultern. »Du bist angespannt«, sagte er. »Komm, ich massiere dich.«

Sie warf ihm ein Lächeln zu und stand geschmeidig auf. Auf dem Weg zur Tür ließ sie den Morgenmantel von den Schultern gleiten und schritt aus dem Zimmer.

Niccolo stand ächzend auf und folgte ihr, wobei er den Morgenmantel vom Boden aufhob. Bevor er das Zimmer verließ, drückte er mit seinem großen Daumen die Zigarre aus, die immer noch im Aschenbecher lag. »Weiber«, murmelte er.

DRACHENMOND VERLAG

BÜCHER MIT HERZBLUT